浮云 若梦

郝秀琴

中国言实出版社

著

图书在版编目（CIP）数据

浮云若梦 / 郝秀琴著 . -- 北京 : 中国言实出版社 , 2015.5
ISBN 978-7-5171-1298-3

Ⅰ . ①浮… Ⅱ . ①郝… Ⅲ . ①长篇小说 - 中国 - 当代
Ⅳ . ① I247.5

中国版本图书馆 CIP 数据核字 (2015) 第 083653 号

责任编辑 张志华
出版发行 中国言实出版社
　　　　　　地　址：北京市朝阳区北苑路 180 号加利大厦 5 号楼 105 室
　　　　　　邮　编：100101
　　　　　　编辑部：北京市西城区百万庄大街甲 16 号五层
　　　　　　邮　编：100037
　　　　　　电　话：64924853（总编室）64924716（发行部）
　　　　　　网　址：www.zgyscbs.cn
　　　　　　E-mail：zgyscbs@263.net
经　销 全国新华书店
印　刷 北京高岭印刷有限公司
版　次 2015 年 9 月第 1 版　2015 年 9 月第 1 次印刷
规　格 787 毫米 × 1194 毫米　1/32　12 印张
字　数 280 千字
书　号 ISBN 978-7-5171-1298-3
定　价 32.00 元

目次

第一章
夜闯鬼门关

[一]

这是一座 80 年代的家属小院。

小院门紧紧关着。两间陈旧的青砖灰瓦房，就像一位被遗忘在岁月长河里的暮年老人，在夜色中更显得清冷孤单。青灰色砖墙把两间房子围起来，形成一个不大的正方形小院，一株老榆树挺立在院中央，粗糙的老树皮，微风染绿的叶子，细碎的月光透过枝枝叶叶的隙缝，洒了满地。一只大黄狗，脖颈上系一条长长的铁链儿，绕着榆树转来转去。它不大喜欢叫，即使周围有动静，也只是警觉地竖起耳朵四肢伏地，做一个向入侵者进攻的姿势。灰色的砖墙上伸出两个光脑袋，然后是两双眼睛……黄狗嗓子里发出粗犷的呼噜声，眼睛与墙上那四只眼睛对视。一个光脑袋不由地打了一个寒战，另一个却不慌不忙地从塑料袋里，掏出一个馒头扔在黄狗面前，黄狗饿了，掠食的样子狼吞虎咽。突然，它像一个醉汉，摇晃着身子，扑通一下倒在榆树下。

两个光脑袋肆无忌惮攀上墙，越过房顶，沉重的大脚踩着那层石棉瓦，嘎嚓嘎嚓的声音在夜空中更显得真切而清晰。

一阵撬门砸锁、翻箱倒柜的噼里啪啦声……

"什么也没有。"嚓——一双大手用力撕开被子，棉絮抖落了一地。咣当——一只脚飞起，踢翻了木箱盖，一件黄色军大衣被小刀划开一个口子。

"不可能，挖地三尺。"另一个光脑袋手拿一根长长的改锥撬地上的青砖。墙上那幅发了黄的字画被撕了下来，真的是"廉洁奉公"吗？他们狠狠地在那几个狂草字上踩了几脚，又吐了几口唾沫……

"这台电视机还带不带走？"这是他们搜罗的最值钱的东西了。

"要这劳什子干吗？彩电还差不多。你是怎么踩的盘子？什么也没有，白折腾一个晚上，害得老子还浪费了一斤酒。"

"这老头儿一定把钱存银行了。"

"你懂个屁，这种黑钱才不往银行存呢，他大概是没钱，是个干公鸡。"自古窃贼不空走，他们顺手牵羊拿走了老式大柜上摆得那套青铜酒具，还有一个擦得铮亮的铜壶。走到院子里，看见了那条酣睡中的大黄狗，一个光头就对另一个光头说："你去背着它。"

"要它干吗？"

"明天早晨给狗肉馆送去，我们总不能白来一趟。"

黄狗被装进了麻袋里……

晨风吹走了夜幕，鸟声唤醒了晨曦。两个老人一前一后推开院门。

"大黄，大黄……"

院里出奇的安静。婆娑的树影、孤独的老榆树，一条铁链子系在树上，不见了大黄的踪影。

孟轲两步并作一步往屋里走去，老伴儿也小跑着跟进来。门虚

掩着，两人被眼前的景象惊呆了，所有的东西都挪了位，地上的砖都被撬了起来，

"我早就让你再往高垒一下院墙，你总是不当回事，这不，贼进来了。真奇怪，这年头狗也有人偷。"老伴戴着老花镜，坐在床上慢慢缝补着撕破的被子和床单，不住地唠叨着。

"没东西可偷就偷狗了。"

"你也不去报个案？"

"报什么？我们的狗狗大概早就到了狗肉馆了？"

"你没听说前几天市里一个领导家让贼偷了，从床的夹缝里偷走现金几十万，他也没有报案……是小偷犯了案自己招供的。"

"哈哈哈……"孟轲开怀大笑起来："现在的贼也是专门偷那些不敢报案的有钱人。"孟轲把那幅"廉洁奉公"的条幅铺在桌上，用一块抹布轻轻擦去上面的灰尘，这幅字画是他的老战友李市长亲笔写的。记得那年他从公安局调到工商局时，很不情愿，他说自己没文化胜任不了这个要职，李市长当下给他提了这幅字画，并语重心长地说，记住这四个字就行了，共产党需要你守在这个位置上。他没有再说什么，就像当年在战场上一样，冲锋号吹响就只能向前，没有后退的余地。他仍然把这幅画挂在墙上，望着那四个字，脸上隐约可见一丝满意的微笑。总算对得起共产党，这就够了，这是他给自己的一句定语。此时他的目光又不自觉地扫了一眼那个老式挂钟，对老伴说："快把那件棉军大衣给我缝补一下。"

"今晚又去执行任务？"老伴放下手里的针线活，望着丈夫消瘦的面孔："晚上早点回来，老了，不能和年轻人比，千万不能着了凉。"她最了解自己的丈夫，前几年在公安局刑警队工作的时候，晚上出去蹲坑，都要穿这件军大衣，也许是喜欢怀旧，也许，仅仅

是为了暖和。这件衣服究竟穿了多少年？他似乎也忘记了它伴随自己度过的岁月，布面完全褪了色，棉花也变硬了，大衣的后背让小偷用刀子划破了几个口子。老伴说："换一件吧。"顺手又给他拿出一件灰色的棉大衣。

老头子摇摇头，目光盯着院子里那棵老榆树，树叶在晨风中飒飒响，孟轲在地上来回踱步，走动的身影在霞光里显得更清晰明快。一会儿，他坐在圆桌前，自己热了一小壶酒，没有酒杯，他就把酒倒进碗里，慢慢地自斟自饮。电视里正在播放《霍元甲》，他还是很感谢那个窃贼，没有把这台电视机偷走，否则，还真不知道回家后怎么来打发时间。

"我明年退休了，怎么也得领你出去转转，去天安门看看升国旗，去全聚德吃一回烤鸭，趁还能走动，登登长城……这几十年委屈你了。"孟轲充满歉意的目光停留在妻子缝衣服的手上，他连自己也不知道，今晚为什么会突然产生一种伤怀之感，也许是这件军大衣让他又想起了什么，也许，是这个闯入他家的窃贼扰乱了他平静的生活。

[二]

早晨，李剑刚刚踏进公司办公室，就被卢绍谋叫了去。他推开经理办公室门，绍谋正在打电话。天气有点闷热，李剑解开西服扣子，很自然地背靠沙发，一边认真地听绍谋和对方谈话，一边在翻阅这几天的《经济日报》，目光盯着四月二十六日那篇发在头版头条的文章："据澳大利亚羊毛公司称，今年下旬以来，悉尼及墨尔本市场上澳毛的指标价连续下跌，每公斤为 926 澳分，比 4 月初的行情平均下跌23澳分。其中19微米和22微米纤度的羊毛跌幅最大，下跌44澳分，使19微米纤度的羊毛价降到1988—1989两年来的低谷。"李剑看了看日期，又在回想着刚才深圳沙东公司打来电话，让他们赶快送十吨无毛绒过去，他突然感觉，这个时候做生意，好像有点不大适时。谁又能看清羊绒大跌价真正的背景是什么？时局会发生什么样的变化，他感觉，在商界好像有一场硬仗要打，但怎么打？和谁打？一时还琢磨不透。

卢绍谋放下电话，告诉李剑一个令人震惊的消息："工商局孟轲知道咱们在倒卖铑粉。"他坐在沙发上，脸部的每一根神经似乎都绷紧了，两道眉毛也锁在一起。

"什么？消息可靠吗？"李剑大吃一惊，有点不大相信这话的真实性。

"可靠。企业科小袁亲口告诉我的，老头子去他们科调查咱们的经营范围。"

"奇怪了，这个老头子难道长了一对电光眼？能穿透时空？这笔生意只有你知我知，信息的从哪儿泄露出去的？"李剑疑惑不解地问。

"若想人不知，除非己莫为。你还记得那个刀疤脸吗？"卢绍谋的情绪在瞬息间变化着，放松了紧绷的脸，一副泰然处之的模样。

"就是那个三流的空手道？要不是你拦的，那天我就狠狠揍他了。本来，每公斤铑粉十九万就拿到手了。这家伙从中作梗，把价格抬高到二十五万。"

"我就是这个脾气，二十五万也要拿到手，给这小子点颜色看看。他也气坏了，煮熟的鸭子飞出了锅，你想想能不恨咱们吗？咱们把货刚刚拿到手，他就给检查科去电话告了状。"

"我们得赶快让小袁给办一份有权经营稀有金属的单项证明，即使孟轲查住了，符合经营范围，合理合法。"

　　"来不及了，你也知道，孟老头办事非常神速，他明天一早就要下扣押令，全部封库进行检查。夜长梦多，咱们要赶快把货送出去。每公斤铑粉 CC 集团给到四十万，这笔生意的利润是十分可观的。这货千万不能让老头子查住，事情一败露，牵扯的根儿就深了。他要和我过不去，我也要让他清楚卫达实业公司不是他能整垮的。CC 集团的陈老板在广州等你过去。这笔生意成交后，利润全部转入北京的账户。"卢绍谋口气十分平静，脸上丝毫看不出任何惊慌的表情："另外，再往深圳运十吨白山羊无毛绒，厂里加工出来的这批货全部是 01 标准，沙东公司说每吨价格给到九十万……"

　　李剑突然打断卢绍谋的话，把手里的《经济日报》在他眼前晃了晃说："你看看这篇报道。"

　　"不看，"卢绍谋摆了摆手，并没有把报纸上的报道当回事，"这笔生意做成了，利润非常可观。李剑，这几年也辛苦你了，把南方的事情办妥当，也该好好休息一下了。我准备和莎莎结婚，你一定要赶回来参加婚礼。另外，你也该办一下自己的事，想走出去，名正言顺地办一张护照，看看外面的世界也好。"

　　"绍谋，你的认为是错误的，我们应该想想，为什么羊绒价格突然会下跌？"李剑打住话头："关键是这货怎么往外运？孟轲既然知道了，就不会轻易放过咱们。他是和我们较上劲儿了。还像以往那样公开往深圳运羊绒，恐怕连明珠市也出不去。"

　　李剑办事向来沉着稳重。他仪表堂堂，标准的一米八的个子，身体比较瘦削，但并不单薄。他是卫达实业有限公司的副经理，卢绍谋的得力助手和亲密朋友，换句话说，卫达实业公司是他们两人摞着膀子打下的天下，默契的配合让他们成为一对不可多得的事业上的搭档。每一项重大生意，在最紧要的关头，只要李剑一出面，就会化险为夷。卢绍谋信任他，把公司最重要的事都交给他处理，他的权力和威望有时比卢绍谋还高。但他是谦逊谨慎的，懂得在卢绍谋面前如何来表现自己，而使卢绍谋从来不对自己产生妒忌、不满或猜疑。这也是他能够和卢绍谋默契配合的最大长处。

"那你说该怎么办？"卢绍谋在征求李剑的意见。

"你看这几天的形势，只有动用军车了，我和某师后勤部还是非常熟悉的，他们这几天正好往省城送军需，我们可以和他们合作一下。"李剑胸有成竹地说出自己的计划。这套出其不意的战略把卢绍谋说得心服口服，赞同这张牌打得高明，也佩服李剑的智谋和随机应变的能力。他欣赏自己的搭档，给他递过一支烟："老兄，还是你有办法，不愧是我的好军师。"

李剑把关系到这笔生意的每一个细节都做了周密细致的安排。从用车到装货都是他亲自指挥。他的诡计和阴险是任何人都不能匹敌的。正如他自己说：我李剑是大风大浪里闯出来的人，难道还能在这小河里翻了船？

[三]

这是一个群星闪烁的夜。

三辆草绿色解放牌军用大卡车，从明珠市开出来，顺着蜿蜒的公路向南急驶。隆隆的马达声，闪着白光的车灯……车上的货物都用绿色的篷布包得严严实实。坐在司机旁边的李剑，脸上的肌肉绷得紧紧的，一双深沉机警的眼睛死死盯着车灯扫射后的路面，不时提醒司机："车速再开快点。"

"发动机烫得快冒烟了。"司机焦虑不安地说。

"少扯淡，冲过这段危险区再减速。"李剑压低声音用手里的"大哥大"和坐在最后一辆车上的黄二联系："快，紧跟上，听见没有？前面没啥动静。"

汽车在加速。当行驶到一个岔道口时，李剑突然对司机说："从前面那条小路绕过去。"随后，又向黄二呼唤："注意，绕小路走，从老虎岭攀过去。"

司机猛地回过头，惊得张大嘴巴战战兢兢地说："李经理，谁不知道老虎岭是鬼门关，这不是找死吗？"

"怎么？怕了？我不是和你讲得清楚，这趟差事就是去鬼门关嘛。"他狠狠地瞪了司机一眼，怒斥着。

"不，我是怕……"司机的声音有点唯唯诺诺。

"怕什么？刀山也得上，知道吗？"李剑的声音里没有一点商量的余地。

"李经理，我看还是走大路吧，半夜三更的，谁有辛苦在路上傻等着拦车。"坐在一旁的保镖李四打了个哈欠，揉了揉睡眼惺忪的眼睛："小题大做了……"

他的话还没有说完，就被李剑打断："你懂个屁，孟轲这个老狐狸诡诈狡猾得很，我和他较量也不是头一回了。大意失荆州，知道吗？"他返回头瞪了李四一眼，然后，又将目光投向车窗外，什么也看不见，除了车灯扫过的路面泛着白光，整个世界似乎都处在黑暗中，他不想让眼睛在黑暗中窥视，干脆闭了起来，用心聆听，捕捉夜的天籁之音……

"你没听说，如今想做买卖开公司首先要把三方神仙进贡好，孟轲和我们卫达公司过不去，大概是你们没有把他照顾周到，俗话说：'银子不够添上钱，哪有不下雨的老天爷'？"

"你见过孟轲吗？"

李四摇摇头，一副不以为然的样子。

"那你就不要发言。"李剑不想和李四说这些事。他皱了皱眉，显然孟轲让他头疼，这是一块硬骨头，我李剑和卢绍谋都啃不动的硬骨头，可想这个人是多么的令人棘手和难以对付。他和绍谋都是在他面前碰了大钉子的人。既然他敬酒不吃偏要吃罚酒，那就不要怪我李剑对他不客气了。在黑暗中，他似乎又看见孟轲那双眼睛，那顶端端正正的戴在头上常年不摘的闪着国徽的帽子……

　　爬山了，汽车加大马力，像一只绿色乌龟艰难地缓缓爬行。弯弯曲曲的盘山路，宛如一条带子从高高的山顶蜿蜒迤逦落下，汽车伏在这带子上，有点飘飘悠悠的感觉。司机的眼睛像两颗毫无表情的玻璃球，细密的冷汗渗出头顶，握方向盘的双手神经质地抖着。李剑仍然将目光投向车窗外，眼睛死死盯着两道光柱照射下的山路，这条路他不知跑了多少次了，羊毛大会战时，亲自指挥几十辆汽车从这里开出去。谁也想不到他李剑敢闯鬼门关。正因为这一次次地铤而走险，而使他一次次取得成功，也助长了他的胆识和能力。可不知为什么从来没有像今天这么心惊胆战，他有点心虚，思绪也变得杂乱无章，他在问自己：是不是选择这条路是错误的？会不会来个自投罗网呢？心里一片茫然，就像这无边的夜，他感觉自己如孤家寡人，独行在一个与世隔绝的黑暗中……

　　这价值几百万的货物，万一在路上有个闪失，他只有提着脑袋去见卢绍谋。想到这些，脸上不由露出一丝凄然的苦笑。李四给他点了一支烟递过来，他吸了一口，香烟在手指间任意燃烧，烟雾罩住了他的脸……

李四被烟呛得睁不开眼，他打了一个喷嚏，粗声粗气地说："这纯粹是自己吓唬自己，放着平平的路不走，偏要走这鬼见愁的路。哼！路上谁要敢拦车，先问问我的拳头！"他拍了拍满是汗渍的裸露的胸脯，一副满不在乎的样子。这个熊腰虎背的彪形大汉，相貌有点凶，蒜头鼻子，国字脸，满头蓬蓬松松的淡黄色的头发，一双不大对称的小眼睛。李剑不理睬他，他感到无趣，干脆闭着眼开始睡大觉。呼噜声此起彼伏……

［四］

汽车终于爬过了老虎岭，李剑吊在嗓子眼儿的心踏实了，他长长吐了口气，正打算抽支烟，松弛一下紧张的情绪，突然，在前面的路上，出现了几个人影，他感觉不妙，迅速推了一把正在打瞌睡的李四，立即向后面几辆车发出信号："注意，前面有情况，把车灯闭了停车待命。"

夜色吞没了蜿蜒的公路，大地万籁俱静。李剑先跳下车大声喊道："把烟掐掉！"随后，又叫李四去前面探路。李四大摇大摆地朝前走去，大约走出几百米远，就返回来了，压低声音说："前面设了卡子，但没看见人，这帮家伙大概都隐藏在暗处。"

李剑的眉头锁在了一起，冷冷地问："能冲过去吗？"

"就算冲过去，就怕咱们前脚一走，他们后脚就骑摩托车追上来了，这一跑反倒惹出麻烦。"

黄二从后面走过来，他裹了裹身上那件灰色风衣，耸着肩膀不耐烦地问："怎么回事？"

"前面的路上设了卡。"李四在回应他。

"这家伙简直是条老狐狸，闻着一点腥味儿就追来了，冲过去算了。"他急躁地在地上走来走去。

"不能鲁莽行事，咱们分两个方案进行。亮出证件通过更好。如果他们执意要上车检查，咱们就来武的。出手不要过狠。来武的还走不了，我就坐第一辆车走，把后两辆车留下，黄二做掩护。记住，第一辆车必须通过，无论遇到什么棘手的情况，也不能把这辆车落到他们手里，听见了吗？"

李四和黄二都点点头。

"好，开足马力冲过去。"李剑向司机挥了挥手。

车速加快，马达的轰鸣声划破沉寂的夜空。

前面，七八辆摩托车并排横挡在公路上。

"站住！"其中一个人手里挥动着小黄旗，大声喊着。汽车戛然停止，李剑的身子剧烈地晃动了一下，随之是刹车的嗤嗤声。

"你们是哪个单位的？"李剑先跳下车，镇定自如地朝他们走过去。借着车灯，他看清了这几个人的衣着：头戴安全帽盔，身穿灰色制服，威风凛凛地挡在路中央。

"工商局的，检查一下车上的货物。"

"对不起，这是军用物资。没有上级首长的命令，不得随便翻动。"李剑拉了拉那套不太合身的军服，一本正经地说。

"有证件吗？"对方用一种不信任的口气问。

"有。"他从容不迫地递过介绍信、路单，又从兜里掏出一盒万宝路香烟，向这几个人放了一排子："吸支烟吧，你们的工作可真辛苦，我们是给省城部队送军需的，想检查也可以，不过，你们必须给出示个证明，路上耽误了时间，我们也有个交待。"这一番软中带硬的话把这几个人唬住了，那个拿旗子的人大概是个小头儿，手电筒在介绍信上晃来晃去。随后，又瞅了瞅车上用篷布包得严严实实的货物，慢腾腾地问："你们怎么不走大路？"

"这是首长的指示，大概是军事秘密吧。"李剑嘴角浮出一丝不屑一顾的冷笑："看清楚了吧？"

他挥挥手，示意下面的人放行。李剑伸出手和他握握，客气地说："谢谢你们！"随后一个箭步跳上车，"出发！"

汽车又开动了，他解开军服扣子，掏出手帕擦了擦额头上的冷汗，长长松了口气。但内心并不轻松，已经敏感地觉察到，自己执意要走这条路看来是失算了。俗话说，要想打狐狸，必须要有好猎手。那么，他和孟轲，究竟谁是狐狸谁是猎手？也许他的计划是错误的，应该听卢绍谋的话，堂堂正正地从大道上过去。没出所料，汽车开出不到几里，一个瘦削精悍的老头子站在路中央，他晃动着手电筒大声喊着："停车。"汽车在他的身边晃动了几下，终于停了下来。李剑火冒三丈，正要破口大骂："你想找死吗？"但话一出口，借着灯火他看清了那顶闪着国徽的帽子，还有那双在密密丛丛的眉毛下，一双无神灰暗的眼睛，高高的鼻梁，短短的灰白胡须，是他，铁包公孟轲！冤家路窄！李剑立即吩咐司机把车灯闭了，他推了李四一把："下去挡驾一下，手脚不要太狠了。"

李四慢腾腾地跳下车，恶狠狠地骂道："老头子，你是不是活得不耐烦了，自杀也不能脏了老子的车轮子。"

"我们是履行公务。"孟轲掏出工作证。其他三个人也一起围过来，目光同时盯在李四的脸上。李四看了一眼工作证，鼻子里发出几声嗤嗤的冷笑："噢，原来是工商局检查科的，是不是想要几个过路钱？"他嗓门又高又响："我们是给省城部队送军需的，耽误了时间你们能担得起吗？"

"不管什么车，今夜一律都检查。"孟轲的声音里没有一点容缓的余地，像一尊石雕耸立在路上。

"我说，你们地方机构把手伸得太长了吧？怎么个检查法？是不是把这些缆绳都打开，篷布都掀起，货物全部卸下来？"李四故意和他捣蛋。

"用不着卸货，这仪器会告诉我们一切的。车上的货有问题，就不能放行。"这话好比一包炸药，带着强大的杀伤力，直冲李剑心窝。他握紧拳头，默默地注视着孟轲，脑子里飞快想着随机应变的办法。

"如果查不出什么禁用物质又怎么办？"李四铁塔一样的身体堵住了这几个人的去路。

"查不出来，就放你们过去。"孟轲的目光透过驾驶室玻璃直射在李剑的脸上，正要说什么，李四来了个先发制人。

"说得真好听，你们先问问它同意不同意？"李四眯着小眼，两只大拳头不断地握紧、松开，松开了又握紧。终于，向一个小伙子的头上砸去。同时，一只脚向铁包公的身上飞去。

那几个人一看事情不妙，也不示弱，一齐向李四扑过来。李四趁他们向前跌的时候，身子一转，一手拉住他的衣服，用力向后一提，跟着用脚一勾，那人便仰面跌倒。他是一个很称职的保镖，三五个壮汉也别想近他身，他现在只是稍稍给这几个人点厉害，把他们扔下路基，让汽车顺利通过。他狠狠地朝孟轲的腰腿上踢了几脚，只听老头儿惨叫一声，趴在地上不能动了。李四揪着他的衣领，老鹰抓小鸡似的，从地上拽起来，又顺手扔下路基。其余几个人向李四围过来，他向后跳了一步，喔喔飞起两脚，他俩痛楚地捂着肚子倒在地上。一直躲在车后面没有露面的黄二见几个人都倒下了，上前拉了李四一把："快上车，冲过去，你小子还真有几手。"

"冲！"李四得意地晃着脑袋，一步跨上车。

汽车呜呜地向前冲去，当驶进山西地界时，李剑的心才稍稍平定了一点，他向卢绍谋发出呼唤："绍谋，货已经安全运出，孟轲可能要去找你麻烦，请多加小心。"

"放心吧，这里的一切事情由我来对付，去了广州，请马上通话。"大哥大里传来卢绍谋的声音。李剑脸上浮现出一种侥幸的还有几分洋洋自得的微笑，他抽完了最后一根烟，把烟蒂在车窗玻璃上狠狠地拧着，然后，打开玻璃，将揉碎的烟蒂扔在风中。他累了，身子疲惫地靠在车座，眼皮沉重地再也睁不开了。

第二章
女人与酒

[一]

　　十几辆漂亮崭新的尼桑、皇冠、桑塔纳小轿车组成一支浩浩荡荡的迎娶队伍，从繁华的银河大街驶过。华夏经济贸易开发总公司的朱老大美滋滋地坐在第一辆车上，从车窗里伸出一张猪头猪脑的脸，他手里拿着一挂点燃的万响小鞭炮。"噼噼噼，啪啪啪……"欢快清脆的炮声引来看热闹的市民。第二辆车内坐着卢绍谋和乔莎莎，俩人甜蜜地偎依在一起。大红喜字贴在玻璃上，鲜红的绸子挽成一朵朵漂亮的花环，雪白的纱帘遮住了车窗。人们看不清新郎和新娘的面孔，这种朦胧的气氛更使这场婚礼显得神秘隆重。后面的车子里坐的是伴娘和亲友，拉的是嫁妆，彩电、冰箱、录像机……

　　这场婚礼是在明珠酒店的餐厅举行。

　　豪华的明珠酒店，一条猩红色地毯在大厅铺展开。

　　卢绍谋紧紧挽着乔莎莎的手臂，从小车里双双走出来，微笑着向宾客点头致意。身旁的伴娘青柳儿朝人群撒喜糖，花花绿绿的糖、五彩缤纷的纸花、彩条顷刻间像雨点似的洒在人们身上。新郎新娘挽着手，踩着红地毯向大厅走去。"嚓嚓！"闪光灯在人们头顶上闪射，身穿鲜红西装的服务生也忙得在大厅穿梭往来，几个拿着照相机、录像机的人跑前跑后，全景镜头，特写镜头，场面纷沓交叠，光怪陆离；来宾人皆鲜艳，个个喜笑颜开……

女傧相青柳儿跟在表姐身后，昂着头微笑着从乱糟糟的人群中穿过。她的衣着十分时髦，和三年前那个没见过世面的农村姑娘相比简直是判若两人。乔莎莎打扮得粉面朱唇，浑身珠光宝气，夺目生辉。漂亮的婚礼服还是卢绍谋的父亲特意从香港给儿媳妇寄来的，薄薄的白纱罩住了她那饱满的乳房、柔美的腰身和修长的大腿。那曳在身后的长裙，像一朵白云托着一位美貌动人的仙女从天缓缓而降。她的脸上一直保持着妩媚动人的微笑。男宾们用贪婪的目光打量着这位美人，毫无顾忌地盯着她那袒露的前胸。

铺着雪白台布的大圆桌上，摆着各种可口的小吃。婚礼在一阵狂欢明快、激情洋溢的歌曲中进行，大屏幕电视播放着《两只蝴蝶》的歌曲，舞池里，红男绿女在这富有刺激感的音乐声中摇来晃去。银花点点，彩灯闪闪，一幅火树银花的样子。

手捧一张张印制精美的请柬来向卢绍谋祝贺的，都是生意场上的人，可以说是群英聚会。这些人都是从卢绍谋身上捞过大钱、得过好处的。一来是为讨好卢绍谋，更重要的是通过这次婚宴，抬高自己身价，捞取更大的实惠，结识更多的商界要人，钓住卢绍谋这条大鱼。

听说卢绍谋和日本沙东公司签订了一份八千万的白山羊无毛绒合同。内情谁也不大清楚，谁也没有看见这份合同书。但他们凭着多年的经商经验，已预料到，一场大的生意上的恶战就要展开。于是，一个个就像训练有素的警犬，用鼻子嗅着卢绍谋的气味，想从这气味中辨别出事情的真伪和虚实。先来个投石问路，然后再孤注一掷，生意场就是大赌场，只要瞅准了，他们会赌上所有的家当。这伙人坐在那儿，别看互相在恭维着，打着哈哈，但那一双双笑眯眯的眼睛后面却藏着一个个阴险毒辣的阴谋。

[二]

宴席开始了，丰盛的酒菜端上了桌。鲜嫩的切成薄片的烤鸭，完整无缺的烤鸡、熏兔，色香味美的鱿鱼海参、清蒸螃蟹，嗤嗤冒着青烟的铁板牛肉，银耳、香肠、火腿、松花蛋拼成的什锦冷盘……大伙举着明晃晃的高脚酒杯，红的葡萄酒、黄的朱古力、绿的竹叶青、黑的威士忌在人们眼前晃动。

卢绍谋今天潇洒极了，他整整四十岁，但浑身仍然透着一股青春的活力。笔挺精致、价值千元的皮尔卡丹西装穿在身上，更显得庄重、老练、英俊、洒脱。他对每一个人都十分客气，态度也很温和，含蓄的思想锋芒，果断的魄力，构成他刚劲的男子汉气度。他是明珠市有名的企业家，上过电视和报纸。具有现代化设施和一流服务的明珠酒店就是他亲手建造的。全市有名的梳绒厂又是他的第二基地，每年给国家创汇几百万。他为自己所创造的这番事业而骄傲。

他的私生活很浪漫，也很神秘。谁也不清楚他为啥一直等到四十岁才结婚。有人说他是想去继承父亲的家业，不打算在大陆娶妻。对于这些说法，他只是报以不屑一顾的微笑，真正的原因只有他心里清楚。选择情妇可以随随便便，但选择妻子他的条件和要求是苛刻严谨的。和许多女人的接触中，只要自己在心理上稍微产生一点厌恶的感觉，就马上分手。直到遇见乔莎莎，才感觉到只有这个女人才配做自己的妻子。

他用那结实有力的臂膀挽着乔莎莎的手，向宾客点头致意。一阵热烈的狂呼，人们要求新娘和新郎接吻。卢绍谋朝大家笑笑，然后大大方方地抬手托起乔莎莎那张如花似玉的脸庞，吻着小巧的嘴巴，漂亮的鼻子，妩媚的眼睛……正当他吻得热烈、疯狂、刺激的时候，突然，女服务生走过来悄声说："卢经理，会客室有位来宾执意要见你。"

卢绍谋轻轻吻了吻乔莎莎的脸颊，又向大家抱歉地摆摆手："我去去就来，你们要尽情地玩，尽情地吃。"说罢，匆匆向外走去。

［三］

当他推开那扇玻璃转门，穿过铺着猩红地毯的长廊，走进会客室时，身体如同被人点了穴，僵直地伫立在门口："你……你怎么来了？"

"我不能来吗？"这是一个气质文静、颇有风姿的女人。她站在地中央，眼睛冷冷地望着卢绍谋。两人久久对视。她的面色有点苍白憔悴，但仍然掩盖不住那端庄秀美的姿色。黑亮如缎的头发挽成一个圆圆的发髻，别具风韵。一件黑色的无袖长裙罩住那线条优美的腰身，一条工艺精致的金项链佩戴在那裸露着的白皙的脖子上，显得雍容华贵大气端庄。她递给卢绍谋一束白玫瑰花。

"茗儿，真没想到你会来。"望着这束花，卢绍谋不由吸了一口冷气，神色有点慌乱，脸上流露出尴尬的微笑。几个月前，躺在他怀里的是这个女人。简直很难想象，当初自己为什么会那样疯狂地爱她、追她、想她？

"你没想到的事情多着哩。"秦茗那双波光闪闪的眼睛里闪射出灼热、坚韧的光，这光如一根根钢刺，扎进卢绍谋的肌肤里。"好隆重的婚礼啊，我给你送来一份礼物。"她从小坤包里掏出一张诊断书递给他。

卢绍谋的手像触了电，不由得哆嗦了一下，脸色也变得十分难看。他突然感到自己是那样笨拙，在这个女人面前似乎变得束手无策和难以应付了。眼睛盯着这张纸，吞吞吐吐地说："茗儿，你开什么国际玩笑？究竟是怎么回事？"

"你还不清楚？"秦茗扭动着腰肢，在他面前来回走动着。好一会才说："我肚子里怀了你的孩子。"

"胡说！你是不是疯了？"卢绍谋猛地转过身，目光狠狠地向她逼去。

"哈哈哈……"秦茗突然大笑着："卢绍谋，你怎么也学会耍赖？我疯了还是你翻脸不认人？我是女人，不是一块抹布，你用完了就随手扔掉。为了你，我失去家庭，失去心爱的女儿，遭到许多人的唾骂、指责……"秦茗眼里噙满泪水，声音哽咽了。她和卢绍谋度过的每一夜，卢绍谋的形象以及一切都在心里留下了逼真的质感。自己在心爱的人面前，柔情似水，风情万种，想和他一起走完人生这段漫长的路。但万万没想到，卢绍谋已经把那一个又一个充满柔情蜜意的夜忘得一干二净。此刻，她听着大厅里传来的《婚礼进行曲》，心痛苦地颤抖。

"茗儿，在最后一次谈话中，不是告诉过你了，以后咱们各走各的路，在感情上谁也不欠谁。至于你肚里的孩子，怎么会是我的呢？"

"好吧，既然你说这肚子里的孩子不是你的，那就请把这盘录音磁带拿出去，在你的婚礼上放一遍，让所有的宾客听听。"说罢，秦茗把磁带放进小录音机里，按下键钮。录音机里传来了卢绍谋的声音："茗儿，我心中的维纳斯，我永远爱你，盼望你给我生个胖儿子……"接着是秦茗在激浪的波涛中娇滴滴的呻吟，卢绍谋发泄后的粗犷喘息……

"够了！"卢绍谋完全失去绅士风度，不耐烦地摆摆手，眼睛瞅着秦茗手里的录音机，恶狠狠地说："这录音带又能说明什么？咱们每次在一起不是都采取了避孕措施吗？"他的目光停留在秦茗的脸上，心中在暗暗告诫自己，必须高度警惕，决不能再同她重温旧情。

"我想要孩子谁也阻拦不了。"她抬起头，迎着卢绍谋目光，朦胧中透出一抹惨淡的哀怨和憎恨。

"你可恶、卑鄙，我错看你了。"一种受了捉弄的愤怒使卢绍谋一下变得暴跳如雷。

"就算我卑鄙、可恶，但我并没有去玩弄你的感情。"

"你坦率地说吧，想干什么？"

"我只想问你一句话，肚里的孩子怎么办？"

"打掉。"卢绍谋不假思索地回答。

"你说得多轻松呀。那是一个有血有肉的生命，是你和我爱的结晶，就这么随便地处理掉？"

"你说怎么办？"

"我要生下来。"

"想用孩子来要挟我吗？"

"你错想了。我只是喜欢孩子，而且更喜欢和你的孩子。"秦茗眼里含着无限的忧愤和悲伤。今天，她才明白，自己多少年来所追求的爱情不过是一个虚幻的梦，她所钟爱的人一下子在她眼里变得那么狰狞庸俗，甚至有点下流，不由地又潸然落泪。

"说吧，你需要多少钱？"

"卢绍谋，你以为在这个世界上，钱能买到一切吗？"

"你究竟要干什么？"卢绍谋暴躁不安地走来走去，音乐声、嬉闹声不时传进他的耳朵里。他怕乔莎莎闯进来，也怕秦茗把这盘磁带放出去。

"我让你做孩子的父亲。"

"这不可能！我已经和乔莎莎结婚了。"

"结婚是你的事，但让你做孩子的父亲是我的事。"秦茗口气固执而坚定。

"这绝对不可能。"

"我只求你尽一个父亲的责任，这不过分吧？"

"茗儿，你需要多少钱都行，我都给你，说吧，三万、五万……"卢绍谋作难了，停顿了一下，手指轻轻理了理头发："要我做孩子的父亲，这办不到。"

"那好吧，你既然办不到，我也就不难为你了。"秦茗不再和他僵持，把录音机放在皮包里向外走去。

"茗儿，"卢绍谋一把搂住她："难道你忍心让我在大庭广众下出丑？"他的声音软了，一丝隐匿的爱意倏然从眼里划过。

"放开手！"秦茗甩开他的胳膊："这有什么丑？你不是常常说有本事的男人可以娶三妻四妾，你不是常说世界上没有两个滋味一样的女人吗？这不正好让大家听听，你还有一个已经怀了孕的女人。我秦茗什么都不怕，我痛苦够了，也要让别人尝尝这痛苦的滋味儿。"

"茗儿,不要激动,有话慢慢说,我答应你还不行。"卢绍谋不知所措了,他甩女人是很有办法的,但今天却有点为难了。他怕把事情闹大,想用好话来稳住茗儿。

"那好吧,你既然答应了,就在这张协议书上签个字吧,我要拿到公证处公证,将来孩子出世后,要受到合法的保护和抚养。他(她)不是私生子,是一个被父亲遗弃的孩子。"

"我答应你,但你必须做到,至少在孩子未出世这段时间里,请你不要来打扰我的生活。"

"我永远也不想再看见你。"

"明天,我让出纳给你送一张现金支票。"

"没那个必要了。"秦茗拿着那份签了字的协议书,抹掉眼里的泪花,头也不回地向外走去。

[四]

在会客厅门口,秦茗和乔莎莎撞了个满怀。

"你?"乔莎莎惊讶地瞪了秦茗一眼。高傲地昂着头,脸上呈现出洋洋得意、近似冷嘲热讽的微笑:"秦茗,你可真稀罕哪,怎么?来参加我们婚礼?"

乔莎莎的话宛如一把盐撒在她受伤的心上。秦茗慢慢扬起睫毛,目光从乔莎莎脸上滑过。举行这盛大婚礼的本应该是自己和卢绍谋,但乔莎莎却捷足先登。嫉妒、愤怒、难言的苦衷在心中翻涌,但脸上却全无怒色:"是的,我来给你送一束白玫瑰花。"

"那好吧,我最喜欢白玫瑰。白色象征我们爱情的纯洁无瑕,白头偕老,百年好合。绍谋,你说对吧?"她边说边在卢绍谋的脸上吻了一下，显然是故意做给秦茗看的。

"我来了，你嫉妒了吧？"

"咯咯咯……"乔莎莎开心地笑了："绍谋又不是和你结婚，我嫉妒什么？以前你们俩亲亲热热来往的时候，我也不嫉妒。我这个人，无论在事业上还是爱情上都喜欢竞争。咱们在这场竞争中，你失败了，我赢了。"

"你说这话不觉得为时太早？"秦茗的口气异常平静："你既然喜欢竞争，那咱们之间的竞争大概只是刚刚开始。"

"好，欢迎你充当第三者，你能随便插足我们中间，说明我乔莎莎无能。"

卢绍谋站在两位女性中间沉默不语。他爱娇妻，漂亮、活泼、犹如一团跳跃的火，滚烫、热烈、令人神魂颠倒。但他也觉得对不起秦茗，这个成熟的女性，在感情方面比乔莎莎更稳重、深沉、牢固。不和她结婚，是因为时间已把他的激情和狂热殆尽，让他厌倦了，但他承认爱过她。

"秦茗，我们之间并没有什么，你恨也罢气也罢，完全没那个必要。我现在虽然和绍谋结婚了，但我并不重视那张结婚证。无论有多少来追求绍谋的女人，我都感到自豪。因为我选择的男人，值得她们爱慕。而他却恰恰选择我做妻子，说明我在这众多的女性中是佼佼者。就算是我把绍谋从你手中夺走的，难道你就不去反省一下自己吗？是什么原因使你失去了他？"

"乔莎莎，后会有期。"秦茗头也不回甩门而出。

"刚才昆市长来电话祝贺咱们的婚礼。"乔莎莎凝视着伫立在那儿的绍谋，深情地说："怎么啦？不高兴？走吧，给昆市长回个电话，他和你还有其它要事商谈。"

卢绍谋的情绪受到干扰,有点低落,又怕乔莎莎产生其它想法,于是极力解释着:"真没想到茗儿会来。"

"别说了,有人和我争夺你,很刺激,真要有一天,某一个女人把你从我手里夺走了,这说明我在你眼里已经失去了魅力,不值你爱了,对吧?"她的脸上透着一种让人捉摸不透的微笑。

"不会的,永远不会的。"卢绍谋一下把她紧紧抱在怀里,狂烈地吻着。

"绍谋,两个人的结合不应该成为互相束缚,更不应该嫉妒对方的自由发展。你有选择我的自由,我也有选择你的权利。有一天,你的形象在我的心中突然倒了,那我就离开你,谁也阻止不了。"

"莎莎,你不要忘记了,咱们已经是合法夫妻,法律这条绳子把我们捆在了一起。"

"法律?能捆得住吗?你也重视那张纸?"

"我不重视那张纸,但不希望咱们之间有那么可怕的一天。"

"那咱们俩就永远给对方一个全新的面貌。至少使对方的心理上不会厌倦和乏味。你记着,能让女人动心的是男人的才华、魅力和力量。"

"那么,能征服我的女人应该是一杯真正的力度很浓的茅台酒。"

"走吧,客人都在等着咱们敬酒呢。"乔莎莎柔情似水,轻声对卢绍谋说:"今晚,我让你好好尝尝茅台酒的力量和滋味儿。"

第三章
喧闹的婚宴

[一]

卢绍谋和乔莎莎端着酒杯，逐个给客人敬酒。大厅右边的餐桌上，坐着华夏经济贸易公司的朱老大、联购分销公司的罗英、塞外商行的牛三爷。还有两名商人，外贸皮毛科的业务科长楮丹、畜产公司绒毛科的赵之筠。乔莎莎给他们倒酒，大伙客客气气领了酒杯。卢绍谋说："今后，在生意场上，希望我们多多合作。"大家的脸上都洋溢着激动、兴奋的光彩，众星捧月似的围着卢绍谋，想和他谈论一些关于绒毛生意的话题。但卢绍谋守口如瓶，一字未提，只劝大家吃好喝好。朱老大有点沉不住气啦，端起酒杯也想和卢绍谋拉近乎。哪知，刘连枢过来和卢绍谋耳语几句，说门外有人找。卢绍谋只好向大家说声抱歉，摆摆手，匆匆向会客厅走去。朱老大很扫兴，又和同桌人碰起杯，轮到赵之筠时，他恭恭敬敬地端着酒杯说："赵经理，咱俩喝一杯。"

"不敢，不敢，我向来烟酒不沾。"他摆摆手。

"不可能吧？是不是看不起我老朱？"朱老大端着酒杯，有点下不了台。

"不，我的心脏不大好。不过，既然朱经理赏这么大的面子，哪能敬酒不吃吃罚酒呢？"他接过酒杯，一饮而尽。

"够意思，赵经理，以后有用得着我朱某的地方，尽管说话。"

"不敢，我们的工作远远不如你们这些公司，缺乏你们这种敢闯敢干的精神。经营方法还采用七十年代的老套子，经济上更没有自主权，总有一天会被你们挤垮的。"这杯酒让赵之筠浑身发热，话也似乎多了，其实，他打心眼里看不起这伙皮包公司的个体户。

"哪里，哪里，我们这些公司都是拉杆子起来的草头王。你们是堂堂正正的国营单位，有财政拨款，国家投资，赔钱也是赔了公家的钱。去年五金交电公司一下子就赔进二百多万，要是落在我们头上，上吊连绳子也来不及绾。但交电公司经理照样四平八稳当他的官。"朱老大这段话，引来了大家的争论："有的单位名义上搞承包，但权力一直不下放，下面的人花一分钱也得向上打报告。一张单据的账下得不合理，纪检委就来查你的账。"

"查？你没听说，卫达实业公司的一百本发票没有影踪，都无从下手查。孟轲这老点子不识货色，非要查，结果卢绍谋说发票丢了，他能怎么样。"

"听说孟轲前几天被一伙军人打了，现在还在医院躺着。"

"这件事惊动了公安局，据说那些军车有点来路不明。"

"人家敢打他，都是有后台的人。这老头子是耗子舔猫屁眼儿——找死啊，人们说他是铁包公，我看他是改革的绊脚石，连昆市长看见他都头疼。"

"听说他和李市长的关系不错。抗美援朝时，两人从一个战壕里滚打出来的。我发现李市长和孟轲一个德行，阴阳怪气，没有昆市长那大刀阔、光明磊落、敢作敢为的改革家气派。"

一伙人从市里的领导议论到公司的经理。海阔天空，口无遮拦，大吹大擂。酒精在蒸腾溶解他们的理智，一个个思维都变得模糊了。

号称"算破天"的罗英却一直保持清醒的大脑，正低声和楮丹谈一笔生意。

"罗经理，如果你手里有现货，我先接受你的。"

"怎么个接受法？"

"货到付款。"

"价格呢？"

"四平尺以上无草刺的土种皮按这个价。"楮丹伸出两个指头比画着价码。

"能不能给这个价？"罗英巴眨着眼睛讨好楮丹，也用指头比划着回价。

"不行，这也是照顾你，我不是说了，给我送货的人很多。"

"不见得吧，市里有几家皮革厂没有原料都停产了，你们厂子难道例外？"

"给我送货的人，一张皮子我就给他们三角钱的回扣。你可不能小看这三角钱，它能诱来很多货主。"楮丹慢慢地吸着烟，她是个办事干练的女人，长得不漂亮，虽然才三十多岁，但已经是一个储满生意手段的老奸商了。纤细瘦弱的身子，看起来有点弱不禁风。因为她外表的软弱，而使许多和她交手的人都吃了大亏。错误地估计了她的力量，她像一位老练的太极拳师，借对方的力量，直至把对方击倒。

朱老大没文化胆子大，想借酒宴巴结赵之筠。给赵之筠又是倒酒又是夹菜，酒过三巡，终于把话转到正题上："赵经理，听说你们畜产公司今年收购羊绒的任务很大。"

"是的，总共一千吨的任务。市绒毛厂的货源全部由我们畜产公司来供应，不准他们自己进货。不然，区公司就不拨给他们款。"

"看来，区公司是专门让你们畜产公司发财了。"

"当然，最有油水的生意也就是羊绒了。如果把收购权利转让给别人，我们畜产公司这几千号人怎么办？"

"但你们也不要太自信了。如果卢绍谋那份羊绒合同是真的，你们的收购任务恐怕就不会太顺利了。"朱老大狡黠地眨眨眼。

"我们各自为政，不会有什么冲突。"

"哈哈哈……"朱老大突然放声大笑起来："赵经理，你也不想想，全区共有多少只山羊？每年能产多少斤山羊绒？就是把区外的羊绒统计在一起，也凑不了一千吨。但卢绍谋就把这羊绒垄断了，你们两家还能不竞争不冲突吗？"

"这很正常，我也愿意和他竞争。"赵之筠抬起头，扫了他一眼，不紧不慢地说："绍谋从来没有提过这笔生意。"

"他会提吗？这是你知我知天知地知的事，在预付款还没有打入卫达公司账户的情况下，卢绍谋是不会轻举妄动的。你不看看，许多人虎视眈眈，都在瞅着这块肥肉。今年的羊绒价我估计低不了，会突破绒毛大会战时的价格。"

"也不见得。国际市场的行情上去了，咱们这儿的价就自然涨高了。如果国际市场价格下跌，绒价也许比现在还要低。我们不敢贸然去收购原绒，也就是这原因。"赵之筠摆出一副胸有成竹的样子，但内心的压力却是沉重的。他比谁都清楚，能和他在绒毛生意上匹敌的对手唯有卢绍谋。他也预料到，在这场羊绒大战上，势必你吞我，我吞你。如竞争不过对方，就有被吃掉的危险。但他不露神色，对当今的生意动向不表示任何态度。谁也摸不透他心里捉摸什么。在座的人都是醉翁之意不在酒，各自怀着满肚子诡秘的盘算，在静静窥视着整个生意场上的动态和风向。赵之筠在暗暗告诫自己，一言一行决不能露出一点给这伙人可钻的空子。

[二]

酒席已到了高潮，要出的风头也出够了。朱老大又端起了酒杯，他觉得自己的身体发热，脚跟发软，舌头发僵，吐字也含糊不清了："来，为了迎接第二次绒毛大会战干杯！"

大家响应着，十几只明晃晃的杯子碰在一起，十几张笑脸凑在一起，各种生意在这酒席上谈判着，互相诡秘地咬耳朵，把手伸进袖筒里打价码。各种能量的释放，各种理智、狡狯、手段的较量，使每个人兴奋、激动、贪婪、疯狂。这就是生意场，一个特殊的物理场，比磁场更有吸引力，但在这场的周围却是无数个深不见底的黑洞，稍不留心，就会被吞噬。

朱老大那张酱紫色的布满疙瘩的脸上泛着兴奋的光彩，他嘴里叼着一支烟，大大吐了一个烟圈，然后，推了推身边的牛三爷，压低声音说："你仔细看看乔小姐那鼻子。"

"鼻子怎么啦？"牛三爷有点莫名其妙，目光贪婪地盯在乔莎莎脸上。

"那是经过整容的，原来她可没有这么漂亮，是个塌鼻梁。"

"你怎么知道的？"

"啥事能瞒过我的眼睛？这鼻子是专门请美国来的一位整容专家给做的手术。手术费就花了二万。"

"嘘——"牛三爷惊讶地长长吐了口气，"还是卢绍谋有钱。"

"哼！有钱也不一定能请来美国的专家。"

"那是谁的面子？"

"昆市长啊，他是个一声喊到底的领导，请个专家算啥？听说是把脚趾上的骨头取下来，垫到鼻梁上的。"

"噢！有希腊美人的韵味，也有东方美人的特点。"牛三爷是美术学校毕业的学生，过去一直给电影院画广告牌。近年来，看见人们下海经商，他也花了十块钱到工商局领了一个营业执照，在银行立了个账号，又在旅馆租了一间房，做开了生意。他对人体美学略知一二，讲起来头头是道："中国人美，但就是鼻子不漂亮，外国人说中国人的面孔是一马平川。外国人鼻子漂亮，但眼睛嘴巴却比不上东方人，所以，来个中西结合，取长补短，就变成了绝世美人。"

"看不出来，牛兄还有这么一套说道。不过，你可千万别眼馋得流涎水。"不知几时，橘子皮像耗子似的溜到桌前，他摇摇晃晃，说话舌头发僵含含糊糊，嘴里像含了个玻璃球。

"滚得远点吧。"牛三爷是不把橘子皮放在眼里的，就像踢一只钻在桌下啃骨头的狗，狠狠地推了他一把："我玩女人可不像你们下贱，就爱铲别人的锅底。要不，就大把大把地甩票子。"他的话是有意讽刺朱老大。

"票子在咱手里还不是一张张擦屁股纸？谁像你没钱还想玩女人，给人家开白头条子。"朱老大故意慢悠悠地拖着腔调，挖苦牛三爷。

"有这事吗？"众人都瞪大眼睛问。

"当然有了，去年和我一块去兰州调货，回家时候他身上钱花光了。但又想开开荤，出去转了一圈搭住一个小姐，人家和他开价是五十块。但玩完后，他浑身掏不出十块钱，于是，就给这妞打了一张白头条子，请她到楼下二号房间找同来的会计取钱。这小妞也是一个傻逼，信以为真，拿了条子前脚一走，他后脚提起裤子拉着我就往车站跑，你说这家伙缺德不缺德？"

"这还叫缺德？要说做缺德的事，在座的谁没有做过？咱们一个一个顺着数，看看谁干得事最缺德？"牛三爷不满地瞪了朱老大一眼，用牙签挑着牙，嘴里不住地打着饱嗝，极力为自己的行为辩解。

"要想发大财，就得缺大德。叫我看，朱老大是头号缺德分子。"罗英不紧不慢地说："那年羊绒大会战的时候，区里下了指示，一斤羊绒也不准往区外运。区内卖不了个好价钱，急得这群羊绒贩子像猴似的上蹿下跳，你说咱们朱老大什么馊主意也能想出来，他买了一口大棺材，把羊绒装在棺材里，自己披麻戴孝当大孝子，说老爹死了。出殡的大汽车从孟轲的眼皮子下开过去，你说缺德不缺德？你老爹这辈子也算倒霉，没死就让你这个烧烟纸的儿子给打发出去了。"

"嘿嘿，"朱老大咧着嘴大笑起来："前几年，看见别人大把大把地挣钱，俺急红了眼，挖空心思、想尽法子来赚钱，这是逼出来的嘛。这年头，要想发横财、挣大钱就得把脸装进裤裆里。就算是一件缺德的事，我看也没有你老罗干的那事更缺德了。"朱老大晃了晃头，有点得意洋洋："你自己说说，看算不算一件缺德事？"

"这算个啥呀？有个家伙欠我的钱赖账不给，他结婚时，我给他送去个花圈，我老罗还是宽容仁慈的，没有让他在喜日子里竖着进去横着出来就够讲义气的了。"

"这不算缺德，欠债不还，就应该这样去腻味他。"刘瞎子也过来凑热闹，"我看在座最缺德的数橘子皮了，那年和我去深圳，半夜懒得不想上厕所，就往暖壶里撒尿。同屋一个南蛮子差点把他的尿当龙井茶水喝了。"

"暖壶里撒尿是小菜一碟。你们谁敢说出去住旅馆没在地上、脸盆里撒过尿?有的人还去澡堂里拉屎呢。"橘子皮翻着一双比目鱼似的眼睛质问大家。

一阵"哈哈哈……"的大笑,笑过之后,众人又在你一句我一句地附和着:"其实生活就是这么回事,跟垃圾桶一样腥臭,要想捞油水就不能怕弄脏手。"

"对呀,干完了,把手洗干净不就行了,一到黑夜,人人都在干肮脏事。"

"怕你是洗不干净啊,上了贼船有时想下也不容易。"牛三爷叹了口气说。

"下不来就坐着呗,有酒有肉有女人,神仙过的日子。"朱老大又扬起那暴着青筋的脖颈喝了一杯酒:"弟兄们,喝,今朝有酒今朝醉。"

为了尽快消化那些吃进去的珍馐美食,在节奏强烈疯狂的音乐声中,人们一对对走进舞池。这是一曲世界名曲《秘鲁妇女婚礼歌》,男女搂抱着,疯狂地旋转。旋转中令人兴奋激动的肉体的接触,都溶化在这强烈的音乐声中……

[一]

田野夹着黑色公文包，从一辆尼桑小车内钻出来。他扶了扶架在鼻梁上的宽边墨镜，派头十足地踏进明珠大酒家。踏上大理石铺砌的台阶，推开玻璃转门，很有礼貌地从皮夹里取出一张名片，递给门口那位亭亭玉立的女招待，客气地说："我要见你们总经理。"

"请您稍等片刻。"女招待一听是经理的客人，马上把他迎进去。随后把名片传递给卫达总公司的副经理刘连枢。刘连枢一看名片上的名字，不由暗暗吃了一惊，小心翼翼地走到卢绍谋身边，把名片递过去："这个人执意要见你。"

卢绍谋接过名片，目光久久盯着"米氏有限公司"几个字。顿时，紧蹙双眉，沉思片刻说："好哇，眼镜蛇也出洞了。"一抹寒光掠过眸子，还有那么一丝让人感到畏惧的阴气。他对刘连枢挥挥手："请他进来，今天是大喜日子，不管是什么人来找我，都热情招待。"

刘连枢犹豫片刻，支支吾吾地说："我是担心你俩在这种场合干起仗来。"

"扯淡，我比你更了解他，一个土包子，掀不起大浪。"卢绍谋一脸轻蔑的冷笑。

田野昂着头，双脚踩着猩红色地毯，从容地走进闹哄哄的大厅，这是一张自信、坚毅、不苟言笑的面孔。他镇定自如地穿过长长的走廊，走进卢绍谋的经理办公室。

奢华气派的经理室，卢绍谋和田野面对面坐着，两人都用一种不太友好的目光打量着对方。

"你好，卢老板。"田野先伸出手。卢绍谋很勉强地和他握握手。双方都从这手上感到对方体内蕴含的那种力量。

"祝贺你新婚愉快！"

"欢迎你来。"回答田野的是一句十分冷淡的客气话。

"非常感谢你的帮助。那年，你的那张支票使米氏公司起死回生……"

卢绍谋猛地一下从沙发上站起来，挥了挥手生硬地打断田野的话："请不要再提那张支票的事。那是我在经商中最大的一次失误，也是我一生中最大的耻辱。"他用手掌用力敲击着桌面，有点暴跳如雷了。几年来，就因为这张支票，他对田野一直是那么敌视和耿耿于怀，总是想瞅机会进行报复，把他打倒，来解这心头之恨。

田野并不在乎卢绍谋的态度，脸上呈现出宽容的微笑。他天生一副奶油小生模样，白白净净，文文雅雅，说话慢慢腾腾。他个子虽然不足一米七，但往地上一站，却有一股威风凛凛的气派，卢绍谋看见他都皱眉头。他还有个特点，无论和谁谈生意，从来不摘墨镜。所以，从这张白白的脸上永远看不出田野内心在想什么。在生意场上，他有点声名狼藉，令人生畏，行踪神出鬼没，声东击西，成为明珠市商界的神秘人物。

三年前，羊毛大会战时，他俩真刀实枪地较量过。但卢绍谋败得很惨，很失面子，也很窝火，到今这口气还憋在肚子里。那时，米氏有限公司刚刚成立，田野听说卢绍谋大量收购二细羊毛，就独闯卫达公司，只凭一把羊毛样品，一枚公章，大胆地和卢绍谋签订了一份价值五十万元的羊毛合同。这份合同的有效期仅仅是一个星期的时间。合同一生效，田野就开诚布公地讲条件来牵制卢绍谋："这批羊毛一星期之内保证运到你库里。但你必须有保证这份合同的抵押金，货到后，你如果不要又怎么办？"那时，卢绍谋从心眼里看不起这个土包子，根本没有诚意和他成交这笔生意。只是想排掉排掉他，杀杀他身上那股自以为是的傲气。于是，故意装出一副财大气粗的样子，慷慨地说："我给你押一张支票，怎么样？"田野点点头，表示同意。当下，卢绍谋让会计填写了一张转账支票递给田野。

　　李剑知道这事后，不客气地指责卢绍谋："你是不是做生意做昏了头，一根毛也没看见，就随随便便把支票递给他。"

　　卢绍谋不屑一顾地笑笑说："那只是一张不能支取的支票。你看看，合同上写得清清楚楚，二十七号货到后付款。支票上的日期也是二十七日。在这以前他就是拿着这张支票也是废纸一张。哼！一个土头土脑的家伙也想做生意？他要是给我拉不来羊毛，我就按合同法规定让他赔偿违约金。"卢绍谋就像一只老猫在捉弄一只小老鼠。但他的估计却大错特错了，万万没想到，田野的身后有一个能力非凡的妻子。当天下午，米岚拿着这张支票去了银行。仅仅花了五百元好处费，就使这张支票轻而易举地启用了，五十万款在二小时内就转入米氏公司的账户上。卢绍谋根本不清楚这些，他还洋洋得意地等着看田野的好戏呢。二十七日下午，田野把一百吨羊毛拉到卢绍谋的仓库前。但一验货却傻了眼，他气恨恨地说："我要的是二细羊毛，你这货却是改良毛，和合同不符合，我不能接受。"

"卢经理，咱丑话说在前面。就这货，你要是不接受，我可就拉走了。"田野不慌不忙地说。

卢绍谋上前拉住他说："把那张支票退回来，你这不守信用的家伙，违反合同法，我要你赔偿损失费。"

"你还要什么支票？买这羊毛难道不花钱？让我赔偿违约金，可以，你起诉吧，我等着你的传票。"田野满不在乎地说。

卢绍谋顿时气得七窍生烟，毛发倒竖，像一头掉进陷阱的狮子，捕获他的却是个三流猎手。他恼羞成怒地逼问田野："你是怎样启用这张支票的？"

"银行给办得呗，我怎么知道呢？"

"好，你真能耐。"他马上打电话向银行咨询，回答他的是："支票符合入账手续。"

"不可能，几号入的账？"

"二十五号。"

"我的支票签发日期是二十七号。"

"是二十五号。"对方的口气十分干脆。

他恍然大悟，明白田野涂改了支票日期，他咬牙切齿地说："你知道吗？涂改有价证券是犯法的，我要让你去蹲三年大牢。"

"告去吧，我等着。"田野不走了，坐在他办公室里等他发落。

卢绍谋直接把电话打到行长办公室。行长一听涂改支票，这还了得，五十万也算个特大案件了。于是，马上进行调查，但查来查去查到自己女儿头上。在支票的日期上，她巧妙地把7字加了个小尾巴，变成个5字，一点痕迹也看不出来。但就是看出来又有啥办法？你能去告行长的女儿吗？卢绍谋是哑巴吃黄连苦在心中。他不能因为五十万而得罪这位财神爷。于是，返回公司又和田野交涉："这货我不能接受，这笔款怎么办？"

"既然你不要货，那这批货就由我来处理了。款嘛？我把羊毛卖了马上全部退给你。"其实，田野搞得这批货压根儿也不是卖给卢绍谋的，他早已经有了销路，但不让卢绍谋看出一点破绽，逼他说出退货这句话。第二天，就把这一百吨羊毛拉到山东毛纺厂，仅仅十几天时间，就赚了十万元。他必定是个守信用的人。五十万元全部退给了卢绍谋，而且还另付了他本人二千元好处费。真是吃人的老虎不露凶相啊。他开始对田野刮目相看了，因为他的轻视才造成这次生意上的失误，自己被田野利用了。他恨不能伸张，气不能发泄，这次生意给了他一个不大不小的教训。他恨这个敢来打他主意的硬汉子，但又不得不佩服对方的手段。三年过去了，他没有再和田野较量过。卢绍谋万万没想到，田野突然会在自己的婚礼上露面。这家伙一定是听到了什么风声，或是遇到了什么大事，否则，不会轻易来找自己。

[二]

卢绍谋坐在沙发上，抽着香烟，并不去注视田野，只是用一双冷静的目光盯着桌上那束白玫瑰花，情绪很乱，精力怎么也集中不起来。田野更古怪，双脚不住地在那驼灰色的地毯上踱来踱去，步子越迈越快，两眼高度集中在脚尖上。熟悉他的人都清楚，只有在他来回踱步的时候，谁也不能去干扰。直到他的步子嚓地一下停住了，那么，一个完整的计划或狡猾的设想就在他的脑子里形成。卢绍谋不敢再小瞧他，只是在仔细静观对方，目光也不由地盯在他的两只脚上，觉得这人有点神经质。卢绍谋在心理上终于承受不住这种沉闷的压抑，先开了口："你找我有事吗？"

田野还在踱步，没有回答他的话，内心酝酿着一个正在形成的计划。

"你找我有事吗？"卢绍谋声音里流露出极度的不耐烦。

田野又踱了几圈步，终于，嚓地一下停住脚，很自然地坐在沙发上，不客气地端起一杯饮料喝了几口，慢慢地讲着米氏公司的一些情况：他的烧碱厂现在已经正式投产，每天能出二十吨烧碱，而且在近日还引进了一台意大利设备，原来的旧设备在不断改进。同时，他的贸易公司也和外商签订了几份化工原料合同，还有几家外商大老板也和他订购白山羊无毛绒。生意很多，忙不过来，所以，愿意把这些无毛绒生意的业务关系介绍给卢绍谋。

听了这席话，卢绍谋突然放声"哈哈"大笑："你为什么要介绍给我？我为什么会得到你这样的光顾呢？"他的口气咄咄逼人，一道不信任甚至是不友好的目光在对方脸上扫来扫去。并不时暗示自己，决不能再掉以轻心，更不会轻易相信他这一连串的鬼话！

田野那张面孔依然很平静，架在鼻梁上的墨镜，几乎掩盖住了大半张脸。他直率而果断地说："我现在是急需要一百万现款。同时，也需要你这么一个能和上层人物有直接关系的人。现在我欠外债五百万，你大概也不太相信吧？其实，我把这笔款都投资建了烧碱厂，因为我不习惯和银行贷款，更不习惯和别人伸手借钱。我是名正言顺地挪用那些向我购买烧碱的货款。现在，这帮客户见我迟迟不给他们烧碱，都急红了眼，要联名起诉我。如果真要那么办，我的烧碱厂恐怕就要有破产和倒闭的危险，给我两个月时间。他们就是起诉了，能把案子在法院压两个月，我就完全可以摆脱困境。"

这些话坦率地简直令卢绍谋吃惊，宛如坠入雾里云中，他猜不透这个眼镜蛇葫芦里究竟是卖的什么药。虽然，早听说田野是靠诱进来的款筹建的碱厂，具体诱了多少他不清楚。今天，亲耳听田野说了实话，倒觉得这家伙有点愚蠢、傻气。生意上最忌讳的是向外人暴露自己的经济实力和业务信息。但卢绍谋的分析又是一个错误，田野把自己伪装得十分窝囊甚至四面楚歌，至少让卢绍谋的脑子里产生一种错觉，这小子实际上是不堪一击的，排除了一个竞争的对手。这样，卢绍谋就会失去对他的警惕、防范、嫉妒和憎恨。卢绍谋确实没有识破这一点，他自信地昂着头，一副盛气凌人的样子："我没有一百万现款，就是有，也绝不会拿给你用的，也许傻瓜才会办这种事。至于你说让我和上面给你通融一下，这倒可以，但我又能得到什么好处呢？"

"当然有好处，这两件事是一体的。我不是来和你借款，更不是向你乞讨。我是给你二百万元的山羊绒，但我只要你一百万元的款。剩余的一百万元，三个月以后再结账。你算算，利用这一百万元你又会赚多少钱呢？这笔生意的利润和好处还不是明摆着？"

"哈哈哈……"卢绍谋止不住又大笑起来。慢腾腾地点了一支香烟，大口大口吸着，墙上的表滴答滴答响，他皱了皱眉头，轻轻用食指弹了弹烟灰，目光久久凝视着田野："这么赚钱的生意，你为什么自己不去赚呢？"

田野没有及时回答他的反问，仍然不紧不慢地踱步。

卢绍谋站起来给他倒了杯茶水。

"直说吧，我能够搞到羊绒，别管我用什么手段。但我不能马上把羊绒变成现金。我急于要的是钱而不是羊绒，而你呢，又急于要羊绒，对吧？"他以守为攻反问卢绍谋。

"你错了，我并不想急于要羊绒。而且，我库里积压的羊绒也足够今年加工了。"卢绍谋决不让他猜测到自己的生意动向和计划。

　　田野诡秘地笑笑，压低声音说："卢老板，咱们互相不要再打哑谜了。"他一针见血地指出："一千吨羊绒的收购任务可不是开玩笑啊。你算算，全区一共有多少只山羊？一年能产多少斤山羊绒？又有多少人抢着做山羊绒生意？"

　　"你大概是听了一些谣传吧？即使有这么回事，那也只是一张不受法律保护的意向书，能说明什么问题呢？"卢绍谋有点沉不住气了，慌忙解释。

　　"你要明白，沙东公司和我们米氏公司也有生意往来。再说，我田野不是来求你，更不是来抢你的生意，我只想和你做一次愉快的双方都有利的合作。"田野的每一句话都很有分量，音调也很缓慢，给了卢绍谋一个考虑的余地。他已经窥视到卢绍谋的心理动态，看来卫达实业公司和沙东公司的合约也是千真万确的。田野的脸上露出一丝得意的微笑，准备起身告辞。

　　"等等。"卢绍谋终于禁不住这二百吨羊绒的诱惑。抽完最后一口香烟，把烟蒂在烟缸里狠狠拧了几下："你求我办的事就这些吧？"他把求字的语气加重了。

　　"我想，卫达实业总公司往外拿一百万款是不成问题的。"田野有点所答非所问："我十分尊重你，认为你在明珠市还是一个善于经商的生意人，所以，才找你合作。"言外之意是告诉卢绍谋，我不是来求你的。

　　"我不能拿一百万往灰坑里扔。"

　　"难道我会把二百万元的货往灰坑里扔吗？我不怕你骗我。剩余的一百万元在三个月内不加任何利息。"田野还是不死心，他站起来，目光在卢绍谋的脸上扫来扫去。

"如果有合作的可能，我就给你打电话，不过，请你不要抱太大的希望。"卢绍谋的心里已打定了主意，但他决不在脸上暴露出任何表情。他清楚，在这场羊绒大决战中，他俩谁是胜利者？卢绍谋不敢过早地下结论。

"再见！"田野起身向外走。

卢绍谋把他送出去，很客气地说："今天是我的婚礼，咱们应该喝一杯。"俩人肩并肩走进大厅，坐在最前面的首席上。卢绍谋给田野倒了一杯拿破仑酒："喝一点吧，这酒是我从深圳带来的，很有力度，也有一股使人品不透的底蕴。"

田野虽然不喝酒，但还是端起杯子。所有的眼睛都盯着他们，大家都在暗暗猜度：这两位巨头究竟在搞什么名堂？现在人与人之间的关系非常敏感，历来不大对头的两位经理突然坐在一起喝酒了，这说明在某一件事情上两人一定是不谋而合。

［三］

青柳儿不安地坐在那儿，低着头，脸上甜美的笑容消失了。田野坐的位置离她很近，中间只隔着一张圆桌，但他的身子始终没有转向她。从那张轻蔑、傲慢、目空一切的脸上，她已经觉察到，田野是故意不看自己。

一位丰满、衣裙妖艳的姑娘坐在田野身边，给他倒酒、点烟，不时用一种放荡的挑逗性的口气和田野调情。田野放下酒杯，向她伸出手："小姐，能陪我跳舞吗？"姑娘扭了扭腰站起来将手伸给他。田野搂着她，在节奏明快的乐曲声中旋转起来，姑娘的裙子像一把撑开的小花伞，两条白嫩的腿裸露在外面。田野的舞步随心所欲，姿势很洒脱。每逢转到青柳儿面前时，总是把身子和姑娘的胸脯贴得紧紧的，低头和她调情，放肆地搂紧她那纤细的腰。青柳儿脸色变得越来越难看，瞪视着那两张磨蹭在一起的面孔，眼睛变得暗淡无光了，她端起杯子喝了一口酒，起身向外走去。

这位女招待大概想挣几个小费，极力献殷勤讨好田野，娇滴滴地说："我很喜欢你。"

"喜欢我？"田野脸上带着讥讽的嘲笑："你了解我吗？前几年我可是劣等货，没有城市户口没有地位，没钱也没工作，连农村姑娘见了我都躲得远远的。"他从容地欣赏着姑娘的笑脸，和她调侃："我可是个刚刚换了商标的冒牌经理。"

"我喜欢你。"姑娘直言不讳地回答，目光火辣辣的。田野也感觉到她那颤动的乳房在故意向自己的身上靠拢，很刺激，也性感，使他浑身燥热难忍。但眼镜蛇必定是一条冷酷的蛇。面对姑娘的一片痴情，一本正经地说："假如我现在一分钱也没有，你会嫁给我吗？假如我明天突然进了监狱，判了三年或五年徒刑，你会等我吗？假如我是个劳改释放犯，你又会和我一块生活吗？"

"我不管你那么多的假如，我只爱你，无条件地爱你。"

"好吧，等我和老婆离了婚，咱俩就去登记结婚可以吗？不过，在结婚之前我再告诉你一个秘密，我有严重的精神病。"

"你……你……"姑娘的脸变白了。

"病一发作，会杀人的，你不害怕吗？"此刻，望着这位陪他跳舞的姑娘，觉得已经达到了目的。他再不想接触那两个鼓膨膨的乳房，握那汗津津的手了。因为，坐在傧相席位上的青柳儿已经离去，他再和这位姑娘跳舞也没有什么意义了。舞曲结束后，就客气地和姑娘点点头，夹着公文包向外走去。

[四]

在酒店前厅，田野看见了青柳儿，她神色忧伤地观看水池中游动的金鱼。田野向她走过去。

"柳小姐，你可真有雅兴。"他不冷不热地说。

"你怎么用这种腔调和我说话？"她转过头，满脸不悦。田野目光里含有的冷漠和敌意，让她感到浑身不自在，甚至扭捏不安："田野，我们到外面走走好吗？"青柳儿的声音近似乞求。

田野望着池内那一条条争夺食物的金鱼，笑嘻嘻地说："我就喜欢看这些大鱼吃小鱼的场面，你看，那条金鱼真贪婪，一口就吞下一条小鱼，这些小鱼也真可怜，成了大鱼的美餐。"

一泓清水中，成群的金鱼，披着鲜艳的鳞片，拖着长长的纱裙，在澄澈的池中游来游去，一条大鱼已张开了嘴，静静地伏在岩石后面，等着小鱼儿的到来。在神秘的动物圈里弱肉强食、互相牵制，才有了生生不息、不断繁殖的动物世界。人世间的事情何尝不是这样啊！田野在默默地沉思。

"田野，"突然，青柳儿怯生生地问："那封信收到了吗？"

"收到了。"

"你原谅我了？"

"原谅什么？"

"当初，我不该那样对待你。"

"当初你做得完全对，没有你当初的刺激，我也不会有今天。"

"你真是一条眼镜蛇。"青柳儿咬着牙，眼里闪着亮晶晶的东西。

"比眼镜蛇还厉害毒辣。"田野口气中含着对青柳儿的憎恨。

"我实在没办法才去求你，没想到，你变了！"

"变得卑鄙自私了，对吧？其实，谁都在变。当初，你从农村来到城里，仅仅几天时间，不就变得翻脸不认人了？"

"我不是向你道歉了？"

"我要还是一个流浪汉，你会向我道歉吗？家里出了事，应该去求你的姑姑、姑父，求卢绍谋。他现在是你表姐夫了，在明珠市又是通天人物，没有办不到的事，兜里的人际关系像手帕一样多，扔掉一块又一块。"

"求谁办也得花钱呀。家里所有的存款都搭进去了，事情还没有一点眉目。"青柳儿一副愁眉不展的样子。

"其实，像你父亲这种贪得无厌的人，判几年徒刑也值得。谁让他把吃了耗子药的死鸡熏出来卖呢？吃死一条人命让他去坐几年牢还委屈吗？谁叫他不顾死活地拼命地捞钱？念书时学过一则寓言叫《太阳山》，你还记得吗？当善良的凤凰驮着爱钱如命的老大去太阳山，面对金山银山老大贪得无厌，拼命地装啊装啊，不顾凤凰的呼喊，结果被太阳烧死了。"

"我是他女儿，总不能看着他去死。我父亲挣的只是几个小钱，他和你们这些做大生意的人相比，只是小巫见大巫。"青柳儿的声音有点呜咽。

"一万块钱也不是个小数目，唉——，当初，我要是有一万元，不就早把你娶回家了。"

"我只是和你借。"

"你拿什么还我？过去，你的身价可能值一万元。可现在，我一不娶你，二不让你当情人，为什么要借给你一万块钱呢？"他从嗓子里发出一声古怪的冷笑，他本来不想再去揭心头那块不能触碰的伤疤，但青柳儿却总是往这伤疤上撒盐。

"你真可恶，我青柳儿就是沿街乞讨，也再不求你。"

"但愿如此。拜拜！"田野和她挥挥手，头也不回地向外走去。青柳儿的出现搅乱了他的思绪，平静的心湖又泛起了涟漪。是留恋过去吗？希望过去永远在他的记忆中消失，青梅竹马的瑰丽之梦也随雾飘散。但可能吗？他猛然发现，过去的许多东西像蓿根的狼毒草，顽固地根植在他的大脑里，那个苍凉悲哀令人伤怀之最的日子，仍然逼真地镂刻在记忆深处……

[五]

一切都结束了，田野无法逾越那条无情的分数线。他像得了一场大病，无以言喻的失落感使他的心深陷沉沦。灵魂也正在经受着一场被劫洗、鞭打、遗弃的折磨，他拼命地在旷野里奔跑，想挣脱那无形的桎梏，直跑得气喘吁吁，汗水淋淋，筋疲力尽了，才倒在村边的大柳树下。他想这样静静地躺着。深秋八月，冷气阵阵袭来，细密的汗珠浸染了他背后的肌肤，湿透了他的衬衫，凉了他的心。几个月的努力，起早贪黑，废寝忘食，耗尽了他的能量，但他心中始终憧憬着一个美好的梦，一个纯朴秀丽的女孩微笑着向他走来，他曾经向她吹下大话，考上大学就正式向她求婚，他不当陈世美，不会喜新厌旧，他要把她带出穷山沟，让她见见外面的世界。一切都化为泡影，他该和她说什么……他绝望地闭上了双眼，就这样静静地躺着……

夏日的傍晚，整个山村罩在一种黯红色的色调中。太阳已沉在西山后面，晚霞烧红了半个天，一朵朵火烧云飘浮在淡青色的空中，云彩分裂成各种神奇莫测的图案：向牛，像马，又像一群群活蹦乱跳的小山羊，白色的、青色的、紫色的……田野的脑海里梦一般依稀浮现出自己童年的影子……他和青柳儿躺在绿茵茵的草丛里，听着蛐蛐的叫声，仰面望着天边的火烧云。

　　"那是一头狮子，你看，多像呀。"

　　"不像狮子，像龙。"

　　"龙是神仙，咱们地上的人看不见。"

　　"有福气的人就能看见，龙的角和咱们那头老黄牛的角一模一样，弯弯的。"田野边说边比画着："眼睛像两个大红灯笼，嘴像盆，爪子又尖又长。"

　　"我怎么就看不见呀。"青柳儿急得快哭了："田野哥，你告诉我，龙在哪儿？"

　　"龙钻进云里了，你看那是它的尾巴。"他指着一朵长长的流云嬉戏青柳儿。那朵火烧云真像一条张牙舞爪的青龙，它腾云驾雾，翻江倒海。庄稼汉都崇拜龙，为了求得好收成，在山顶上修起了龙王庙，年年去磕头烧香，求龙王保佑风调雨顺。田野也崇拜龙，迷信龙，年年考试前夕，总要来龙王庙烧香朝拜，敬供品，许心愿，求龙王爷保他考上大学。龙王爷啊，你的神威呢？灵气呢？你也会捉弄人。他不想听天由命、逆来顺受，他也绝不效仿自己的父亲，腰弯得像大虾，春种秋收，一年四季把自己束缚在土地上。他要像城里的小伙子一样，生活得潇洒、快乐。

　　天色越来越暗，橘黄色的色调早已熄灭。周围的山石、草木都变得朦朦胧胧。他呆呆地站在村外的田野上，仰望冥冥的夜空，悲哀地长叹着。远处，传来几声狗叫，寂寞、空旷、冷清的山村生活和喧嚣繁华热闹的城市相比，简直是天上人间。他迈着沉甸甸的步子，无力地走进这间昏暗的小土屋。把小箱里那些书都拿了出来，恨不得撕碎、烧毁。要这些有什么用？种庄稼是用不着牛顿三定律，不用计算什么"X+Y"了。烧吧，他把这些在多少个不眠之夜做出来的一道道几何题、物理题都抛进灶里。

门开了，父亲站在他面前，用一种忧愤含怨的目光盯着他。好一会儿，才伸手取下挂在墙上的那把镰刀，扔在田野脚下："开镰了，明天早早到地里收割麦子。"父亲的脸像七月的雨天："这回该死心塌地了吧？连考三年都录取不了，这不是老子不供你念书，是你自己不争气。安分守己地劳动吧，好好干上一年，我把家里那头大骡子和十几只羊卖了，给你娶个媳妇……"

"行了，行了，"他不耐烦地打断父亲的话："我不会像你那样生活一辈子的。"随后，飞起一脚，把镰刀踢向门外。

长顺老汉气得双手发抖，指着儿子的眼窝破口大骂："你考不上大学和谁生气？不劳动，不干活，指望谁来养活你？"

田野狠狠地咬了咬嘴唇，怒气凝聚在眉宇间。考不上大学，连父亲都这么瞧不起他。顿时，一阵巨大的悲愤、委屈、痛苦在心中膨胀。拳头雨点似的击在那张小方桌上。桌上的水杯、墨水瓶掉在地上摔得粉碎，书纸飞了满地。母亲和弟弟都跑过来。妈妈拉住儿子的手说："考不上大学，就回来种庄稼，谁也不会嫌弃你。"泪水顺着她那皱纹纵横的脸淌了下来。此刻，她比儿子还要难受。多少年，为了供儿子念书，省吃俭用，连一件像样的衣服也没有穿过，连一斤鸡蛋也不舍得吃。整整考了三年，年年落榜。她绝望、伤心，想痛痛快快哭一场，但又怕儿子难过，于是，强忍着满肚子的辛酸苦辣，尽量装出一副满不在乎的样子说："你也别太难过了，考不上，明年再去试试。"

"给我安安稳稳地下地劳动。"父亲手拍着炕沿，怒气冲天。

"我不会照你的话去办的。"田野口气斩钉截铁。

"好小子，算你有骨气。给我滚！你挨枪子也罢，讨吃要饭也罢，我这辈子再也不想看见你。"

田野踢开门向外冲去，弟弟上前拦他。

"别拦，有能耐让他在外面闯出个名堂给老子看看。"父亲指着他脊梁说。

他要走，走得远远的，走出这穷山沟。他要告诉青柳儿，自己能在外面混出条路，就回来接她出去，结婚——生孩子——过安安乐乐的小日子。像城里人那样，星期日一块去看电影、上舞厅、压马路、逛商店……他们应该有个小女孩，像青柳儿一样美丽，头上扎着蝴蝶结，穿着鲜红的小纱裙，向他跑来了……

顺着小路他向青柳儿家走去，弟弟追上来拦住了哥哥的去路："你还是别去好。"

"为什么？"他急切地反问。

"今天下午，我见青柳儿挎着提包向村外走去，像是出远门。"

"这不可能。"田野有点不相信。

"不可能？你又没有和人家订婚，也没有给人家一分钱。"

"你懂个屁，这辈子我俩是不可能分开的。她发过誓，除我不嫁，我也发过誓，非她不娶。她要是嫁了别人，我就杀了她。"他腮帮子猛地抽动着。

"哥哥，你千万别这样，天底下女人多得很，何苦呢？"

"我看上的女人，她就是躲到石头缝里，也要把她抠出来。"

田野甩开弟弟的手，不顾一切地向青柳儿家走去。

　　柳喜旺嘴里哼着小调，手持一把明晃晃的刀子，正在杀鸡，双手血淋淋的，脸上身上也溅满了血迹。鸡毛纷纷扬扬地飞舞，满院的鸡粪味儿刺鼻难闻。杀倒的鸡有的还在扑腾着翅膀，呻吟哀叫、翻着白眼、蹬着腿儿，那场面有点残忍。一口大铁锅支在一间小土房里，柳喜旺往灶里添上一把柴，锅里的水咕嘟咕嘟响了，他动作麻利地把鸡扔进水里，翻动几下，又迅速捞出来，嚓嚓几下，就把鸡身上的毛拔得一干二净。

　　柳喜旺正聚精会神地用针管往鸡身上注射水，瘦小的鸡变得又肥又大，明天上市场又能卖个好价钱。"砰砰砰！"敲门声使他慌了手脚，着急地把注射器藏在柴堆里，双手在围巾上胡乱擦擦，"谁呀？"他心惊肉跳地问，随之把门开了一条缝。

　　"喜旺叔，把门关得紧紧的，又在给鸡注水？"

　　"哪里？你来有啥事？"他板着脸问。田野没考上大学的消息，下午就传到他耳朵里，"怎么？来给大叔报喜啦？考上哪所名牌大学了？"他明知故问，声音阴阳怪气，鼓鼓的金鱼眼在田野身上扫来扫去，使他浑身好不自在。

　　"没考上。"田野的回答十分干脆、果断、不卑不亢。

　　"嘿嘿……"柳喜旺干笑两声："没考上就回村里做点小买卖也挺好。现在政策开放了，有本事就能挣钱。噢！你来干点啥事？"

　　"我找青柳儿。"

　　"她不在了，下午就坐汽车进城了。"

　　"什么？谁让她走的？"

　　"我叫走的，进城难道还得请示请示你？"柳喜旺脸上骤变，用一块破布不住地擦着杀鸡刀上的血迹："你找她干啥？"

"我要和她商量结婚的事。"田野双目死死盯着柳喜旺手里的刀子，脸上的肌肉紧绷绷的，他性格中那种倔强不屈的东西，又猛烈地在胸腔内冲撞，有点不可自制。

"你小子说啥疯话？青柳儿多会许配给你啦？"柳喜旺突然一声怪笑，这笑声让田野的内心更加烦躁暴怒："你侮辱人！"他的脸色变了，眼睛里射出一道受了轻视、凌辱后愤怒的光。

柳喜旺见田野动了怒，马上换了一副面孔，笑嘻嘻地说："不要发火嘛，就算你要和青柳儿结婚，我也同意。你俩从小一块长大，又一块念书。可反过来说，你拿什么来娶她？有钱吗？现在掏一千块钱，我就把女儿给了你。掏吧，我不难为你，回家取来也行，我等着。"他斜起眼瞧田野，两人僵持了几分钟："怎么？掏不出来吧？哼！你以为凭自己那张漂亮的小白脸就能迷弄住我女儿？你有房子吗？有家具吗？有彩电吗？"

"我什么也没有，只有一颗爱她的心。"

"把你的心掏出来喂狗吧。没有一万块钱，休想娶我女儿。"

"青柳儿去了哪儿？"田野的倔劲又上来了，一屁股坐在炕沿上。

"哦？堂堂的高中生原来也要赖。不过，我告诉你句实话，青柳儿不会找你的。她要是想找你，也不会走。"

"她说过要嫁给我。"

"那是认为你能考上大学。田野，咱们打开天窗说亮话吧，你如果能拿个大学文凭，我不要一分彩礼钱，就把女儿嫁给你。"

"你们原来是爱我的大学文凭，势利眼。"

"你不是势利眼？要是真考上大学，你才不找青柳儿呢。不要在我柳喜旺面前卖弄那套感情呀爱情呀。人往高处走，水往低处流。

现在的人谁不爱财？人才、钱财，有了这两样，一辈子吃香喝辣。"

"青柳儿，你也真狠心，不和我见一面，就悄悄走了。"田野的心中顿时涌起一股不可自制的怒气。他上前一把抓住柳喜旺的衣领："青柳儿去了哪儿？你要不说，今天就放你的血。"他顺手夺过那把杀鸡刀，在柳喜旺眼前晃动着。

"我说，我说。"柳喜旺吓得浑身直冒冷汗，腿肚子也在哆嗦发抖："青柳儿去了她姑姑家。"

"告诉我地址。"

"明珠市外贸大楼三号。"柳喜旺像一只被宰杀的鸡，瘫软地倒在地上，田野狠狠地一甩手把刀扔在桌上，头也不回地向外走去。

夜风冷冷地吹来。天空没有月亮，没有星星。地里，蛐蛐、青蛙还在叫着，声音单调而凄凉，随风飘来湿漉漉的雨丝。田野的脸上凉飕飕的，他狠狠地甩了甩头，无限的憎恨从心底升起。他恨柳喜旺，恨青柳儿，恨父亲，更恨自己。这个不争气的脑袋，怎么这样愚笨，如果再仔细检查一遍考试卷，也许能查出那道做错的题。这可恨的分数线啊，像一座陡立的高峰，眼看就要爬上去了，脚一滑，就又从山顶上摔下来了，他再也没有勇气爬起来，以后的路该怎么走？田野跌跌撞撞地在崎岖的山路上走着，走着……远处，传来弟弟焦急的呼唤。他抬头凝望黑沉沉的天，寻找着隐藏在乌云后面的星星。人常说，天上有多少星，地上就有多少人。天上的星消失一颗，地上的人就死去一个。那么，属于自己的那一颗星星隐匿在哪儿呢？在浩渺的宇宙中，在广袤的银河系，它也许只是一颗闪着灼灼亮光的星星，随着宇宙的旋转而分离燃烧，最后无声无息地在宇宙消逝……

在人类的长河中，他能找到自己生存的位置吗？田野在艰难地走着，焦虑地跋涉着……

第五章
两个女人和一个男人

[一]

客人散尽了，豪华的新房里，一盏出水芙蓉壁灯，射出柔和而令人沉醉的光。卢绍谋身裹一条花条浴巾躺在席梦思床上。乔莎莎在洗澡，哗哗的水声刺激着他的感官，他迫不及待地喊着："莎莎，快一点。"浴室的门打开了，乔莎莎裸露着身子走出来，将一个青春女性的全部姿色展示在卢绍谋面前：柔美娇艳的身姿，洁白坦露的玉体，饱满美妙的乳房。他的呼吸急促了，迫不及待地把这玉体用双手轻轻托起。席梦思床宛如一片蓝色的大海，一浪又一浪波涛汹涌而来。卢绍谋的感情潮水一泻千里。他将丘比特的神箭，深深射进乔莎莎的整个生命最美妙的地方。使她的体内有一种惊心动魄的情感在涌动、冲击，瞬息间，她变得容光焕发，美丽无比，眼中的瞳仁大放异彩……当她那双紧紧搂着卢绍谋腰部的双手缓缓松开时，心儿已经完全沉醉在温柔无比的爱河里……

"幸福吗？"

"幸福！"

"不要去北京办事处工作了。"

"为什么？"

"你应该永远陪在我身边。"

"俩人在一起待久了，会腻味的。通天鱼翅，飞龙汤，天天吃也会倒胃口。再说，那儿的工作刚刚有了眉目，我暂时不打算离开。"乔莎莎娇滴滴地说。

"为钱吗？"绍谋轻轻捋着娇妻额前那缕被汗水打湿的头发。

"不，我只想在社会的实践中证实一下自己的能力。资金积累雄厚了，像你一样创办一个大公司，当女老板。"

"好大的口气，好厉害的女人，这哪像我的妻子，倒是一个十足的野心家。"

"人活在世上就应该有野心。我爱上你，就是看准你有野心，有魄力，是个气质旷达的男子汉。"

"可我从来也不敢想得太离谱。"

"那就支持你的老婆呗。英国的撒切尔夫人能登上首相的位置，与她有一个亿万富翁的丈夫是分不开的。"

"你崇拜这位女首相了？"

"我最爱看的就是撒切尔夫人的自传。那本书写得真棒。撒切尔夫人有着超人的智能和能力，连生孩子都是双胞胎。"

"那你也给我生个双胞胎吧。"

"这件事，暂时还没列入我的五年计划内。"

"看来，五年以后，我才能当爸爸。"

"到那时，也许我们已经分手啦。"

"你怎么说这种令人伤感的话？"一丝不悦从卢绍谋眼中掠过。

"你没听人说，爱情是一盏灯，婚姻则是为这盏灯支付的电费。有一天，这个电费咱俩都不愿支付了，那就得离开。"

"你不想尝尝当妈妈的滋味儿吗？"

"现在世界平均每天增长五万人。每分钟有四十个婴儿降生。我不想凑这个热闹。我国人均占有土地面积不到世界人均水平的30%，若干年后，连这点土地也占不到了，人口的大爆炸会使人类发生一次大饥荒的。我要掌了权，首先规定一条新法律，生过一个孩子的男人，全部做阉割手术，光让妇女避孕开刀做结扎输卵管手术太不公平了。"

"那不有点太残忍了？世界本来就是男人们主宰的嘛。"

"不要把你们男人看得太伟大了，母系社会的时候，就是女人主宰天下。现在的中国又出现了返祖现象，阴盛阳衰，许多男人在心理上、气质上都已经被阉割了。你看吧，无论在火车站、电杆上、厕所旁都可以看到专治阳痿早泄的家传秘方。"

她的话把卢绍谋逗得笑起来："我的娇夫人，至少，我是一个充满阳刚之气的男人吧？"他顺着乔莎莎的手臂轻轻地抚摸着，她也紧紧搂抱着绍谋那烫热的胸脯，慢慢进入甜美的梦乡。但卢绍谋却怎么也睡不着，脑子里不由得想到秦茗。是什么感情促使他离开秦茗呢？他们曾经有过真诚的爱，也有过炽热的情，但世态炎凉，岁月蹉跎，他那颗有着美好理想的心早就碎了……

[二]

卢绍谋怎么也忘不了那个漆黑孤静的夜。他蜷曲着麻木冰冷的身子躺在床上，可怕的嘶叫声、令人心碎的玻璃碎裂声、震耳欲聋的口号声，在耳边鸣响……"哗啦"门开了，妈妈披散着头发走进来，发疯似的扑倒在他身边，那流着血的嘴角不住地哆嗦着："绍儿，咱们要离开他，离开他……"

"谁？"他惊慌失措地凝视着母亲那张绝望的痛不欲生的脸。

"你的爸爸……他是叛徒、特务……"

"不，爸爸是好人，好人！我要和爸爸在一起。"

"孩子，妈妈再不能瞒着你了，他……他不是你的亲爸爸。"

"不！"他使劲甩开妈妈的胳膊："你胡说，胡说！"他的身体像被铅弹击中似的，浑身的每一根神经都在痛苦地痉挛。

"他不是你的亲爸爸，不是！"妈妈的声音残忍、绝望、坚决，宛如利剑直刺心窝："新中国成立前，你父亲为了逃避共产党的追捕，扔下我走了。那时，我想一死了之。但发觉已怀上了你。为了你，我决心活在这个世界上，也决心把你父亲创建的丝绸厂管理好。于是，不顾一切接替了你爸爸的职务。但随着形势的转变，我不得不改变主意，忍痛割爱把这个厂双手奉送给了党，并和你现在的爸爸结了婚。那时，你刚刚出世……后来，我随他离开上海，来到明珠市。和他在一起，妈妈完全是为了你啊，为了使你得到一张很好的保护伞。如今伞破了，我不能眼看着你被当作叛徒的儿子，遭受人们的唾弃……"

"我的亲爸爸呢？他在哪儿？"绍谋双手拽着妈妈的衣襟，发疯地喊道。

妈妈那双曾经美丽的眼睛里流下大滴的泪珠："他……他在香港，你千万不能和任何人说。"

"爸爸！"他抱头痛哭，哭那个远在香港的爸爸，也哭这个当了叛徒的爸爸。觉得自己一下子变得孤苦伶仃，无依无靠。无情的现实不允许他和这个爸爸生活在一起，唯一的出路就是跟妈妈走。

"你真的要走吗？"临走的那个晚上，戴着红卫兵袖章的秦茗突然来到他家。

"我爸爸是叛徒，特务。"卢绍谋的声音里充满了自卑和幽怨。

"那咱们就要永远分开了？"秦茗像只温顺的小猫偎在他身边。并把几个烤得热乎乎的红薯送到他手里。他咬了几口，怎么也咽不下去，他低着头沉默片刻，又把那个渐渐变冷的红薯掰开，将一半递给茗儿。他俩在黑暗里站了很久……多少年来，什么也填补不了他失去茗儿时内心的空虚和孤寂。那会儿茗儿戴一顶火红色的滑冰帽，额前的头发整整齐齐向后拢着，眉间流露出一股天真的稚气，双眸像夜空中的启明星，闪闪发亮。

"你回去后，咱俩再也见不着面了……"她抬起头，黑而深邃的眸子透着依依不舍的恋情。

"会见面的。将来也许有一天，我会回来的。"他突然抓起茗儿那双纤细冰冷的小手，眸子不转地凝注在她的脸上："茗儿，我走后，你会想起我吗？"

她泪眼盈盈，点点头，从书包里掏出一个漂亮的金黄色的陶瓷梅花鹿递给他："不要忘了这只小鹿。"

绍谋紧紧把小鹿贴在胸口。一种难以描述的、朦胧的、神秘的初恋之情悄悄涌向心底。他多么想亲亲茗儿小巧的嘴唇，亲亲那双纤细的小手，但始终没有勇气。两人没说一句山盟海誓的情话，更没有亲吻拥抱，就那样分手了……

他像一片从枯萎的大树上掉下来的落叶，在广袤的天空飘飘忽忽。刚刚回到上海不久，那毫不容情的命运又把他从红色海洋里抓出来，投到上山下乡的洪流中。直到当叛徒的爸爸得到平反，他才一手拿着爸爸的病危通知书，一手拿着户口准迁证，重新踏上了回明珠市的路。

安葬了爸爸，他去找秦茗。哪知，出现在面前的却再也不是十年前那个天真无邪的茗儿了。望着她那飘动在脑后的黑发和丰腴的腰身，他惊讶得半晌说不出话："茗儿，还记得我吗？"他拿出那个可爱的小花鹿。

"小熊猫！"听到茗儿称呼自己的乳名，心里顿觉热乎乎的。

"你还记得这只鹿？"她的眼睛呆呆地望着小鹿，雪白的牙齿紧紧咬住下唇，好一会儿，才带着满腔的失意和受伤的感情说："那只小鹿早已死了，再也不会蹦跳了，再也不会鸣叫了……"她双手猛地捂住脸，哭着跑进屋里。

"茗儿，这是怎么回事？"他环视屋里的一切，鲜红的喜字，崭新的家具……这一切已经告诉他，茗儿永远不会属于他了……

她垂下头，深深地垂下。

"你以为我幸福吗？"茗儿痛苦地望着他："他是劳动局长的儿子，和他的结合，不过是一场交易罢了。绍谋，你当初为什么不去亲吻我，占有我？那时，我是属于你的。过去的爱情就犹如一杯没有酿成的苦酒，它使我们沉醉、眷恋。"

"茗儿，你……你变了。"

"哈哈哈……"秦茗的身子靠在椅子上，昂头大笑："十年前那个可爱的茗儿早已死了……"

"你怎么能这样对待自己？你还很年轻。"

"我的小熊猫，过去，我比你还会唱高调。可惜喉咙早就被现实扼杀了。在那冰雪封冻的阴山脚下，在那没有电灯的偏僻乡村，我是一粒流沙，被遗忘在那原始的角落。整整七年啊……那时，你为什么不出现在我面前？为什么不来温暖我这颗孤寂的心呢？我想过你，在梦中呼唤过你。可你却消失了……为了回城，为了找到工作，我忍受了再不能忍受的痛苦，卖过心爱的东西，卖过我的衣服。爸爸政治上的失败，标志着女儿厄运的到来。能卖的我都卖了，肉体、灵魂，但换来的只是一张装在衣兜的废纸。"她眼泪流下绝望的泪水："他丑陋庸俗，但他是我生活机器上的电源。我违背了自己的心，用一张结婚证换来了回城的招工表。"

"茗儿，请你原谅我吧。"绍谋把那只小鹿紧紧地贴在胸口："我没有一天不在思念你。"

"晚了，一切都已无法挽救。"她像一朵凋谢的花，在寒风中簌簌抖颤着身子。

"茗儿，我爱你！"他想把她拥抱在怀里，想把她的整个身子紧紧地抱起来，但他却克制住了自己，只是冷静地望着她。

"你爱现在的茗儿吗？"她走过来大胆抬起头，迎着他的目光。

"茗儿在我的眼里，永远是清纯美丽的。"

"绍谋，你不是说疯话吧？"秦茗的眼睛睁得大大的，目不转睛地望着她心爱的小熊猫。

"茗儿，十年来，我所遭受的痛苦、磨难并不比你少。当黑崽子，上山下乡接受再教育。当我躺在那条铺着凉席的土炕上，眼睛瞅着屋顶，默默地数着那一根根被烟熏黑的木椽，闻着从灶膛里散发出来的烧牛粪味儿，自由这个字眼就在这黑暗中消失了。我变成了一个囚徒，想喊、想哭、想冲出去。但冲向哪里呀？恐怖、黑暗像恶梦在包围着我。想到自己的命运，往往不寒而栗，冷汗直流。我是疯了，为了发泄这满肚子的不满和愤怒，我发疯地干活，用繁重的劳动来体罚自己。那时，村子里有一位姑娘看上了我，要给我当老婆。

我告诉她，自己是黑崽子，一个父亲是叛徒，另一个父亲是叛国分子。她被这两句话吓住了，再也不敢和我来往。我孤独寂寞，常常想到你，可那只是一个带着美丽花环的梦，在梦中，你微笑着向我走来了，但醒来后，我依然是一个人躺在土炕上。春夏秋冬，年复一年，我被这冷酷无情的现实所折磨。常常梦见自己参加了解放军，穿上了崭新的绿军装，但梦醒后身上还是披着那件老贫农送给的散发着的山羊皮袄，一穿起这件皮袄，我就把自己当作一只返祖的猿猴，离人类生活的圈子好远好远啊……"

听着他的痛诉，秦茗低声哭泣："绍谋，我们的命运好苦哇。"

也许是这段苦命运把他俩维系了一起。那时，他是真心地爱茗儿，爱得炽烈，如醉如痴。后来，究竟为什么？他冷落了她，逐渐离开她。是茗儿不适合做自己的妻子？还是她本身失去了对自己的诱惑力？他多次问自己，当初为什么会那样热烈地爱她？不顾一切地追求她？假如他不认识乔莎莎，没有和乔莎莎结婚，那么，他会和茗儿结婚吗？

[三]

"嘀铃铃……"一阵刺耳的电话铃声打断卢绍谋的沉思，他抬手看看表，已经是深夜一点钟，谁在这时候还来电话？他不由得皱了皱眉，披着睡衣走进客厅，不情愿地拿起话筒："喂，你是谁？"

"我是李剑，绍谋，打扰了，祝你新婚快乐。"

"你怎么不回来参加婚礼？难道还叫我亲自去叫你吗？"

"哪里，原计划要赶回去，哪知道，这里出了点事。"

"什么事？货还没脱手吗？"

"黄二让抓起来了。"李剑的声音显得十分焦急。

"因为什么？"这突然发生的事，使卢绍谋感到意外吃惊，他担心的并不是黄二，而是那价值几百万元的货。

"别提了，咱们的无毛绒拉到深圳后，正好赶上阴雨天，返潮相当厉害，超过了含潮量。沙东公司的老板又让咱们重新烘干后才接货。没办法，我只好把货又拉到广州，让黄二在那儿等着烘干后商检。哪知，这小子当天夜里，在朝华宾馆和一个女人睡觉，被保卫股抓住了，当下就送进公安局。"

一听这事，卢绍谋顿时气不打一处来。他不反对自己的部下玩女人，但决不容忍那些因为玩女人忘乎所以的混蛋。"玩女人也不分个场合，就让他在那儿好好待着吧。"

"不，问题的关键不是他本人，而是那份铑粉商检证在他手里。我让他交给陈老板……"

"混蛋！"卢绍谋打断李剑的话："这么重大的生意，你为什么不亲自交给陈老板呢？为什么不亲自去洽谈呢？"

"那几天，陈老板去了汕头，我打电话联系好了，他一返回广州，看了商检证就接货。但就在当天晚上，沙东公司的总经理从日本来了，约我回深圳洽谈无毛绒生意。我只好委托黄二在广州等陈老板。没想到，他竟然出事了。"

"照你这么说，非得保释他出来？"卢绍谋反问。

"当然，五千元的罚款金是非花不可了，但现在花钱也保释不出来。这家伙传染上了性病，要在公安局的附属医院统一治疗。我打听了一下，即使用最短的时间，也得待一个月。"

"既然是那样，就让他在里面好好养病吧。"

"这铑粉没有商检证能出口吗？"

"不要着急嘛，我想办法再办一份，尽快给你送过去。"

"你还得拿五千元的罚款费，不然，黄二可真的出不来了。"

"我不会出一分钱的。公司也从来没有这笔开支。"

"我觉得这样对待黄二不公平。尽管他做得不对，但遇了难，咱们袖手旁观从情理上也讲不过去。他为公司也出过力，赚过钱。绍谋，你不要以小失大，因为五千元而得罪这小子。"

"不行，我不会出钱的。"卢绍谋的口气十分坚决，甚至有点发火："一切后果由我来承担。还有那十吨无毛绒，烘干了沙东公司为什么还迟迟不接货？究竟在搞什么诡计？"

"不是不接货，而是不汇款。好像在策划着一场大的阴谋。"李剑停顿了一下又说："你难道没有感觉到吗？"

"你一定要掌握一个原则，不见兔子不撒鹰，没款，一斤绒也不能给他们。"

"知道了，公司的情况怎么样？"

"孟轲最近从医院出来了，一直在暗中活动，看来对咱们要穷究到底。我不会让他抓住任何把柄的。货发出后就火速返回。"他放下了电话。

"什么事？值得你大动肝火？"不知几时，乔莎莎裸着身子已站在他身后。卢绍谋转过脸，神色有点闷闷不乐："黄二这小子在广州嫖娼让公安局抓起来了。"他点燃了一支烟，又喝了一杯冰镇饮料，脑袋顿时清醒了。

"活该，这家伙看见女人就像苍蝇见了狗屎。"乔莎莎有点幸灾乐祸。

"关键是他把一份无毛绒商检证带走了。香港的陈老板还在广州等着验货呢。"卢绍谋怪怨李剑办事草率，但他并没有向乔莎莎吐露生意实情。

"商检证有啥难的，反正你的无毛绒已商检过了，让我爸爸再给你补办一份不就得了。"乔莎莎不以为然地说："睡吧，这些事放到明天再处理。其实，搞一份空白商检证就行了。"

"不检验大货，商检员恐怕不会给签发证的。"

"我和爸爸要一份，不过，你只能填无毛绒的商检。"

"当然了，我出口的是无毛绒，难道还能商检其他货吗？"

"我是以防万一嘛，将来一旦出了事，后果就不堪设想了。"

"出了事有我兜着，你怕啥？"

"你能兜得起吗？真要出了事，那是两国之间的事了，想兜也轮不到你。"

"不会出事的，我做生意向来是小心谨慎的。"

"赔本的生意不做，掉脑袋的生意敢做。对吧？"

"哈哈哈……"卢绍谋大笑："真要干掉脑袋的生意，还得仔细考虑考虑呢。"

"我给你办商检证，生意做成了，有我的利润吗？"

"我的钱还不是你的？所有的一切都是你的，莎莎，你难道还不信任我？"

"不，我只想做一棵和你比肩高的大树，不想做缠在你这棵树上的藤。"乔莎莎坐在他对面，脸上带着一丝隐而不露的微笑。

"好，一切都照你说的办。商检证一拿到手，我们就乘飞机去广州、深圳陪你痛痛快快玩几天，也算蜜月旅行。"卢绍谋边说边抱着乔莎莎又亲亲热热上了床。

第六章
捎客的白日梦

［一］

桥东和桥西交界处，是高速国道的必经之地，俗称金三角。金三角附近，有个饭馆，名叫十字坡。还有一个大圆盘，这是高速公路的交叉点，近几年，金三角的大圆盘成了捎客聚集的地方。无论春夏秋冬，从早到晚，总有一大批人聚集在这里，他们手里提着一个小皮包，包里放着小本本，五花八门的货都记在上面。这就是改革初期的皮包公司，这些自称经理和业务员的人常常是三个一堆，五个一伙，高谈阔论生意经，他们的特点是腿勤、嘴勤、耳朵长，没什么资本和实力，专靠传递信息吃饭。爱吹牛说大话，除了原子弹，什么都有。这些人偶尔也发过财，但倒霉的时候多，被两头客户算计甩掉的时候多。没钱时，三五个人凑上几块钱进十字坡要上一碟花生豆，二两散白酒，直喝到日头落山。

早晨，腿快嘴勤的"橘子皮"来到金三角，他洋洋得意地晃着小脑袋，给"十三遭"递过一根雁牌黑烟，压低声音诡秘地说："内参消息，卫达实业公司的卢绍谋和日本沙东公司签订了一份八千万的白山羊无毛绒合同。这回山羊绒的价格看来又要涨了。"

"十三遭"鄙视地白了他一眼："别捕风捉影啦，卢绍谋订合同还告诉你？"

"啥事能瞒得住我小橘子，前几天，卫达公司往深圳送走了十吨无毛绒。没客户他拉绒去深圳干啥？"橘子皮拍着胸脯高声说。

橘子皮这一重要信息使这些常在金三角出没的捎客激动起来。"十三遭"、刘瞎子、号长都围了过来，凭多年的经商经验，他们预料到一场轰轰烈烈的羊绒大会战就要展开。为了迎接大会战的到来，几个人凑了十几块钱，拉拉扯扯走进十字坡。一瓶散白酒，几个小咸菜，吃得津津有味，酒进肚话也多了。

"卢绍谋这小子真能耐，钓住这么一条大鱼。"

"他还不是凭乔智，老头子是羊绒生意的老手，香港许多经销羊绒生意的公司说起他还是很服气。"

"这小子艳福不浅，到底把乔小姐搞到了手。"戴着深度近视眼镜的刘瞎子有点垂涎三尺。

"有钱嘛，没听人说，有钱能使鬼推磨。你若是手里的票子一抓一大把，老婆还能跟别人跑了。""橘子皮"又在挖苦他。

"话不能那么说，老刘的羊绒生意做成了，屁股后面的大姑娘又是一大群，拿鞭子也赶不走。"号长果希林替刘瞎子解围。

"他有羊绒吗？别听他天天在勾狐皮褥子。绒在哪儿？我看你除了腿旮旯儿有几撮黑绒，货尽了。"

"我没绒，你有哩。你他妈自称是大绒贩子，可正经八百地做成几笔绒的生意？那年偷了人家一张商检证卖了八千块钱，要不是老子给你顶杠，早就进收审站喝稀粥去了。"

"喝稀粥怎么啦？你问问号长，人家在里面呆得还不想出来呢。"橘子皮不服气地说。

"真有这事？"众人把目光都投在果希林身上。

　　果希林身材高大魁梧，壮实得像头牛，脑袋也大，一张大脸上镶着个红红的酒糟鼻，小眼睛、大嘴巴，嘴唇很厚，一笑整个脸显得傻乎乎的。去年从江苏苍南县搞回二十万元的塑料编织袋，转手把这批货抵押给土产公司，从那里挪用了十万元现金去深圳做羊绒生意，结果赔进七八万。苍南县来人催款时，他是货也没了，款也花了，人被抓进收审站。凭着他个子大，打人凶狠，一进去就当上了号长。在那块方圆七尺的地盘上，当了九十九天土皇帝。号子里的人每天轮着给他洗脚、泡方便面、沏茶、捶背。侍候的稍不如意，拳头就把这些人打得皮开肉绽。从号子里出来时，他还有点舍不得离开这土皇帝的宝座呢。

　　"他妈的，那里面就是玩不上女人，要不老子在那待一辈子也不想出来。"他狠劲吸着烟，脸上的表情凶残可怕。

　　"嘿嘿……玩不上女人玩男人啊，听说那里面都是相互鸡奸。"

　　"扯淡，老子宁愿当太监也不做那下三烂的事。"果希林狠狠地瞪了橘子皮一眼。

　　"这回咱们甩开膀子好好做几把羊绒生意，挣他个十万八万，也找个妞儿玩玩。"橘子皮喝了一口酒，发红的眼睛里射出贪婪的光。

　　"别听人们瞎吹嘘，什么外商，说不定还是些跨国集团分子呢。"刘瞎子不相信地摇着头。

　　"瞎子，你真是一朝被蛇咬，十年怕井绳。你让跨国集团分子骗怕了，不能一遇个外商就是跨国分子。"橘子皮顶撞他。

　　"我是身受其害呀，两万块钱买了一块石头。"刘瞎子眼圈红红的，"就是这块石头害得我老婆离婚，孩子给人。"

　　"十三遭"拍拍他的肩膀说："究竟是怎么回事，你给大伙讲讲，咱们吸取个教训，免得上当受骗。"

"真是一言难尽啊。去年冬天我和橘子皮去深圳卖无毛绒，货出手后挣了两万多块钱。那天，我在街上转悠，突然有人拉住我问买不买钻石，我对那玩意儿也不懂，但又听人说这钻石生意很赚钱，于是就动了心，跟上这家伙去看货。人家领我见了货主，又到一家珠宝店将货作了鉴定。老板说这是上等的钻石，两万元买到手，转手就能卖四万。一听利润这么大，我能不买吗？拿着钻石回到北京，又专门请了美国古董商劳克斯来做鉴定，看到底值多少钱。我和橘子皮去北京饭店，花了五百元请劳克斯吃了一顿饭，酒足饭饱，我把钻石递给这个美国佬。哪知他看了看，又和翻译咕嘟了几句，然后捧腹大笑。我说：'你们笑啥？'翻译告诉我：'劳克斯先生说这是块人造假钻石，你上当了，这东西一钱不值，快从窗子扔到楼下。'我一听差点昏过去。"

"当时，要不是我拉住，他也跳下了十七层楼房。"橘子皮又在气刘瞎子。

"为了这假钻石，我们又返回深圳，结果，那古董商早没了踪影，珠宝店也不承认有过这回事。后来，通过深圳一些朋友暗中打听，才知道这是一伙跨国诈骗分子，专敲大陆人的竹杠。你们说这当上的惨不惨。"

"不惨，没在深圳上了吊还算好汉子。"号长还伸出大拇指："钱算个屁，有人还愁挣不上钱？"

"号长说得对，钱是身外之物，咱们哥儿几个今年摽住劲儿，好好干几把，还愁没钱花？来来来，喝酒，说点高兴事，咱弟兄们开开心。"刘瞎子边说边端起杯子大口大口地喝起来。

"咱们有啥高兴事？和卢绍谋没法比，咱给人家背袱子捧臭脚人家也不要。"一直没吭声的于大牙也插了话。

"他不用咱们给别人背嘛,凭这三寸不烂之舌,还愁吃不开饭?来,哥们,说点女人的事来提提神,刺激刺激怎么样?"橘子皮狠狠咬着几粒花生豆。

"我来提个建议,咱们都把酒倒满,然后,打通贯猜谜语,这谜语不能乱出。人常说,三句不离本行,咱们是三句不离女人。"

"十三遭,你就会出这歪点子,咱们痛痛快快喝个一醉方休不就得了。"

这伙掮客在放荡地笑着,喝得醉酒醺醺,拍着那曾经有过钱,而现在都空空的口袋,嘴里不停地骂骂咧咧:"钱是个啥东西,钱就是命,命是王八蛋。"

第七章
空白商检证

[一]

这个两米大的玻璃鱼缸，在荧光灯的照射下，像一座晶莹透明的水晶宫。绿色的水草，鲜红的、奶油的、淡黄的雨花石，鱼儿穿梭般游来游去，名贵的龙睛翻鳃球、五花水泡、黑马、红箭……它们互相追逐着，乔智点着一支"555"牌香烟，跷起二郎腿，身子往沙发上一靠，眯着眼观赏游动的鱼儿，整个身心都沉浸在一种明朗、舒适、怡然自得的情境中……

门铃响了，他的目光从鱼缸上收回来，站起来，双脚踏在松软的地毯上，向门口走去。

乔莎莎和卢绍谋挽着手进来："爸爸！"他俩亲切地叫着，向乔智迎过去。

"你们还记得我这个爸爸？"女儿女婿的到来他喜出望外，乐滋滋地把他们迎进客厅，亲自动手沏茶、削苹果。"你们的婚礼爸爸没去参加，不会有意见吧？"乔智脸上露出一丝略带歉意的微笑。

"爸爸，您和昆市长都犯的一个病。好像我们在婚礼上干了什么见不得人的勾当似的。其实，谁不知道昆市长是绍谋的后台，你是我们的爸爸？"乔莎莎话中含着一种桀骜和被父亲娇惯的任性感。

"现在办事难哪，没弊病有人还要挑你的毛病呢。"他给绍谋递过一支烟。

"爸爸，和塞北商行那件案子怎么处理啦？"卢绍谋关心地问："我和检察院办案人谈了您的情况，他答应说这件事会给处理好的。"

乔智嘿嘿地笑，声音里蕴藏着一种惊人的智力和深思熟虑后的矜持："他处理得很周全，提前给我提供了一些参考性建议。"

"什么建议？"

"那天检察院下传票叫我去，问：'塞北商行的经理罗英是不是送了你五千元现金？'"

"我说：'送了，钱还在办公室的抽屉里放着，我正准备给他送回去。'"

"看来实有其事。"

"有这事，他让我给办一份羊皮出口商检证。但那批货不符合出口标准，我没给办。哪知，他乘我出去时，把这包钱放进我的抽屉里，第二天我才发现，打电话叫他来取，结果他出差不在了。检察院来人从抽屉里拿走了这包钱。他们还能给我定个什么案？受贿？构不成事实。"

"罗英这家伙也真混蛋，送了钱又来个恶人先告状，真可恶。"卢绍谋也愤愤不平地说。

"这种人多得很，有什么稀罕？"正对着镜子精心梳理头发的乔莎莎接过话茬："拿上五千块钱还不知道想办多大的事？一旦办不成达不到目的，马上翻脸不认人。"

"罗英在商界号称'铁公鸡'，想从他身上拔毛难哪，我总觉得这件事发生的有点蹊跷。"绍谋抽着烟，慢腾腾地说。

"爸爸，您知道罗英这皮子给谁搞的？"乔莎莎含而不露地说。

"不清楚。"乔智摇摇头。

"我就知道您不会知道，他是给你们外贸褚丹搞的。"

"褚丹向来不和个体商打交道，不可能吧？"乔智不大相信女儿的话。

"能挣到钱，啥事都可能。您可得防着点，她可不是个一般的女人。想从您这儿打开个缺口，我看那个罗英是想不到的，这五千元背后，怕另有阴谋。"乔莎莎提醒爸爸。

"这件事要不是老林事先做了安排，还真有点措手不及呢。"乔智脸上挂着得意的微笑，他从来也没把这个褚丹放在眼里。他老谋深算，在政界算个城府很深的老干部，在商场，也具有很高的威望和信誉。

"这件事老林处理得天衣无缝，您在名声上没受到损害。咱得好好谢谢他。"卢绍谋的言外之意是让老岳父来回报他这个人情。

"不是让你给他的妹妹安排个工作吗？这份人情不就顶了。"乔莎莎的话语有点尖刻。"爸爸，以后，那些乌七八糟的油水不大的事您最好别去管。事办完了，人家给您送上几盒点心、几瓶酒，值几个钱？点心发霉了喂狗还不吃，您又不喝酒，要那么多茅台、五粮液堆在家里还占地方。"

"哈哈哈……你爸爸的鳔还用不完呢，用着你的胶（教）吗？"乔智开怀大笑，肥胖的身子靠在沙发背上，眼睛笑眯眯的，脸上的神态宽容慈祥，透着一股诙谐的气质。他对自己的下级是十分慈爱关心的，每逢过春节，挨门挨户给职工拜年。商检处的福利待遇也很高，职工每月浮动奖金就是一百多元，他除了上交利税，把剩余的钱就买各种东西变相地发给职工。他深知，要想当好这个处长，必须把下面的群众笼络好。"水能行舟，但也能覆舟。"下面的群众拥护你，这顶乌纱帽才能戴住。职工百分之九十的拥戴他，待他当作父母官，有什么事也和他商量。他对明珠市的外贸事业是有功之臣。过去，这里的人们根本不懂得也不知道羊绒的真正价值，许多牧民把羊绒剪下来，和羊毛搅混在一起卖。最初来买羊绒的是河北省清河一带的小商贩。他们买上羊绒用水洗干净，再用弹花机弹出来，然后掺在棉花里卖。每斤能赚一元左右。后来，乔智在《国际商品信息》那本杂志上，发现了关于山羊绒的真正价值。他马上和这家信息公司联系，花了几百元信息费，这家公司就介绍给他几个国外巨大的经销山羊绒的公司。当时，每市斤原绒的价格在国际市场上就是三十元，加工梳纺出来的无毛绒每吨是八十万。为了进一步开发区内的资源，他亲自到广州和外商洽谈这项生意。在广交会上，他拿回了关于羊绒加工和梳洗的一系列工艺流程方案和可行性技术资料，还有一份价值五百万元的无毛绒合同书。当他把这些技术资料向市委做了汇报时，一些厂矿企业的领导没有一个敢带头办梳绒厂的。一听说每年能赢利几百万，都不信任地摇摇头，认为这是天方夜谭。没办法，他只好回到家乡清河县，想在那里创办一个试点。在县长的支持下，一个过去常去明珠市买山羊绒的小贩子带头冒险干了起来。县委贷给他一百万款，办起了第一家梳绒厂。乔智和他又签订了合同，不管生产多少无毛绒，必须由明珠市商检局来商检出口。当第一批无毛绒加工出来后，马上在国际市场打开了销路，大量的外汇流进明珠市外贸。人们一看这是一本万利的生意，生意场上马上炒起一股羊绒热，展开羊绒大会战、大竞争、大抢购。个体的、集体的、国营的，几百家梳绒厂在短短的时间内就遍及全国各地。羊绒的价格也在逐步上涨，从七元钱一斤一直涨到七十元。而且现在的行情还在不断上涨，货源也越来越紧张。加工出来的无毛绒一吨的利润最少也能赚十几万元。这比黄金利润还要大的生意谁不想抢着去干？明珠市大部分贸易公司都在经销羊绒。在国际市场上，无论哪里的客户，只要看见乔智商检的货，商检证上有他的签字，就全部接收。几年来，他商检过的货从来没出现过掺假掺异性纤维的冒牌货。当时，他只是商检科的科长，但他的签字就是外汇，就是金钱、信誉。无毛绒生意是他手中的王牌，凭着这张王牌，他被晋升为处长，成为明珠市神通广大的人物。清河县的人们把他捧为财神爷，敢把几百万的货交到他手里，而且一百个放心。这几年，他为商检处为外贸进出口公司赚回了上百万的利润。他个人究竟挣了多少谁也不去查询。因为，他从来也不去挣明珠市人们的钱，上次塞北商行的罗英送他五千元好处费，他没有答应对方的要求，这并不是自己坚持原则，而是打心底里看不起这点钱。这还不足和外商谈判时的两顿饭钱呢，他不会因为一点小钱而背个受贿的黑锅。

[二]

卢绍谋给岳父毕恭毕敬的递过一支烟，他顺手掏出一个十分漂亮的进口打火机，给他点着了。乔智慢慢吸着，烟雾从嘴里缓缓吐出来，在客厅里袅袅升起。乔莎莎给爸爸调好一杯浓浓的咖啡："爸爸，这咖啡是绍谋从香港带回来的，味道不错，能提神健胃。"她极力讨好老头子，"弟弟来信了没有？"

"来了，在东京大学经济系，三野太郎是他的经济担保人，总算入学了。"

"爸爸总是在想着我弟弟，从来也不为我的事着急。"

"你现在生活得很好嘛，想出去，让绍谋带你去香港玩玩。"

"我要出去定居，但绍谋不同意。"

"中国人为啥要到国外去住呢？咱们这么大个国家难道还容不下你？"卢绍谋吸着香烟，口气有点漫不经心。

"有钱谁不想往外走？冲出黄土地，冲过太平洋，这才是现代人的生活目标。就是你总不想离开这个穷地方。"

"咱们都是在这个穷地方长大的，你有什么理由去嫌弃它呢？人常说，儿不嫌母丑，狗不嫌家穷。"

"爸爸，您听听，绍谋根本不想出国。"乔莎莎生气了，话语中有着一种只考虑自己，不顾及别人的任性。

"绍谋的话也有道理。中国再穷也是咱们的祖国。出国留几年学回来可以，如果长期定居在外面，总是不太合适，人活着不能没有根。"乔智也赞同女婿的意见。

沉默片刻，乔莎莎又问："你执意不出去，那你爸爸的财产将来谁来继承？"

"到了一九九七年他才七十岁，那时，香港已归还了大陆。他的公司当然我是要接管的。一个不爱自己祖国的人，是不会爱其他一切人的。这是我爸爸常常说的一句话。"卢绍谋瞥视着妻子，那短促的一眼，尖锐、蛮横、傲慢。

乔莎莎感到十分不舒服。她神色沮丧地说："你爸爸既然这么热爱祖国，为什么不和祖国同生死共存亡呢？"

"他是被逼走的，当时不逃走就得死。他想活，想东山再起，想再为祖国效力，所以，才忍辱负重离开自己的国土。"卢绍谋是崇拜父亲的，他完全继承了父亲的秉性，刚愎自用，百折不挠，狂妄骄傲。

　　乔智怕这小两口因为出国问题争吵起来，赶快把话题转到生意上。他以长辈的口气关心地问卢绍谋："听莎莎说你和日本沙东公司挂上了钩？"

　　"和他们签订了一份二百吨的白山羊无毛绒合同。"卢绍谋如实地和岳父谈着他近日去深圳的情况。

　　"对于这个公司的资金实力你作过咨询吗？"

　　"初步了解了一下，他们是股份公司，在国际银行存款二十多个亿。世界各地都有分公司，实力还算强大，完全有能力来完成这份合同。"

　　"你能保证货源吗？"乔智慢慢将手中的烟头掐灭在烟灰缸里，又端起杯子喝了一口咖啡，慢条斯理地说："你知道全区一年能产多少原绒？有多少家经销羊绒的公司？有多少家梳绒厂？"

　　"不管他有多少人多少公司经销，我要垄断羊绒市场。"绍谋傲慢地昂着头，口气有点狂妄。

　　"哈哈哈……"乔智大笑着："你能垄断了吗？就拿赵之筠经营的国营畜产公司来说，业务重点都放在羊绒上，公司的业务员全部出动，到各个基层供销社去收购羊绒。你能不让人家收购吗？据说，区公司给他们拨了二千多万元款，专门经销羊绒生意，今年的收购任务是五百吨。你想想，大部分货源流进了他的公司，你这儿又能收购多少？"

　　"我的收购价要适当地高于他们的收购价，羊绒自然会流到我的公司里。"

　　"不，"乔智老谋深算。他摇摇头，摆摆手说："要想垄断市场，不仅仅是价格上的因素。最主要的是要有深谋远虑的策略，洞察一切的慧眼，心狠手辣的计谋。你要没有吞掉赵之筹的能力，有一天就势必被他吞掉。他是个有魄力的政客也是个有心术的商人，从上次的貂皮生意上就可以看出来。将来这个人会在政治舞台上崭露头角的，经商只不过是个过渡阶段，你未必是他的对手。"

"爸爸，赵之筹有什么了不起？还不是个白面书生。刚刚当个经理，就有点趾高气扬。其实，他在商界还不是无名鼠辈。"乔莎莎轻蔑地撇撇嘴，口气里含着几分满不在乎的成分："我们在价格上压他一码，还怕收不到羊绒？"

"那你们就低估他了。去年有许多收购点交给他们羊绒，他只付了对方三分之二款，剩余三分之一款在今年结算。如果这些客户不再交给他羊绒，赵之筹会轻易付给他们那三分之一的款吗？他是利用这种手段来牵制货主的。"乔智分析得十分透彻。他能够看透整个商界的局面，也能把每个不足的环节一针见血地指出来："这样，至少有三分之二的绒就流进畜产公司。剩余的货源也并不都属于你。还有华夏公司、塞北商行、联购分销公司，都在经销羊绒。"

"他们这些公司没多大实力，流动资金充其量也只有几十万元，做不了几吨羊绒的生意。"

"你可不能轻看这些公司，他们生意做不成，可以把水搅浑，把价抬高，成事不足，败事有余。"

"我没有估计到这些。"卢绍谋皱了皱眉头说："货主如果不受赵之筹的牵制呢？我们就不能给他个釜底抽薪吗？"

"你只有在时间上抢先一步，提前和几家大的收购站订合同。这是打仗，不是开玩笑，弄不好会破产的。"乔智劝告女婿要保持冷静的头脑，不能草率行事，更不能凭主观想象。经商是一门很严谨的科学，蕴含着很深刻的社会学、心理学、哲学、经济学。一个才华出众有远见卓识的人，在这个领域里才有用武之地。商界的大门是对每一个不安分的人敞开的。

"再说，你还得控制住沙东公司，不汇进预付款，决不能盲目去收购羊绒。国际形势变化无常，我们置身于商界，形势的变化是不以我们意志为转移的。"

"爸爸，这点我欠考虑。预付款是汇来一部分，但拉到深圳的十吨无毛绒到今还没接货，大款迟迟不汇来。"

"不汇款就不交货。"

"他们好像在等待什么？"

"这种等待恐怕与国际局势是分不开的，你不要单纯地从经商角度去看问题。中国商人的命运是和政治紧紧联系在一起的。"

他们正谈得热烈，柳若娴回来了。她知道女儿今天上午回来，出去买了满满一篮子鲜菜、水果、肉食。她和女婿寒暄了几句，就招呼小保姆喜妹子到厨房洗菜、做饭。自己又亲手把苹果、香蕉洗干净，给女婿端出一盘子。

"妈，听说你们文化局也准备办一个实体性企业，来个以商养文？"乔莎莎直截了当地问。

"你听谁说的？这件事只在局长会议上讨论了，我没有同意。"

"因为您不同意人家才去找我。赵局长、李局长都同意，就是您这关难过。"

"一定又是那个袁帅和你说的。他呀，看见别人挣钱发财就眼红，不是把精力放在本职工作上，而是整天胡思乱想，不务正业。"

"我看他是个难得的人才，搞活经济符合中央精神，您可不能当绊脚石。"

"你妈多会儿当过绊脚石？哪一次运动，都是带头响应执行。"

"这次您为什么就不再带头了？"

"袁帅要办舞厅、卡拉OK、录像厅，这成什么体统？文化局不成了裴多菲俱乐部了？这个头我能带吗？我们是向社会提供精神食粮的单位，而不是个体小商贩，想干什么就干什么。"

"你们提供的那些精神食粮早就发霉了。传统戏、地方戏谁看？现代年轻人欣赏的是摇滚舞曲，轻音乐、迪斯科。人们需要的是消遣，是身心的快乐和享受，而不是去接受什么教育。"

"你们这一代真是蜕化变质的一代，我们那时候，提倡艰苦奋斗、忆苦思甜、不忘阶级斗争，可现在呢？六十年代初，美国国务卿杜勒斯曾把和平演变的希望寄托在中国第三代第四代身上。看来这预言实现了，一代不如一代啊。"

"妈，你真是个九斤老太婆。"

女儿的话引得乔智大笑起来。柳若娴的脸色有点难看，但面对女婿又不好发作，她站起来怏怏不快地说："关于这些问题，以后再慢慢探讨吧，我给你们做饭去。"说着，向厨房走去。

[三]

柳若娴是个虚荣心极强的女人。过去，在一家蔬菜公司当售货员，每天卖大白菜。在那火红的年代，她能说会道，单位领导就推荐她去参加批林批孔学习班。她把《女儿经》、《三字经》背得滚瓜烂熟，上台不拿手稿，讲演得精彩流利。就凭这一讲演，一炮走红，全市各单位都请她去讲演。时势造就了她这一类人物，不久，被调到市委，赶上提拔中青年妇女干部，她被破格提为市委副书记。但好景不长，粉碎"四人帮"后，她这类靠背诵《女儿经》、《三字经》的干部就失去了生存的土壤。为了照顾她的情绪，勉强把她安排在市文化局当了副局长。她一没文凭二没资历，对文化艺术又一窍不通，不知道高尔基是中国人还是外国人，更不知道莎士比亚是干什么的。她一生总是在满脑子的热烘烘地追求着什么，争取着什么，钻营着什么。她不满足于自己现在这个有名无实的官衔。为此，她恼怒、不服气、沮丧、失望，盼望再来一个轰轰烈烈的大革命。当年的柳若娴是多么耀武扬威，春风得意。她至今还保存着那份使自己走红的讲演稿，那本背了无数遍的党章和毛主席语录本，这些都是她走向成功的资本。她无论干什么事，总是口不离语录，单位人都叫她"语录本儿"。她不在乎这些，处心积虑关心的和斤斤计较夺取的是自己的利益和地位，是女人的虚荣。单位的人如果叫她柳副局长，马上会沉下脸不理对方。如果改叫柳局长，她会眉开眼笑，求她办什么事也不会碰钉子。她处处明争暗斗和周围的人争夺着权力，哪怕是批一张请假条、一份报销单据的权力，她也要争过来。无论开什么会议，从来不缺席，生怕别人忘了自己的存在。五十多岁了仍然不甘心退居二线。把头发染得黑黑的，腰板挺得直直的，并极力在学习一些时髦的术语，来点缀自己贫乏的头脑。有一次，北京电影制片厂的一些名演员来明珠市拍摄外景，文化局设宴招待他们。柳若娴借此机会大出风头，讲话时首先搬出毛主席的双百方针，文艺为政治服务等口号，在座的人们哭笑不得。现场录像的小伙子大概是专门出她的洋相，拍摄镜头时，只取了她一个侧面相。第二天她看了录像，气得大发雷霆，马上给电视台台长打电话，说这小伙子工作不称职，业务不熟悉。台长不得不亲自出面向她解释道歉。她终于得到一种行使权力的享受才算罢休。

　　"妈，我舅舅的事办得怎么样？"乔莎莎走进厨房，从盘子里抓了一条熏鸡腿吃起来。

柳若娴往盘子里放切好的香肠和酱牛肉，说："现在的事很难办，尤其是这类案子，像猴皮筋儿，伸缩性很大，可以定误伤罪，也可以定故意伤害罪。说到底，没钱办不了事。"

"那怎么办呀？"

"等青柳儿拿来钱再说吧。"柳若娴打心眼里讨厌她这位贪得无厌、见钱不要命的哥哥，尽管他被抓进了看守所，但柳若娴是不会为他花一分钱的。

喜妹子把洗好的菜放在她面前，柳若娴顺手把几根鲜嫩的菜帮子扔进脏水桶："哎呀，这菜帮子可不能吃。这儿可不是乡下，谁吃菜边叶。"说罢，又去点煤气灶。蓝色的火苗丝丝往上蹿，不到几分钟，锅里的水就咕嘟咕嘟响起来。

"喜妹子，你记住，开关向右拧火苗就越烧越大，向左拧火就会灭掉。"柳若娴一边炒菜一边叮嘱着："用完后，千万把阀门关紧，漏了气，会煤气中毒甚至会引起爆炸的。"

"爆炸？"她害怕了，胆怯地瞪大眼望着女主人。

[四]

开饭了，这是乔莎莎结婚后回娘家吃的第一顿饭，全家人围坐在圆桌前，气氛融洽和谐。莎莎给爸爸妈妈都倒了一杯马爹利色酒："爸、妈，这酒是绍谋特意从深圳给您们买的。"乔智不喝酒，但为了感谢女婿这份心意，也端起杯。卢绍谋陪乔智喝酒，随便聊天："爸爸，我和莎莎准备去广州玩几天。"

"多会儿走？"

"今天晚上。"

"这么快就动身？"

卢绍谋叹口气，面带难色："本来我也不想这么仓促动身，但昨晚李剑来电话，说那份无毛绒的商检证出了点问题。"

对于卢绍谋的话乔智似乎并不感到意外，慢腾腾地说："商检证会出什么问题呢？"

"业务员黄二拿着商检证在广州海关等着商检货。结果因为买了几盘黄色录像带，被公安局抓起来了，他把商检证也带到了收容所，暂时恐怕不会出来。"

"你是想让我给你补办一份吧？"

卢绍谋点点头："沙东公司如果把大款汇进中行，我们的羊绒在海关换不了证，怎么交货呢？这批货的小样还有。"

"那你明天拿到商检局化验一下，结果出来再办证。"

"爸爸，您办事总是那么婆婆妈妈，连自己的女儿都不相信。我们已订好今晚的飞机票，不能因为一张商检证而退票吧？"莎莎不高兴了。

柳若娴在旁边插了话："那也不能让你爸爸把商检证像废纸一样扔给你们吧？要是出了事，他这处长还能当得住吗？"口气中含着对女儿的不满。旅游局很好的工作辞职不干，偏偏要到驻京办事处当公关小姐，这工作虽然是昆市长亲自安排的，但柳若娴的内心并不感到荣耀。她希望女儿从事政治、上大学或者像儿子一样出国留学。但乔莎莎偏偏迷上经商这一行道，整天所谈的不是羊绒就是汽车，她一听这些就反感。

"妈妈就怕我爸爸丢了这顶乌纱帽。"乔莎莎也看不惯母亲把官位看得比命还值钱。也瞧不起母亲为了保住自己那点芝麻官，整天挖空心思去算计人的行为，活得太劳累、太麻烦了。

"话不能这么说，我倒并不是怕丢乌纱帽，关键是这商检证代表咱们中华人民共和国，如果货出了问题，外商直接和我们商检局打官司，而不是你们。"

"爸爸，那十吨货已经商检过了，完全符合出口标准，这不过是补办一个手续，怎么会出问题呢？您这种担心完全是多余的。"乔莎莎不耐烦地说。

"你们办业务也太草率啦。"乔智温和的口气中含着对卢绍谋的不满。他相信自己的女儿，但对女婿是存有戒心的，他深知商界是可怕的漩流，每个经商的人都是狡诈阴险的，他的女婿当然也属于这一类人。他对这样的人内心是有所怵惕的。

"爸爸，您放心好了，我们不会拿着商检证胡来。"卢绍谋的口气非常诚恳。

乔智终于禁不住女儿和女婿的纠缠，沉思好久，才从公文包里取出一份盖了公章的空白商检证递给卢绍谋，他反复叮嘱："只能用于商检那十吨无毛绒。"他顺手在商检证上签上了自己的名字。

"爸爸，这还用您嘱咐吗？绍谋经营的是无毛绒，难道还能用于其他生意？"乔莎莎脸上绽开灿烂的微笑。

"这几年因为商检证出事的还少吗？一份商检证就代表着对外的一笔贸易生意。出了问题，损害的是国家的名誉。"乔智认真地说。

"也不能光为了名誉而在经济上受损失。近年来，咱们让外商也骗得好苦啊。人家把一些五十年代的旧机器翻修一下就卖给咱们。要不就把一些已经淘汰的电子计算机进口过来，咱们使用不了几天就报废了。可国家商检局又和外商清算回多少损失费呢？"卢绍谋愤愤不平地说："商界是残酷无情的，无论在国内还是国外，都存在着殊死的争夺。你不使用圈套，就得上人家的圈套。你不去骗人，就得受人家的骗。这就看谁的手腕高明。那些跨国分子在咱们国内的活动是十分猖狂的，我们以牙还牙，使用一些骗术和手段，也未尝不可。"

"照你这么说，为了照顾自己国家的声誉，而在经济上受到巨大损失那才是卖国，才是耻辱？"乔莎莎在反问。

"我的主张是应该往回拿，不择手段的拿。说得时髦一点，就是引进。因为外国人拿走我们的东西太多了，矿产、资源、先进的技术情报，我们为什么就不能大胆地往回拿呢？一个国家的强盛，完全取决于经济基础。我经商的目的就是为了引进外资，多多的引进，无论用什么手段，只要把大笔的外汇引进中国银行，这笔钱就可以为咱们所用。"

绍谋的话引起乔智的一阵沉思。这几年确实引进来大量的外资和先进技术，但也失去了许多东西，这是避免不了的。改革嘛，中国也像一个大实验室，在进行各种各样的试验，这种试验也许会成功，也许会失败，不管怎么说，中国人总算是放大胆子开始向前走路了。

一直沉默不语的柳若娴突然说："姑娘们买一盒粉饼也要'美国一号'的，香水要法国'梦巴黎'，连鼻子都要整容成外国人的高鼻梁，这难道不是崇洋媚外吗？为什么要让这些高鼻子、蓝眼睛的人来咱们的国土上开发呢？咱们为什么就不去他们的国土上开发去？我实在想不通。"

"妈，想不通的事情多呢！整整鼻子又怎么啦？外国人的高鼻梁就是好嘛。好的东西我们为什么不去吸取呢？"

"咱们中国的厂矿企业，有许多都被挤破产了，你看看现在开不了工资的单位有多少？"

"开不了工资，才迫使人们去竞争，去发明创造。像过去，人人有碗饭吃，平均主义倒滋长了潜伏在人性中的懒惰思想和依赖性。物质世界发展的速度是惊人的，据说几十年后，可以将冰川拖曳到少水的地区，可以去别的星球开采矿产，咱们不能像小脚女人走路。"

乔莎莎的骨头里完全有母亲的遗传因子，能言善辩，头脑灵活，见风使舵，时代的潮流把她推进商界。和她的母亲相比，虽然是两个不同时代的形象，但个性、手段、心理追求又是那么相同。

"算了，为一点小事，何必争吵呢？"乔智在劝说柳若娴。

卢绍谋又是倒酒又是盛饭，来缓和这不愉快的气氛。

"她也越来越没规矩了。鼻子做整容手术的时候，我咬着牙答应她这伟大的创举，可现在整天想入非非，要去外国定居，你快把老祖宗也忘了。我们那个时代再愚昧落后，但每个人的心里装的是党和祖国。现在的人满脑子装的是钱。"柳若娴扔下筷子，站起来向自己的卧室走去。她不想再看女儿一眼。女儿在她的心中，已变了形，走了样，是一个蜕化了的形象。她感到痛心，自己身上的那种气质品性为什么没有在女儿身上得到体现呢？

乔莎莎并不在乎妈妈的态度，历来我行我素。想说的话想做的事，就去做去说，从来不管别人接受与不接受。当初和卢绍谋结婚时，许多人包括她的父母都劝她不该找一个比自己大十二岁的男人。但她偏偏向卢绍谋勇敢地追去。她要尝试尝试一个四十岁男人的魅力和爱情。她不喜欢和同龄人来往相处，觉得这些人幼稚、单纯，不是八旗子弟，就是浪荡哥儿们，城府不深，内力不足，力度不够，根本称不起男子汉。嫁给卢绍谋，也不是因为他是经理，有个在香港的爸爸，而是因为卢绍谋是一条不折不扣的有血性有骨气的硬汉子，容貌说不上英俊，但那独特的魅力和沉甸甸的气质令她爱慕。选择他不后悔，有一天真要离开他，也决不留恋。

吃过晚饭，乔智打电话通知司机，把轿车开到楼前，送女儿和女婿去飞机场。临上车前，乔莎莎早已忘记了和妈妈不愉快的争执，略带悔意地笑笑，然后，忘情地扑在母亲怀里，吻了吻她那灰白的头发。柳若娴唏嘘啜泣起来，母爱又在她那深邃的情感世界里震颤起强大的声波，女儿的离去，她感到孤独、寂寞，一种倏忽而至的空虚涌向心室，她紧紧地和女儿拥在一起。乔智也一再叮嘱女婿，在生意上千万要小心谨慎，切莫上当受骗，有什么变化要速来电话联系。卢绍谋很感激，不住地点点头。

车子开动了，柳若娴终于恋恋不舍地松开女儿的手。

第八章
有钱能使鬼推磨

[一]

解放街派出所所长王明辉拿着几盘昨夜执勤时没收的黄色录像带，匆匆忙忙走进卧室。一夜没睡，有点疲惫不堪，大脑昏昏沉沉。本想美美睡一觉，但经不住这几盘带的诱惑，于是，把窗帘遮得严严实实，接通了录像机电源。二十英时的荧光屏上，马上出现了一些不堪入目的镜头，男女交媾的动作赤裸裸地展示在他面前。他两眼目不转定地看着女人那滚圆的屁股、肥腴的大腿，呼吸紧促了，脑袋麻酥酥的，下身热烘烘难受，他不由把手伸进裤裆……

"嘀铃铃……"一阵刺耳的门铃响了。

猫眼儿里呈现出一个肥头大耳的脑袋。他系好裤带，恢复了那张被情欲扭曲了的脸，一本正经拉开了门。

朱老大和王明辉是老交情了，这个外号叫"猪头"的家伙，长得满脸络腮胡子，模样凶狠蛮横，个子又高又大，是个以杀猪宰羊起家的暴发户，被人称为屠夫。后来，手里有了钱，觉得当屠夫不光彩不体面，也挣不了大钱，于是就经营羊绒生意。他骑着摩托到牧区收购羊绒，一次买上几百斤，然后，把这羊绒掺上重铅粉、沙子或白糖再贩卖出去。钱多了，就到工商局领了个营业执照，租了几间房子，安装了一部电话，放了张桌子，办起一个华夏贸易公司。别看他表面粗鲁，其实是张飞穿针眼儿，粗中有细。他知道要想发财，要想在明珠市站住脚跟，就得和警察、工商、税务的人穿一条裤子。钱就是通行证，没有过不去的鬼门关。

"有事吗？"王明辉问。

"有。"朱老大把一个长方形的纸包顺手扔在桌上，脸上露出狡黠的阴笑，腮帮上的肉慢慢往紧收缩，他没有多说话，也用不着解释。

王明辉的目光迅速从这纸包上扫过，马上明白里面包的是啥东西，顺手接过纸包，不客气地扔进抽屉里。一扔一接这两个动作，沟通了两人的心思，互相是"哑巴吃饺子心中有数"。王明辉也不多说话，他诡精得很，怕朱老大兜子里装个微型录音机，录走了他们的谈话。搞法的人，懂得如何来消除证据，做到不留任何后患。这沉甸甸的纸包，他用两个指头一捏，就能知道是多少数目。朱老大也摸准了他的脾气，只要把纸包扔进抽屉里，事情就算成功了。于是，理直气壮地说："映山旅馆七号房间住着一位嫖客，你今晚去收拾他一下。"

一听这话，不用多问，王明辉就知道朱老大的意图，这小子大概又在争风吃醋，他毫不犹豫地答应了。因为抓嫖客他是在履行公务，无可非议，而且又在自己的管区。他在执行任务时又额外地赚了这些钱，是合情合理的贿赂。于是，很干脆地问："几点钟？"

"十二点，那边我已作了安排。"

"男女一起抓？"

"只抓男的。"朱老大脸上的表情杀气腾腾，他努力抑制着愤怒的爆发，朝地上狠狠地啐了一口唾沫，掏出手绢擦擦肥厚的嘴唇和红红的鼻子，眼睛里闪烁着一股无法遏制的怒火。他吸着一根和指头一般粗的棕色雪茄烟，这种烟大部分人是吸不了，烟味会呛得你喘不过气，但朱老大抽其他烟不过瘾，专门抽这种粗雪茄，而且烟瘾十分厉害，几乎是一根接一根地抽，手指熏得和雪茄一样，变成深棕色。

走出王明辉家门，他掐灭手里的烟，返头对着门上那个小小的猫眼儿嘿嘿狞笑两声，然后，慢慢转过身朝楼下走去。

［二］

朱老大库里有三吨羊绒，都是二年前掺了沙子和绵羊毛的旧羊绒。他本想利用这三吨货发一笔横财，谁知道，正赶上打击经济领域的犯罪运动，全市大抓了一批伪造假冒商品、在羊绒羊毛里掺沙土掺异性纤维的不法分子。他有点害怕了，不敢公开卖。直到今年，这种掺假货就是降百分之六十的价也卖不出去了。将近三十多万的货积压在库里，直压得他抬不起头，喘不过气。这三吨货全部是赊购回来的，讨账的成群结队找上门，不给钱就拆房子，搬家当，闹得鸡犬不宁，人心惶惶。有一次，不是果希林给当保镖，他差点被绑架走，整天提心吊胆。俗话说：狗急跳墙，兔子不急不咬人。他冥思苦索，终于想出一条绝计，于是就和联购分销公司的算破天罗英合伙密谋，共同设计圈套，事情办成了，利润五五分成。

罗英是个十足的奸商，今年五十多岁，长得刀条脸，尖下巴，薄薄的嘴唇不长一根胡子，人称老公嘴。常言道：嘴上没毛，办事不牢。他常为自己这张没毛的嘴苦恼、犯愁，到处求偏方。有一次，去问一个老中医："我为什么不长胡子？"那位老中医说："你的脸皮三寸，胡子二寸半，顶不上来。"几年来，他把脑袋削得尖尖的，凭这张厚脸皮，投机钻营，在商界一直经销皮毛生意。他那里有三吨原绒，绒质长度都在九一路以上。但价格也冒了尖，每市斤五十五元，少一分也不卖。那天，橘子皮领着一位从浙江来的生意人见朱老大。这人叫唐虞舜，是金坛市轻纺部的业务经理。朱老大先给他看羊绒小样，唐经理表示满意了，并要求看大货。但朱老大却说："看大货可以，你的货款带来了吗？"

唐虞舜是个爽快人，马上掏出一张三百万的通用汇票给他看："朱经理，款是有的，看你的货吧！你能供给我三百万元的羊绒吗？"

"眼下，我只给你三吨货，第一把业务圆满成交后，我再供你五吨。这儿是羊绒的产地，三百万元的货也只是区区小数。"

"好，我就靠你给组织货源了。"

朱老大领着唐经理去罗英的仓库里看大货。唐虞舜也是个做羊绒生意的行家，他把手伸进羊绒堆里，使劲抓了一把，俗话说，绒毛一把抓。有经验的人，凭这一把羊绒就可以看出大货的质量。唐经理对这三吨货是满意的。第二天就签订合同，每市斤四十六元，价格是便宜的。他亲眼看着把这三吨货装进一个个尼龙编织袋里，晚上，又亲自封了库房的门和窗子，以防有人往袋里掺和其他东西。装车时，他又是亲自过秤、缝袋子口。直到这三吨绒全部装上了车，用白篷布包了个严严实实，又用绳子捆紧了，才松了口气。汽车稳稳当当停在罗英的仓库前，唐虞舜才和朱老大一块去银行办理汇票手续。他们刚一走，罗英就招呼司机把这辆汽车开走。紧接着从朱老大仓库开来另一辆汽车，这辆车和开走的那辆车一模一样，都是东风牌卡车，车上的篷布颜色、绳子打得结和那辆车的都相同，不仔细辨认是区别不出来的。一切干得是那么利索、巧妙、不露一点痕迹。汇票手续一办完，唐经理就急着要走，但朱老大却说："天黑了再走吧，白天路上卡子太多，不方便。"

唐经理一听也在理，反正货已装了车，飞不走也跑不了。朱老大把唐虞舜送回旅馆，就和罗英去饭馆吃饭。他们要了几个菜一瓶酒，正在开怀痛饮，橘子皮就追进来了，他不用朱老大谦让，坐下来就吃就喝，三杯酒下肚，话就多起来了，脸上也泛起得意的神采。巴眨着那双老鼠眼，尖脑袋向朱老大伸过去，谄媚地笑道："朱老兄，这笔生意已经成交，兄弟的好处费你也该给了吧？"

朱老大脸上出现了惊愕，他早就把橘子皮忘到了脑后，听到他和自己要钱，感到十分好笑，那双凶残的眼睛眯成一条缝，嘴巴张得大大的，露出一排黄牙，从喉咙里发出一声古怪的冷笑，好一会儿，才支支吾吾地说："好处费嘛，给，给，唐经理给了我汇票，就马上给你提现金。怎么？怕我朱老兄坑了你？"

"唐经理说已经把汇票给了你。"橘子皮又给自己倒了一杯酒，那双老鼠眼在朱老大的脸上骨碌碌地转来转去。

"汇票是给我啦，还没入账呢。等车子走后，再给你取也不迟。"

"不行，我不听你这一套话，车子一走，我和谁要钱去？"他的话没有一点容缓的余地。

"和我要嘛。"朱老大拍着那毛茸茸的胸脯，说："怎么？你信不过我？"

"哼！我只信钱。谁拿上它也能花。当初咱们讲得清楚，生意成交后就给好处费。现在，汇票早已经装进你兜里，为什么还不给我钱？"

"橘子皮，你着急什么？绒车不是还没走吗？这怎么能叫成交呢？"罗英摸着那不长胡子的老公嘴巴，阴阳怪气地说："你的好处费不是在唐经理那头？"

"谁说我吃那一头？"橘子皮在极力辩解。

"这头的利润可没你的份。"罗英不冷不热地回敬了他一句。

"没我的份？我橘子皮可不是活雷锋，不会免费提供信息的。"

"可惜你已经提供了，记住，下一次不要再干这蠢事了。"罗英的话像从牙缝里挤出来似的，显然，他在讽刺这位被甩掉的掮客。

"看来这好处费你们是不打算给了，怪不得人说你脸皮三寸厚。告诉你们，我橘子皮也不是省油灯，骑驴看唱本，咱们走着瞧。"

朱老大似乎听出这话中有话，怕他闹事，于是假惺惺地说："小橘子，你想要多少钱？"

"五千，不多吧？"

"你真是疥蛤蟆打哈欠——口气真大。"罗英咯咯地笑起来，声音像猫头鹰在叫。

"你们吃大头，我吃小头，你们吃肉，我喝汤还不够意思？"

"够意思，够意思，可惜你爹妈生了你个喝汤的脑袋，有啥法子呢？自己一没本钱，二没货源，只凭两条干腿上窜下跳，就想挣钱？"罗英持着冷酷无情的语调挖苦橘子皮。

"掏钱吧，我不想和你们穷扯淡。"橘子皮不耐烦地皱了皱眉，顺手拿起桌上的空酒瓶子，好像要和这两人决斗似的。

"我不是说了，车轮子一转，生意才算成交。"朱老大心神不定地吸着雪茄。

"好，车轮子要是动了，再不给钱，就别怪我不讲义气。"

"你个子不满三尺，牙没几颗，也配说这种大话？"

"朱老大，咱们走着瞧。"橘子皮"啪"地一下把酒瓶子摔在地上，头也不回向外走去。

[三]

晚上八点钟，唐经理准备发车起程。汽车呜呜地发动着了。这时，橘子皮不知从哪儿窜出来，站在朱老大面前，客客气气地说：“朱老兄，我的好处费这回该给了吧？”

朱老大干笑两声：“给，给，走吧，咱俩一块回公司取去。”

“你去取吧，我在这儿等着。”橘子皮像一只猴似的窜到驾驶室上面。

朱老大的脸由红变白，又由白变红，用手表示了一个急躁而又无可奈何的动作，那双厚嘴唇噘起来了，他气势汹汹上前一把拉住橘子皮的脚脖子，从车上拽下来：“你敬酒不吃吃罚酒。老子宰了你。”

橘子皮也是有名的泼皮，他使劲挣脱朱老大的手，大喊道：“你不要欺人太甚，生意做成了，想甩掉我独吞利润，没门儿。”

“啪！”一个响亮的大耳光照他的脸打过去，朱老大恶狠狠地说：“甩掉你又怎么样？小泼皮，是不是想让老子放你身上那七斤血？”

橘子皮被打得一个跟头栽倒在地上，当爬起来时，只见满脸血淋淋的。原来，他把嘴里流出来的血都涂抹在脸上。他声嘶力竭地喊着：“朱老大，我操你妈！唐经理，你可别上当，车上的货都是掺了假的。”

这一喊使朱老大和罗英都大吃一惊，俩人面面相觑，奇怪了，这小子难道知道这羊绒调了包？朱老大愣了片刻，不由分说，飞起一脚，向橘子皮踢去。

这一脚踢得不轻，橘子皮趴在地上半天起不来，唐经理从汽车上跳下来，走过去扶起他，疑惑地问："你说这羊绒里面掺了假？"

"你中了他们的调包计。"橘子皮指着朱老大幸灾乐祸地说："姓朱的，不给老子钱，你也别想挣一分，你们搞得诡计，瞒得住别人的眼，可瞒不住我。想坑骗外地人，可你却坑骗不了我。"

朱老大站在那里一动不动，用一双狰狞的眼睛死死盯着橘子皮，当屠夫那会儿，每逢宰杀猪羊时，他就是这副凶神恶煞的模样，那只一贯握刀子的右手，做了一个宰杀的动作，随之，猛地一下跳起来，向橘子皮扑过去。

唐虞舜见势不好，上前拦住他，着急地说："朱经理，君子动口不动手，有话慢慢说。"随后又转身问橘子皮："小橘子，你说这羊绒里掺了假，有证据吗？"

眼看真相败露，罗英想极力稳住唐经理，装出一副坦然自若的神态："唐经理，货是你亲眼验过的，又是你亲手装进袋里的，库房是你亲自封的，货掺没掺假你心里最清楚。货装了车，又原封没动，你怎么能听这条疯狗的话呢。"

"罗英，谁不知道你的羊绒进价还每市斤四十七元，而你四十六元就卖给唐经理，难道你赔上本儿卖？"

罗英支吾着答不出话。但他老奸巨猾，见势不妙，马上换了一副面孔，笑呵呵地走过去轻轻拍拍橘子皮的肩膀，把他拉到一边，压低声音说："小橘子，你怎么吃里爬外，胳膊肘向外扭？咱们必定是本乡本土的人。老哥还能亏待了你？不就是五千块钱，我包了，一分不少都给你。"

"罗经理，你要早有这句话，咱们何必大动干戈呢？"他擦干脸上的血，咧着嘴笑了。

"好了，我马上叫人给你取钱，啥话也别说啦。"橘子皮是那种有奶就是娘的人，他马上不吭声了。

唐经理看着他俩鬼鬼祟祟地叨咕着，心里也在犯疑惑，前前后后仔细观察着这辆汽车，突然发现车前面有两道辙，车子还没开动，怎么会出现车辙呢？他忽然明白是怎么回事了，跳上车，掀起篷布，任意打开几条袋子，发现里面的羊绒确实不是自己验过的，他什么都明白了，暗暗自忖着对付的办法。

罗英怕把事情闹大，来了个先发制人："唐经理，这货可是你自己验的。"

"这不是我验过的货。"

"谁又能证明这不是你验过的货呢？"

"我手里有样品。"他拿出那个封好口的样品袋，郑重其事地说："按合同规定，大货如果与小样不符，需方有权拒收。"

"想退货也行，你要赔偿损失费。"朱老大气势汹汹地说。

"你们干这丧尽天良的缺德事，把货调了包，还让我赔偿损失费？"唐经理气得头上直冒冷汗，说话都有点口齿不清了。

"调什么包？这汽车不是还原封不动地停在这里嘛，唐经理，你说话要注意证据。"罗英慢悠悠地拖着腔调："这车货是你不要了，不是我们不给你。你擅自违约，应该赔偿我们违约金。按合同法规定3％的索赔，也应付三千元。再加上汽车台班费、装卸费、过秤费、饭费共一千元，总计四千元。如果不服气，你就到法院起诉，我们等着传票。"

唐虞舜可不是好欺诈的，表面和和善善，内心却储满手段。俗话说：好汉不吃眼前亏。他笑嘻嘻地说："生意不成情意在，这点事好说好说。"但第二天清早，他就去工商局把朱老大和罗英告了一状，孟轲亲自处理这件事。一看车上的羊绒，确实是掺假货，于是，快刀斩乱麻，来了个合理仲裁，让朱老大把唐虞舜的款全部退回，并把这三吨货贴了封条，等待处理。

朱老大办事的原则是"银子不够添上钱，哪有不下雨的老天爷"。确信的话是"有钱能使鬼推磨"。他的三吨货让工商局纪检科贴了封条，反倒不着急了，他知道如何来对付孟轲。虽然，听了许多关于孟轲的传言，也见过这个帽子戴的端端正正的看上去不起眼的铁包公，但朱老大却不相信，天下哪有不爱钱的人，也不相信拿着钱撬不开孟轲的门。朱老大把三千块人民币包进了一张废报纸里，他要亲自送到孟轲家里。

小院的门仍然紧紧关着。朱老大望着这两间陈旧的青砖房，不觉哑然失笑，这房子和孟老头一样，也是这么灰溜溜的不起眼。什么年代了，还住这破房子，看得出是财不外露，不像有些当大官的，吃了贿赂就耀武扬威摆阔气，压不住阵脚，结果自投罗网。孟轲这老头子是精明啊，这才是真正的黑吃黑，朱老大嘿嘿冷笑了两声，很有把握地扬起手，敲响了这扇铁门。

"汪汪汪……"回答他的是一阵狗叫声。大黄那天被两个贼背走以后，扔进一间破烂的小房子里，它酒醒后，自己把麻袋啃了一个大口子，逃出来。狗不嫌家贫，这话是真实的，它仍然蹲在老榆树下，忠实地守护这个小小的院落。

"谁呀？"孟轲的老伴推门出来。

"是我啊，华夏贸易公司的朱老大，我过来看看孟科长。"他边说边向院里走去，大黄对他不客气了，龇着牙向他扑过来。

"大黄，不要无理。"女人在吆喝狗，把朱老大客气地迎进屋里。

朱老大坐在那个漆皮脱落的圆桌前，女人给他沏上一杯茶。

"谁呀？"从里屋传出一个瓮声瓮气的声音，随之，孟轲双手扶着腰，挑帘出来。

"孟科长，我是华夏贸易公司的朱老大，您不认识我了？可您的大名早就像雷声震我耳朵了。"他不会说那句文绉绉的"如雷贯耳"的话。

"我知道你会来的。"孟轲坐在他对面，开门见山地问："你想办什么事？"直截了当的问话，让朱老大感到意外和吃惊。他反倒不知该怎么说，吞吐了一会儿："也没什么大事，只是想来看看您，您住医院那几天，我正好出门了……"他那个酒糟鼻不住地抽吸着，脸上的笑容也极不自然。

"就这事吗？"孟轲皱了皱眉头，身子靠在椅背上，打断他的话："你的心意我心领了，谢谢你来看望。"

"嘿嘿嘿……"朱老大又是干笑两声，从衣兜里掏出那个报纸包，放在桌上："嘿嘿嘿……一点小意思……不成敬意。"

"你把这东西收起来。"孟轲警觉地睁开眼，目光从那个纸包上扫过，然后，又把眼睛闭起来，神态安然自得，真像一只善良的老山羊。

"嫌少吗？"

"肠胃不好，消化不了。"他抬起头，冷冷地吐出这几个字

"孟科长，事情办成了，我朱老大还会答谢你的，我不是那种过河就拆桥的人……"他满怀期待，将那张酱紫色的布满疙瘩的脸向孟轲凑过去，但话还没有说完，就被一声震耳的大喊打断："送客。"

朱老大不由地哆嗦了一下，他被这声音镇住了，有点不知所措，又有点不识死活，但最终不敢抬头正视这张冷酷的面孔，更不敢去直对那两道让人胆寒的目光，只是把那个报纸包向老头的面前推了推，慢慢从凳子上站起来唯唯诺诺地说："那我走了。"他心里不住地给自己鼓气，哼！你老头子再铁面无私，也禁不我老朱这套攻心术，只要你收下我的钱，那三吨羊绒就得原封不动退给我。

"把你的东西都拿上。"孟轲仍然微闭着眼睛："不要脏了我的手。"

院子里，大黄狗汪汪地叫起来，它忽地一下向朱老大扑去，他虽然是屠夫出生，但看见这条狗向他扑来，心里还是害怕了，门"砰"的一声关上了，他站在这扇铁门外面，恼怒的目光毫不留情地切断在门缝里。

朱老大赔了夫人又折兵，到手的钱跑了，煮熟的鸭子又飞出锅，气得差点昏过去，对橘子皮和唐虞舜恨得咬牙切齿，决心对他们进行报复，也骂孟轲这个老不死的怎么没让汽车撞死。

[五]

唐虞舜从朱老大手里拿回款，橘子皮又领他到另一家公司购羊绒。这次，他们的行动十分诡秘，橘子皮把唐经理安排在一家偏僻的旅馆里，不许任何人和他联系。

朱老大收罗了手下十几个食客四处打听唐虞舜的踪迹，他知道唐虞舜买不到羊绒是不会轻易离开明珠市的。他们查遍了明珠市大大小小的旅馆，终于在映山旅馆查到了橘子皮的名字，顺藤摸瓜，才知道唐虞舜也住在这里。朱老大让自己的心腹果希林在旅馆周围监视，看唐经理和谁来往联系，他决心不让唐虞舜从明珠市拉走一斤绒。

一直给朱老大当信息员的"号长"果希林，像一条狗整天蹲在映山旅馆门前。号长和朱老大是在收审站认识的。去年，朱老大因赌博被收容审查，算他运气好，分到了果希林的号子里。一般新进来的人，必须先过五关。无论你的职位有多高，只要一踏进号子的门槛，就得属这个领地的人管。第一关是先挨四十皮带。号子里如果住十个人，那么每人四皮带，谁抽得狠号长就奖励谁。这里的奖品只是一支迎宾烟。在这支烟的刺激下，人们疯狂地抽打着，直到你皮开肉绽。第二关是喝啤酒，人们把你的头按在尿桶里，让你尝尝这黄汤的滋味儿。第三关是拜见号长。号长在这十平方米的房子里，是至高无上的土皇帝。他坐在正中央，两旁是打手，你必须像清朝的大臣拜见皇帝时一样，单腿跪地双手鞠躬并高声道："拜见号长，喳！"如果说得不顺耳，号长一挥手，两旁的打手就扑上去，把你的头按在地上，来个鸡啄米，直把额头磕得鲜血淋淋才罢休。第四关是把你身上穿的衣服全部脱下来，即使大冬天，也只给你留条内裤和一个背心。其余的一律分给号子里的弟兄们穿。第五关是面壁坐三个钟头，背号规。身子必须坐成九十度，如稍稍动一点，皮带就抽了过来。再强硬的汉子也经不住这非人的折磨。过了五关后，已是遍体鳞伤，体无完肤。但你还不能喊叫，让干警知道了，还要加倍地惩罚。如果进来的是条硬汉子，不吃这五关的苦头。和号子里的人硬拼硬打，胜了，马上就选你当号长。果希林就是这么当了号长的。他个子大，力气足，用拳头征服了号子里的人。他当号长有一条新规定，进来的人如果是做生意的，一律免受五关的惩罚。朱老大一进门，打手们就把他按在地上，号长半闭着眼，喝着茶水，慢腾腾地审问："干啥的？老实说，是不是心跳罪①？"

"不。是赌博。"朱老大也懂得几句黑话，老实地回答。

"看来，你小子有钱？是哪个单位的？"

"华夏经济贸易开发公司的。"

"叫啥名字？"

"朱老大。"

"快松绑。"号长一声令下，人们都呆住了。只见他从宝座上站起来，亲自上前去扶朱老大起来："朱兄，让你受惊了，小弟是有眼不识泰山。你的大名早就如雷贯耳，今日能在这里与你相遇，真是三生有幸。"他把朱老大扶在自己的宝座上，面带愧色地解释说："实在对不起，这是号子里的规矩，谁进来也得过五关。"随后，又大声喊着身边的弟兄们："快把酒拿出来，为朱老兄压惊。"朱老大在号子里受到号长的特殊优待，尽管每顿饭只有半个馒头，一碗玉米面糊糊，但他在果希林的照顾下，天天能吃个肚子圆。俩人结下了生死之交，并天天在商量共建宏图大业的计划。朱老大先出来的，果希林一直坐了九十九天。出来后，身无分文，带着满身虱子去投奔朱老大。朱老大也算讲义气，让号长给他跑业务、打杂工。人没了钱，什么事都干，号长还喜欢给一些嫖客拉皮条，每次挣个三五块，钱一拿到手就进酒馆。他不喝酒时，什么事也能干，如果一喝上二两酒，就躺在床上呼呼睡大觉，天大的事也推不醒他。因为喝醉酒，他耽误了许多生意。但朱老大为了感谢他那十五天的照顾，也不计较这些。

号长在映山旅馆门前整整转悠了一天，终于发现了目标。橘子皮领着田野走进映山旅馆。朱老大明白了，原来是田野这小子和唐虞舜勾结在一起。一股无法遏制的怒火顿时从心底升起，他憎恨这个一夜发家的乡巴佬。当初，田野饿得没饭吃时，曾投奔在他门下。朱老大只把他当作一条可怜的任人摆布的狗。直到有一天，因为米岚，田野挺身站出来和他大打出手时，他才看清楚，自己收留了一只狼，这只狼舔干了身上的血，向他扑过来了。他狠狠地揍了这小子一顿。田野是不会忘记那顿拳头的。不知怎么回事，一提起这小子的名字，朱老大就胆寒、心虚。从经济实力来说他已经远远不是田野的对手了。从经商手段上，更不能和他匹敌。连卢绍谋都败在田野的手下。何况自己呢？他有点不敢较量，但又不甘心失败。他要报复，要和唐虞舜、橘子皮、田野斗一斗。朱老大那张粗犷的面孔上泛出凶残可怕的阴气，厚嘴唇含着一支粗雪茄，使劲吸着……

第九章
落入陷阱

[一]

薄薄的雾，像千万匹雪白的轻纱在微微飘浮。空气湿漉漉的，街市上飘荡着炸油果子的香味儿。一个又一个小摊贩在马路旁排出百十米长，卖油条奶茶的、炸煎饼臭豆腐的、煮稀粥羊杂的……各种小吃应有尽有。热气腾腾的小笼包子、洒着葱花红辣椒的羊杂碎、炸得黄脆酥软的油糕，使过路人看着眼馋，闻着直咽口水。朱老大天天早晨来这儿喝杂碎吃油条。摊点的女主人三十出头，干净利爽，模样俊俏，说话的声音又甜又脆，凭一张桌子、几条板凳，还有一个简易炉灶就把这小生意搞得红红火火，热热闹闹。"朱经理，你早哇,快坐,快坐！"她笑盈盈地招呼着："这些日子又发大财了吧？"

"发财？我是关公夜走麦城，倒大霉了。"

"你有钱，别人也不和你借，装啥穷相。"女人撇撇嘴，白了朱老大一眼："该结账了吧？"

"多少钱？"

"十五块二毛。"

朱老大掏出二张十元的票子递给她。

"哟，我没零钱，找不开。"

"别找啦。"朱老大就势捏了捏那女人的手，嘿嘿干笑两声，眼里射出淫荡的光："晚上去你家串个门，咱也换换口味儿。"

"死猪头，不许你胡说。"

"死心眼，白长了个俊模样。"

"狗嘴里吐不出象牙，滚！"女人把零钱扔在他脸上。朱老大讨了个没趣，站起来摸摸嘴，嬉皮笑脸地向外走去。

雾散了，刚刚洒过水的街面，变成黯黑色，空气更加清新凉爽，朱老大得意地走进明珠大酒家，在三楼服务台前找见了青柳儿。

"朱经理，你怎么有闲空来这儿？"青柳儿不冷不热地问。

"青柳儿，你上次和我说的那件来，总算有了着落，我能给你解决五千元。"朱老大眯着眼打量着青柳儿，极力在讨好她。

"真的？"一听这话，青柳儿的脸上露出了笑容。

"我还能骗你？今天出纳员不在，支不出钱，要不，我就给你带来了。"朱老大的口气十分中肯。

"朱经理，这笔钱我按一分四厘的利息付你怎么样？我父亲一出来，熏鸡铺开了业，用不了几个月连本带利全部还清。"

朱老大哈哈大笑，隆起的腹部颤动着，他摆摆手，慷慨地说："我又不是放高利贷，怎么能和你要利息呢？"

"朱经理，那我该谢谢你了。"青柳儿被朱老大的话感动了，那双美丽的眼里着充满了感激之情。法院限期十五天，必须让父亲交赔偿死者家属一万元的抚恤金。否则，案子不会轻易了结，也不会按误伤罪处理。为了弄这笔钱，青柳儿不知碰了多少壁，流了多少泪，跑了多少路，所认识的人都求过了，但一分钱也没借到。有的人倒是借给她钱，但钱还没拿到手，先看到的是一双色情的眼睛和猥琐的动作。她气得扭头就走。不可否认，青柳儿的心里至今还保留着一块圣洁的处女地，这处女地为谁留着，为田野？上次在婚礼上的相会。使她伤心落泪，田野对待她的态度是那么无情无义，她开始认识到自己处境的可怜和绝望，也深知田野这一辈子是不会原谅她的。但她总是不情愿把这片痴情献给别人，迄今为止，除了田野，还没有一个男人能占有她的心。

"青柳儿，我和你表姐、表姐夫都是朋友，帮你这点小忙是应该的。能把你父亲的案子尽快了结，我朱老大也算尽了一点力。"

"朱经理，等我父亲出来，一定要大摆宴席感谢你。"青柳儿笑得很甜美，但在钱还没拿到手之前，心里还是有点不踏实，于是，用一种试探的口气说："用不用找个中间人来担保？"

"不用，不用，难道我还信不过你？给你钱后，你给我写个借条就行了，会计那里有个下账的手续。"朱老大一条腿弯曲着放在凳子上，另一条腿吊在地上。这条吊着的腿像钟摆一样，来回有节奏地晃动着。他向后仰着头，嘴里叼着雪茄一口接一口抽起来，烟味呛得青柳儿直流泪。

走廊里静悄悄的，有几个顾客招呼青柳儿去开门。钥匙的哗啦声伴着青柳儿俏丽的身影远去了。朱老大盯着她的身影，脸上露出一种使人觉察不出来的阴笑。

青柳儿又走过来了，朱老大从凳子上站起，笑呵呵地说："你今天晚上有事吗？"

"没事，你干啥？"

"从浙江来了一位客户，我想请他吃饭，你去陪着喝几杯。"

"我不会喝酒，"青柳儿有点为难。

"不会喝酒，喝饮料。总之，有你在场，气氛更热闹一些。"

"我去合适吗？别人会不会说闲话呢？"

"哎呀，青柳儿，你怎么总是摆脱不了那小家子气。吃一顿饭有啥了不起，别的姑娘想去我还不请她呢。这是抬举你上大场合，见大世面，你却扭扭捏捏，真是坐轿号丧——不识抬举。看你表姐，人家活得多潇洒。"

青柳儿最怕人说她小家子气，她鄙视自己的家庭出身和自幼生活过的环境。朱老大这句话虽然深深伤害了她，也激起她的好强心和竞争心理，不服气地说："别门缝瞧人，我去还不行。"青柳儿爽快地答应了："几点钟？在哪儿见面？"

"晚七点，准时到黑天鹅饭店，我在门口等你。"朱老大站起身和青柳儿挥手告别，他对自己的安排很满意。

［二］

果希林和朱老大以田野的名义给唐虞舜打了个电话，说今晚在黑天鹅饭店见面，有重要生意商谈。唐虞舜不知其中有诈，独自一人前往饭店。哪知，一进门就被果希林拉进了雅座。

"哈哈哈……唐经理，没想到咱们在这儿又见面啦？"朱老大大笑着站起来，伸出两只蒲扇似的大手，上前一把将唐虞舜的手握住，用足气力摇晃着。

唐虞舜咧着嘴，先是惊愕，然后不知所措，但稍停片刻就镇定下来，发出一声嘿嘿的干笑，甩了甩被朱老大捏疼的手："承望朱经理的邀请，非常感谢！"朱老大在他肩膀上拍了一把，两人同时发出哈哈大笑。

简短的寒暄中，包含着复杂狡狯的较量。互相之间都清楚，在这种场合下，需要理智，更需要自我控制。

酒菜端上了桌，鸡鱼虾蟹，冷热炒菜，琳琅满目地呈现在人们面前。青柳儿坐在唐经理左边，不时给他夹菜倒酒，严肃冷峻的气氛在淡化，人们的情绪逐渐变得活跃起来。唐虞舜不动神色地吃喝着，不多说话。他倒要看看朱老大葫芦里究竟要卖什么药？尽管几个人的神态虎视眈眈，但他不畏惧。没有这点胆识还敢在生意场上厮杀吗？从这次羊绒生意的交手中，已把朱老大一眼看穿，从内心瞧不起这个浑身散发着流寇习气的屠夫。但他懂得，要想在明珠市搞到羊绒，就不能得罪这个地头蛇。唐虞舜的嘴角呈现出谦恭而沉着的微笑，随便谈论着别的话题，好像他和朱老大之间从来没发生过什么纠葛和矛盾，犹如一对多年没见的老朋友聚会在一起似的。

在复杂的商界再愚蠢的人也会学得尖刁圆滑，也会懂得忍辱负重。连朱老大这个蠢猪，今天也变得极有涵养，不流露一点内心的愤怒和不满，也没吐露一句威胁唐虞舜的话。聪明人都清楚说这些话是多余的。三杯酒下肚，朱老大的脸变红了，一个个小黑疤似乎都在冒热气。他倒了满满一杯酒，猛地站起来，双手举到唐经理面前："唐经理，兄弟向你谢罪了，请喝下这杯酒。"

"哪里哪里，实在担当不起。"唐经理摆摆手，不去接酒杯。

"唐经理，你今天要是不接这杯酒，就是看不起我朱老大。"

"看来这杯酒非喝不可了。"唐经理无可奈何地摇摇头，明知道朱老大是黄鼠狼给鸡拜年，不安好心。但又怕这小子看出自己对他怀有戒心，还是接过杯一饮而尽。

"够朋友！"朱老大伸着大拇指高声叫着："唐经理，兄弟今天请你来，可不是摆的鸿门宴，而是诚心实意向你谢罪认错。上次那件事，都是罗英那小子一手策划的，我一点也不知道，受了他的蒙骗。”

"算了，算了，已经是过去的事了，还提它干啥。"唐虞舜摆摆手，做出一副既往不咎、宽洪大量的样子。

"唐经理，都怪我没认清好坏人，让罗英把我们的生意破坏了。我朱老大是个讲义气的汉子，将来，唐经理在明珠市如果遇到什么难处，尽管说话。兄弟愿效犬马之劳。如果你们公司大量要羊绒，小弟可以在这个价的基础上给你，全是九一路羊绒，长度都在三十七厘米以上，出绒率是五两，这批货保证使你满意。"他一边说一边伸出两个指头捏了个价码。

"什么？九一路的羊绒每斤四十五元？"田野给他的羊绒是八五路的，价格也是四十五元。朱老大说的这个价确实具有诱惑力，唐经理的眼睛发亮了。但他有点不敢相信，于是，摇摇头说："在明珠市里恐怕搞不到九一路的羊绒吧？我看的货也不下十几家啦。"

朱老大诡秘地眨眨眼，压低声音说："不瞒唐经理，在这里是搞不到九一路的羊绒，但我领你去赛汉特拉大草原转一圈，就会明白我的话不掺一点水分。"

"在这个价的基础上你能搞到货吗？"唐虞舜又在反问，口气将信将疑，但眼睛里已经流露出贪婪的目光。

"能！"朱老大的口气十分干脆，心里却在狠狠地诅咒："按这个价给你老子得倾家荡产把老婆卖了也不够。"他端起杯子大大喝了一口酒，那酱紫色的脸上露出得意的笑容。

"好，下一批货就调你的，一次能给几吨？"唐虞舜盯着朱老大的眼睛，迟疑了片刻说："不过，你可不能再使调包计了。"言外之意告诉朱老大，你再也欺骗不了我了。

"哈哈哈……"朱老大开怀大笑起来："唐经理不了解我，其实，我老朱是个粗人，不会玩计谋，更不会耍鬼把戏。"

"我们以诚相待，生意才能成功。"唐虞舜诚恳地说。

"你准备调多少货？"朱老大不露神色地反问。

"就按五吨吧，怎么样？"唐虞舜始终有点不大相信，但他本着一个原则，不见兔子不撒鹰。

"好！一言为定。"朱老大知道唐虞舜已上了钩，有点得意忘形，端起酒杯痛饮。他们几个人都喝得晕晕昏昏，果希林满头大汗，干脆脱掉了衬衫，露出毛茸茸的胸脯，他晃着二郎腿，开心地唱着："睁开眼吧，挥上手吧……"随后，又给朱老大点了一支烟。那电子打火机放出的火舌，照着朱老大那张狰狞可畏的面孔。

[三]

青柳儿不时给唐虞舜倒酒，并不时向他投过含情脉脉的微笑，唐经理飘飘然了，放肆地盯着青柳儿如花似玉的面容，用脚碰碰青柳儿的脚。青柳儿不动弹，这倒使唐虞舜有点忍耐不住了，他举杯要和青柳儿共饮。青柳儿推辞说："不会喝酒。"但唐经理却说："只喝这一杯。"朱老大在旁边也打劝："喝了吧，唐经理抬举你，你能不接酒杯吗？"

没办法，青柳儿只好喝了这杯酒，她被呛得直流眼泪，脸颊顿时变得绯红。

在酒精的刺激下，唐虞舜撕破了那张正人君子的"皮"，本能的性冲动在体内剧烈冲撞，他已经完全失去了自制力，血液发热，头脑发胀，竟然大胆地朝青柳儿的大腿上捏了一把。青柳儿表面上似乎不介意，但内心总感到不舒服，想给他脸色看，又怕得罪了朱老大，为了讨好朱老大，得到那五千元，她用尽解数来排调唐经理。一个微笑，一杯美酒，一个眼色，已经使唐经理神魂颠倒了。

朱老大看了一下墙上的大钟，时间已经不早了。他站起身，用餐巾纸擦擦油腻腻的嘴巴："咱们一块陪唐经理回旅馆。"小车向映山旅馆驶去，到了门口，朱老大示意果希林把唐经理送进房间，然后，又转过身对青柳儿说："你也进去陪唐经理再坐一会儿。我去邮局发一封电报，返回来再接你回去。"

"朱经理，你得快点回来，快十一点了，再迟了回去不太合适。"青柳儿看了看表，心里有点着急。

"十分钟以后就回来了。"

青柳儿跳下车走进旅馆。朱老大等果希林出来，开车去接王明辉。

俗话说，酒是烧身硝烟，色是剁肉钢刀。唐虞舜醉得躺在床上，口渴得要命，青柳儿给他沏了一杯浓浓的茶端过去。唐虞舜睁开色迷迷的眼睛，迫不及待地抓住青柳儿的手："柳小姐，你真美。"

青柳儿生气地甩开他的手："唐经理。你该放规矩点。"

"什么规矩？你不是来陪我睡觉的吗？"

"唐经理，你喝醉了，休息吧。"青柳儿焦急地看着表，时间已过了半个小时，还不见朱老大来，她有点沉不住气了，掀开窗帘一看外面黑漆一片，自己一个人又不敢走。

唐经理跌跌撞撞地走到她身边，那张散发着酒味儿的嘴巴几乎贴着她的脸颊："柳小姐，你是不是怕我不给钱？放心吧，钱有的是。"唐虞舜一拍胸脯，显出财大气粗的样子。

"有钱就掏啊，不多，一千元。"青柳儿气呼呼地转过身。

"这……"唐虞舜吃了一惊，迟疑了片刻说："我身上没带这么多现金，只有几十块，明天全部照付。"

"没听说嫖女人还赊账，我只要当场兑现。"青柳儿双手交叉在胸前，用透彻如冰的目光打量着唐经理。

唐虞舜是舍不得出高价钱玩女人的，何况他带的全部是公款。

青柳儿继续打量着他，目光里含着一丝讥讽一丝嘲笑："那你去找别人吧。"她出够了气，准备起身离去。

唐虞舜着急了，一把拦住她，"柳儿小姐，我是和你开玩笑，何必这么认真呢。"他再也控制不住自己了。公款就公款，到了我手就由我唐某来支配。一千就一千，尝尝这个北方美人也不枉活一世。这次业务成功了，从回扣里支一千元算个什么？他被一种强烈的性欲抓攫着，以至不顾一切地向青柳儿扑去。

[四]

门"砰"的一声开了，几个头戴大檐帽，身穿警服的公安人员走进来。唐虞舜赶快松开手，喝进去的酒惊得都变成冷汗。

王明辉走过去厉声问："有证件吗？"

"有，有，"唐虞舜慌忙掏出身份证、介绍信、工作证统统递过去。

王明辉把这些证件扫了一眼就扔在床上，大声说："我要的是你们的结婚证，有吗？你们是什么关系？"

"是……是同志关系。我们没干什么，不信可以到医院检查。"唐虞舜吓得面如土色，急得连话也说不出来了。

"你是哪个单位的？"王明辉又在质问青柳儿。

"没工作。"青柳儿在撒谎，她害怕得哭了，极力在解释："我们没干什么？他喝多了酒，我送他回来。"

119

"带走！好好查查他们究竟是干什么的。"王明辉果断地下了命令。不由分说，几个警察走过来架起唐虞舜的胳膊向外走去。

走出旅馆，唐虞舜被一辆摩托车带走了。

青柳儿瘫软地倒在地上，吓得浑身缩成一团，一只肥厚的大手把她扶起来。"青柳儿，你干得很漂亮。"这个声音是多么熟悉啊。她睁开眼一看，原来是朱老大。

"你怎么来了？"她吃惊地问。'

"我不是说了，要开车来接你吗？快上车吧。"朱老大脸上荡漾着幸灾乐祸的笑容："青柳儿，你帮了我忙。"

"你说什么？"

"感谢你的配合。"

"我不是被警察抓走了吗？"

"你还蒙在鼓里，他们抓的是唐虞舜，眼镜蛇这小子万万没想到，我给他来了个釜底抽薪。"朱老大的声音狠巴巴的，虚肿的嘴唇上挂着一丝得意的冷笑："唐虞舜这几百万货款老子吃不了，你眼镜蛇也别想拿到手。"

"眼镜蛇？你认识他？"青柳儿吃惊地追问。

"何止认识，我们是冤家对头。当年，他从我肚皮下抢走了米岚，那笔账我还没和他算呢。如今，又抢走了我的生意，拉走我的客户。我能轻易饶了他吗？眼镜蛇也万万想不到，我的美人计破坏了他的全盘计划。一箭双雕，总算出了这口气。"

"你真卑鄙，原来是设计来暗害田野和唐经理。有本事，就和他们明枪明刀地干，为什么干这种可耻的勾当呢？"

"这算什么卑鄙，正常的生意手段嘛。他掏我的心，我抽他的筋，谁也别想好活着。".

"你这个可恶的小人,我上了你的当,我要把你的这些丑事向田野讲明白。"青柳儿一听朱老大干这些伤害田野的勾当,心里十分难过,着急地不知该怎么办:"停车,我要下去。"

"下去干啥?要去告诉田野吗?迟了,田野知道你和唐虞舜已睡了觉,又会怎么看你呢?"

"住口,我不会干那种肮脏事的。"

"谁相信你?即使浑身是嘴又能说得清吗?哼!我朱老大也不白用你,借给你五千元不收利息,这还不够意思。"

"我不会和你借一分钱的,把你这份人情收回去吧。你暗算别人,坑害别人我不过问。但要对田野下手,我不答应。"青柳儿的口气是坚决的,甚至有点固执。她使劲拍打着车门:"再不停车,我就要跳下去了。"

青柳儿不知是怎样走回明珠酒店的。大脑一片空白,神经似乎被折断、捣碎似的。一想到她被朱老大捉弄利用了,内心感到深深的屈辱和痛苦。在台阶上伫立了片刻,终于迈着疲惫的双腿走到服务台前,想给田野打个电话,她急于想把闷在心里的话都说出来。田野会听吗?他知道今晚所发生的一切,会怎么看待自己?假如不告诉他,他在生意上是要受到很大损失的。过去,在田野最困难的时候,她离开了他,曾经为自己的行为感到痛悔而无地自容,也为自己缺少了一个知心的伴侣而难过。如今,她再不能失去帮助田野的机会。眼睛盯着电话机上的号码,终于拨通了,是一个女人的声音:"请问是哪位?"她没有勇气回答,沉默片刻,她终于放下了听筒,脸上的表情渐渐淡化,嘴角流露出几丝失望几丝悲哀。人的痛苦往往是因为有记忆的贮存,青柳儿又陷入了回忆中……

〔五〕

天边飘浮着几朵紫红色的云彩，像一匹匹刚刚织好的彩缎，平平铺在蓝天中。风轻轻吹来，彩云在微微波动，美丽的图案在波动中发生着奇异的变化。看，那一片彩云变成一艘巨轮，在蓝色的海面上，扬起高高的白帆。巨轮呀，你要驶向哪里？请回答我。那一片云变成一只汪汪叫的狗，它一定饿了，要不为什么会把嘴张得大大的呢？那一片片黛青色的云又像一群骆驼，它背上驮着什么东西？低着头，迈着沉重的步子，慢慢地走啊走啊……多么丰富多彩的云朵啊，变幻无穷，绚丽多彩，把你比做姑娘的心恰当吗？

青柳儿背着那个褪了色的黄挎包，手提一只漂亮的麦秆小花篮，告别了送行的父亲，默默地沿着这条崎岖的弯弯曲曲的小路向村外走去。她走得很慢，不时朝公路上眺望，希望能在这儿遇见田野。风吹拂着乌黑的头发，梦幻般的眼睛里闪现着犹豫的目光。她不想就这样不声不响地离开田野，但父亲不允许她留下来。柳喜旺是村里出了名的"人精子"，不像其他人把女儿早早嫁出去，和男方要上六七千彩礼钱就满足了。他懂得如何利用女儿的美貌来索取更多的钱财。如果他的妹夫能给青柳儿安排个工作，自己以后进了城做生意也有个依靠。柳喜旺知道，要想赚大钱，就得往城里跑，就得削尖脑袋往有钱人待的地方钻。

"你姑夫现在当了处长，家里缺个做饭洗衣服的，你去了，手脚勤快点，只要讨得你姑夫欢喜，他会给你上户口找工作的。"

"爹，这不是去给人家当保姆吗？"

"傻孩子，能在一个处长家当保姆，也是体面的。我还怕你姑姑不收留呢。"

"爹，我想等田野回来后，和他商量一下再走。"

"你真傻，田野回来能让你走吗？他连大学也没考上，你还有盼头吗？"

父亲说得也有道理，田野回来，是不会轻易让她走的。她也禁不住田野的挽留，只要俩人在一块，她就下不了走的决心。青柳儿曾经发过誓，这一辈子要嫁给他。自己不声不响地走了，田野会怎么样呢？她的眼前瞬间即逝地闪过一个镜头：村边的小河旁，青青的绿草坪，蓝蓝的晴空下，他俩坐在河边的柳树下，青柳儿把脚伸进水里，两条光润美丽的小腿不住地摆动着，拍打着水花，浑身都洋溢着青春的光彩和气息。她欢快地唱着歌，顺手摘了一根根柔软的柳枝，小巧的手在灵活地编织着。仅仅几分钟，一顶漂亮的草帽就织成了。她给田野戴在头上，田野深情地凝望着她。埋藏在心底的感情像一条冬眠过的蛇，慢慢苏醒了，一点一点缠绕着她那颗情窦初开的心。

"田野哥，我走了……"她的心在痛苦地呼唤，眼睛里滚出两串晶莹的泪珠。透过泪光，仿佛又看见田野向她走来了……

"你为什么要走？"

"我要去看看外面的世界。"

"你不爱我啦？"

"爱！我只是不想把自己的青春无声无息地耗在这个山沟里。"

"看来，你发誓完全是谎言啦？"

"一辈子不离开这个小山沟，你不觉得活得窝囊委屈吗？"

"你变心了。"

"随你说什么都行，我不可能和你在村里生活一辈子。改天换地，建设新农村，把青春无私地奉献给大地，那是别人的事，我青柳儿做不到。我要做一只自由的鸟儿飞出去……"

青柳儿边走边回头望着那距离自己越来越远的山庄，视线也越来越模糊了。别了，那散发着草灰味儿的小土屋，那养育着她的黑土地。青柳儿揉了揉眼睛，狠狠咬了咬嘴唇，顺着这条蜿蜒的小路向山下走去。

大山被她远远地抛在了身后，从山的背后滚过沉闷的雷声，几朵铅灰色的云像展翅的乌鸦在天空中飘浮。秋风凉飕飕地吹来，细细的雨丝像一个忧伤的少女流出的眼泪飘洒在她身上，多么凉的风，多么冷清的雨啊，还有那阴沉沉灰茫茫的天空……几只小鸟瞪着惊恐的眼睛，在天空中乱飞，叽叽喳喳地叫着………

［六］

青柳儿来到姑姑家的第二天，田野就追来了。

在一座新建的红楼前。

"你怎么来了？"青柳儿的眼睛里立刻闪现出一抹惊奇的光彩，但瞬间，这光彩消失了。她慌忙回头看看，怕姑夫和姑姑听见他们的谈话。两人站在楼道里，长久地凝视，长久地沉默，都有一肚子话，但不知从哪说起。

"青柳儿，你真狠心，不和我说一声就走了。"田野目不转睛地望着她，

"你怎么找到这儿？"青柳儿红着脸低声问。

"就是走到天涯海角我也能找到你。青柳儿，你打算在这儿住多长时间？"

"我不打算回去了，姑夫说要给我找工作上户口。"

"你真的要离开我？"他目不转睛地注视着她，声音有点颤抖。

　　"找我有什么事？"青柳儿心里有点焦急，生怕姑姑出来看见。

　　"你还不清楚我来干吗？"田野有点生气，想伸手摸摸青柳儿那两条长辫子，她却闪开了，眉宇间露出一丝不悦："田野，姑姑还找我有事。今晚，我抽空出来咱们有啥话再说。"

　　"不，我只问你一句话，青柳儿，你还爱不爱我？"田野的脸上罩着一层阴云，声音有点粗暴，不容她有半点思考的余地。

　　"爱！"青柳儿红着脸低下头，不住地用手指绕缠着辫梢。那是一种娇羞的难以言语的神态。

　　"那就跟我回去。"

　　"这不可能。"

　　"为什么？"

　　"我讨厌村里的生活，不愿意一辈子待在那儿。"

　　"那你说爱我还不是一句哄人的话？"田野有点恼怒，声音提得很高。

　　"你为什么就不想着离开那个地方呢？"

　　"离开？你在城里有个姑姑，我有什么？"

　　"田野，你聪明，有文化，在市里找份临时工也比回村里强。"

　　"看来你是铁了心留在这里？不打算和我结婚了？"

　　"你拿什么来和我结婚？就凭一双勤劳的手和一颗不生锈的头脑，就能把我娶回去吗？看看人家城里人穿的啥、住的啥、吃的啥？再看看咱们自己过的是啥日子？"青柳儿终于说出心里话。

　　"今天总算看到你的心！"田野气急了大声吼着。

　　"谁在外面吵吵？"姑夫乔智慢腾腾地走出来，质问呆在那儿的田野："你是谁？"

"我们村里的。"青柳儿怯生生地回答。

"噢！进来吧，啥事？还值得在外面乱吵吵？"乔智的口气中含着不满。

"他给捎个话，说我爹得了急病。"青柳儿随口胡编了几句，想极力掩盖她和田野的这种关系。

"进来，进来。"在乔智的招呼下，田野走进屋里。呵！好阔气的房子，他的脚踩在那柔软的地毯上，有点不敢迈步，小心翼翼地坐在沙发上，两条腿觉得没地方放，浑身不自在。他在悄悄环视屋里的摆设，漂亮的墙壁纸，奢华的棕色皮沙发，各式各样的吊灯、壁灯，那具有现代派风格的大风景油画，大屏幕彩电，冰箱，电风扇……这一切一切在田野眼里，是多么新奇。他犹如走进一座水晶宫殿，被这豪华的摆设和气派惊得合不拢嘴。

"你和青柳儿在一个村里？"乔智问。

"嗯。"他不敢抬头看这位派头十足的处长。

"有啥事？"

他沉默了好久，猛地抬起头，突如其来地冒出一句话："我是来找她回去结婚的。"显然，他是在报复、出气，想戏弄戏弄这个仪表堂堂的胖处长。

"哈哈哈！"乔智大声笑着："原来你是青柳儿的未婚夫。"

"没那事，我没和他订过婚。"青柳儿又急又气，脸涨得通红。

"没订过婚也发过誓吧。"田野有点要赖，他知道和青柳儿结婚是没有希望了，但天性中那种爱报复人的心理又在作怪，专门挑最难听的话来刺她。

"姑夫，别听他的话。"

"别着急嘛，青柳儿，看来他是喜欢你了，可你喜欢他吗？"

乔智问。

"不喜欢！"青柳儿摇摇头，话一说出口，连她自己都感到违心。

乔智听了青柳儿的话，轻轻拍拍田野的肩膀说："小伙子，我看你挺聪明也很勇敢，去吧，不要想入非非了，把心思用在干一番大事业上。"乔智的态度彬彬有礼，但每一句话，却像钢针刺进田野的骨头里。

他固执地坐在那儿不动。

姑姑走进来，没好气地说："喂，你怎么还不走？想和青柳儿结婚？简直是癞蛤蟆想吃天鹅肉。"

"不许你污辱人！"田野呼地一下跳起来，冲到柳若娴面前。

"污辱你怎么啦？这是对你客气的。是你主动找上门来受污辱的。怎么？想干啥？我马上打电话让警察来。"不由分说，柳若娴拿起话筒。

"姑姑，别这样，叫他走就行了。"青柳儿按住了姑姑的手，苦苦哀求着。

"你和他还有啥客气的，既没收他的聘礼又没和他订婚，凭什么和他结婚呢？"柳若娴指着田野的眼窝说："你有钱吗？有房子吗？有工作吗？滚吧，再不走，我就叫警察来抓你去收审站。"柳若娴一反常态，浑身散发着一股浓烈逼人的辛辣味儿。田野被赶出了门，从此以后青柳儿再也没看见他。两年以后，当他们再见面的时候，田野已是米氏有限公司的经理了。

青柳儿静静地躺在床上，她的脸被一片金色覆盖了。这光温暖、热烈、透明，在房间慢慢流动，渐渐地从她的手指间流过，她的脸上闪过一丝苦笑，她已下定决心，要把昨夜发生的事彻底告诉田野，无论田野用什么样的眼光看自己都无所谓。她只希望田野能击败朱老大这个无耻的恶棍，也希望他能够理解自己对他的这番虔诚的爱恋之心。昨夜突然做了个古怪的梦，在一条深沟里，她赤着脚，艰难地走着，满地污泥浊水，一会儿，又走进一个深深的山洞，突然，一条棕褐色的蛇瞪着淡绿色的眼睛向她扑来。她害怕地尖叫了一声，但觉身子被什么东西轻轻托起来了，在空中飘来荡去。眼前浮云缭绕，那条蛇突然又变成了田野，他向她微笑着走来了……

她醒了，细细回味着梦境，是啊，自己有过初恋时热烈的爱情，又亲手把它埋葬了……

隔壁那位从大西北来的旅客也早早起来了，他打开了那个袖珍录音机，一首流行歌曲深深打动了青柳儿的心，如叙如诉苍凉凄婉……

我为春梦空陶醉，

春梦一去难返回，

不要陶醉梦境美，

醒来梦已碎……

第十章
事出有因

[一]

　　田野有个睡懒觉的习惯，八点钟以前是不起床的。其实，他早就醒来了，两眼微闭，在安谧中体会着新的亮光给予他的温暖。一条条涓涓的感情溪流不知不觉潜入他的心田……流浪、打短工、扛麻袋、当推销员……历经沧桑的生活像风中的烛火在眼前摇曳，有时明亮，有时黯淡，常常使他惆怅心酸自卑……风吹灭了烛火，他的心又融化在那无情的黑暗中，灵魂犹如一颗陨灭的星，消逝在无声无息的世界中……当太阳射出一道新的光明，他才从这感情的漩涡中挣扎出来，重新回到现实中。于是，大脑像一台刚刚发动起来的马达，迅速旋转。一整天的工作，都要在这时刻做出精心的计划和安排，大大小小的事情，都要经过这台机器过滤一遍，做出恰当果断的处理。他最讨厌这时候有人来打扰。

　　偏偏这时候有人敲门。田野慢腾腾地从床上爬起来，拉开门，只见橘子皮缩着脖子站在外面，他神色慌张地说："田经理，不好了，唐虞舜昨晚上被公安局抓走了。"

　　田野大吃一惊："因为什么？"

"和明珠大酒店一个叫青柳儿的开房。"橘子皮神色怪怪的。

"你说的是真话？"一听青柳儿的名字，田野蓦地跳起来，双手用力抓住橘子皮的肩膀摇晃着。

"刚才，映山旅馆的老板亲口和我说的，不信，你打电话问问。"

田野怒目圆睁，呼吸短促了，一股强烈的好久以来潜藏在心底的对青柳儿的爱顿时变成嫉妒、憎恨，他咬牙切齿地骂着："青柳儿，你怎么能做这种事！"

"田经理，你快想想办法吧，现在最要紧的是让派出所赶快放人，不然，咱们这笔生意就黄了。"橘子皮声音里带着哭腔，脑袋耷拉着，小眼睛悄悄窥视着田野那张阴沉的脸。田野不说话，像一头攫食的狼，不紧不慢踱着步子，当他嚓地一下停止踱步时，才将狞厉的目光盯在橘子皮脸上："你马上去打听一下，唐经理被关在哪儿？抓他的是派出所的还是治安队的人？"

"是！"橘子皮不敢怠慢，大声回答。

田野胳膊上夹着公文包，身穿笔挺的深蓝色纯毛哔叽中山服。头也不回大步向外走去。

[二]

米氏有限公司在大华宾馆包了两间房开办业务。早晨，米岚第一个来到办公室。她推开窗户，伫立在那儿忘情地凝视着远方：城市的早晨恬静明丽，太阳羞红了脸，天空坦荡着胸，清澈湛蓝，随着那渐渐向四面扩大升华的不断变幻着的光，万物都在沸腾、动荡。她的心里产生了一种不可抑制的欲望，希望自己化作一滴水、一片云，和这个绮丽神奇的自然风光溶合在一起。

办公室的门被推开，两位从广东来的客户走进来，米岚招呼他们坐下，并客气地把烟递过去。

"你们公司有羊毛吗？"

"有，你要哪种羊毛？"米岚不紧不慢地说。

"二细羊毛，有多少吨？"

"不多，现货二百吨。"

老广东一听有羊毛，互相用广东语交谈着："真有这么多货？"

米岚不动神色地翻阅着桌上一大堆合同书，拿出几份羊毛供货证，递给这两位广东人，并客客气气地说："我们米氏有限公司做生意向来注重信誉。"

"暂时只能提供五十吨，大货就在明珠市。"米岚很会抓对方的心理："买卖当然是要看货啦。先看样品，下午，领你们去看大货。不过，我们得先看看贵公司的款，如果没带款来，这笔生意就没谈的必要了。"

"没款我们来干什么？"对方听出米岚的口气很硬，慌忙掏出一盒万宝路香烟，扔在桌上："抽一支吧。"

米岚不客气，慢慢点着一支烟。她吸烟的动作非常优雅，那是一种让男人赏心悦目的姿势。烟雾轻轻从她嘴里吐出来，慢慢罩住了她的脸，嘴角的线条显得更清秀冷峻。她不算漂亮，但浑身透着一股高贵的气质，常常使人产生一种感觉，这是个干事业的、绰有修养的女人。

米岚已经知道对方的心理，但故意装出漫不经心的样子说："那好吧，你们既然带着款，下午就看大货，如果大货符合要求，咱们就签订合同。"她很圆满地结束了这笔生意的交谈。

田野匆匆忙忙走进经理室，一些来催烧碱的客户把他围住了："田经理，你要是不给我们发货就退款吧，我们不等了。"

"田经理，我们厂已经停产了，你看看昨天厂长给来了加急电报，这个月无论如何得给我们发五十吨货。"

人们七嘴八舌地吵吵着。并把一封封加急电报一张张合同书，一份份求购介绍信，摆在他面前。他有条不紊地不慌不忙地答复着人们提出的问题。办事神速、谈话简练，无论遇到什么棘手问题，都镇定自如，有能力也有办法把这些客户的款诱到自己的账户上。也有办法把这些人稳住，让他们耐心地等待。谁的忍耐力高谁就能拿到火碱。怕骗吗？有人产生怀疑。对待这种人，田野的态度是不屑一顾的："我们这几百万固定资产的碱厂还能去骗你们那几十万款？怕骗，就把钱拿走。"这番话倒使人们对他产生了信任感。但他们并不清楚田野的底细，更不知道这碱厂就是用这众多客户的款筹建起来的。只有米岚最清楚，眼下，公司和碱厂的处境十分艰难。每天烧出的碱远远供不上需要。她和田野必须在贸易上狠抓几把，好好做几笔大生意，来缓解一下困境。因此，他俩不得不参与这场羊绒大会战中。各个公司经理都在互相竞争，尔虞我诈，甚至连市长也在做羊绒生意。田野满以为和唐虞舜这笔生意会成功的，而且对方的预付款已进了账户。哪知，这小子嫖女人也不分个场合，人进了收审站，这生意还怎么做？他气愤、恼怒、惋惜。米岚走进来，笑着对田野说："刚才榆林地区畜产的康经理来电话说，每吨羊绒放一万元定金，他们就给送货，你看派谁去验货？"

"验什么货？拉回来卖给谁？"

"不是已经和唐虞舜订了合同？"

"合同还不是一张擦屁股纸。"田野冷笑着，一种意想不到的失望和苦恼从他那张白净的脸上泛出来，在妻子面前从来不掩饰自己的心理，想大发雷霆，想痛快淋漓地发泄心中的愤怒。米岚莫名其妙地问："究竟发生了什么事？值得你发这么大脾气？"

"唐虞舜这小子被抓起来了，你和谁做生意？"他的声音虽然很低，却像晴天霹雳，把米岚震惊了。

"因为什么？"

田野没吭声，他不想告诉米岚详细情况，害怕再提青柳儿的名字。

"咱们总不能在一棵树上吊死，唐经理被抓了，还有其他客户。他给汇进三万元预付款也够赔偿咱们的损失费了，你没必要再求人放他出来。我现在是担心你拉不回羊绒，有绒就不愁往外卖。"米岚认真地说。

"我和榆林地区几个公司都订了合同，给他们放点风险金就给送货。"

"别想得那么简单，那里的生意人也十分尖刁、狡猾，专门靠吃对方的押金挣钱。不付大款不卸货，送来也等于零。相反，你的风险金也被他们吞掉了，谋得心狠折了老本。"

"舍不得孩子套不住狼。只要他们敢送货，我就有办法卸货。"

"既然那样，这批绒拉回来给卢绍谋吧，先让他尝点甜头，吊住他的胃口。"

门推开了，业务科长彦君风尘仆仆地走进来。

"哎呀，你的速度真快，坐什么车回来的？"田野和米岚喜出望外，两人笑呵呵地迎过去。

"时间就是金钱嘛，当然是坐飞机啦。"

"你小子不是怕飞机失事粉身碎骨，这回怎么例外了？"田野在老同学面前十分随便，"事情办得怎么样？"

"成功了，一车皮橘子罐头最晚明天就发到站。"彦君从皮夹里取出发货大票递给田野："你看，总共四十万元的货，一万零四千件，全部是无核蜜橘。"

"好！这回就有办法了，彦君，你又给公司立了大功。"

"哪里，我只是奉命行事。再说，没有你的配合这事是办不成的，银行发去的那份电传起了决定性作用。"

"哈哈哈……"田野大笑着："老弟，我知道你这三寸不烂之舌是厉害的。到底把货发回来了。中午到我家，让米岚给炒几个拿手好菜，好好庆贺一下。"田野高兴地拍着他的肩膀。

"你不会喝酒，我自己喝没意思。"

"给你叫个陪酒员。"

"不，我还得回家和老婆亲热亲热，一个月没沾女人，你是饱汉不知饿汉饥。"彦君朝米岚扮了个滑稽相。

"好了，那你先回家看看老婆吧。"米岚以大姐的口气和他说笑着。

"下午，你去饲料公司找一下周经理，那里有两间大仓库要出租，和他商量一下租金问题，货到了，咱们不能措手不及，按规定时间运不完货，铁路是要罚款的。"田野在吩咐彦君。彦君把订货合同递给米岚："这笔款必须在七天之内付给对方，汇款单位和账号合同上写得很清楚。"

"七天时间？"米岚摇了摇头，皱起眉不安地问："田野，七天之内能付了款吗？"

"这个问题你就别管了，一切都由我负责，保证如期付款。"田野胸有成竹地说。

"七天内你能把这一万多件橘子罐头销售完？"米岚心里很清楚，在这么短促的时间内根本周转不了四十万款。

"你就不要操这份心啦，现在最要紧的是解决仓库问题。"田野边说边送彦君走出办公室。在走廊里，他压低声音说："彦君，货发到后，你就先拉五百件罐头放到碱厂的仓库里。另外，再到村里雇十几个女工。"

"碱厂又要增加工人？"

"不，我有别的用处。再去和米岚拿张支票，买一台打包机和几盘打包带。但发票上开别的品名，这些事千万不要和她说。"

"有啥事还值得瞒她？"

"你不清楚，她这人有时办业务太死板，往往会吃亏的，事情没办成之前，让她知道一点蛛丝马迹，会节外生枝的。"

"我说老同学，你葫芦里卖什么药？我也叫你弄糊涂了。"

"到时候就明白了，照我的话去办吧。"

"田野，你是不是要在这罐头上做文章，给对方设圈套了？"

"嘿嘿！"田野阴险地笑笑，又拍拍彦君的膀子说："怪不得人称你为杨修，不简单。能猜准我心者，只有你。不过，我不是曹操，不会嫉妒你的才能。"

"行啦。这些本事还不是和你学的。"

"青出于蓝胜于蓝。"

"哈哈哈……"俩人开心地大笑起来。

[三]

青柳儿怀着忐忑不安的心情走进大华宾馆，她伫立在米氏有限公司经理室门前，抬手轻轻叩着门。

米岚走出来，目光扫过青柳儿的脸庞，热情地问："你找谁？"

"田经理在吗？"青柳儿不好意思地低下头，不敢正视她的眼睛。

米岚觉得这个姑娘好眼熟，但一时又想不起来在哪儿见过。

"进去吧，他在里面。"说罢，米岚向楼下走去。

青柳儿小心翼翼地推开门。当她突然出现在田野面前时，田野没有说话，两只眼直愣愣地瞪着她。青柳儿从来没见过这副冷酷的面孔，她向后退着身子，下意识地把两手藏在背后。

"你来干什么？"他的逼问使青柳儿感到一种受审查和凌辱的自谴和忏悔。

"我来告诉你……"青柳儿的嗓子里像堵了块棉花，声带也有点沙哑。

"告诉我什么？"他猛地转过身，打断青柳儿的话："告诉我昨晚和一个男人睡了觉？告诉我卖身挣了多少钱？"他高声大喊。

"你……你……"青柳儿被田野这一席不堪入耳的话打懵了，也吓坏了，僵在那里不敢动，张着嘴说不出话。

突然，田野像一条蛇，伸长脖子向青柳儿扑去，狠狠地揪住她的衣领，像要一口把她吞下去似的："青柳儿，我恨死了你！"

他在使劲摇着青柳儿的身子，不容她说话，不容她解释，更不容她乞求。青柳儿扭动身子挣脱他的手，掊住被撕开的领扣，大声说："你这个混蛋，疯子。"她手指着田野的眼窝厉声质问："你是我丈夫还是情人？有什么权利来干涉我的行为？你的老婆是米岚而不是我。我只不过是看在过去的情分上，来告诉你一件事，昨晚唐虞舜被抓都是朱老大一手策划安排的。他设了圈套来害你，说你断了他的后路，他要一箭双雕，把你和姓唐的一块打倒。我只是怕你这条眼镜蛇被人暗害了，才来告诉你。没想到，你把别人的好心当作驴肝肺，你这个没心肝的眼镜蛇。"青柳儿的声音有点哽咽。

田野听了这番话，眼睛里露出一种挑衅的表情，那张白净的脸上也呈现出极度的愤慨和憎恨："朱老大，原来是你在暗中捣鬼，我不会饶过你的。"随后，又恶毒地瞪了青柳儿一眼，语调里仍然含着一种莫名其妙的敌意说："你为什么要来告诉我？"

"我爱你，忘不了你！"青柳儿的话语被无穷的悲哀和自谴淹没了，泪水从那双迷惘的渴求田野谅解的眼睛里涌出来。

"爱我？忘不了我？哈哈哈……说得多么动听啊！一个随便和男人睡觉的女人也配说这种话。"田野一步一步地向青柳儿逼过去："你爱我，忘不了我，那么，今晚就陪我睡觉。"他使劲扭住她的胳膊，青柳儿害怕了，浑身掠过一阵颤抖，惊慌失措地大喊着："田野，你胡说什么？放开我！"

青柳儿挣脱田野的手，不顾一切向门外逃去。

[四]

在门外站了许久的米岚走进来，她明白了田野与这个姑娘的关系，但脸上的表情是宽容善良的，这个克制能力很强的女人，极力用一种内心产生的自我崇高感和一种温和的态度来消融涌上心头的痛苦与悲伤。

田野痛苦地把身子伏在桌上，好久好久才抬起头，用一双近似孩童般的眼睛望着米岚。在妻子面前，他一下子变得像大孩子似的温顺，妻子在他眼里，是一位可敬可爱的大姐姐。田野需要她的照顾和帮助，更欣赏她那种稳定的心理素质。那平静的气质，落落大方的仪态，庄重素雅的衣着，聪明干练才华出众的工作能力时时在吸引着他。但青柳儿的影子却又像幽灵常常伴随左右。田野忘不了初恋时的爱情，忘不了那双梦幻般的眼睛。这种爱在他心里埋藏的时间越长，越使他不能忘却过去。渐渐地酿成了一种恨，他时时用这种恨来折磨青柳儿，折磨自己，以至使他的感情有点不能自拔。

米岚默默地站在他身边。田野猛地抬起头，抓住妻子的手，眼里射出乞求她谅解的光："米岚，我恨她，我恨……"

"不，你是在深深地爱着她。"米岚的声音十分平静，"你的眼睛已告诉我一切。"

"不，我是在报复。"田野为自己的行为辩护。

"我理解你。"米岚轻轻地摸着丈夫的头发，她深知怎样对待这个比自己年轻的男人，也深知丈夫的脾气和为人。田野的经商手段，对时局的见识，还有那敏锐的思维，作为一个妻子，是能够惦量出来的。他有一张平易近人、和善友好的面孔，利用这副面孔，出其不意地打败了许多人，她喜欢这样的男子汉，尽管当时田野穷得身无分文。

米岚和田野认识完全是偶然的巧合。三年前，她在塞北商行当业务员的时候，经理牛三爷让她去给华夏开发公司送羊毛样品。

米岚迈着自信的步子走进华夏开发公司的办公室。她根本没想到，牛三爷为了和朱老大达成这笔羊毛生意，先给朱老大打去了电话："朱经理，我已让米岚把羊毛样品给你送过去了，她是个离婚的寡妇，你不尝尝新鲜？"

"刘经理，你真会开玩笑，我老朱大姑娘还玩不过来呢，谁稀罕个寡妇？"

"各有各的味儿嘛，下过蛋的母鸡比小鸡更好玩。"

文质彬彬、衣着素雅、外表平静的米岚，像一株刚刚开放的散发着淡淡清香的玉兰花，亭亭玉立在朱老大面前时，他的眼睛睁大了，变亮了……朱老大这个暴发户，尽管腰包里装满了钱，身穿法国高档西服，脚蹬意大利进口皮鞋，手上戴着价值千元的金戒指，但这些外表的装饰，怎么也掩盖不了他那俗不可耐的本质，这种人，当然永远也不会接触类似米岚这样的女性了。他像一条饥饿了很久的狗，伸着舌头不住流涎水。米岚的神态是冷峻的，她坦然地把羊毛样品递过去："朱经理，请你过目。"

朱老大哪有心思看样品，目光透过米岚的衣领，死死盯着那白嫩、柔润的脖颈。米岚内心激起一股受辱的愤怒，尽量克制自己的情绪。好一会儿，朱老大才嘿嘿一笑，露出满嘴被烟熏黄的牙齿说："你坐吧，坐吧。"他使出讨好女人的全部解数想稳住米岚："牛经理已经在电话里和我谈了你的情况。听说，你现在是一个人过日子，有啥困难，就和我说一声，一个女人带着孩子生活确实不容易。"他拍了一下脑门，翘起的二郎腿荡来荡去，不住打量着她，一会儿，又解开上衣扣子，露出长满黑毛的胸脯，一股臭汗味儿从毛孔里散发出来。这种人也许一年也不会洗一次澡。米岚不由地用手捂住了鼻子，皱着眉头，想赶快离开这儿，于是，从椅子上站起来。

"没男人陪你睡觉，能熬得住吗？"朱老大上前一把抓住米岚的手，他排调女人的手段简单痛快，掏钱和女人睡觉，合情合理，什么感情呀爱情呀，他不懂。

米岚吓坏了，用力甩开他的手，向后缩着身子，慌忙说道："朱老大，请你自尊点。"

"哈哈，你这个寡妇，还假装什么正经？"

"叭！"一记响亮的耳光打在他脸上，那得意的红光马上变成恼怒的灰白，他一把揪住了向外跑去的米岚，狂怒地咆哮着："打得好，老子就喜欢你这辣味儿。你是牛三爷介绍给我的，如果不服从，惹翻了老子，一根羊毛也不会和你们公司订购的。"米岚这才明白自己已经被牛三爷利用了，她又气又恨，指着朱老大大骂："姓朱的，我要到公安局告你。"

"告我什么？强奸？是你主动送上门的，通奸，现在又不犯法。和你睡觉，给你钱，咱们谁也不欠谁。"说着，他掏出一大沓人民币在米岚眼前晃了晃。

"你这个无耻的流氓。"米岚不顾一切地向门口扑去，但怎么也拉不开暗锁。

"那是三保险锁，你出不去了。"朱老大嘿嘿狞笑着，一步一步向她逼近。

"来人哪！"米岚拼命喊着。

"哗啦！"门被一只大脚踏开了，一个小伙子双手插在衣兜里，镇定自如地站在外面。

"滚，狗扑耗子，多管闲事。"朱老大一看有人进来，顿时老羞成怒。

"今天，我就是要管这闲事，你太无理了，光天化日下就敢奸污妇女。"他一动不动站着，神态从容不迫。

朱老大猛地跳起来咆哮着，顺手拿起一把椅子，向小伙子头上扔去。"哐！"的一声，椅子砸在墙上。

"不要怕，你快走！"小伙子用身子掩护着从地上爬起来的米岚，赤手空拳地向朱老大逼近。一阵急风暴雨式的厮杀，小伙子却被朱老大打倒了……

医院里，田野的头用绷带包着，眼睛肿得变成了一条小缝。

米岚去看望他，两人脸对脸坐在病床上。

他告诉米岚自己伤得并不厉害，只要她没受到伤害就好。这张年轻的脸孔触动了她的心弦，仿佛在哪里见过似的，究竟在哪里呢？也许只是在梦里！言谈中，米岚得知他在朱老大的公司里跑信息。

"我想办一个贸易公司，你愿意干吗？"

"我没有钱。"田野不好意思地低下了头。

"我记得一句名言：友好的合作会有巨大的财富。"

那时，田野虽然还是个羽毛未丰满的青年，但米岚相信，自己的慧眼没有看错，相信他不是一般的庸人。在她一手策划和奔波下，米氏有限公司成立了。那时，账户上仅仅只有一百元款，这就是他们创业的全部家底和资金。

命运决定田野要成为一个真正强硬的男子汉，一个由自己主宰的生活道路摆在他面前，他毫不犹豫地担当起米氏有限公司的经理。坚定地踏上自己的命运之路。

年轻的田野对朱老大产生了刻骨的仇恨。他一直把这种仇恨深深地埋在心间，直到今天，才真正在米岚面前显露出内心的愤怒。他打心眼里看不起朱老大，虽然这家伙有钱，但田野却认为他是个地道的傻瓜。他迅速派人去打探华夏经济贸易公司，看朱老大的账户上究竟有多少钱？他要实行一条强硬的计划，出其不意地向朱老大发起进攻。

第十一章
木秀于林

[一]

星期日，乔莎莎兴致勃勃地向昆腾飞市长家走去。她穿一身具有现代派风度的流行服装，洁白的宾奴牌港服，白色的ＡＡＡ女皇鞋。

路上，行人回头率频频，她高傲地昂着头，目不斜视。

公共汽车隔五分钟来一趟，汽油味儿和热腾腾的空气搅混在一起。她上了汽车，手握车顶上白色的不锈钢横杠，向车窗外眺望。车子开动了，售票员操着不标准的普通话喊道："上车的请买票。"乔莎莎从皮包里掏出几个钢镚儿递过去，然后，又扣上皮包的暗锁。车窗外，一个繁华的现代化城市风貌展现在她眼前：一条条纵横交错的高压线，耸入云天的高楼大厦，都在浮光掠影的空气中化为色彩绚丽、光怪陆离的几何图形。这些图形把天空切割成一块一块各种形状的小格，犹如一张漂亮的银丝网。那一群一群人像被网住的鲨头鱼，你拥我挤，鹬蚌相争，各自找着突破口……各种色彩质地薄得能照见肉的衣裙，漂亮的小阳伞，走起路来蹬蹬响的高跟皮鞋，都溶入嘈热的空气中。

交叉路口，红绿灯不住地闪烁，每隔一段时间，从一条路口就涌出一股人流车辆，像大海里突然翻起的一排巨浪，汹涌澎湃地涌过那条白色的停车线。空气中飘动着一层乳白色的气流，闪动着梦幻之光。汽车停在路口，乔莎莎长长松了口气，跳下车，向市委家属楼走去。

这是一幢样式别致的楼房，奶油色的窗棂配着各种色彩鲜艳的纱帘。每一个单元，就是一个独立的沙龙。最大的沙龙是昆市长家。每到星期日，社会上各界名流人物，都聚集在他家里。大家热热闹闹，无拘无束地坐着，海阔天空地谈着，津津有味地吃着，桌上放着各种饮料，冰镇啤酒，高级进口香烟和五颜六色的糖。以市长太太宫香凝为中心的一伙在另一间客厅打麻将，哗啦啦的洗牌声，溶解着某种交易和目的。太太们嘴里吐出来的烟雾，给这间客厅笼罩了一团融融的淡青色的气氛，在这气氛的包围中，相互之间关系似乎变得更加融洽、随和、无拘无束。

昆市长爱下棋，正聚精会神地和电视广播处处长张汝华对弈，俩人杀得难解难分。张汝华走的是诡棋，他一边瞅着棋子，一边还斯斯文文地念道："我们是可怜的一套象棋，昼与夜便是一张棋局，任它走东走西，或擒或杀，走罢后又一一收归匣里。"

"老张，你念的是什么经？"在一旁观战的税务局长问。

"是一首人生哲理诗。"

"老张到底是文化界的人，下棋也要文摆。"

"哈哈哈，你来文的，我来个武力争夺。"昆市长两眼凝视着棋盘上的每一个棋子，嘴角出现了一丝阴鸷而有力的冷笑，他要调动一切兵力来保将，于是，高高举起棋子。两个指头似乎要把这棋子捏碎、捏扁。他移动棋子的动作缓慢、冷静、从容不迫，这是对兵力的调动和牵制。他似乎不是在调动一颗棋子，而是在指挥千军万马，从而感到自己的力量和气度。当他要吃掉对方某一棋子时，动作敏捷而迅速，像希特勒的闪电战术一样，杀得对方措手不及。人生何尝不是在下棋，你周围的人就是棋子，要学会能够移动他们的本事，让他们为你办事。昆腾飞在明珠市，如同棋盘上的老将，所有的人都以他为轴心，互相厮杀，进攻，钩心斗角。他稳稳地坐在老将的位置上，充分利用各个环节的力量。这些环节如同棋盘上的车马炮卒，是不能忽视的，他有控制全局的能力。

公元一九八四年，当深化改革开放的口号出现在天安门广场上时，中国处于一种伟大而艰难的变革中。昆腾飞就是在这个时候从A城调到明珠市的，整整五个年头过去了。当时的明珠市又脏又乱，满街垃圾，臭气熏天，马路不平，电灯不明。到处是摊贩，没有统一的市场，更没有统一的城市规划。当这位新市长出现在电视屏幕上时，他的就职讲演对听众有极大的感染力和诱惑力，在全市引起轰动。他的第一行动就是大量发放贷款，支持那些做生意搞实体办工厂的实业家。第二是发放营业执照，工商部门的干部全部出动，拿着营业执照挨门挨户动员一些闲散人员走上街头做买卖，自谋职业。第三，迅速建立庞大而稳定的贸易市场，把所有的小摊贩分类集中在一起，统一管理。第四，对整个行政机构来个大改组，大合并，大精简。压缩行政开支，搞起第三产业，成立劳动服务公司和大集体。昆腾飞这种敢作敢为大刀阔斧的工作作风，终于赢得了市民的好评和信任，也博得了上级领导的赞赏。

几年来，足迹几乎遍布全市的每一个角落，即使去理发的时候，也忘不了询问一些情况：收税员有没有敲诈行为？对市里某些领导有什么意见？他处处以捍卫人民利益的面目出现，极力在群众中树立威望以提高自己在明珠市的地位和在人们心目中的分量。他的沙龙是一个坚定的战斗堡垒，靠这些人来推行自己的一系列改革政策，这些人也把他捧为有胆识、有魄力、有洞察能力的改革家。他是不拘小节的，对于一些企业家们身上的缺点和错误向来态度是宽容的。工商局的孟轲，因为一百本发票问题，一直揪住卢绍谋不放，到处查账，想搞个水落石出。这件事一直反映到市委，昆市长很婉转地批评了孟轲："我们现在搞改革，都在摸索中前进，总结经验。对于这些敢于投身改革浪潮的企业家，要给予大力支持。有些人是小脚女人，自己不敢放开步子走路，还去阻拦别人。第一个敢吃螃蟹的人就是伟大，给后人在食谱中增添了一道十分可口的美餐。如今，这些企业家们也在大胆地吃一种先人未吃过的东西。别人不敢去吃，也不要去劝阻这些吃的人。他们身上尽管有缺点和错误，这是难免的，我们不能老是揪住一条小尾巴不放。只看见一百本发票的弊病，就看不见耸立在那儿的明珠大酒家？看不见那每年创利几百万的梳绒厂？"

[二]

孟轲怀着极度的愤慨走进这座大楼，直奔昆市长家。星期六下午，他接到昆市长写来的一张纸条："迅速把没收的那批云烟全部退给丹侬有限公司。"他气得把纸条扔在桌上，当下就给市长打电话，但怎么也打不通，满肚子无名火至今也没地方发泄。作为一市之长，竟然会这么无原则地处理问题。这批价值上万元的烟全部是冒牌假货，你昆市长也不作调查就乱下命令？他要亲自去和昆市长说明实情。

146

孟轲是个脾气古怪、性情耿直的老头子。办事先搬文件、后讲政策。他是四六年的老干部，照这年龄和资格，早该是处长局长了，但他到今还是个小科长。职位小，资格老。抗美援朝时，身上挂过彩，有三处枪伤。他把自己的经历作为一种资本来拍卖，五十年代六十年代还吃香，现在，这种资本是大跌价。他是出了名的铁包公，卢绍谋把一百本发票丢了，这不是睁着眼睛说瞎话吗？他想顺藤摸瓜，来彻底清查卫达实业总公司的内幕，在查询期间又发现卫达公司购进一批国家禁运的稀有金属铑粉。他本打算第二天就进行封库，下扣押令，哪知卢绍谋这小子比狐狸还狡猾，连夜把货运了出去。为了阻拦那批货，他还挨了一顿毒打。这事公安局虽然插手处理了，但至今也没查出一点线索。他来找昆市长，要谈的问题很多。

　　昆市长笑呵呵地给他递过一杯水："老孟啊，你觉得身体不太好，就继续疗养一个阶段。"口气是温和的，但孟轲早已听出弦外之音，冷冷地说："我一下还死不了。"这句话把市长呛得直喘粗气，但一个有涵养的领导是不在乎这些小节的。昆市长又给他递过一支烟，他很尊敬这位身受三处枪伤的老党员。老头子也清楚市长所持的态度，不冷不热地说："昆市长，我来和你谈一下，关于丹侬公司那批烟的处理问题。"

　　"昨天我派通信员给你送去一个条子，没看到吗？"

　　"这批烟全部是冒牌假货。"孟轲单刀直入地回答。

　　"这个我清楚，但假货也得退。"昆市长用力一挥手，态度非常坚决。

　　"为什么？"孟轲眼里射出疑惑不解的光。

　　"不要问为什么！许多事情用为什么是解释不清的。"

　　"我就是来告诉您一下，明天上午这批货就全部焚烧。只要我在工商局工作一天，就不能为这些违法乱纪分子开绿灯。"

"无论你说什么都行，但这批烟必须退给他们。老孟啊，如果坚持下去，就会给明珠市郊区的菜农带来几十万的损失。难道你不为他们着想吗？"

"昆市长，这事怎么能和菜农联系在一起？"

"我这个市长有权指挥调动明珠市的人民，但我却无权去指挥一个铁路分局的局长。你知道吗？菜农把上千吨的西瓜堆在站台上，等着运往全国各地，但在这万分紧急的情况下，车皮却卡了壳，再拖几天，这些西瓜还能不烂掉吗？这是菜农一年的心血，我这个当市长的能看着不管吗？昨天，我才知道不给车皮的真正原因，就是你们没收了丹侬公司的烟。他们的条件很简单，退货就给发车皮。难道你我只是为了坚持原则而眼巴巴地看着这几百万斤西瓜腐烂吗？"一席话把孟轲说得闭口无言，内心顿时涌起一股难言的苦衷。激愤在他那瘦削的体内震动、回旋，最后变成长长的一口气，从喉咙里吐出来："唉——其实，这个检查科完全没必要设立。我们的工作也是徒劳的。假冒伪劣商品是没收了许多，但都是又原封未动退给货主。违法乱纪事也查获了不少，但一件也没作过彻底的处理。这些生意场上的人，都有通天的本领。这几年，我得罪的人数不清啦。你把我安排在这个位置上，让我来监督管理检查全市的工商工作，还不是聋子的耳朵——配伴儿。"

"老孟，我知道你工作中有难处，只开一次先例吧，为难你啦。"

"你是为民着想开这次先例还有可原谅。但有些人却不是这样。前几天，我扣押了一车羊毛，因为他们没交管理费。哪知，来求情的是我过去的老首长，他说：'你要是不给我这点面子，咱们从此就一刀两断。'我实在不明白，这些人用什么法子能使我的老首长说出这么绝情的话。短短的几天时间内，为丹侬公司求情的人就有几十个，来头都不小，都让我顶回去了。但这个公司的经理真是个孙悟空，有钻进铁扇公主肚子里的本领，最后，又把你这位市长大人请出来和我交涉，既然是这样，我还有什么理由不执行你的命令呢？"

"他们很会利用咱们的心理，用这五十辆车皮的西瓜做交易。我们总不能丢了西瓜而来捡这个芝麻，让群众的利益受到损害。老孟，咱们一切都从经济效益出发吧，社会是一个群体，每个人都必然同这个群体有着千丝万缕的联系，这种人际关系的威力是你我都左右不了的。"

"难哪，别人骂我是大灰狼、白眼狼、喂不熟的狼，其实，我是一只孤独的老山羊。"

"工商干部都要像你这样的大灰狼就好了，可惜，有些人是吃人不吐骨头的狼。"昆市长深深吸了口烟，然后又徐缓而有控制地把浓烟从嘴里吐出来，"最近，有许多群众举报，你们局里有个叫林南的，经常白吃白拿一些个体户的钱和东西，收管理费也不给对方收费发票，你好好查一下这件事。"

"林南？你知道他是谁的儿子？这个马蜂窝你们去捅吧，我孟老头还不想去和马克思见面。"

"没那么严重吧，就算他父亲是区委书记，犯法也与庶民同罪。"

"真要犯法，是公安局和法院的事，我可没这个权利去处理。"

"哈哈……看来，你是要和我对着干啦。"昆腾飞放声大笑。孟轲的脸上也挂着一丝无可奈何的苦笑，他摇摇头，不由地抬手扶了扶那顶佩戴着国徽的帽子，酸甜苦辣的滋味儿一起涌上心头。

如今，人们把一些披着这身灰色服装而进行敲诈勒索的工商干部比作大灰狼。无论干什么事，首先得把大灰狼喂饱了，拍拍大灰狼的眼睛等它睡熟了才能干。孟轲也在这个行列，但他却是一只全心全意为共产党效劳的狼。用廉洁奉公、大公无私这八个字来形容他并不过分。办事丁是丁，卯是卯，六亲不认。女儿也常常怨恨爸爸："您怎么总干这种得罪人的事。"孟轲却说："党把我安排在这个得罪人的岗位上。要想不得罪人，除非别工作。"

今天，他本来想和昆市长再谈谈市里发生在经济领域里的偷漏税现象。前一个时期，有一个体批发商从东北发运过六个车皮的大豆，公开在市内批发倒卖。他们发现后，就和税务局的干事一块去收管理费和所得税。这个批发商十分诡精，动用了十几辆东风带拖斗的汽车，连夜把剩余的十几万斤大豆运到旗县去卖。他们把这个批发商叫来询问时，他一口咬定是给东北青岗粮食局代销，并火速从对方开来一份委托书，隐瞒了双方所订的购销合同书。这个批发商，凭一份委托书，就安然无恙地蒙混过关，漏交了三万多元的税款。孟轲明知道这里面有鬼，派人到东北青岗粮库去调查，但对方为了保住这几十万未归还的货款，也否认与这个批发商是买卖关系。他们破费了几千元的差旅费，也没查出个眉目。他要请示一下市长，类似这种钻法律空子的奸商，该怎么处理？

现在，未经注册的公司也越来越多。这些人都没有办公地点，皮包里装着合同章、公章、介绍信、委托书，就在中华大地四处游走。自命经理、科长、董事，各种精制带香味儿的名片，什么头衔都有。对于这些皮包公司该怎么办？汇报的问题太多了，但昆市长不等他开口，就说："老孟，关于工作上的问题，以后有时间再谈吧。"他已经下了逐客令。孟轲长长叹口气，只好从沙发上站起来，慢慢向外走去。

[三]

门铃响了，乔莎莎像一朵从天边飘来的白云，飘逸、优雅、亭亭玉立在客厅中央。昆市长马上停止了和其他人的谈话。

"小乔，你来啦？"显然，乔莎莎的突然到来使他感到惊讶，一种难以抑制的兴奋在胸中油然而生。这是一个男子在漂亮女人面前所产生的热烈情绪。

"昆市长，您好！"乔莎莎客气地点点头，脸上的笑容甜美妩媚。她和在座的几位部长、处长打着招呼。乔莎莎出入市长的家是自由的，大家也知道她与市长的关系非同一般，于是都热情地问长问短。她从皮包里掏出许多美国进口糖撒在茶几上："我请大家吃喜糖。那天，我和绍谋本打算都请你们参加婚礼，但后来再三考虑，怕给你们在社会上造成不良影响，所以，都没下请帖。"

"哪里哪里，我们现在是秃子跟着月亮转，想借你们的光来发点亮哪。"张汝华笑呵呵地说。

"绍谋怎么没来？"昆市长关心地问。

"他在北京还有点事。"

"这次蜜月旅行，都走了哪些地方？"

"深圳、广州，其实，这些地方也没啥好玩的。我想去香港看看，绍谋不同意。他宁愿把老爸从香港叫过来，也不愿意自己过去。"乔莎莎的口气中，明显流露出对绍谋的不满。

"去香港还是方便的。咱们驻京办事处不是准备和香港加美公司联营嘛，等啜老板过来和他商量一下，带你们过去玩几天。"昆市长和乔莎莎愉快地交谈着。其他人也很知趣，站起来准备离去。昆市长挥手把大伙拦住："在我这儿吃饭吧。"

"不啦，改日再来。昆市长，我刚才和您说的那件事要是拍板了，《明珠新貌》这部纪录片我们就准备开拍。"张汝华边说边站起来，伸了个懒腰，郑重其事地问。

"开拍吧，款没问题，让各单位赞助一点。这部片子最好是赶在我去开人大代表会前拍完。"

"当然。"张汝华清楚，这部纪录片的开拍具有深远的历史意义和现实意义，同时也是昆市长向上爬的一副云梯。

人们陆续离去，麻将摊子也散了。宫香凝疲惫地将身子半靠在椅子上，慢慢吸着一支烟。这是位绰有风姿的女人，虽然已经五十多岁了，皮肤仍然保养得十分光洁细润，眼角已有四散的鱼尾纹，下巴的肌肉也松弛了，但仍有一种徐娘半老风韵犹在的风度。精心梳理和染过的头发，浓密蓬松，在脑后盘了一个漂亮的蟠桃髻，更显得柔媚端庄，光彩照人。再配上鼻梁上架的那副金丝眼镜，一派学者的气质。她穿着宽松的家居服，给人一种随心所欲、自然得体的感觉。她是明珠市医院院长，也是一位过硬的外科大夫。这位夫人从来不以自己是市长太太而自居。她以自己的能力和医术赢得了人们的尊敬。她是六十年代的医大毕业生，又有二十多年的临床经验，凭资历晋升为院长。每天早晨，当她一走出这座大楼，就是一位严肃而干练的女医生、女院长，文雅含蓄的举止令人起敬。她的衣着是素雅端庄的，讲究质地和面料，喜欢穿黑颜色的服装，也许是长年累月穿白衣服的缘故，黑色更显得高雅、凝肃、庄重。

乔莎莎懂得如何来讨好这位夫人，博得她对自己的好感。她早就察觉出昆市长喜欢自己，但不让这位夫人看出一点点蛛丝马迹。乔莎莎走进夫人的卧室，脸上堆着甜蜜的微笑："宫院长，我从深圳给您带回一点小礼物，不知您喜欢不喜欢？"她从皮包里取出一个十分精致的首饰盒，打开盒子，一枚透明闪光的钻石戒指呈现在宫香凝眼前。

"莎莎，这么昂贵的戒指，让你又破费了。"宫香凝站起来，给乔莎莎倒了一杯茶，"几天不见，变得更漂亮了。"

"南方的天气太热，真让人受不了。"乔莎莎把戒指递过去。

宫香凝把戒指戴在手上，仔细端详着："哟，好漂亮，莎莎，这回我可得给你钱哪。"

"我可不是向您推销戒指的。"乔莎莎故意装出一副不高兴的样子："这戒指是绍谋爸爸从香港带过来的，送您一枚，我留一枚，是货真价实的天然钻石。"

"一看这成色就不像人造钻石。莎莎，你真有福气，找了绍谋这么一位如意郎君。"宫香凝心中涌起一丝嫉妒，这是一个中年女人对妙龄姑娘的嫉妒。

"世界上如意的事并不多，除非自己去创造。绍谋其实很专横，结婚没几天，就想让我给他生孩子。"

"这是正常现象嘛，绍谋已经是四十多岁的人了，应该有个孩子。再说，有了孩子，婚姻就会变得更稳定。"

"我认为用孩子来维系俩人之间的婚姻是最可怜愚蠢的办法，没感情就干脆分手，为什么还要复制一个小生命来充当锁链呢？"

这话使宫香凝的内心受到很大的震动，就像隐藏在身上的一块疤痕被人狠狠捅了一下似的，不由地皱了皱眉头。二十五年前，她怀了儿子的时候，根本没去想那么多。

"结婚时，我就和他讲得清楚，五年之内不生孩子。再说，我现在只需要感情，还不需要孩子。"

"你错了，生孩子是每个女人的天职。不要孩子，以后，你会觉得孤独，无依无靠。"

"宫院长，咱们中国人口在世界上占第一位。在西德，大部分妇女都不愿生孩子，这说明西方社会物质文明的高度发展，认识到生孩子是一种残酷的自我折磨和惩罚。"

"照你这么说，谁也不想去受这种残酷的自身折磨。那么，人类在地球上还不是绝种了吗？"

"落后的东西在世界上消亡不了，人类就绝不了种。所以，落后是延续人类生存最可靠的根据地。明知有些意识落后愚昧，但总是受到人们的维护。"

"莎莎，你这些道理一般人难以接受和理解，我这个被全医院人视为开放的院长也接受不了。因为我也摆脱不了那种自身残酷的折磨，也得生孩子。"

"宫院长，我是信口雌黄，您不要介意。"乔莎莎笑着说。

"每个人都有自己的人生观点，谁也不能强求谁。我和老昆也有争论，但这个家还得维持。"宫香凝脸上的表情有点冷傲，她有一肚子苦衷，但永远也不能向外发泄。她不能和任何人讲自己的家庭隐私。一个市长太太，是被人们尊敬、羡慕、拥戴的。但深藏在她心底的痛苦谁又能知道呢？女人一进入更年期，心理上就会产生一种沮丧和压抑的情绪。只感到身体内的疲惫、松弛、懈怠，也感到对性要求的冷淡和逐渐缺乏热情的衰老。由此而发脾气、失望、沮丧，对一切事情都感到心灰意懒，渐渐变成一种沉重的心理负担。她是大夫，可以给自己打激素、吃补药，但心理发生障碍药物是解救不了的。她怀疑自己得了性冷淡，沮丧的心境使她变得越来越烦躁不安，甚至疑心重重，感到一种被排除在外的孤独。五十岁的男人，精力还是旺盛的，对性要求也是迫切的。但由于她的多次回拒，丈夫也失望了，再不用那结实的膀臂来搂抱她，也再不把头偎在她胸间。她曾经怀疑丈夫有外遇，但观察了很长时间，没发现一个和他来往密切的女性。她清楚，从生理的本能要求来说，一个没有外遇的男人在性生活方面是隔不了几天的。如果不和自己的女人那一定是有情人。宫香凝是痛苦的，尽管拥有钱财、地位、权力，但感情却是一片空白。

乔莎莎站在第三者的角度去看一个正在受着性冷淡煎熬的女人。别看她在人们眼里是雍容华贵的市长夫人，是庄重严肃的院长。但她的感情领域，如同一块荒漠的干沙地，再也长不出绿草和鲜花。宫香凝在她面前做戏表演，极力掩盖着那种折磨着她的冷漠、孤独，掩盖着内心的苍白痛苦，就像极力用珍珠霜来掩盖她的衰老和皱纹。乔莎莎觉得宫香凝的举止有点可笑可怜。年轻是女人最大的优势，女人失去这一优势，就像打仗失去了手中的武器一样。乔莎莎正举着这一武器向她进攻，宫香凝却全然不知。

昆腾飞走进来，这位高大魁梧的五十多岁的男人，双脚有力地踏在松软的地毯上慢慢地走动。他年轻时是篮球运动员，如今虽然老了，但仍不失当年的英气，两眼神采奕奕，脸庞容光焕发，头发浓密黑亮，并模仿伟人毛泽东的发型。这发型使他的脑门显得更加宽阔，一派政治家的风度。

宫香凝仔细审视着丈夫，极力捕捉着他和乔莎莎之间的每一个眼神，不露声色地观察着他们的一举一动。

"莎莎，北京办事处的工作开展得怎么样？"

"还算顺利，最近又成交了一笔计算机生意，利润还是可观的。不过，长年租友谊宾馆的房间作写字楼费用太大。而且人们对租宾馆包房间做生意的公司，总是怀有一种戒备心理和不信任态度。"

乔莎莎在认真地和市长谈工作，从眼睛里看不出一点其他表情，语气中也流露出对市长的尊敬和崇拜。

"为什么？"昆市长反问道。

"您难道没听说，咱们市里五金公司的经理带了二十万款去广州搞彩电，在豪华的东方宾馆和环球公司订了合同，共一百台三羊牌彩电，货也看了，质量也验了，一切符合合同要求。于是，就办理交款手续，二十万汇票到了对方手里，环球公司的经理也给了他提货票。第二天，他去提货，但这家公司的经理却把他拒之门外，说提货单是假的。他马上到东方宾馆找环球公司的经理，哪知，人去楼空。"

"近日去北京和办事处的秋经理商量一下，干脆以市政府的名义在北京买一幢楼。在经济贸易上，应该有个可靠的根据地。"昆市长雄心勃勃、踌躇满志、胸有成竹地说："只要有自己的生意基地，还怕赚不了钱？"

"你也不必太冒尖，古人云：木秀于林，风必摧之。大树比小草高大茂盛，但台风来了，大树往往连根拔起，小草却安然无恙。"宫香凝不同意丈夫这种大刀阔斧的工作作风。

"改革嘛，本身就是一种试探性的冒险，关键看经济效益。驻京办事处搞活了，经济效益上去了，再来个长驱直入，打进海南岛。办事处是明珠市经济贸易的窗口，从这里可以看到外面的大世界。"昆市长侃侃而谈，对驻京办事处是抱有很大希望的，并全力支持那里的工作。汽车、钢材、羊毛等紧俏商品，他都通过正当的手续调拨给办事处。平价调进高价卖出，利润十分可观。

"昆市长，经贸部秦部长让您给搞一台平价小轿车，他拨给咱们十吨白山羊无毛绒的出口批文。这批文本来是拨给二郎山外贸局的，但他优惠了咱们。"

宫香凝说："老秦的手也伸得太长了，真是无孔不入。"

秦斌权和昆市长是大学同学。宫香凝认识这位深沉持重、形象轩昂而有气派的经济系高才生。他给她的感觉是，身上有一股叱咤风云的魄力，也有一种机会主义的圆滑和刁钻。后来，她和昆腾飞响应党的支边号召来到边疆，而秦斌权留在北京在经贸部供职。

"要想搞活明珠市的经济，必须求得这位财神爷的庇护。"昆市长郑重其事地说："莎莎，你算算，一辆尼桑小轿车按市场最高价出手利润是多少？十吨无毛绒的批文又值多少钱？"昆市长似乎也变得斤斤计较了。他背着手在地毯上来回走动着，并慢悠悠地吸着一支刚刚点燃的烟。

"一辆尼桑轿车如果是平价搞到手，高价卖出去，差不多能赚十几万。十吨无毛绒的批文按最低价卖出去，每吨就算一万，就是十万元，如果按现在的黑市行情，一吨货的批文可卖到两万元，十吨货的批文一转手就是二十万，高价对高价，咱们起码能赚十万元，还是合算的。"

"莎莎，你对市场行情掌握得不错。"昆市长的脸上浮起满意的微笑："好吧，过几天，我去北京开会时，再和他磋商一下，按合法途径来成交这笔生意。"

时间不知不觉已到了晚上六点，乔莎莎准备离去，宫香凝却诚心实意留她用餐，昆市长也显得异常兴奋，但莎莎是个知趣敏感的女人，不愿意让这位太太对自己产生不良的看法。于是，起身和昆市长点点头，亲昵地和宫太太握握手向门外走去。

第十二章
心中各有一把尺

[一]

　　早晨，律师事务所的人真多，写离婚诉状的，要求律师出庭辩护的，做生意受了骗讨不回钱的，案情形形色色，五花八门。

　　这是一间多么简陋的事务所啊。三间平砖房，屋里的摆着几张办公桌，几把椅子，一部电话，还有一个放文件的老式立柜。陶默然开始在桌上的文件堆里忙碌开了。靳主任走进来，把一份刚刚打印出来的控告材料递给他："你看看，能不能为这件案子的原告当辩护人？"

　　"什么案？"陶默然是决不去为离婚案当辩护人的。

　　"经济纠纷，你先看看材料。"

　　陶默然拿过材料，仔细看着：

　　"被告：明珠市卫达实业贸易公司经理卢绍谋。

　　原告：广东国棉一厂，业务科长董卫。

　　请求事项：追回卫达贸易公司骗取的五十万货款，并追加两年的贷款利息。

　　具体内容：两年前我们和卫达实业公司订购了一份羊毛合同。

卢绍谋领我们看货后，双方就签订了合同。我们把五十万元的汇票转入卫达公司。但款一进账，他们迟迟不给发货。后来，经调查才知道，去看的一百吨羊毛根本不是卫达公司的，他们利用进出口畜产公司的羊毛来骗取我们的货款。"

陶默然仔细把这份诉状看了几遍，不由怒从心底升起，他狠狠地拍了一下桌子，坐在对面的书记员刘丽丽扑哧一声笑了，含讥带讽地说："看来，咱们的陶律师又感情冲动了。"

陶默然不理她，认真和靳主任说："这份诉讼状为什么不叫原告往中院送？"

"原告准备送交中院。不过，我看送上去也只是一张废纸。"

"卢绍谋诈骗的这笔款可不是小数目。"

"怎么能叫诈骗呢？你是律师，应该注意用词，他们之间有合同书，这是一场经济纠纷，打到最后，也是不了了之，中院能收入一笔诉讼费。"靳主任的态度很冷漠。

"卫达公司利用进出口公司的货当诱饵，这种空中取水的做法是违法的。"

"违法不犯法嘛，谁叫他们要上钩呢？"刘丽丽也插了一句。

"但我们至少有责任为原告出庭辩护。"

"你有本事，就去给他们当辩护律师好了。"刘丽丽讥讽地回敬了陶默然一句："你没听说，最近在 B 市发生了一件案子。被告是个很有名气的人物，在电影制片厂工作，也算个三流导演。后来，自己成立了一个太平洋国际贸易商行，就从银行贷了十万款，准备拍摄一部四集电视剧，每天以选择演员为名，和许多姑娘混在一起。结果，一个镜头也没拍出来，不到两个月，十万块钱就挥霍完了，并且还欠下宾馆七千元的房费，他也拔腿逃之夭夭。后来，宾馆经理就起诉他。请了律师，法院把案子也受理了。但官司打到最后，宾馆除了又花出几千元的律师费和诉讼费，连一分钱也没要回来。"刘丽丽讲得有声有色，那双黑色的大眼睛有兴味地眨着。陶默然每看她一眼，她就报以一种坦率天真和一个恍惚妩媚的微笑。

"为什么？"陶默然那富于同情心的脸上闪出一丝疑惑的神情。

"原因很简单，上头有人呗，他本人是个干公鸡，什么财产也没有。法院经济庭仲裁结果是：定期三年还款。这是指宾馆那七千元。至于那十万元的贷款，银行还没起诉，法院当然也不追究。这个裁决还不是等于零。三年后，他还不了钱又该怎么办？"

"难道法律就没办法对他制裁了吗？"

"法律？这些人就是钻法律的空子。明知道这是犯法的事，但用法律又套不住人家。你是搞法律的还不清楚吗？"

"照你这么说，律师还有什么用呢？难道我们的责任只是写一个离婚诉状，处理一些民事纠纷和一些棘手的无头案？"陶默然以极度不满的口气说出这番话。

"小陶，你刚从学校毕业，至少还不了解这座城市的情况。"一直沉默不语的靳主任开口了："我们不是不能为这起案件辩护，而是考虑到，处理不好，我们会处于被动状态。"

"靳主任，我没有您想的那么多，如果您同意，我愿意为这起案件的原告当辩护人。"陶默然的情绪有点激动。

"如果你执意要为这件案子辩护，我也不反对，但我提醒你，卢绍谋这个人有点背景和来头，你绝不是他的对手。"靳主任的情绪也显得烦躁不安。

他的话使陶默然的自尊心受到伤害。望着那刚刚写了几行字的答辩状，心里感到沮丧、茫然。同时又感觉到一股看不见的压力正向他包围过来……

［二］

　　卢绍谋坐在办公室里，眼睛盯着手里已经挂断的电话，内心一阵不快和难受，甚至有点愤怒。他爱乔莎莎，这一点是不能欺骗自己的。莎莎能使绍谋倾心的，不仅是外貌的美丽，还有她的卓尔不群和独立不羁的个性。她与众不同，敢于向他挑战、争论，跟他平起平坐，促膝长谈，也可以共商大计，这一点秦茗是不能和她相比的。秦茗好似蚕，绍谋又像几片桑叶，她甘心情愿在这桑叶上吐丝，连半步也不知道挪动。丝吐完了，又把自己封成一个蚕茧。绍谋清楚自己再也不会和莎莎离开，但莎莎却并不听他的指挥，执意继续留在北京办事处工作。卢绍谋从来没见过这样一个有魄力的敢违背他意志的女人。她刚才在电话里的口气毫无商量的余地："绍谋，我暂时还不打算离开办事处。"

　　"你是我妻子。"

　　"怎么？想用妻子这个名义来让我屈从你？如果想让我做一条蚕总有一天会作茧自缚的，难道你希望我变成一个蚕茧吗？"

　　卢绍谋慢慢回味着这句话，笑了。妻子不想当蚕虫，要做一只自由自在的蜜蜂，到天边去采集新鲜的花粉。他将向她证明她的想法是大错特错的。

　　卢绍谋想集中精力处理一下公司里的事，好长时间了，乔莎莎那火一样热的激情把他卷进爱恋的巨浪中，只顾享受这爱的甘甜，公司里的事过问得少了。去深圳走了一趟，收获还是可观的。铑粉生意成交了，每公斤四十万卖给了马来西亚，他们从中获利七十五万元，除了买批文和其他费用的开支，纯利润是六十万。他把这笔钱全部存入北京乔莎莎的账户上。

在经商中，卢绍谋压根没有把全部心思用上去，这是他的长处。虽然醉心于自己的事业，但决不把工作当止痛的吗啡。他准备起草一份关于向工商银行贷款的拟向报告，但思想怎么也集中不起来，绍谋感觉到自己已经少不了她，她的离去，使他心烦意乱，无法忍受。

有人敲门，卢绍谋的第二助手业务科长温其拿着一份法院传票走进来："绍谋，广东国棉一厂起诉咱们公司了。"

卢绍谋拿过传票扫了一眼扔在桌上，闭着眼将身体仰后靠在软椅上。好一会儿，才慢慢睁开，漫不经心地说："库房里存放的那些羊毛够不够一百吨？"

"总共一百二十吨，但那些羊毛都是掺了土和沙子的，又积压了一年多，毛质早就损坏了，恐怕不好再出手。"温其的声音吞吞吐吐。

"土和沙子也不是咱们掺的。国棉一厂不是要羊毛吗？咱们就给他羊毛。打起官司来，最担心的是既没款又没货，这就麻烦了。咱们有这一百多吨土羊毛，完全可以应付这场官司了。"

温其知道这些羊毛是一家供销社卖给他们公司的，但货到后，一检验不合格，卢绍谋就一直没有付对方款。双方僵持了很久。后来供销社让步了，让卢绍谋给代销。但赶上清查假冒伪劣商品，这批货一直压在库里卖不出去。前几天，卢绍谋还打电话通知供销社，再不往走拉货，就和他们要保管费。

"你通知保管员，让他雇几个人，把这些羊毛全部打成硬包装。"

"卢经理，这样做恐怕不太合适吧。你还不清楚，这批羊毛的毛质都损坏了，出毛率一斤连二两也达不到，拉回去还不是往垃圾堆里倒？再说，法院一旦发现我们给对方的是假货，这不是惹火烧身吗？"

"法院的事，你不要担心，我有办法对付。打包装的时候，你告诉他们，在四边放一些好毛，你负责把这项工作干好就行了。"

温其马上明白了这话的用意，他不敢再反驳，退了出去。

这张传票在卢绍谋眼里，无非是一张废纸，他相信自己的力量能击败对方，同时，借此机会能把这一百二十吨羊毛推销出去，这是一箭双雕的美事。一丝冷冷的深不可测的微笑浮现在脸上。

电话铃响了，梳绒厂厂长李富斌打来的："机器就要停转，你看怎么办？"

"榆林畜产公司前几天不是运来五吨羊绒吗？"卢绍谋一听梳绒厂马上就要停产，急了，一直很自信的他，有点坐不住了。

"那五吨羊绒让畜产公司的赵之筠接走了。"

"什么？榆林畜产公司不是已经和咱们签订了合同？"卢绍谋蓦地又跳起来，大声质问："赵之筠这小子太不够意思了吧？竟然跑到我眼皮子下面接货。"

"合同还不是一张废纸，不给你货，又能把人家怎么样？鬼知道赵之筠这小子使了什么魔法，本来第二天就卸货入库，办理交款手续，哪知，一夜之间就变了卦，他们把货卸进赵之筠的仓库。"李富斌洪亮的嗓门震得耳机嗡嗡响。

"库里的原料还有多少？机器还能转几天？"卢绍谋用一种从来未有的冷峻和怒不可遏的语调问李富斌。

"最多维持五天就得停机。"对方的口气是无可奈何的。

"别说了，我会尽快把羊绒搞到手的。"他"砰"的一声搁下话筒，深思熟虑的神色在脸上摆了出来。

[三]

　　卢绍谋拿着电话听筒，拨了号。一分钟后，就同明珠市中级人民法院经济庭朱庭长接上了话："朱庭长你好，我是绍谋。"

　　"传票收到没有？"

　　"收到了。对这个案子你们中院是准备判决还是调解？"他想先听听朱庭长的口气。

　　"按原则去处理啦，我已经和办案人打了招呼。不过，你欠对方的款毕竟是事实，五十万货款也不是个小数目啊。"

　　"给您打电话，也就是这个意思，这件案子你们应该很好地给调解一下。"

　　朱庭长这个瘦削精悍、面目清癯的老头子，犹豫了片刻，字斟句酌地说："当然是要调解的，但最终你还得把这笔款退给对方。"毫无疑问，朱庭长已经给他施加压力了。卢绍谋明白这种压力的内在含意，也明白他使用这种压力想得到什么。他故意不露声色，声音平静如常："我有一百二十吨去年收下的羊毛，准备给广东棉纺厂顶账，你看怎么样？羊毛也是钱哪。"

　　"事情已经进行到白热阶段，他们是不会要货的。何况去年的羊毛大部分都是掺假货……"

　　卢绍谋的脸霎时变得毫无表情，他打断朱庭长的话，持着镇定自如的语调说："我如实告诉你吧，这羊毛是掺了假的，况且也卖不出去。我提前找你也是因为这个原因。你看着办吧，请不要忘了从我手里得到的好处。我有一盘关于咱俩每次会晤的录音带，你有时间，来仔细听听。"

　　"不，我不想听，也没那个必要。"朱庭长的声音似乎在颤抖，口气马上变得客气了："卢经理，别这样，有什么事，咱们尽量商谈。"

"刚才不是说了，我只有羊毛，没有钱。"

"这批羊毛即使发过去，他们发现掺了假，还会和我们法院找麻烦的。"

"扯淡，让他们在当地验货，货一拉走，案子也就终止了。再回来打官司，是属于另一件案子。再说，验货的时候，你们法院又没蒙他的眼。起诉的还是我，你们尽管挣诉讼费不就行了。"

"好，我试试看吧。"

"我相信你会处理好这件案子的。"卢绍谋"砰"地一下扔下话筒。

[四]

这是一场严肃的谈判，卢绍谋在豪华的会客厅迎接田野。

田野坐在沙发上，始终保持着一副持重冷静的态度，黑框眼镜后面闪动着的目光让人琢磨不透。卢绍谋客气地接待他，从玻璃托盘里取出一杯橙汁递给田野，自己也取了一杯，随后，开门见山地说："上次我们谈的那笔羊绒生意，不知你是否有兴趣再谈？"他话中带有一丝屈尊俯就的味道。

"不是兴趣问题，而是愿意和你进行愉快的合作。"田野的脸上流露出一股要征服对方的从容不迫的自信和魄力。

"怎么个合作法？"卢绍谋神态傲慢，一头蓬松乌黑的头发，两个鬓角修剪得十分美观，几乎和两腮的络腮胡子连在一起，更显示出他性格的开朗和随便，他不让对方看出一丝自己是急于要货迫不及待的样子。

"上次已经谈过，我给你二百万的货，你给我一百万款。"

"具体一点，货怎么交？款又怎么付？"

"你给我支票，我给你货，互相是公平的。放心吧，我不会割你的草。如果我的第一批货运到后，计价是二十万元，你就付我十万元的支票。剩余的十万元给我打欠据，欠款时间为三个月。怎么样？这样做，你我都不吃亏。你的梳绒厂也停不了产，我的资金也能周转开了。"

"你的羊绒是属于哪一路的？出绒率能达到四两五吗？"

"全部是八五路绒。如果出绒率达不到四两五，你可以拒收。"田野的口吻比较平淡，甚至有点漫不经心："你是说一不二的。不过，我再次声明，本人不是求你帮忙。事实上，是你的处境非逼着你这么干不可。这件事没人强迫你，也没有人强迫我，我们都是为了自己的利益而合作。"

卢绍谋站起来，走到田野面前，把手搭在他肩膀上，友好地说："我希望这次能合作成功。别人都说你田野是条毒辣的眼镜蛇，不能打交道，我不信这一套。相反，很赞赏你这种无毒不丈夫的大将风度。走，咱们出去散散心，到我的梳绒厂转转，回来再签订一份合同书。"

卢绍谋清楚，要想让田野诚心诚意地和自己合作，必须让他看到和自己合作是有利可图的，让他亲眼看看，自己是真正干事业的人，而且有雄厚的实力。

他的梳绒厂完全采用现代化的设备，一共十台梳绒机，有两台是从德国进口的，剩余的都是国产梳绒机。卢绍谋自豪地说："这两台进口机器的价值就是二百万元，日产量比国产机器高十倍。每天每台机器梳八千公斤。而咱们的国产机器每天三班制轮着干，才能梳八百公斤。这两个数字可以说明一个问题，八千和八百的差距也正是我们中国工业和外国工业的差距。我们现在还不能完全改用自动化，一是原料问题供不应求，其二是剩余劳力无法安排。"卢绍谋第一次开诚布公地和田野讲述了自己的全部计划和设想。他想办一个全自动化的梳绒厂，准备再从德国进口几台梳绒机，但现在最难解决的是原料。言外之意，就是希望田野能够长期为他的梳绒厂提供原料。田野心里也有自己的主意，他一直对绒毛的生意垂涎，早就想办一家梳绒厂，只因为自己这几年一直经营化工原料的生意，对绒毛生意还是门外汉。人常说，隔行不取利，他虽然有丰富的经商经验，但绝不敢贸然去投资绒毛生意。他给卢绍谋搞羊绒，一是为了搞一笔资金，其二主要是想靠着卢绍谋打进羊绒这个生意圈内。他十分清楚，在明珠市的生意场上，卢绍谋的力量是不能忽视的，但决不能让对方看出自己的真正意图。于是，装着什么也不懂，一副漠不关心的样子，在卢绍谋面前，只是一个谦逊本分、彬彬有礼的人。

卢绍谋慢慢吸着烟，淡淡的青烟从他的鼻孔里喷散出来，突然，他转了话题："上次你托我办的那点事，我已经和经济庭朱庭长谈了，不知有没有效果？"

"他们的诉状到今还在办案人的手里压着，一直也没有传讯我，这大概就是实际效果吧。"田野平静地回答。

"这就好，你计划再拖多长时间？"卢绍谋似乎早已忘记了田野是他的竞争对手，像对待一位多年未见的老朋友，态度热情，显出十分关心的样子。

"三个月。我的碱厂现在已全面投产，资金的周转期也正在缩短。"此刻，他那敏锐而复杂的大脑里，一个具有远见的计划正在酝酿。

卢绍谋把熄灭的烟蒂扔进烟灰缸里，目光漫不经心地从田野脸上扫过，沉思片刻问："你和赵之筹在业务上有来往吗？"

"没有。听说这人善于玩弄权术。"

"他很狂妄，说什么要垄断羊绒市场，挤垮吃掉明珠市这些做羊绒生意的个体商和集体商。"

"哈哈哈……"田野发出一声轻蔑的冷笑："他拿什么来垄断？至今还袭用那种官方的经商手段和办法，能把自己保住就算不错了。财务上他连一点支配权利都没有，光凭区公司贷给那几百万款就想垄断市场？简直是异想天开。现在，搞生意主要讲的是手段和行贿。赵之筹的收购羊绒价是六十元一斤，我五十九元甚至五十八元就能买到手，把其中一元作为贿赂钱，货始终会给我的，谁也能翻开这个窍。卖六十元都给了老公家，如果卖五十八元，自己还能捞一元的好处费，损失了公家而肥了自己。只要咱们掌握住这个基本规律和原则，货就会源源不断流到手里。将来，垄断市场的是咱们这些独立核算的集体承包企业。官办企业会逐步消亡垮台，这个大趋势谁也阻挡不了。"

"前几天，榆林畜产公司给我们梳绒厂拉来五吨羊绒，让赵之筹给接走了。"卢绍谋说这句话的意思是含蓄的，"榆林畜产公司急需要一批土种羊皮，赵之筹乘机钻了一空，说他们公司有货。所以，他们之间很快就达成一笔交易，用羊绒换羊皮。结果，羊绒进了赵之筹的库，榆林畜产的人去拉羊皮时，都傻了眼，赵之筹也够狡猾的，皮子倒是有，但尺寸都不符合规格，平均连四平尺都达不到，而且大部分是草刺皮。榆林畜产一看这皮子根本不能拉，于是，就准备把羊绒拉走，不和他成交这笔生意了。但货进了赵之筹的仓库还不是耗子入了猫的口，会轻易吐出来吗？榆林畜产这几个人到今还住在银河宾馆天天和赵之筠催款，赵之筠也天天答应给款，等着吧，这些人的旅费耗干了，就自动回去了，这种催款持久战谁也不能进行到底。"

"看来，这五吨绒还在赵之筠的库里？"

"如果你想要这五吨绒，我去和他交涉这笔生意。不管用什么办法，我会把货交给你的。不过，以后赵之筠一旦要是起诉了，还得你出面和法庭通融。"

"我并不是急需要这五吨货，而是觉得他这个人太不讲义气和商业道德。"

"理解你的意思，借助我的力量来向他反击。"田野冷冷地注视着卢绍谋。

"明白我的意思也好，不会让你吃亏的。"卢绍谋的表情有点窘，因为田野一针见血地指出他内心所想的一切。

"不。我这样做，只是作为一种对友谊的回报，一种互相之间利益的交换，因为你曾经帮过我。"田野猛然站起来，又在地上踱起步子。他背着手，步子迈得很慢，镜片后面射出的两道光死死盯着猩红色的地毯，他已经考虑到从卢绍谋手里拿走这一百万元不是轻而易举的事，但他一定要拿到手。

卢绍谋目不转睛地盯着他，好一会儿才说："你执笔起草合同书吧。"田野并不理会他的话，还在踱步，大约又走了五六分钟，才停住脚. 果断地说："是该订份合同，双方都有个制约。恕我直言问，剩余的一百万款如果你到期还不了，怎么办？"

"还不了我可以把机器折七成的价拍卖给你。"卢绍谋的回答十分干脆，因为他压根没把这事放在心上。卫达公司的实力是雄厚的，根本不存在还不了的问题。田野的担心是多余的，但为了让他对自己产生足够的信任感，卢绍谋显出一副财大气粗、胸有成竹的样子。田野满意地笑了笑说："好，一言为定。"

他俩在合同书上签了字。

田野认真地把合同放进皮夹里，顺口随便问："听说，无毛绒的出口价格有下跌的迹象？卢经理，你刚从深圳回来，信息比我们灵通。"

"无毛绒国际行情的下跌，外贸生意是受到很大的损失，本来已经快要成交的生意半途而废，经济上的损失确实是我们想象不到的。"

"你们和沙东公司的生意是直接成交？还是和中间商成交？"

"拉到深圳的那十吨货是直接成交，因为有出口批文。至于以后生产的绒，还没做计划。能搞到批文就直接成交，搞不到，就通过中间商。深圳许多公司都是中间商，全凭接外汇赚钱。每年的利润就是几百万。"

"你们卫达贸易公司真不简单。"田野由衷地说出这句话。

"和深圳一些公司比起来，差远了。咱们这地方太闭塞，经济改革和沿海一带开放城市比起来，简直相差几十年。"卢绍谋感慨地说："深圳轻工业纺织公司，下属共十个部，每个部最多三个人。每年就向总公司上缴利润三十万元。在咱们这地方，几十个人的贸易公司一年赚个二三万算好单位。三十万和三万这不是数字上的差距，而是经济和人员素质上的差距。"

"深圳人最大的特点是敢闯敢冒险，敢于走自己的路。"

"是啊，我们北方人缺乏的就是这种精神。南方人的生意原则是：'赔本的生意不做，掉脑袋的生意敢做。'咱们这里的人敢这么去想吗？"

"卢经理，你和沙东公司订的这份白山羊无毛绒合同履行期是多长？"

"六个月。"

"能完成吗？"

"你不是愿意为我提供货源吗？"

"哈哈哈……"他俩同时大笑起来，相互配合得是多么默契。卢绍谋内心却有一种说不出的苦衷。沙东公司这份合同靠得住吗？时局的变化已经波及这场生意，但沙东公司的老板却十分诡秘，既不放弃合同，也不给汇大货款。只汇进五十万预付款就让他报关发货，这可能吗？卢绍谋再傻也不可能把这十吨货发过去。双方一直僵持着，他也明白，沙东公司的老板是在等待着国际市场行情，这种沉默和等待绝不是好兆头。

［五］

田野从卫达公司出来，就直接到三楼服务台找青柳儿。青柳儿正在打扫房间，见田野过来，放下手中的扫帚，不由自主低下了头。

"青柳儿，那天我不该那样对待你。"田野那张白净迷人的脸上充满了歉意。上次对待青柳儿的态度是粗暴的，甚至有点野蛮。

"田野，是我不好，伤了你的心。"她的眼里满含着幽怨的光："其实，我并没干什么，真的，我可以发誓。"

"不要说了，我不是来听你解释的。"田野摆了摆手，用一种自我解嘲的绝望口气说："我在你的眼里大概是个讨厌的恶棍吧。"

"不，我从来没那样去看你，只求你原谅我。"青柳儿显得极为内疚，不敢正视田野那双藏在镜片后面的眼睛。

田野似乎并没有注意听她的道白，拉开皮夹子，取出一张一万元的现金支票递给她："给，你不是急用钱吗？"

"田野。"青柳儿的眼里露出惊讶疑惑的神色，她不敢伸手去接这张支票。

"拿着，是我借给你的。"田野的口气是命令式的，他不想让青柳儿的自尊心受到伤害，又补充了一句："你父亲出来挣上钱再还给我。"

"你和米岚商量了吗？"她怯生生地问。

田野收敛了笑容，脸阴沉下来："这不关你的事。"随后转身慢慢向楼下走去。青柳儿目送着他，身上似乎有一部分东西也随着田野而去。她飞快追下楼，两眼满是泪水，大声喊着："田野！"

田野没有回头，蹒跚地远去。痛苦使青柳儿改变了呼吸，手里捏着那张支票，就像捏着田野的一颗心。望着那渐渐远去的身影，童年的欢乐像梦一样从她的脑海里稍纵即逝般流过，她再也找不出第二个能使这颗心燃烧得如此火热，跳动得如此激烈的男人了。此刻，她不由地想起米岚，这个夺走田野的女人一定是善良大方的。但田野会真心爱她吗？不！田野一直在爱着自己。一想到他与那个女人在一起，嫉妒就如同毒汁一般流遍她全身。她哭了，哭得很伤心。

那天，她与米岚在田野的办公室相遇时，米岚的眼神很奇怪，目光如同一根根尖尖的毒箭，射进她的胸脯里。她疼痛难忍，但又不能发作。夜里，她静静地躺在床上，想起家里那条铺着凉席的土炕，想起田野，想起两小无猜的童年时代。村边那条小河旁，目光在清粼粼的水面上跳跃，亮晶晶的星星像一颗颗珍珠洒进河里，她和田野在河里抓青蛙，在草丛中捉蝈蝈，要不坐在青石板上，双脚伸进流水中，溅起无数美丽的水花。并常常幻想着，月亮是只小船该多好呀，她和田野坐在船上，撒网去打捞星星，这星星一定比玻璃球好玩多了，一定亮得能照见人……每逢放学后，他俩爬到土炕上，一块复习功课，写作业。有时，田野故意从院子里那棵杨树上捉一条绿色的毛毛虫偷偷放进她的铅笔盒里。她吓得哭起来，发誓再不理他。但第二天，两人又到了一块……

　　她梦见和田野躺在草地上，一片蓝色的马莲花掩盖着他们。头顶是茂密的杨树，阳光透过树叶的缝隙洒在他们身上，暖洋洋的，心儿完全陶醉了，飘来荡去的不知在干什么？田野裸着身子，露出一个软绵绵的东西，像一只可怜的小雀儿，缩进一堆毛茸茸的草丛里，那草丛是黑色的，雀儿也没有一根羽毛。青柳儿想捉住它，哪知，她刚一伸手，雀儿就变成一个胖胖的婴儿。奇怪了，没男人怎么会有孩子呢？这是试管婴儿，人类最好的优生法就在于选种。现在，科学家不仅在做试管婴儿的试验，而且要做复制天才的试验，许多诺贝尔奖奖金获得者，艺术大师都愿意献出自己的精液来复制天才。青柳儿想不起来在哪儿见过这样的科学报道，对了，在《未来世界》这本杂志上。她不希望自己的孩子是试管婴儿，而是盼田野给自己一个孩子。

第十三章
不见兔子不撒鹰

［一］

田野第一次和赵之筹洽谈业务。当他把名片递过去时，赵之筹漫不经心地看了一眼，然后，很随便地塞进桌上那块玻璃板下面。这种举止无疑对田野是一种莫大的轻视。这位在生意场上九滚十八跌的眼镜蛇，极力控制着内心的恼怒，仍然从那副墨镜后面，冷冷地打量着对方。两人只隔着一张宽大的办公桌，赵之筹背靠转椅悠闲地吸着烟。

田野客气地说："赵经理，我来和你洽谈一笔生意。"

"什么生意？"赵之筹慢慢掸掉烟灰，声音干巴巴地。

"山羊绒。"

"你们也经营羊绒生意？"他的口气中含着几分鄙夷。

"赚钱的生意，谁都抢着做。"

"你准备买几吨货？"

"五吨。"

"有那么大的资金吗？听说你们做的都是空手道生意。"

"空手道？无稽之谈，难道我们的碱厂也是空架子吗？"

"你欠的外债和你碱厂的固定资产正好是等号。"

"你估计错了，是负号，外债大于固定资产。但这些问题，不在你我探讨的范畴之内。"

"不，我不会和一个债务累累的公司做生意的。"

"你是怕我拿不出这笔资金？"田野把一张八十万元的通用汇票扔在桌上："这大概不会是假的吧？"

赵之筠拿起汇票迅速地看了一遍，然后抬起头，专注地望着田野，足足有一分钟之久，这目光使田野难以忍受地咬紧了嘴唇。"你出什么价接货？"

"看你是哪一路羊绒了？"

"八五路的。"

"你先开个价吧。"

"每市斤五十五元。"赵之筠说得十分干脆。

"太高了吧？"

"我们是国营单位，不同于其他个体贸易公司，价格向来是公平合理的。"

"据我了解，这几吨绒的底价是四十五元，你们的赚头也太大了吧？"

赵之筠脸色变得不大自然了，但尽量装出一副轻松自如的样子，他笑了笑说："你要是诚心要货，价格可以再商谈。不过，和我做生意完全是现金交易，不赊不欠。"

"当然是现金交易了，明天这张汇票入了账，给你开支票过来。"

"把支票的转账底单给我就行了。"

"赵经理，你也太精明了吧，只有傻瓜才会那样干。我连一根羊绒也没见着，就给你汇款，那是不可能的。反过来说，款进了账，你不给我们货呢？"

"这么大的畜产公司能骗你们吗？"

"不管你是国营还是个体，我要的是羊绒。不见兔子不撒鹰，我想，你也该明白这个道理。"

"好吧，想看货，让保管员领你去库里。看准了货，价格和成交的具体方法咱们再商量。"赵之筠站起来，招呼保管员领田野去验货。

[二]

"小姐，跳舞吗？"田野很有礼貌地伸出手，邀请茉莉花。

"对不起，我很累，想休息一下。"茉莉花那双极其妩媚动人的黑眼睛里闪过轻慢的目光，那张小巧而殷红的嘴唇微微张着，带着一种近乎恶意的微笑。

"看来，茉莉花小姐是看不起我们田经理了。"彦君打趣地说。

莉莉抬起头，转动着那双黝黑美丽、卖弄风情的眼睛重新审视着田野。

田野笑笑，坐在她身边用一种恭维的口气说："实在是有点冒昧，莉莉小姐是舞厅的皇后，怎么能陪我跳舞呢？"

莉莉最喜欢让人奉承，听了田野这几句话很开心得意，用一种调情的口气问："你在哪个公司任职？"

"米氏有限公司。"

"噢！想起来了，你的外号叫眼镜蛇。"

"你看我像条眼镜蛇吗？"

"对不起，本人不会相面。不过，我很喜欢喝蛇胆汁，那是很高级的营养补品。"莉莉站起来，脸上呈现出歉意的微笑："咱们跳舞吧。"她落落大方地向田野伸出手。

这是一曲《一路平安》，色彩变幻的灯光渐渐把人们的情绪推向高潮。田野挽着莉莉手臂，从容走进舞池。他放肆地搂紧她的腰，莉莉的那些男舞伴向他投来嫉妒的眼光，田野充满自信的眼神里，闪烁着挑衅的光芒。乐曲终止后，他俯在莉莉的耳边低声说："莉莉小姐，我想请你喝冷饮。"田野的邀请温文尔雅，十分得体。

莉莉点点头，和他一块走进冷饮厅。

"莉莉小姐，你想喝点什么？"

"来一杯咖啡，请不要放糖。"莉莉脸上的笑容颇为动人，但不失矜持。

"看来，你喜欢喝苦咖啡。"

"苦咖啡更有刺激性。"

"抽烟吗？"田野把一盒黑猫牌香烟扔过去："你的舞姿真美，能和你在一起跳舞，非常荣幸。"

"你不经常来这儿吧？"

"公司里的事很多，没时间。"

"你们米氏公司经营什么生意？"

"以皮毛为主，还兼营一些化工原料。看来，莉莉小姐对生意也颇感兴趣。"

"我只是随便问问。"她的情绪有点低落。

"认识你很高兴。"田野向她举起了饮料杯，莉莉没有抬头望他，只是凝视着杯中橙黄色的液体。

"谢谢你的招待。"她也举杯呷了一口咖啡。

"莉莉小姐，我想托你办点事。"田野有点难开口，说话也变得吞吞吐吐。

"什么事？"

"你认识畜产公司的赵之筠吗？"

"认识。"莉莉的回答十分坦率。

"他们那里有五吨山羊绒，我们公司想买但价格太高。"

"你今天请我来就是为这事吗？"

"今晚我们的认识非常愉快，难道不是值得回忆的瞬间吗？"

"这样的瞬间太多了，我感到很乏味儿。直说吧，找我究竟要办啥事？"莉莉撇了一下嘴唇，脸上的表情有点不耐烦了。

"想让你和赵之筠商谈一下这五吨山羊绒的价格。"

"生意上的事，我不大感兴趣。"

"你对钱难道也不感兴趣吗？"

"我能得到多少好处费？"

"如果能把每市斤的价格降到五十元以下，我给你和赵之筠每人五千元的好处费，这笔钱不费吹灰之力就挣到了手，难道还不划算？"

"我和赵之筠只是萍水相逢。"莉莉的脸上慢慢浮起一种沉思的微笑，"这事恐怕不会有多大的希望。"

"面对五千元的好处费他不可能无动于衷吧？"

"你为什么不和他直接交谈呢？"

"除非是傻瓜才会公开接收贿赂钱。他是个十分谨慎的人，不可能开诚布公地和我提出这个问题。"

"我试试看。不过，事情一旦办成了，这笔货款怎么付？"

"一拉货就兑现，全部给你现金。"

"好！一言为定。"莉莉站起来轻轻地和田野握握手。

"明天中午我等你的电话。"田野把一张名片递给她。

莉莉那娇媚的身姿从田野的视线消失后，他才站起身，正准备向外走，彦君进来压低声音问："谈得怎么样？"

"希望不大，她说和赵之筠只是萍水相逢。"

"你怎么也犯糊涂。如果说他俩关系好，不是公开表白自己的隐私吗？"

"成功与否明天中午她来电话后就清楚啦。"

"我看问题不大。你没听说，最有威力的是床上的功夫枕边的风。况且，赵之筠又十分宠爱莉莉。"彦君很有把握地说。

他俩边说边走出舞厅。

〔三〕

沿街的霓虹灯开始闪烁，五颜六色的光辉，把两旁的人行道映照得斑驳绚丽。出租汽车鸣叫着喇叭，疯狂地奔驰着，空气中弥漫着浓重的汽油味儿。他俩在马路上慢慢散步，好一会儿，田野才问："那五百箱橘子罐头都摇碎了？"

"摇碎了，每一瓶都变得又混又沌，我都做了详细检查，然后，又重新打好包装，整个过程进行的都很顺利。"

"明天，全部拉到饲料公司的大仓库里，和那一万件罐头放在一起。再给四川巴县罐头厂发一份加急电报，说货不合格，请他们来验收。另外。再去通知一下防疫站食品科的小马，明晚到西苑大酒店吃饭。让他出面检验一下罐头的质量。先把化验单拿到手打起官司就有主动权了。"

"我的老同学，你这样做也真够损的。"

"不损行吗？这叫逼上梁山。我们把人家的罐头拉回来了，七天后付不了款，就得吃官司，赔偿对方的损失。我不想个万全之策来对付行吗？"田野显得有点无可奈何："你把那些女工都打发走了吗？"

"走了，她们不会知道内幕的。"

"这事一定要保密，抓紧时间来处理。"

"田野，关键这批货是我验收的，合同上也写得很明白。"

"你验货也只验十几件，几十件，不可能把这一万件罐头都打开验吧？"

"这事如果被对方识破？"彦君有点焦虑不安，田野的诡计使他心惊肉跳。

"怎么能识破呢？他有能耐，就把这些罐头全部打开。五百件变质罐头也足够说明问题了。再说，腐烂变质的食品都由当地防疫站来酌情处理，货到了咱们这里就由不得他了。"

"米岚好像看出了什么，追问过我好几次关于这笔生意的事。"

"过几天，我让她去河南催款。等事情处理完毕，即使知道也没什么，为公司赚钱，大家都有利。这一万件罐头，最低也折一半价。这样，咱们就可以赚二十万。"

"这样做，我总觉得心不安，理不得。"

"这有什么？哪一个大投机商不是利用手段来吞并同伙，只有这样，才能成功。"

"田野，真没想到，你会变成一位心冷如铁的利己主义者。"

"印度的莽原造就了大象的长鼻，非洲热带雨林选择长颈鹿的脖子。而险恶的生意场，使我变得铁石心肠。有时，也为自己的变化感到吃惊，但温情和善良是最危险的自我残杀。这是一个异化了的社会，我们都是被异化了的人啊。"田野的神色有点颓然，他俩都放慢了脚步，各自想着心思。

"你去咨询没有？朱老大的账号上还有多少钱？"田野突然问。

"十万零八千元，这是他的全部家底。"

"仓南公司让代销的那批编织袋共是多少万元的货？"

"也就是十几万。"

"好，把这些货卖给朱老大。"

"田野，你简直是异想天开，朱老大又没喝上煤油，买你那堆滞销货干啥？"

"我会让他买的。"

"你这人真毒！"

"我不想当一条名不符实的眼镜蛇。"

深夜，整个明珠市从喧嚣中慢慢解脱出来，变得温柔宁静。冥冥深碧的黑暗淹没了缤纷缭乱、五光十色的城市景象。各种动物都在进行着雄雌交配，地球在旋转，时针在一点点朝前走……田野的整个情绪都进入另一种境界，心也是一片碧澄无云的晴空，那始终存在而无形的灵魂又在这个晴空里自由地驰骋，但现实的黑影屡屡飘过来，阴影遮住了那块圣洁的晴空，渐渐骤涌在他的心室，他再也不能忽视那残酷的现实，于是，一种敢于和这种现实挑战的深思熟虑的神色浮现在脸上。

近日，他的碱厂开始投产，生产出来的烧碱已经源源不断地发给催货的客户，燃眉之急是解决了，但米氏贸易公司的业务却是一片萧条，米岚去河南造纸厂催款到今未回来，账面上一分钱也没有，但又想做大生意，没有过硬的空手道功夫是改变不了这种局面的。他的问题是急于弄一笔现款。田野从来也不习惯和银行贷款，筹建碱厂时都没贷过一分钱。他不想和信贷科这帮血吸虫打交道，这些人就像一条伏在沙滩的鲨鱼，张大嘴巴等着你去喂养它，田野才不花这种冤枉钱呢，因为他也想做鲨鱼，也在时时计划着如何来吃掉别人。如果没有这点残忍性和毒辣性，那就不是眼镜蛇了。他决定经营山羊绒、无毛绒的生意。因为，我国是饲养山羊历史悠久的国度之一，山羊绒的产品居世界第一位。一些羊绒产品备受外国友人的青睐，尤其是阿尔巴斯山羊绒，被誉为"纤维宝石"。羊绒产品远销英国、美国、法国、意大利、日本等国家和地区。现在，据世界经济参考消息报道，我国无毛绒的出口量在八九年已占全世界出口量比例百分之六十。而且每吨的价格涨到一百二十万，这是空前未有的最高价格了。随着无毛绒的涨价，原绒的价也涨到每市斤六十元。从目前来说，羊绒生意的利润仅次于黄金。因此，开发和利用丰富的山羊绒资源，是发展和繁荣生意的最佳选择。田野深知，只有这条路才能使他再度财运亨通。但经营绒的生意，是需要大本钱的。唯一的办法，是利用他的碱厂这个强大的经济实体做幌子来不择手段地往回搞货，无论什么货，只要搞到手，就可以变成钱。在这几年的经商中，他得出一条经验，成事在天，谋事在人。这个世界的真正主宰不是什么奋斗、拼搏，而是偶然。

[四]

　　这是一个星空灿烂的夜晚，赵之筠和莉莉相携相伴悠然走进"红太阳"舞厅。赵之筠不抽烟不喝酒，唯一的爱好是跳舞。他那不凡的气度，优雅的舞姿，让舞迷们倾倒，称他"白马王子"。此刻，他放胆搂着莉莉袅娜的身段，抬眼盯着那对亮丽的眸子，在优美的乐曲声中如醉如痴地跳着华尔兹。莉莉也递给他一个柔情的微笑。

"莉莉，你真美！"他情不自禁地说出这句惯用的台词。

"巩妮萍不也很美嘛。"莉莉的醋意显在脸上，娇滴滴地说。

"她怎么能和你媲美呢？"赵之筠的口气中含有几分惋惜，"再美的东西，只要放进家庭这个匣子里，就会腐烂变质。"

"看来，你今晚是从那个匣子里逃出来，呼吸新鲜空气的。"莉莉用一种嘲讽的口气说。

"不，我是想你啦。"赵之筠眼里流露出对莉莉的爱慕。

"我不给你电话，你恐怕一辈子也想不起我。"莉莉的声音娇滴滴的，轻轻地倚在赵之筠身上，脸向他凑过去，嘴唇触到他的耳边："今晚不要回去了？"

赵之筠点点头，该找个什么借口向巩妮萍交代呢？妻子一旦发现自己和莉莉的关系又会怎么样呢？莉莉一眼就看出他这种矛盾的心理，直截了当地说："你不要作难啦，和我相处，也只是逢场作戏，蜻蜓点水罢了。"莉莉的脸上闪过一丝悲凉的苦笑。

"不，我是真心爱你，有机会，我一定领你出去好好旅游一次，你喜欢到哪里，尽管说话。"赵之筠极力表白对莉莉的爱意，轻轻在她的前额吻了一下。

"我好累，哪儿也不想去。"莉莉突然甩开他的手说："我不想跳啦。"

两人走出舞厅，莉莉的眼神里传递着一种令赵之筠渴望已久的感觉，他们又打车向郊外度假村驰去。满天的繁星，使一切爱恋者无一不感受着一种难以言状的深邃之美，满眼的鲜花渗透清香，他们躺在松软的草坪上，爱情的夜洒下温柔的月光将俩人溶在一起……

"米氏公司的经理找我了。"莉莉瘫软地躺在赵之筠怀里，把话转向正题。

"眼镜蛇？他找你干吗？"赵之筠吃惊地问。

"他想买你手里那五吨羊绒。"

"这条眼镜蛇，简直是无孔不入，他怎么知道你和我的关系？"赵之筠皱着眉，心里好不痛快。

"你也不要把他想得太坏，对你有利的生意为何不做呢？"

"看来，你对他还颇感兴趣？"赵之筠的口气略带醋意。

"我根本瞧不起他，一个暴发户土包子。不过，利用他赚点钱未尝不可。"莉莉不以为然地说。

"我是不想和这个人打交道。"

"能赚钱的生意为何要放弃？你不是要领我出去旅游吗？"

"你不要小看这条眼镜蛇，连卢绍谋都在他手里栽过跟头。"

"你也不要过分小心，他不给你钱，你不给他货。不好出面的地方由我来应付，难道你连我也信不过？"莉莉又向他撒起娇，柔软纤细的手指在他的身上抚来摸去，最后停留在那个已经疲软的阳具上。赵之筠禁不住莉莉的诱惑，不由地又是一阵兴奋，一阵激动，猛地翻到莉莉身上……

"莉莉，这笔好处费一拿到手，我就领你去南方旅游，咱们好好玩上十几天。"赵之筠从莉莉身上获得了与妻子异样的体验，一种醉心而清爽的激动。她的呻吟，她的娇滴，她的令人销魂的亲吻，使他痴迷陶醉，如坠云里雾中。

［五］

田野又一次走进赵之筠办公室，在这张宽阔的老板桌前，两人进行着一场讨价还价的商谈。

"你那货每斤根本不值五十五元，含沙土太大，手感十分粗糙，长度也不够三十七厘米，最多达到八二路的标准。"田野把这几吨货说得一钱不值，尽量从质量上挑毛病。他心里已经有了底，因为中午莉莉来了电话，告诉他羊绒价已和赵之筠谈妥。

"这批货叫你这么一说，真是一钱不值了。看来，我非得赔本卖了，你还个价吧。"赵之筠笑呵呵地说。

"五十元。"

他俩像在演一幕不能解释的哑剧，互相对视着，心照不宣。

"莉莉的那笔费用怎么付？"赵之筠压低声音向田野投去不信任的一瞥。

"货装上了车就全部付给她现金。"田野的回答十分干脆。

"咱们签订合同吧。"

田野执笔起草这份合同书。他对这笔生意的每一个环节都十分重视，尤其是写在合同纸上的每一句话，都要负有一定的法律责任的。双方一旦打起官司，往往因为一字之差就能取决于案子的输赢。他写每一个字都十分小心，反复推敲才落笔。既要双方制约，又不至于陷入圈套。他强调了成交方法和付款方法。

"你带的是通用汇票还是支票？"赵之筠加重语气问。

"支票。"田野从皮夹里取出一张转账支票递给赵之筠："金额按羊绒的净重来计算，等过了秤再填写吧。"

"既然你不办理入账手续，我还得给银行打电话咨询一下。"

"可以，我们都是本市人，谁也骗不了谁。再说，中间还有莉莉。"田野坦然地说。

半个小时后，电话打通了。银行的答复使赵之筠很放心。米氏公司的账面上有七十多万款。于是，他让工人们开始装货、过秤，整整忙了一下午，五吨货总算装上了车。

莉莉坐着小车来了，她接到赵之筠的电话才准时赶到。

"田经理，我们不能言而无信吧。"莉莉打开车门，招呼田野上车。

"谢谢你的配合，这是酬劳费，整整一万元，你数一下。"田野很爽快地从皮包里取出十捆拾元票面的人民币递给莉莉。

莉莉满意地点点头，把钱装进提包。

"今后如果再出现什么麻烦事，还得莉莉小姐帮忙。"

"放心吧，你是个有信誉的人，我会帮你的。"说罢，她从车窗里探出头。向站在仓库门口的赵之筠摆摆手，暗示他好处费已拿到手，可以让羊绒车开走了。

田野很顺利地把五吨羊绒搞到了手。第二天银行一上班，他就通知米岚把公司账户上那七十万款转到烧碱厂。

赵之筠让会计去办理支票转账手续，哪知得到的答复是："支票是空头的，账上没款。"赵之筠大怒，知道自己上了当，马上去找田野："你割了我的草。"

"赵经理，请你说话注意用词，我是买了你的货。"

"钱呢？你拿一张空头支票来骗我们？"赵之筠气得脸都变了形："少废话，按合同办事，不赊不欠。"

"赵经理，请你冷静点，合同是怎么写的，你再仔细看看。"田野拿出合同认真念起来："付款方法：'需方拉走货，以支票和供方进行结算。'我给你的难道不是支票？至于入账日期，账户上有了款，银行会通知你的。"

"你这条恶毒的眼镜蛇，我要起诉你。"赵之筠咬牙切齿地说。

"起诉吧。五十万元的金额，就得先交法院二万元的诉讼费。你不觉得不划算吗？再说，你本人作为一个国家干部，受贿五千元，也够得上法律惩治了。"

"眼镜蛇，你不要疯狗乱咬人，谁拿了五千元？"赵之筠像被蛇蜇了一下，猛地跳起来，大声质问。

"赵经理，咱们不要再演戏了。你想听听吗？"田野从抽屉里拿出一个袖珍录音机，按下了键钮：

"莉莉小姐，你把钱给赵之筠没有？"

"田经理，这还用你嘱咐吗？给了他五千……"

这是一阵长久的令人尴尬的静默，他俩互相对视着，此时此刻，赵之筠真是哑巴吃黄连，有苦难言。能说什么呢？他明白自己已经陷入田野设计的圈套中，他恼怒、气愤、憎恨……但一切都无济于事，好汉不吃眼前亏，强装笑脸故作镇静地问："田经理，这笔款你打算多会儿付？"

"因为这货交给了卢绍谋，等他付了我款后就马上给你，不会拖多长时间的。如果你实在等不及，我库里有罐头。上等的四川无核蜜橘罐头，可以给你五十万元的货。"

"你真会做生意，向我推销罐头？简直是乱弹琴。我们是畜产公司而不是副食品商店。"

"畜产公司的职工难道不爱吃罐头？每人给他们发几箱，也表明你这个当经理的对职工的关心。再说，你不是也欠外单位的款吗？也可以用罐头去顶账。现在，不是提倡国家、集体、个人三兼顾吗？

从账面上看，这笔生意的成交你还给畜产公司赢利了五万元。你个人也得了利，这还不是三全其美的事？"

赵之筠没有回答。显然，思想在进行着激烈的斗争。

"抽支烟吧？"田野掏出香烟。

他极不情愿地接过烟，田野给他点了火。

赵之筠眼睁睁地望着那闪着红光的烟头，大口大口地吐着烟圈，烟圈在他头顶上慢慢扩大，然后向四周散去。他颓然地坐在椅子上，寂然不动了。好一会儿，才开了口："你的圈套设计得圆滑机巧，天衣无缝。我简直不敢相信，你的情感细胞里还有没有一点人性？"

"哈哈哈……和你相比，我是小巫见大巫。"田野摸着后脑勺笑笑说。

"记住，我赵之筠不会受你排调的，咱们走着瞧！"他把烟头扔在地上，用脚狠狠地踩灭，头也不回向外走去。

[六]

四川罐头厂业务科的梁科长看着摆在面前的这些变质罐头，顿时傻了眼"这不可能，不可能，我们厂从来没有生产过这样的罐头。"

"梁科长，这罐头难道不是你们厂生产的？"田野冷冷地反问。

梁科长用怀疑的目光盯着这些货，仔细打量检查着每一箱罐头的打包带和原封未动的胶粘封口条，执意要全部验货。

"验吧，彦君，你去顾人来拆包装。"田野从容不迫地说。

整整验了一天，打开了几百箱，但没有一瓶罐头符合质量要求，轻重不同的都带沉淀、混沌现象。梁科长泄气了，无力地倒在椅子上，摆摆手，示意工人不要再拆箱了。

"梁科长，防疫站食品科的小马同志来了，他要和你亲自谈一下这批罐头的处理问题。"彦君过来通知他。

"这批罐头，经过化验，都已沉淀变质，按照卫生防疫条例全部销毁。"

"马同志，请你高抬贵手吧，这整整是四十万元的货，我们一个小集体厂子，怎么能赔得起呢。"梁科长拖着哭腔哀求着。

"没办法，我是履行公务，照章办事。这种罐头有人吃了，一旦食物中毒，责任咱们谁能担得起呢？"小马已吃了贿赂，完全照着田野的安排行事。

"田经理，你是当地人，和小马同志说说，千万别销毁。其实，这都是刚出厂的罐头，也没有过期，怎么能变质呢？"

"密封不好，不管时间长短，都容易变质。"

"但吃起来却没有一点异味儿。"

"难道让顾客先尝后买吗？"田野显出一副为难的样子："梁科长，我去和马同志通融一下，让他放一码，你把货全部拉走算了。"

"拉走？来回运费又得往里搭多少钱？"梁科长愁眉不展。

"那你说怎么办？我的损失也不小，短途运费，租赁仓库费，人工搬运费……"田野一下子连数了十几项损失费，"按合同，你应该赔偿我这笔钱，但我不是那种乘人之危而牟取暴利的人。你既不想往回运，又不想销毁，那你说怎么办？"

"田经理，你是本地人，人常说：'货到地头死'，我全靠你了，厂子里几百号工人还等这笔钱开工资啊。"

"我也实在是无能为力，防疫站这一关不好过啊。"

"你权当帮我们忙，我求求你。"梁科长几乎要给田野跪下了。

"梁科长，我不敢给你打保票，能卖了尽量卖，能卖多少算多少，但实在卖不出去，也没有办法了，你再过来把货拉走。咱们是买卖不成情意在，我非常感谢你对我们公司的信任。"田野摆出一副为朋友宁愿肝脑涂地的样子。

梁科长被这一席话感动地不住弯腰点头。

"这份合同得重新修改一下。"田野皱了皱眉，无可奈何地叹了口气。

"怎么个修改法？"

"把购销合同改为代销合同。"

"价格呢？"梁科长问。

"你说吧，这种货能卖多少钱？还不明摆着。"田野逼他开口说价。

"每瓶先按八角处理，全部销完后，再给你们公司百分之三的劳务费。"

"哈哈哈，梁科长，那点钱还不够我打点防疫站那些门神呢，我一分钱的好处费也不能挣你的，这种情况下我要是挣了你的钱，这不是落井下石啊吗？"

在无比和谐的气氛中，他们双方又签订了代销合同，田野终于把这四十万元的罐头拿到了手。当梁科长打道回府后，他就打电话通知赵之筠来拉罐头，如果不想要这货，就继续等待。赵之筠一听这话，气得七窍生烟。但有什么办法呢？他实在不能再等了，来和他催款的人也天天接待不完，自己何不来个照猫画虎，照葫芦画瓢，用这罐头来顶账呢？他有苦难言，五千元贿赂堵住了嘴巴。畜产公司仓库里原存放的五吨山羊绒变成了一万箱罐头，从账面上看，这笔业务还赢利了五万元，但真正受到损失的又是谁呢？赵之筠仍然心安理得地主持着公司的全盘工作。

第十四章
天堂的门是窄的

［一］

晚上，在深圳天使夜总会，客人们渐渐多起来了。李剑按电话里告诉的位置坐下来。在他对面，已经坐着一位时髦漂亮的小姐。她看见李剑，大而乌亮的美目忽闪着，最后，目光落在他脸上，客气地问："您是李先生吧？"

李剑站起来，礼貌地点点头。

"陈老板马上就过来，请您稍等片刻。"她的微笑很美，很迷人，皮肤白嫩细腻。灯光下，披在肩上的黑发变成了棕黄色，显得更加妩媚。尖尖的红指甲亮闪闪的，食指和中指间夹着一支香烟。

"你是……"没等李剑开口问。她就从皮夹里抽出一张名片递过去："我是陈老板的秘书，奥明珠。"

"奥明珠小姐，你好！"李剑伸手和她轻轻握握，也客气地递上名片，"请喝茶。"他为这位小姐斟茶。

"谢谢！"奥明珠接过茶杯。在漂亮的小姐面前，李剑的举止文雅持重，目光与奥明珠的目光相遇时，并没有退缩，依然大胆地凝视着她，很亲热，很有魅力地笑了。

一个戴着太阳镜，留着一撮小胡子的人走过来。他身穿金利来蓝色粗条纹西服，脚蹬一双老人头美国牌皮鞋，气宇轩昂，一副大亨气派，他坐在椅子上的时间正好是七点钟。外商在洽谈生意时，最讲究的是时间。

　　"李先生，让您久等了。"他客气地接待了李剑。

　　李剑终于见到了这位在世界上享有盛名的绒毛大亨，道深公司的大老板陈川吉野先生了。他尽量使自己变得轻松一点，彬彬有礼地说："陈老板，您好！"在生意的谈判桌上，当用心听别人讲话时，李剑的脸上呈现出谦恭而沉着的微笑，但绝不丧失自尊也丝毫没有屈从俯就的样子。

　　吉野是日本和中国的混血人。身材结实，个子不算高大，虽然头发已花白，但动作显得异常敏捷、迅速，充满活力。他那腴在外面的大腹便便的肚子，被那套精制的西服紧紧掩盖着。浑身透着一股精悍、强硬，有一种完全能够控制自己所统治的那个世界的气魄。

　　道深是英国最出名的经营羊绒生意的公司，在世界享有盛名，世界各大银行都有开户并存有巨额资金。日本、新加坡、马来西亚等地建有庞大的羊绒纱厂、羊绒衫厂，固定资产高达几百个亿。每年，中国白山羊无毛绒的出口生意，无论通过什么渠道，最后，都流入道深公司。凡是经营无毛绒生意的都会对陈川吉野先生肃然起敬，把他当财神爷供奉。他四十岁时，就已成为英国一名举足轻重的羊绒大老板了。但他并不因为事业的成功而沾沾自喜，为了使自己的生意永远独占鳌头，足迹几乎遍布全世界，对各国的羊绒产地了如指掌。虽然没有亲自来过内蒙古，但对阿尔巴斯羊绒是青睐的。那里的羊绒不仅绒质好，长度够，最主要是手感极好，柔软细润，弹性极高。所以，近两年来，他购进原料的目标，几乎都转向大陆。

他要垄断内蒙古的羊绒，但天有不测风云，全球羊绒市场的大跌价搅乱了他的全盘计划。

他们的会晤只有一小时，八点钟以后，陈老板还要乘飞机回英国。李剑用中国最讲究的粤菜招待他。陈老板的态度是友善的。不过，李剑很清楚，在生意场上厮杀久了的人，都具有两重性格，一面是凶狠狡猾，一面是屈从随和。说穿了，就是都具备狼性和羊性。连他本人也是这样，有时候就得把自己扮演成一只善良而令人同情的羊儿。此刻，坐在餐桌上的陈老板，看上去就像一只老山羊，他温温和和慢条斯理地说："你的白山羊无毛绒样品我拿回香港化验了，质量不错，完全符合标准，也是真正的阿尔巴斯白山羊绒。"

李剑的心扑扑直跳，陈老板的话是决定他生意成败的定音鼓，他紧紧盯着吉野那张具有权威性的嘴巴，那一撮令人生畏的黑胡子，小心翼翼地问："陈先生，照这样的货，您能接收多少？"

"如果在一个月前，你有多少货我都能接收。因为，我们道深公司的羊绒企业在世界上也是名列前茅的。"他慢慢端起杯子，喝了一口茶，口气显得有点为难："从我的本意来讲，十分愿意和大陆的商人做生意。因为你们一向主张以诚待人，不是一些道貌岸然的欺世大师。我历来鄙视那些采用欺骗手段做生意的商人。但根据当前国际羊绒市场的趋势，我不得不割爱放弃和你们的生意往来。"

"为什么？"李剑的呼吸紧迫了，额角凸出的青筋在突突地跳动，他无法压抑情绪的波动。

"和你们断绝贸易往来的不止我们道深公司，而是整个西方的贸易网。"陈老板的脸上露出一丝残忍的笑意，声音异常平静，好像并不为这突变的行情下跌而感到意外。

"照您这么说，我们的货一点也不能接收？"李剑的情绪十分沮丧。他清楚，这十吨无毛绒是决定卫达实业公司存亡的最后一张王牌，卢绍谋把全部资金都投放到这笔生意里了。沙东公司终于废弃了和卫达实业公司的合同。他们宁愿丢掉五十万元的预付款，也不再接受这十吨无毛绒。这一突然打击，差一点把李剑急疯了。货压在深圳仓库，每天的费用就是几千元，这样继续耗下去，后果不堪设想。为了挽回残局，他在深圳费了九牛二虎的气力，通过许多中间商的引荐，才有幸和陈川吉野先生见面。如果市场真的如吉野所说，不仅意味着这场生意的全部失败，而且直接导致公司破产和倒闭。身担副经理要职的他，能眼巴巴地看着公司破产吗？

陈老板故意不作正面答复，他一口喝干了杯里的茶水，用带香的餐巾纸擦擦嘴，耸耸肩膀，摆出一副无可奈何的样子："现在，羊绒市场行情的突变，如同强有力的冲击波，全世界都要受到强大的震动和冲击。如果我执意要和你订购这批货，按照下跌价格你不会出售。"他停顿片刻又说："据我分析，山羊无毛绒的价格马上就要下跌，而且下跌得会出乎人们的预料。奉劝你，赶快把积压的货减价出手。"

"不至于那么严重吧？"李剑的语调冷得怕人，他知道陈老板是一只好斗的老狐狸，故意把国际行情说得很糟糕，诱你上钩。

"我的货是不减价的。"他口气斩钉截铁。

陈老板马上领会了李剑的意图，摇摇头，解嘲地大笑起来："李先生，请你不要误会，你的货哪怕每吨减价十万或二十万元。我也不能接受。不仅不能要你的货，就是和贵国签订的长年购货合同也得废弃。你知道吗？我要付出高昂的索赔金额。"

"陈老板，照您这么说，我们的无毛绒非得进行大拍卖不可了？"李剑的眼睛里有一股凛然不可侵犯的神色。

陈老板作了一个有力的手势："是的，非拍卖不可。你们中国确实是一个资源丰富的国家，尤其是山羊绒的出口量，一直占全世界百分之六十的比例，这不是一个简单的数据。全世界只要是做无毛绒生意的，都愿意和中国达成协议，但现在许多国家都已经废弃了协议。那么，你们的无毛绒还卖给谁？一件羊绒衫的价值是一千多元，中国人能穿得起吗？我的部下曾经在深圳作过一次市场调查，这里仅有百分之三的人能穿得起羊绒衫。这是特区，可想而知，内地人恐怕连百分之一也达不到。李先生，你为什么不去正视这一事实呢？"

"别说了！"李剑打断陈老板的话，突然从椅子上站起来，但双腿一软，"咚"的一声又坐在椅子上。他脸色严峻，状态有点失控。

奥明珠走过来，轻轻拍拍他肩膀，温柔地说："李先生，陈老板对你器重，才说这些真言，希望你能领会陈老板的这份心意。"

陈老板从夹子里取出名片递过去，慈善地笑笑说："我相信自己的眼力不会看错，你有经商头脑和魄力，有在生意场上厮杀的胆识和勇气，但缺乏施展你这种本领的良好基地。在国外，像你这样的人，用不了多久就会变成亿万富翁。因为一个商人最宝贵的财富不是钱，而是经商的灵气和胆略。祝你好运。如果有用着我的时候，可以随时联系。"陈川吉野先生把太阳镜摘下来，眨着那双鹰一般锐利的眼睛向他微笑。好一双厉害的眼睛，在这目光的逼视下，李剑的心不由地哆嗦了一下，并机械地伸出手和他握握，嘴里干巴巴地吐出几个字："后会有期，谢谢您的指点。"

这位漂亮的女秘书不情愿地站起来，挽着陈川吉野的胳膊向外走去。她返回头含情脉脉地望了李剑一眼，显然，已对他产生了好感。

[二]

豪华的雅间里。

李剑独自坐在桌前，他让女招待拿来一瓶上等的五粮液，自斟自饮。一位衣着妖艳举止风骚的女郎走过来，拍拍他肩膀，娇滴滴地说："先生，要我来陪您喝酒吗？"李剑神色木然地看了她一眼，不耐烦地摆摆手，陪酒女郎扭动着腰身，向他调情："先生，有什么不愉快的事值得您苦恼和难过呢？"

"谁说我苦恼？"李剑一下站起来，大声说："走吧，我没有钱让你来陪喝酒。"

陪酒女郎不高兴地嘟哝着："吝啬鬼，抠门儿。"

一个衣服疲沓的高个子男人坐在他对面，呆呆地盯着他："我陪你喝一杯。"

"你？"李剑抬起头，厌恶地瞪了他一眼。

"不认识我了？"他抬手摸摸下巴上那黑茬茬的胡子，长长叹了口气，神色阴郁沮丧，"我是南凯。"

"哎呀，南经理，你怎么变成这副模样？"李剑赶快站起来，亲热地握住他的手："我还以为是一位越狱潜逃犯呢，你那胡子快赶上马克思的长了。"

他抬手用十指修整蓬乱的头发，一脸苦笑："我是要去见马克思了。"

"发生了什么事？值得你这么悲观失望？"

"别提啦，一言难尽。老兄，咱们痛痛快快喝几杯。"他给李剑斟满酒，两人对饮："那年广交会分手后，再没见面，没想到在这儿碰到了你。"

"南经理，你和过去简直是判若两人。那时你年轻、帅气、傲慢。如今怎么变成这副狼狈模样？还在海南华丰公司当经理？"

　　南凯点点头，举杯一饮而尽。狠狠地吸着烟，尽情喷吐着满口烟雾："天有不测风云，人有旦夕祸福。我发到港口二百五十万元的混合羊绒，本来可以赚一笔可观的利润。哪知，一夜工夫，就全部赔了。"

　　"怎么赔钱的？"

　　"这批货是卖给加拿大一位客商。结果，这位老板撕毁合同了，你说，这货还卖给谁？"

　　"你们双方有认购书，还怕他跑？"

　　"认购书顶个屁？加拿大老板，为这几吨货扔进一百万元的预付款，我们公司赔进二百万元。外商有钱，赔个一二百万也不至于破产，可这二百万贷款就把我置于死地。"

　　"你也不要太悲观了，加拿大不要，再找其他客户。"

　　"找谁？羊绒价格一直下跌，这些跨国投机商就是想乘人之危等待价格跌到底才购买。"

　　"你打算怎么办？"

　　"没办法，公司天天来电报催我回去，银行贷款早就到期，我偿还不了，唯一的办法是和马克思会面！"

　　"南经理，你怎么能这样想呢？时局的突变，导致我们生意失败，可以说，整个经济领域都受到巨大的损失。难道我们都用生命去作赌注？想办法再做几把生意，把损失补回来。"

　　"没刀子杀不了人。手里没本钱能作什么生意？老兄，不怕你笑话，我已经整整吃了五天方便面了。"

　　"你住在哪儿？"

"沙嘴街一家小旅馆。想当年咱们一块住东方大宾馆，是多么豪华阔气，挥金如土。如今，穷困潦倒，一文不名，沦落街头。这简直是一场可怕的梦。"

　　"南经理，我抽时间一定去看你，今天，身上也没带多少钱。实在抱歉。"李剑从兜里掏出几百元钱递给他："拿着吧，凑合着渡过难关再说。"

　　"李经理，我不是来向你讨钱的。"他猛地垂下头，眼里射出绝望疯狂的光："钱这玩意儿，需要它的时候，可以搭上一条命去索取；但不需要的时候，擦屁股还嫌它硬呢。"他站起来，跟跟踉踉地向门外走去。

　　"南经理，你千万不能胡思乱想，我一定帮你想办法，咱们一块来渡难关。"

　　南凯没有回头，身子摇晃着隐匿在黑暗之中。

　　李剑仍然呆呆地坐在桌前，那举着酒杯的手变得僵直了……台上开始表演节目，表演者是位妙龄女郎，那性感的带刺激性的表演动作，赢来观众的阵阵掌声，台上的灯光忽明忽暗……

　　李剑醉得很厉害，浑身的肌肉、血液、五脏六腑都被酒精浸透了。他处在一种既痛苦又麻木的状态，凝视着那个快要喝干的五粮液酒瓶，嘴角出现了一丝阴鸷而嘲讽的冷笑。这瓶子仿佛是一个定时炸弹，只要伸手摸一下就会马上爆炸似的。愚蠢！我为什么要等着它爆炸呢？为什么不早早离开呢？为什么不去选择自己的路呢？他感到了这个酒瓶子的巨大威力和分量，于是，慢慢地从椅子上站起来，双手托着桌子边缘，向女招待挥挥手，示意她来结账。他极力使自己的身子保持平衡，不想倒下去。身体在逐渐地发轻、发热、脚跟也轻飘飘的，像失去了地球的吸引力……

他摇摇晃晃走出天使夜总会。清凉的夜风扑面吹来，那滚烫的大脑里闪动萦绕着各种怪诞的思想和情绪。和陈川吉野先生的会谈，使他产生了自卑自怜的感觉，这种自卑压得他喘不过气来。过去，总认为自己是强者，是一条硬汉子，是富翁。但和陈老板比较，只是个可怜的乞丐。李剑第一次这样轻蔑和看不起自己。

[三]

李剑和卢绍谋在电话里作了长达一小时的交谈："绍谋，厂里又梳出多少无毛绒？暂时不要往深圳送了。这十吨无毛绒还是压着销不出去。"一种涩味而沉重的痛苦在内心翻滚，他强迫自己镇静，脸孔活像一块铅板，没有一丝表情。

"搞什么名堂？前几天你不是说飞达公司准备接货吗？"

"那只是前几天的事了。何况，我已作了咨询，他们的 LC(信用卡) 根本没进汇丰银行。现在，国际行情的突变对咱们十分不利。今天我好不容易又找到一家客户，但每吨的 FOB(离岸价) 只给到六十万元，你看卖不卖？"他虽然是生意老手了，在与众多的对手较量时，从来也没有失败过。可是现在，却感到束手无策，穷途末路。

"这还用问我？你难道不核算一下，按这个价，咱们每一吨无毛绒就要赔进三十万元，十吨就是三百万。你我的命运都系在这个数字上，卫达实业公司的存亡也系在这个数字上。"

"我担心市场行情还要下跌。这种下跌不是偶然的，我们不得不正视现实。"陈老板也许是把当前生意场发生的骤变说得严重一些，但事实上就是这样，谁也无法否定。几天时间，生意场如同一个多变的万花筒，使人难以预测。

"再等等看，绒毛的行情和股票行情一样，上下浮动很大，价格也许还有可能回升。"

"如果行情还要继续下跌怎么办？"李剑突然高声大喊，一股铁青色的恼怒和失望，从脸上泛出来，操着话筒的手在冒冷汗。他知道卢绍谋非常固执，不见棺材不落泪，不撞南墙不回头。

"继续下跌，就把货抛出去。"卢绍谋咬着牙说出这句话。这不是一般的命令，这句话如果变成现实，那就意味着事业的全盘失败，他会背负着三百万的债务，重新在生意场上挣扎、厮杀、拼命。卢绍谋拿着话筒的手僵在那儿不动了。他十分清楚，无毛绒生意的萧条，对自己确实是致命的一击。近期来所购进的原绒，都要随之而跌价赔钱。那么，究竟要赔进多少钱？还是个可怕的未知数。他简直不敢往下再想了。多少家公司，多少外贸单位都停止了正在进行中的对外贸易合同，多少出口物资积压在仓库。这一经济损失是无法计算的，不可估量的。卢绍谋仔细分析着当今的形势，背负着沉重的十字架，等待命运的裁判。

[四]

奥明珠打电话约李剑去跳舞。今天下午，陈川吉野先生回香港去了，她才有机会出来。

这是一家充满现代气氛的灯火辉煌的舞厅。彩色球灯在空中飞转，红蓝绿紫的光线混合在一起洒向舞池。紫红色的丝绒帷帘，暗幽幽的灯光，从空调里漫出的清凉凉的冷气，使人们沉浸在轻柔恬淡充满梦幻般的意境中。一曲曲旋律优美、动人心扉、节奏欢快、梦幻浪漫的舞曲，在管弦乐队与电声乐队的伴奏下，流进人们的心间。飞转在舞池中的红男绿女，仿佛不是在跳舞，而是在那令人心醉的歌曲伴随下，双双紧紧搂抱着，甜甜蜜蜜地踏入圣洁的、不可污染的仙境。

李剑和奥明珠小姐坐在一张双人茶座上慢慢品尝着冰淇淋。奥明珠穿着一套浅绿色的迷你裙，一件短袖无领白真丝上衣，在那微带波纹的长发上戴了一顶十分讲究的白色巴黎草帽，草帽的边沿罩住那漂亮的眼神，她含情脉脉地凝视着李剑，神态有点像十八岁的少女初恋时所流露出来的表情一样。奥明珠笑了笑用甜甜的声音说："李先生，听说这冰淇淋曾经只供王亲贵族享受，宫廷厨师宣誓对冰淇淋的制作方法必须保密，泄露秘密依法判处死刑。"

"奥小姐对冰淇淋的历史还颇有了解。十三世纪末冰淇淋是宫廷食谱的名点，据记载，马其顿王亚历山大向炎热国家进军的时候，点名要吃这道冰甜食。"

"五十年代初美国年轻人在一起，总是甜甜美美地谈论汉堡包和冰淇淋。"

"这道甜食，只在近几年来，才被中国人普遍享用。"

"李先生，我想和您谈一点与道深公司无关的事。"奥明珠慢慢吸着烟，烟雾罩住了那张富有诱惑力的脸庞，目光有点朦胧："我在日本有一座纺纱厂。可以坦诚地告诉你，这座羊绒纱厂原来是陈老板的，后来，他交给我来管理。但我又一直跟随他奔波于世界各地，不能亲自去管理纱厂。我想从大陆聘请一名有业务经验年轻而能干的人来替我管理。"奥明珠打住话头，黑而亮的眸子在李剑的脸上扫来扫去，那张娇媚的脸蛋上添了一道神秘的微笑："我会给他优厚的待遇。"

"奥小姐，你请我来，就是为谈这些吗？"一块沉重的石头压在李剑心上，他根本没心思去和奥明珠闲聊。

"你是为那十吨货发愁吧？"

李剑点点头："无毛绒的价格直线下跌，我们公司会赔垮的。"他十分坦率地告诉对方自己不利的处境。

奥明珠似乎并不关心他的公司："李先生，你很聪明，像你这样才华出众的人才，在这个国度里确实有点英雄无用武之地。你每月的酬金是多少？"

"五百元。"李剑的回答不卑不亢。

"在香港只值一顿饭钱。我不清楚中国人是怎样安排自己的生活？五百元的酬金还要养家糊口？如果我给你二千美金的酬劳费你愿为我的纱厂服务吗？"奥明珠的眼睛死死盯着他，李剑浑身不自在，他抑制住内心的激动，冷静地望着这个妖冶而令人疑惑不解的女人。

"我很器重你的才气，也看出你是个干大事业的人。但我实在不明白，你为什么要把自己的智慧淹没在这片贫瘠的土地呢？你的思想和行动为什么就不去超越和摆脱这个愚昧的圈子呢？"

"奥小姐，本人实在无才。您的聘用，也无能胜任。"李剑表面在推辞，内心却在起着变化。

"你担心什么？出国护照我会帮你办理的。"

"我现在身缠许多业务，不可能脱身。"

"李先生，如果你有诚意，这十吨无毛绒我的纱厂可以全部接收过来。道深公司无权干涉我的生意，但价格必须按现在下跌的市场价。至于款嘛，全部打入你指定的世界开户银行。总货款六百万元，也不是一笔小数目了。个人的利益确定你在世界上生存的牢固基础和柱石。"奥明珠又开始抽烟，香烟在她的手指间燃烧，烟雾袅袅升起。在暗幽幽的灯光中，她真想把自己也溶化在这迷惘的烟霭中，淡淡化为乌有。

李剑出奇地沉默，很有中国男子的风度，不急于表示什么意见，只是微微笑着，叫人无法从他脸上看出什么来："奥明珠小姐，你所谈的问题使我产生了一点兴趣。老实说，我对国外的生活是很羡慕的。但不是羡慕那种物质上的享受，而是外国人那种敢于冒险竞争的精神。"

一个胜利的笑容在奥明珠脸上浮动："你同意我的安排了？"

"我不明白，你为什么要做这样的安排？"

"我爱你！"奥明珠毫不犹豫地说出这三个字："第一眼看见你，就觉得你是我找了许多年才遇到的男人。"她那谜一样的目光闪烁如星辰。

"这不可能！"李剑被这意外震惊了，不加思索地回答。

"为什么？"

"我有女人和儿子。"李剑感到烦躁不安，想急于逃离，内心产生了一种被人投入陷阱受到暗算的感觉。他不由地想起妻子萧黎黎……

在高高的大青山下，一个英俊的皮肤黝黑的小伙子赤着脚，手扶着古老的木犁，翻着那沉寂的黄土地。他的身后跟着一位梳羊角辫的小姑娘，也赤着脚，裤角挽到膝盖，胸前挂着一个柳条编成的簸箕，簸箕里盛着麦种。她不住地挥动着双手，把种子一把一把均匀地撒进那刚刚翻起的无声的土浪里。他们慢慢地向前走着，一垄又一垄，一坡又一坡……疲倦了，俩人坐在老黄牛身边，闻着牛粪味儿，吃一口玉米面馍头，喝一碗清凉的冷水。太阳落山了，它慈善地微笑着，将最后的光线普照山乡。天边散发出许多深红色光带，金黄色的云块散布在天空中，越来越细，仿佛一根根刚刚梳洗过的羊毛。当田野变成一片葱绿时，他们的心田也萌发了爱的新芽。后来，他和她结婚了。多少年来，他们的生活是平静的，那个家宛如一片宁静的港湾，无论他出海游到哪里，心中却期待着那片属于自己的温柔之乡，他不能失去这个港湾，就像一艘大船不能没有靠岸的码头一样。突然，他的内心涌起一股强烈的对妻子和儿子的思念之情。他深深地感到，自己的心还是在爱着黎黎，对她还是有感情的。他虽然也和别的女人睡过觉，但那只是一种对性欲的发泄，从来也没有想过再和其他女人结婚。

"李先生，生活并不像一元一次方程，只有一个解。我并不反对你的妻子，也不介意你爱她。你们中国男人都有一种传统美德．忠诚于自己的妻子。正因为这一点，我才崇拜中国男子汉。坦率地说，我很有钱，但却没有爱情。我可以改变你的处境和身份，改变你的国籍，使你成为富翁。我没有其他奢望，只求你爱我。因为我需要爱情，需要一个填补孤冷生活的人。"

"要紧的是我不爱你。"

"这有什么关系呢？时间会消除你心理上的一切障碍。"

"我不可能让自己的儿子诅咒一辈子，他有一个逃到国外的不光彩的爸爸。"他的眉宇间笼罩着一层忧郁的思虑。两片能言善辩的嘴唇，执拗地下弯着。嘴角出现几道残酷的褶纹，刻印出他内心的坚毅。

"李先生，什么不光彩？没钱、没地位最不光彩。你如果创建了一番业绩，儿子就可以出国留学，可以继承你的事业。你为什么不为自己的儿子和女人来开辟一条通向天堂的路呢？"奥明珠的话是真实的，李剑无可反驳。他低着头，狠狠吐了一口烟，好像要把胸中的烦闷全部吐尽似的，好一会儿才说："奥小姐，耶稣说：'通往地狱的门是宽敞的，天堂的门是窄的'。"

"原来，李先生还是个虔诚的基督徒。"

"在基督面前，人永远不能讲虔诚这两个字，但我前面要走的路，只有上帝知道是天堂之路还是地狱之门。"

"李先生，钱可以使天堂的门也变得宽敞起来。"

俩人的话都打住了，互相看了一眼，心照不宣，只一刹那，都在对方的眼中看见了自己仿佛很久很久期待着的东西。

奥明珠的脸上浮起一个甜蜜的笑意，站起来，向李剑伸出玉臂："李先生，能陪我跳舞吗？"

李剑望着她，坦然地站起来，俩人慢慢步入舞池……

第十五章
一箭三雕

[一]

一个左腿有点瘸的矮个子男人，手里拎着一个鼓鼓囊囊的皮包，一拐一拐走进华夏经济开发总公司的办公室。

果希林半躺半靠在椅子上。他面色发红，身体粗笨，多血的体质，从肿胀的凸眼泡中间露出了一对小小的眼睛。此刻，正微闭眼睛，头戴耳机聚精会神地听美国之音广播。他把一双大脚放在桌子上，臭脚汗味儿弥漫在屋子里。瘸子皱了皱眉，用一块白手帕捂住鼻子，坐在离果希林远一点的沙发上，轻轻咳嗽了一声："同志，你们经理还没上班？"

"啥事？我就是经理。"他根本顾不上和瘸子答话。

"你是经理？"瘸子上上下下打量着他，摇摇头，脸上露出鄙夷的神色："我看你像个门卫。"

"经理在我是门卫，经理不在我就是经理。山中无老虎，猴子称大王。有啥事你就说吧。"果希林一听对方在讽刺他，有点火了，睁开眼，目光盯在那条瘸腿上。

"你们单位买不买编织袋？"瘸子脸上堆满殷勤的笑容，点头哈腰地问。

"编织袋？我们公司不经销这种产品。"果希林漫不经心地回答。

"我这货便宜，而且质量又好……"瘸子不厌其烦地说。

"好个屁，都是再生料加工的。"果希林听广播的兴趣被瘸子完全打扰了，他恼火地从椅子上跳起来大声说："不是告诉你了，我们单位不经销这种货。"

"叭！"瘸子给他扔过一盒剑牌烟："抽吧，提提神。"

看见烟，果希林眼睛亮了，打了个哈欠，伸伸懒腰，摘掉耳机，两眼眯成一条缝，笑呵呵地问："你是干啥的？"

"我是来推销尼龙编织袋。"

"有多少货？数量、质量、等级、价格是多少？"

瘸子有极高的忍耐力和说服力，推销产品也有一套办法。他不急于介绍编织袋的质量和性能，而是用悲楚的声调说："最近，家乡发了大水，我的尼龙编织袋厂也被水淹了。老婆前几天来了一份电报，催我赶快回去。"说着，从兜里掏出一份皱皱巴巴的电报递给果希林："你看，家里让我见电速回，但我手里还有十几万元的编织袋没有推销出去，真是心急如焚。所以，这批货决定减价处理。"他眼圈有点红了，拖起了哭腔，并不住地用双手揉着那条瘸腿："做点生意真难哪，为了往外推这点货，一天几乎要跑几十里路。你们公司如果要这货，每条袋子我只卖个成本价就行啦。"

"你稍等等。"果希林被说动了心，把那盒烟装进兜里，挪动着肥胖的身子向另一间屋里走去。

推开门，袅袅烟雾飘出来。随即是哗啦啦的洗牌声，嘻嘻哈哈的嬉闹声。一张八仙桌，十几个脑袋。朱老大圆睁双眼，腮帮子鼓得像只青蛙，贪得无厌的欲火似乎随时都会从他的胸膛内喷出来。两个被烟熏成深黄色的指头捏着一块刚刚摸起的麻将牌，仿佛要把它捏成齑粉。凭着多年的手感，知道自己摸到了什么牌。他眼睛里顿时闪着狂喜的光芒，连鼻子上那一个个酒糟疤都在冒着热气。他把手高高举起，又狠狠下压，并大吼一声："和啦！"桌角的茶杯猛烈地跳动几下，发出铮铮的响声。这是一声发狂的咆哮，是赌徒呼么喝六的喧哗声。他推倒了自己的麻将牌："一条龙，自摸！"其他几位顿时都变了脸，咬着牙把钱数给朱老大。这一圈，朱老大一下子就赢了好几千。他高兴地一把搂住身边的情妇菲菲，狠劲在她那白大腿上捏了一把，并掏出几张票子递给她："去，给弟兄们买只鸡，拿几瓶酒，别叫肚子受了委屈。"他们连续作战了一天一夜，水饭未进肚，一听说吃鸡，一个个肚子真的叽叽咕咕地叫唤起来。果希林走进来，将头凑到朱老大耳边低声说："朱经理，外面来了个推销编织袋的。"

"你接待一下不就行了。"

"他要见你想和你谈谈。"

"不见，有啥好谈的，打发他走就行啦。"他不耐烦地摆摆手。

"这些编织袋很便宜，每条九角。"果希林小心翼翼地说。

"便宜没好货，好货不便宜。"朱老大不耐烦地摆摆手。

"怎么样？"瘸子见果希林出来，迎过去问。

"留个地址吧，如果有客户，我再去找你。经理有事实在脱不开身，不能出来和你面谈。"

瘸子一听朱经理不见自己，愁眉苦脸地叹着气："好吧，我先走了，搭揽不是买卖。我的货也不是臭货烂货推不出去。只不过是急于回家，才上门求你们。"他无可奈何地摇摇头，写下了地址，又把两条编织袋样品递给果希林，满含诚意地说："老兄，求你帮个忙，如果有人要货，给我打个电话。业务成交了，每条袋子给你抽一角钱的回扣费，你赚个烟酒钱。"

这句话可真起了作用，果希林满承满应，亲亲热热地把瘸子送出去，并拍拍胸脯说："放心吧，我一定帮你推销这袋子。"

瘸子感激地点点头，紧紧握住果希林的手。

[二]

几天后，一位手持东风水泥厂介绍信、求购书的中年人走进华夏开发贸易公司。他风尘仆仆，满脸焦急情色。办公室里，一伙乡下牧民正围着朱老大大声吵嚷着，他们一个个气势汹汹："朱经理，咱们的账也该结了吧？十几万块钱，对于你们这么大的公司来说，还不是九牛一毛。"

"再等等，资金周转开就还给你们。"朱老大低声下气地说。

"等了一年了还要等到啥时候？你把我们的羊绒早就卖了钱。"

"卖啥呀，让工商管理局全部没收啦。羊绒里掺了假，现在谁还要这货？"

"假是你自己掺的，怨谁？干脆点，这钱你到底是给不给？"一个小伙子手里拿着一把明晃晃的刀子，不知是有意还是无意的把手划开一道口子。

"小伙子，你不要高粱地要大刀，吓唬割草人。有种的，就照老朱这儿捅几刀，这笔账也算了结啦。"朱老大拍着胸脯，向小伙子逼近。人向来是欺软怕硬。那几个人一看朱老大连死都不怕，也没了招数。但拿刀子的小伙子可不是吃素的，他一步步向朱老大逼过去，杀气腾腾地说："你舍得这条狗命，老子还舍不得那十万块钱呢。捅死你，太便宜了。老子叫你求死不得求生不能。不给钱，先把耳朵拿来。明天来了再不给，就割另一只耳朵。"

"二愣子，别动火，咱们是来要钱的，耳朵又不能当钱花？"另一个上了年纪的人拉住小伙子的手苦苦哀求着。

"姓朱的，我们几个人都让你害苦了。辛辛苦苦挣来的血汗钱，都被你坑骗了，你的良心呢？"

"和这种人还讲什么良心？不信你掏出他心看看，早就变黑了。"一个身穿蓝中山服的汉子虎着脸，手叉腰，怒气冲冲地用手指着朱老大的鼻子："你再不给钱，我就把你嫖女人的事全部告诉你老婆。"

"别这样，好商量，好商量。"朱老大的口气软了。他天不怕，地不怕，就是怕老婆。老婆是个出了名的母夜叉，朱老大干什么都行，唯有嫖女人是不容忍的。一旦知道他在外面鬼混，就绝对和他离婚。朱老大不是害怕老婆离去，而是担心那可怜的儿子没人管。自己从小就没爹没娘，是叔叔把他收养大的，决不能让儿子也受这种罪。所以，无论在外面怎么鬼混，也不和老婆离婚。哪怕老婆是头老母猪，他也甘心天天喂养着。老婆也抓住他的心理，常常以离婚为借口向他进攻。一听这个讨债者要来个以邪治邪的办法来对付他，态度马上软了下来："你们三天后来吧，到那时，我还不了钱，甘心当乌龟王八。"

"记住，三天后给不了钱。老子割你的耳朵回去喂猫吃。"小伙子拿刀子在他脸上比画着。

讨债者走了，要货者才和他答上话。这位水泥厂的采购员也是生意场上的老手了，懂得场上的规矩。见面先敬烟，开口先许愿。他递过一支555香烟，然后，又打开漂亮的皮夹子，取出介绍信、工作证、求购信，双手递给朱老大过目。

"你是东风水泥厂的？"他抬起头问。

"我们厂急需要一批尼龙编织袋，不知贵公司有没有货？"他的态度是诚恳的，并显出十万分火急的样子。

"编织袋？这种货现在不紧俏吧？"朱老大这个在生意场上混了很久的人，别看表面粗野暴躁其实满肚子藏着诡计。他莫名其妙地摇摇头，用一双阴险的眼睛审视着对方。

"缺哪，货卖给用家嘛。我们水泥厂就因为没有包装袋，几乎快要停产啦。现在，南方都在发大水，我们给生产编织袋的厂家去了电报，要求对方火速发货，但因为灾情较重，交通堵塞，有货也发不出来。没办法，只好自己出来求购货。你们公司不经销编织袋吗？"

"不经销。这种货利润不大，再说也没有客户。如果你们诚心要货，我可以给联系一下，有几个朋友是专门搞这种生意的。"他从抽屉里取出一大堆名片，随便翻着。

"需要多长时间才能联系妥当？"

"快，打个电话问问如果有货不就妥了。你要什么规格的？"

"要是有现货就好了，哪怕价格高一点也不怕，先解决一下燃眉之急，再慢慢联系外地的。"

朱老大摇摇头，他对这种薄利生意不大感兴趣。

"朱经理，您可不要看起不这笔生意。人常说，蚂蚱也是肉啊，细细品尝，也很有味道。"

"我实在是没货。"朱老大显出无可奈何的样子。

"要什么货？"果希林推门进来。

"编织袋。"

"哎呀，前几天来了个浙江人，专门推销编织袋。不知道这家伙走了没有？"果希林猛然想起那个瘸子："他怪可怜的。家乡遭了水灾，没钱回去，急得求我帮他推销货。"

"我怎么就不知道这回事？"

"那天你正在打麻将，让我记下他的地址。"

"噢！我早把这码事给忘了。"

"他还留下两条样品，你先看看，符合不符合质量要求？"果希林打开立柜，取出样品递给这位求购者。

他仔细翻看，掏出尺子量了量，喜出望外地说："真是踏破铁鞋无处觅，得来全不费功夫。我们就是需要这种规格的产品，有多少货？什么价格？"

"货嘛，共有十一万二千条，价格……"果希林狡黠地眨眨眼打住了话头，"你看这货能给到多少钱？"

这位汉子也是个爽快人，为了促成这笔生意，很坦率地说："开票价每条一元三角。老实说，我是给公家办事，不像你们承包单位斤斤计较分厘厘的利润。再给你们回扣二角，实际是一元一角。这价格不低了吧？我们现在是急于要货，价格出得比较高。购下一批货时，恐怕就不会再出这个价啦。"

朱老大听了对方这席话，把果希林叫到另一间屋里，低声问："那个南蛮子一条袋子的要价是多少？"

"九角。"

一听这两头的价格，悬数就是四角。他俩仔细一核算，利润还是可观的。朱老大被这个数字诱动了心，终于下了狠心果断地说："希林，你赶快去找那个瘸子，看货出去了没有？如果货没出手，咱就有办法把它全部接过来。"

果希林走后，朱老大就和这个采购员闲扯起来，详细询问了水泥厂的生产和经销情况。也得知对方叫贾浩，在厂里分管业务和推销。朱老大对他产生了好感，态度也热乎起来。

大约等了一个多小时，果希林回来了，他面带喜色，把朱老大叫到一边说："货还在，这几天，瘸子只卖掉二千条，还剩整整十一万条。他说，市土产公司已经验了货，放了定金，这货怕不好再卖给咱们了。"

"狗屁！他是吊咱们的胃口，晚上我去和他谈，只要货在就好办。"

"这瘸子也诡秘得很，一直不告诉货在什么地方放的。咱们用不用先看看大货？"果希林心里有点不踏实，担心地问。

"照样品付货就行啦，让瘸子把货拉来，一包一包地验收，合格了再付给他款。主动权在咱们手里，难道还怕他骗了吗？"

"咱们先和谁来签订合同？"

"当然是和水泥厂了。要不，货到手后卖给谁？"一个阴险的冷笑在朱老大嘴边浮动了一下。

三方以华夏贸易公司为轴心，签订了三角合同。第二天早晨，瘸子雇了一辆东风大卡车把货拉到了朱老大的库房门口。朱老大要求卸货入库，瘸子却拦住了："办款去吧，拿来汇票，再卸货也不迟。"

"我们还得检验质量哪。谁知道你这货合格不合格，掺不掺假货？"

"这不是羊毛，掺不了沙子和土，想验货，就在车上随便开包检验，验准了，就付款。不付款，就别想卸货。"

216

"卸了货我还能不给你钱？今天会计不在，办不了手续。"

"今天办不了明天办，我就躺在这车上等着。明天还办不了，就开车走，土产公司还等得要货呢。"好厉害的瘸子，朱老大的阴谋得逞不了，气得直跺脚，有什么办法呢？总不能动手抢人家的货。他马上又返到贾浩那儿，一本正经地说："货到了，你办款去吧。"

"款是现成的，你看，这是汇票。"他拿出一张十三万的通用汇票在朱老大眼前晃了晃："剩余差额全部现金结算。但我得验货，货在哪儿？我能看看吗？不见货，怎么付你款呢？"

"合同上写得清楚，照样品付货，贾科长，难道你还不相信？"

"见大货付款，我也是履行合同条约。"

朱老大千方百计想往出套贾浩这张汇票，但贾浩态度明朗，口气坚决："不见货不付款。"

难道能让他去瘸子的汽车上验货吗？人家双方一接头，他们中间还挣个屁，正好当了义务信息员，朱老大才不干那种傻事呢。他犯难了，看来，不拿出自己的钱买下货，是无法取走这几万元利润。历来惯用的空中取水办法这回是不灵验了。不过，心里踏实了许多，水泥厂带来了通用汇票。于是，打发会计去银行给瘸子办款。瘸子拿到汇票，又去银行验证了，才放心地把货卸进朱老大的仓库。

朱老大马上又打发果希林找贾浩来验货。果希林去宾馆一打听，服务员说贾浩已退了房间，究竟去了哪儿？谁也不清楚。朱老大一听急了，马上给通南县东风水泥厂挂了长途电话，但得到的回答差点把他气得昏过去。那里根本没有贾浩这个人，而且也不需要编织袋，现在库里还积压着十几万条呢。他马上意识到这是一场设计好的骗局，自己上当了。

[三]

碧丽宫酒家。

瘸子、贾浩、田野等人围坐在锃光发亮的圆桌前，开怀痛饮。瘸子是东道主，他慷慨地把五张百元票面的人民币扔给服务员。大家说笑着，为庆祝这次生意的圆满成功，互相干杯。周密的策划，活灵活现的表演，使朱老大一步步陷入他们设下的圈套。瘸子拍着田野的肩膀佩服地直竖大拇指："田经理，你不愧是智勇双全的将才啊。"

田野谦逊地笑笑说："是大伙配合得好，我应该感谢你们诸位。"他站起来给每个人斟满酒，几只玻璃杯碰在了一起，这场生意使他们几个人都得到了益处。田野欠瘸子的十万款总算如数还清了。瘸子为了要这笔款，不得不去扮演推销员的角色。贾浩让田野代销的编织袋也卖出去了，每条袋子田野从中挣二角钱，这场供销双簧戏演得逼真成功。田野是一箭三雕，既还了瘸子款，又为贾浩销出了货，还打击了朱老大，出了憋在心中的那股怒气。

朱老大望着库里这一堆编织袋，脸色陡地变了。盛怒之下，那浓眉和凶恶的嘴巴组成了一副可憎的面貌。他双手狠狠抓着果希林的衣领凶神恶煞地质问："你说说，这是怎么回事？怎么回事？你怎么不说话呀，你的男子汉气概呢，你那当号长的风度呢？咱们给人家骗了，上当了。"

果希林恐惧地瞪大眼睛，也被眼前发生的事搞昏了头。朱老大那双血红的眼睛使他魂飞胆战，双腿瘫软，结结巴巴地说："完了……全完了……"

"滚蛋，没用的蠢猪，还不赶快去抓那个瘸子。捉住他，老子要把他那条好腿也打断，让这小子永远趴在地上当王八。"他在盛怒的时候，缺乏控制力，变得像一头疯骆驼似的乱闯乱撞。

　　那几个讨债的人又上了门。

　　"朱经理，款准备好了吗？"

　　"准备好了。"朱老大满肚子的恶气正没地方发泄。突然从抽屉里拿出一把匕首，一步一步向他们逼过去："打开窗子说亮话，老子要钱没有，要命一条。浑身就有八斤血，你们来放吧。"他歇斯底里地喊道："来呀，照老子的心窝捅。"

　　几个人被他这种魔鬼般的吼叫震慑了，都傻愣愣地站在那儿不动。常言道："软汉子怕硬汉子，硬汉子还怕不要命的汉子。"他们慌忙软下来："朱经理，有话慢慢说，别这样。买卖不成人情在。人不死，债不烂……"

　　"怎么？怕了？胆小鬼，往后缩什么？我朱老大活着是一条汉子，死了是一个恶鬼。你们不是要钱吗？咱们一块到阎王殿里清算。"他面目狰狞可怕，浑身散发着血腥味儿。

　　那个叫二愣子的举刀子的手也哆嗦了……

　　"过来呀，你不是割我的耳朵喂猫去？割吧！老子现在除了身上这些零件，什么也没有了。你想要什么就割什么！"

　　"不……不……朱经理，我是和你开玩笑呢，这笔款以后你挣了钱再还吧。"他也吓得面如土色，仓皇向外逃去。

　　"哈哈哈……"朱老大放声怪笑着："我被骗了，堂堂的朱老大就被几个蠢猪欺骗了，还有什么脸活在世上，我要宰了你们……"他举着刀子狠狠捅着那一包包编织袋，边捅边骂，捅累了，骂乏了，浑身筋疲力尽了，最后，又在自己身上捅了几刀……

第十六章
人为财死鸟为食亡

[一]

米氏公司的经理室内。

田野若有所失地坐在沙发里，翻看着和卢绍谋签定的那份合同，把大脑所有细胞都调动起来进行思考：这份价值二百万元的羊绒合同，非同小可。履行不了，田野赔偿对方的不仅仅是违约金，输掉的将是全盘的生意，他会被卢绍谋彻底打垮。迄今为止，自己连一斤羊绒也没搞到手。他忧心如焚，甚至有点透不过气来。榆林那边来了几次电话，催他去看货，他却迟迟不能起身。他决定派米岚去成交这笔生意。

米岚正在随意翻着《简·爱》。近日，心中突然升起一种无可名状的懊丧，无以言喻的失落感常常在折磨着她。在极度的倦怠和百无聊赖中，总想静下来看看书，其实连一个字也看不下去，脑子里杂七杂八的琐事，像一团乱麻把她的情感世界塞得满满的，思想无章可循，既满满当当，又空空如也……

"看来，还得你亲自去一趟榆林。"田野的口气几乎是命令式的。

"你派彦君去吧，他比我更合适。"米岚的回答十分冷淡。

"地区畜产的康经理指名让你去，派彦君恐怕连一根羊绒也拉不回来。"田野略带醋意地说。

　　"做生意是凭合同和公司的信誉，我本人算个啥？"

　　"康经理从你手里挣过好处费，信任你，凭这一点业务已经成功了一半。"

　　"我决定辞去副经理的职务。"

　　"为什么？"田野从沙发上站起来，吃惊地望着妻子。

　　"不为什么，我很累，不再想参与商界的任何事了。"她的表情自然而恬淡，极力掩盖着内心的悲痛和沧桑。

　　"米岚，究竟为了什么？现在公司正是用人之时，你怎么可以撂挑子呢？"

　　"该撂也得撂。"

　　"你说的还叫话吗？明明知道米氏公司离不开你。"

　　"我在你眼里有这么重要吗？"米岚冷笑一声。

　　"我哪一件事不和你商量？哪一件事瞒过你？"

　　"我问你，关于四川巴县罐头厂那笔生意究竟是怎么回事？"

　　这件事到底没有瞒过米岚的眼睛，田野心虚了，装出一副无可奈何的样子说："我实在没办法才那么干，米岚，这也是为了咱们公司啊。"

　　"你是在毁掉米氏公司，信誉是公司的生命。过去，我总认为你的本质不坏，干一些不近人情的事也仅仅是商战手段，谁知，你竟然滑到了有点卑鄙的地步，不愧是条眼镜蛇，我佩服你，但我决不能屈从你这种经商手段。"

　　"米岚，你不要这样固执，都是我不好，没和你商量就自作主张，干了那件荒唐事。以后都听你的安排还不行？你实在不愿意干，从榆林回来后，再辞职也不迟。这几年，你跟了我东奔西跑，一天安宁的日子也没过……"

这一席话把米岚的心说软了，对丈夫那种怜爱之情从眼里闪过，沉思片刻说："我还要问你，从榆林把货拉回来后，你准备卖给谁？康经理和我们是老业务关系了，你可不能暗算人家。"

"米岚，我还不至于那么坏吧？卖给卢绍谋，合同已经签订了。"

"他能付了款？"

"付不了我打算另找货主。还记得那个唐虞舜吗？我准备和公安局的人通融一下，把他从收审站保释出来。"

"这个人能靠得住？你见过他的信汇单？"

"三百万的银行信汇单，不会有错的，这你就放心好啦。"田野做生意向来是多手准备，还是那条宗旨，对所有的人都利用，对所有的人都不信任。

[二]

田野终于打听清楚唐虞舜被收审的内幕，解铃还得系铃人，他不认识王明辉，怎么才能打开这个缺口呢？突然想到青柳儿，何不让她去求求乔莎莎呢？这件事与她还有直接关系。田野送米岚去榆林后，就打电话约青柳儿出来。

蓝色的木兰五十型摩托车像发疯的雄狮呜呜地叫着，那盏大灯像狮子的眼睛射出雪亮的光。青柳儿坐在车后面，双手紧紧抱着田野的腰，衣服里兜满了风，凉飕飕的。

"冷吗？"田野大声问。

青柳儿没作声，而是将身子更加紧紧地贴在田野热烘烘的背上。

她被这突然到来的幸福搞懵了，倚在田野身边，感到快活，也感到可怕，更感到内疚。她知道田野对自己一直充满敌意，他们是在恶意怨恨中相处，为渴望恢复昔日的旧梦而相会。她审不清田野向她投来的目光是爱恋还是仇恨，身子有点瑟瑟发抖，脑海里仍然装着的是那个温和的具有大哥哥般深情的男孩子，她恨眼前这个蛮横而残忍的眼镜蛇。但他的影子却像一条黑色的幽灵，一直追随着自己，无法摆脱，而且越来越感到田野已把她罚入了一种再不能去爱别人的荒凉境地，这是一种多么悲哀的惩罚啊。

藏青色的天幕，悬挂着一弯明月，冰清玉洁的光轮使人心寒，青柳儿真想把它摘下来抱在怀里。这夜因月色而更加凄冷了，静谧得没有一点声息。她的鼻尖不由地一阵酸楚。"上哪儿去？"田野似乎没有听见她的话。一朵流云从他们头顶上飘过，一会儿，溶进了深邃幽静的夜空。路上的行人越来越少，青柳儿有点害怕，双手紧紧搂着田野的腰。在一片密密的小树林前，田野终于刹住了车。他摘下头盔，清新的晚风轻轻地拂着肌肤，惬意极了，青柳儿凝视着他，那是一张带着诡秘神色的脸。

"青柳儿，我们三年前要是结了婚，该是怎样的一种情景？"田野突然问。青柳儿眼里流露出悔恨交加的神光，把身子紧紧贴在田野的胸前："也许，我们早该有个儿子。"她喃喃低语。

"我还想给你一个儿子，愿意要吗？"他两手紧紧地抱住青柳儿，脸上浮着一股凉凉地带着苦意的微笑，并低下头把嘴唇紧紧贴在她的脖子上，好久好久才说："如果我不和米岚离婚，你愿意这样和我生活一辈子吗？"一缕月光透过树叶洒在田野的脸上，他的眼神里透出不安和焦急的神情。

青柳儿点点头，泪水从眼眶里流出来，她本来应该堂堂正正地和田野结婚，但只因一时的过失而使自己一辈子陷入一种不能自拔的感情深渊，她的表情有点绝望和悲哀。往后，在这漫长的岁月中，自己将要扮演一个什么样的角色？她感到恐慌不安，也感到有点对不起米岚。于是，嚅嚅不安地说："你已经和米岚结了婚。"

"结婚，只是一种男女互相占有利用的广告牌。离婚，也只是一张纸嘛，样样都是纸做的。我爱米岚，也不能和她提出离婚。因为，在我最困难的时候，她和我一块咬着牙渡过了难关。"

"你对她只是一种感激吧？"

"不完全是感激，我相信还有一部分是爱。但我不能让别人来占有你，因为你是闯入我心里的第一个女人。"

夜，安谧、甜美，不时漾着风的涟漪。

田野把青柳儿带回了家，这间房子是他们爱情的绿洲。他轻轻拉上了窗帘，两片紫红色的丝绒慢慢地会合交叠在一起，壁灯闪射出暗幽幽的光。田野轻轻地把她抱在床上，非常温柔多情地脱掉了她的衣服，他和青柳儿度过了一个最使他激动不已的夜。让他欣喜的是青柳儿还是个真正的处女。

"青柳儿，求你办件事。"田野郑重其事地说。

"啥事？"

"还记得那个唐虞舜吗？他到今还被关在收审站，你让乔莎莎和公安局的人通融一下，放他出来。"

"我该怎么向表姐说呢？"青柳儿有点为难。

"本来这就是个圈套，朱老大这小子用心险恶，咱们能见死不救吗？"

"没想到，你还有一副菩萨心肠，听说朱老大彻底破产了，自己捅了自己几刀，如今还在医院里。"

"多行不义必自毙。"田野脸上露出一丝冷笑。

"其实，这点小事也用不着求我表姐。"

"那你说求谁？唐经理是个外地人，来明珠市举目无亲，我和他好赖还有点业务往来，总不能看着不管吧。也不知王明辉这小子吃了朱老大多少贿赂。"

"这事找莉莉更合适一点。"

"莉莉认识王明辉？"田野吃惊地问。

"何止认识，他们的关系不一般。"

"你怎么知道了？"

"他俩经常在银河酒家过夜，我是那里的服务员，能不知内情？"

天亮了，田野准备送青柳儿回银河酒家。青柳儿伏在田野身上痛哭起来，本来这个家是属于自己的，但偏偏又得不到。她气愤、沮丧，甚至有点伤心。田野已经表态了，他不可能和米岚离婚，那么，自己这一辈子就得充当第三者，以后，一旦有了孩子，自己能堂堂正正地当母亲吗？她心如刀绞……

[三]

田野直接去旅游局找莉莉。

"你来干啥？"莉莉的脸冷得像块冰。

"来看看你呗。"田野用一种挑逗的口气说。

"我不想再看见你。"

"你是为赵之筠而生气吧？其实，那笔生意还是成功的，你们并没吃亏。"

"你算计了人家，难道还叫我领情？"

"谈不上算计，这只是一种手段，我并不欠他一分钱。"

"你真毒！"莉莉狠狠地说。

"有时间吗？"

"干啥？"

"请你吃顿饭。"

"没必要，有事就直说吧。"莉莉不耐烦地皱皱眉。

"解放路派出所那个王明辉扣押了我的一位客户。"田野详细讲了事情的来龙去脉。

"我不认识他。"莉莉不动声色地说。

"你大概认识它吧。"田野从皮包里掏出几张票子甩在她面前。

"你这钱好吃难消化。"莉莉的声音变温和了。

"你不要把我想得那么坏，要紧的是这件事对我们双方都有利就行啦。"

"好吧。我试试看。"莉莉把钱塞进了皮包，妩媚动人的眼睛里深藏着某种秘不可宣的东西，引得田野不由自主地想多看她几眼。

王明辉身上的呼机嘟嘟响起来，他看了看来电显示，不由地皱起眉，不情愿地接了电话。

"喂！王所长，我是莉莉。"电话里传来一个甜丝丝的声音。

"是茉莉花，怪不得我拿起电话就闻到一股香味儿，找我有事吗？"

"半个月前，你把一个南方人抓进了收审站？"

王明辉心里一惊，暗自思量莉莉是怎么知道这回事的？他吱支支吾吾地说："有这回事，那小子是个嫖客。"

"你没必要和我兜圈子，算他倒霉，中了朱老大设的美人计。"莉莉嗲声嗲气地说："晚上有时间吗？"

"今晚要执行任务。"他的口气有点吞吐。

"你总是一点面子也不给。怎么？和红红搞热乎了，就忘了我？告诉你，我茉莉花可不是一双放在你床下的备用鞋子，想穿就穿，想扔就扔。"她生气了，声音酸溜溜的，带着几分怨恨，几分威胁。

"我实在是忙得走不开。"王明辉早已厌倦了这个放荡风骚的女人，对她毫无占有的欲望和冲动，但又不敢轻易甩掉这朵有名的交际花，听说她和自己的顶头上司还有一腿，就凭这一点，王明辉也不敢冷淡她。

"喂，你到底要把他关多长时间？"

"莉莉，你和这个人是啥关系？出面为他求情？"

"你是不是吃醋了？"

"为你吃醋值得吗？关键是这件事没那么简单。"

"难道还得请示你们局长？"

"不用，"王明辉急了，生怕她去局长面前说自己的坏话，口气马上软了下来："就是放人，我们也要进行罚款，这是规定。"

"你的胃口也太大了，吃两头，不怕消化不了？"莉莉没好气地放下电话。

[四]

汽车像一只淡黄色的甲虫缓慢地爬行着，弯弯曲曲的黄沙路，似乎没有尽头，一直向地平线延伸。出现在眼前的是连绵起伏的黄沙丘，灰茫茫的灌木丛，一棵棵稀稀拉拉的被砍掉树头的榆树，米岚对这条路是熟悉的，那寂寥广袤的黄土坡总给她一种苍凉的感觉。夕阳渐渐西沉，给一个个被风吹刷得圆溜溜的黄沙丘留下了金黄色亲吻。八个小时的颠簸、摇晃，汽车终于把她拉到了榆林这个古老的小城。

小城的景象令人惊异，它呈现出一片黯淡的青灰色。青石头砌成的窑洞，青砖块铺成的人行道，连人们的衣服也是暗灰色的。米岚像从坟墓里爬出来似的，眼睛、眉毛、鼻孔都落上了一层细细的黄沙土。她拍打着身上的黄土，慢慢挪动着麻木的双腿向宾馆走去。此刻，最当紧的是洗澡、休息。

在这座有名的"西北风"酒楼，米岚和康经理面对面坐在餐桌前，米岚微笑着向他敬过酒。

"康经理，这次业务还得承蒙您相助。"

"米经理，你这次来榆林打算搞点什么货。"康经理的态度是热情的。他对米岚颇有好感，她身上有一种与其他女人所不同的魅力和风度，一种自然而恬淡的引人入胜的美丽，令人欣赏也使人信任，但决不能对她产生丝毫不尊重或其他非分之想。

"还是羊绒。"米岚静静地坐着，神态冷静自如，落落大方。

"要多少？"

"二十吨。"

"一次能吃掉这么多货？"康经理一双凌厉的眼睛盯在她脸上，口气中含有几分吃惊，几分疑惑。

"我向来不做没把握的生意。"

"成交方法呢？"

"当然是你们给送货了，货到后，款一次性付清。但货的质量必须符合合同要求。"

"哈哈哈……米经理，你真精明。"康经理饮了一口酒，仰头大笑着："要是拉去货你如期付不了款呢？货到地头死，这是咱生意人最忌讳的。前几天，靖边供销社给河北一家梳绒厂送了五吨羊绒，货送到后，对方迟迟不给付款，双方僵持了十几天，有一天夜里，乘他们睡觉之机，这些河北人偷偷卸了货，这事情惊动了公安局，到今货也没了，人也跑了，闹得人仰马翻，鸡犬不宁，可怜那个供销社主任要寻死上吊。"

"康经理，咱们打交道也不是头一回了。没有销路我是不会来榆林的。"说着，她从皮夹里取出二张银行自带信汇票放在桌上："我给你预付十万元订金，货送到后，如果我们付不了款，你完全可以再拉回来，你不会损失一分钱的。"

"正因为我们在生意上打交道不是头一回，才信任你。"康经理打住话头，直爽地问："回扣怎么算？"

"还按老规矩，业务一成交，就付给你。一公斤羊绒提成一元，怎么样？"米岚双眸盯着康经理，诚恳地征求他的意见。

"好，一言为定，你打算多会看大货？"

"明天早晨。"米岚的语气柔中有刚。站起身和康经理道别："愿我们的合作再次成功！"她落落大方地伸出手和他握握。

走出饭店，天色已晚，米岚独自向宾馆走去。她对榆林并不陌生，几乎每年来三四次。这是一个处于半封闭状态的城镇，这里的人热情、直爽、旷达，但生活节奏缓慢，连太阳都慵懒的不想早早露脸。这里的山峦辽阔深邃，黄土连绵。一排排窑洞，一条条灰砖铺成的路面，还有那门面古板陈旧的杂货铺，使人会产生一种怀古之感。

"搭车吗？"一个汉子蹬着三轮车从她身边经过。她抬起头，还未及开口，对方倒先惊讶地叫着："哎呀，米大姐，你几时到的？"

"刘河礼，你怎蹬起了三轮车？我正打算明天办完业务去看你和高经理。"

"别看了，高经理死啦。"

"你说啥？"米岚有点不相信自己的耳朵。

"你住在哪儿？上车吧，我送你回去。"刘河礼操着一口地道的陕北话，一把将米岚拉上车。

"快告诉我，高经理是怎么死的？"米岚着急地问。

"唉——"刘河礼长长叹了口气说："生意上赔了钱，有人和他要账，他正在饭馆吃饭，喝了点酒，俩人吵起来了，他顺手拿起桌上一把削苹果刀刺了那人一刀，没想到，正好割断腿上的大动脉，人死了，他被抓了起来，还没来得及判刑，就得了心肌梗塞死在看守所。"

听了刘河礼的话，米岚心里非常难受。半年前，她和高经理还联手做生意，实在太伤感了。

"米大姐，你这次来又是搞羊绒？"

米岚点点头："刘河礼，你为啥蹬起了三轮车？"

"这活儿逍遥自在，一天挣个二三十块钱，够我吃个肚子圆。"

"家里老婆孩子都好吧？"

"老婆跟上别人跑了，把儿子扔给了我娘。"刘河礼将车子蹬得飞快。"人家嫌我穷，俗话说：'兵无粮自散。'老婆走了一个人反倒自在。"

"小刘，你的业务水平还是蛮不错的，高经理死了，还可以给其他公司跑生意，总比蹬三轮车强吧。"

"生意场是个烂泥坑，我不想再陷进去了。每天挣个几十块，够花就行啦。"

"难道你不想多赚一点钱吗？"

"赚钱干啥？"

"娶老婆买房子。"

"有了老婆房子又能怎么样？"

"钱多了还可以当经理，当老板。"

"当了老板又能怎么样？米大姐，钱这玩意儿，没有它不行，多了也害人。人为财死，鸟为食亡啊。"

宾馆到了，米岚下了车。"你也去房间坐坐吧。"

"不啦，你好好休息吧，榆林人要是欺侮了你，就找我。"他和米岚摆摆手，蹬车离去。米岚望着他的背影，不由地想起那个每天只钓一条鱼的渔夫，不免又伤感起来，俄狄浦斯对于斯芬克斯谜语的解答是"人"，而人的谜底呢？生活意义价值的谜底呢？从何处而来又到何处去的最终归宿呢？古往今来，多少渴求达到高境界的人，但功成名就时忽觉不过如此尔尔。于是，许多成功者之所以很快演化为失败者，也就是他在瞬间猛地领悟到成功之后的渺茫和悲哀，无着无落的空虚。马路旁，人们在唱卡拉OK，一个男孩双手捂着麦克风，用沙哑的嗓子吼着："昨天我走过漫漫长夜，没有伤感没有诅咒也没有眷恋……"米岚心里好一阵难过，一种沦落天涯的孤独感向她包围过来。几年来在商界挣扎、奋斗、跌打滚爬究竟是为了什么呀？金钱在她心中的地位也越来越淡化，她拥有过它，但它究竟给自己带来了什么？身边的许多人为了这钱而过早地离开人世。他们又能带走什么呢？她不由地想到田野，想到那个梦了很久的文学梦，梦远去了，留给她的只是辛酸的回忆……这笔生意结束后，她要找一个安静的地方，好好休息一下，她要告别以往，要重新来调整自己的人生角度，更换生活内容，舍弃一切原本不该舍弃的思想情怀。

　　早晨，康经理开着小车来接米岚去看大货。她从盥洗室出来，已是容光焕发。穿了一条蓝色连衣裙，神态更显得庄重文静。康经理用一双欣赏的目光盯着她，许久才说："米经理，你不像个生意人。"

　　她回眸一笑："生意人该是个什么样子？"

　　"尖刁，粗俗，斤斤计较，阴险诡诈……这些恶习在你身上找不到。你的身上有一种内含的力量，使人信服和震撼，又使人不敢去欺骗你、小瞧你。这大概是你能凌驾每项生意的能力和素质吧。"

　　"康经理，你过奖了，我做生意向来主张以诚相待，双方合理获取利润。"

　　"也许是你这坦荡的心怀和宽容的气度，消除了我对你的戒备和不信任，以致使我更不能有丝毫的诡诈和弄虚作假。"

　　"康经理，谢谢你的鼎力相助，愿我们的合作愉快。"

　　俩人边说边走进车内。十分钟后，小车驶到畜产公司仓库门前。

　　米岚对羊绒的成色、长度、手感还是内行。但二十吨货已有十吨打成了硬包装，该怎么验货呢？总不能把这些包全部拆开吧，看来，只有在合同上做文章，来牵制对方了。她决定先订合同。

　　这份合同订得很严密。甲方米氏公司向乙方榆林畜产公司，订购山羊绒二十吨，每公斤九十元，总价值一百八十万。甲方付乙方预付金十万元，作为乙方送货的全部运费。路途出现一切意外由乙方负责。羊绒质量必须符合国标，含粗含沙不得超过 10％，无异性纤维，无杂质。验货地点，甲方仓库。如不符合质量标准，甲方有权拒货。十天之内，甲方必须将货款全部付于乙方。如有一方违约，将按合同法赔偿对方违约金，并承担一切法律责任。

剩余十吨货，米岚决定边验货边过秤边打包。整整一天，她几乎没离开仓库一步，连饭也没吃一口，满身沙土，口干舌焦。货全部验完后，在离开仓库之前，她亲手在仓库门上窗户上贴了封条，以免验过的绒被调了包，或掺了假。一切办妥后，才对康经理说："明天八点钟，我去银行办理汇票手续，你把路单、出区证、购货发票、税票这些手续办齐全了，争取下午起程。路上有啥差错，你要负责啦。"

"和你这个精明过人的女人打交道，我也变得精明了，不会有啥闪失的，你放心吧。走，咱们一块吃饭去。"

"我累了，什么也吃不下去，当务之急是洗个澡，再好好睡一觉。"她拍打拍打身上的尘土，疲惫不堪地说。

"那我送你回宾馆。"康经理说罢就去招呼司机。

米岚回到宾馆，先给田野拨了电话，告诉他明天下午从榆林起程，并一再强调，十天之内必须将全部货款付给对方。否则，米氏公司不仅损失十万元订金，更重要的是公司的信誉。田野拍着胸脯表了态，放心吧，万事俱备，只欠东风。并一再叮嘱妻子，路上千万小心，榆林人也不是好斗的，不要掉进他们设的陷阱。米岚却说，你不要神经过敏，以小人之心度君子之腹，聪明反被聪明误。

[五]

唐虞舜对田野感激涕零，从收审站一出来，就设宴招待这位大恩人。

"田经理，只要你用得着我唐某的时候，只管说话。"他毕恭毕敬给田野倒了一杯酒。

"唐经理，我田野是个讲义气的人，朋友遇难总不能袖手旁观。出来就好啦，咱们好好做几把生意。"

"一切都听你安排。"唐虞舜对田野百分之百信任，他说只要米氏公司有山羊绒货源渠道，他会常年要货。田野说，三天后就可供他二十吨，但不知货款是否能到位？唐虞舜从皮夹里拿出三百万元的通用汇票，田野的心踏实了。

原本这二十吨货是给卢绍谋的，但贪得无厌的本性使这条眼镜蛇临时改变了计划，他要先从唐虞舜身上捞一把，然后，翻手再和卢绍谋做一把，两笔生意就能获利四十万元，这个数字对他的诱惑力太大了。

米岚风尘仆仆地从汽车里钻出来，两天两夜的长途跋涉，双腿都麻木地伸不直了，满身沙土，嘴上也起了一串水泡，她摇晃着身子向田野走过去。"米岚！"田野跑过去，激动地握住妻子的手。

"田经理，你是哪辈子烧了高香，娶了这么一位能干的老婆。"康经理也走过来，风趣地说。

"当他老婆算倒了霉，一辈子不得安宁。"米岚没好气地白了田野一眼。

"晚上我好好慰劳你。"田野将嘴附在妻子耳边，说了一句悄悄话，俩人开心地笑起来。

田野把余下的工作都交给了彦君。绒车全部开进碱厂，把康经理和几位司机安排到宾馆，晚上设宴招待，众人开怀痛饮。

米岚疲惫地向家走去，先泡了个方便面草草吃了一口，洗过澡就上床休息，她太累了。不知几时田野推门进来，悄悄上了床，把梦中的妻子紧紧搂在怀里。米岚睁开眼，含情脉脉地望着田野，整个神态是那么安详、充满了温柔和爱意："馋猫，这几天偷吃野食没有？"她向田野递过性感的嘴唇。

"业务忙得不可开交，哪有心思想这事？"他的心有点虚，生怕妻子发现与青柳儿之间的蛛丝马迹。

"我要发现你和另一个女人上床，就毫不犹豫地离开你。"米岚很自信，觉得自己完全能掌握住田野的感情。

"米岚，我永远是属于你的。"他轻轻吻着妻子那双美丽的眼睛，两人沉浸在一种无比激动的情感之中。

"米岚，这批货出手后，你还得去一趟榆林。"田野认真地说。

"你不要言而无信，这是我做得最后一笔生意。"语气中没有商量的余地。

"咱们米氏公司在生意场上总算有了一席立足之地，在这关键时刻，你为啥偏要退下来？"

"当初经商时，我的目的也并不是为了单纯的挣钱，我只想体验一下人生认识一下社会，这几年的跌打滚爬，实在太累了。"米岚温顺地理着田野的头发，沉思了片刻又说："我也该为你尽一点义务，很想再做一回母亲，你也该享受一下当爸爸的天伦之乐。日子过得平凡一点，实际也是一种超脱。"

"米岚，你最近怎么啦，思想有点怪诞。"

"这次榆林之行，我很伤感，过去一些业务关系几乎都断了线，高经理死在监狱，宋经理病得卧床不起，刘河礼蹬了三轮车，老婆也让别人拐走啦。更悲惨的是牛子，过去是榆林有名的百万富翁，如今让债主追得不能回家，东躲西藏，提心吊胆过日子。田野，我们拼命奔波，究竟为个啥呀？希望你不要强迫我干一些自己不情愿干的事。"

"好的，我尊重你的意见。"田野有点不情愿。但他知道，妻子是固执的，一旦决定了的事情，很难更改。

[六]

朱老大在自己的胳膊上砍了两刀，幸亏没伤着筋骨，在医院住了十几天，总算痊愈。出院后，精神有点不大对劲儿，眼睛里射出怪怪的光，情绪暴躁不安，无缘无故发脾气，砸东西骂人。公司完全倒闭了，号长果希林摆起了香烟摊子，脖子上挂着个小木匣子，在集贸市场转悠。菲菲在火车站公开拉客，看见他躲得远远的。朱老大气得破口大骂："他妈的，你脖子上戴的，身上穿的，哪一样不是老子给买的？如今，老子没钱了，你躲得八丈远，真是狗眼看人低。"骂够了，又去找号长，想和他拿几盒烟，刚伸出手，号长的脸就变得像个驴头，支吾着说他经营这小本生意一天连一碗面钱也挣不下。他气得顿时变了脸，把烟甩在地上，狠狠地跺了几脚。要账的人把他家的东西全部搬光了，只剩下一口锅几只碗最后还让二愣给砸了个稀巴烂。老婆抱着儿子哭得泪人儿似的，不住劝说朱老大："孩子他爹，想开点，全当咱一分钱也没挣，人都是身子光光的从娘胎来，最后两手攥个空拳头走。别再做生意啦，你杀猪我卖肉还怕养活不了咱儿子。"

"你娘的狗屁，我是明珠市赫赫有名的朱经理，一把生意做成就挣十几万。"朱老大不听老婆的话，仍然天天窜旅馆，蹲大圆盘。

237

老婆为了养活儿子，和邻居借了百十块本钱，摆起了肉摊子，卖猪蹄猪肘、猪心肝五脏。

有一天，朱老大在街上窜游了一天，连一顿饭也没混上，肚子里饿得咕咕响，于是就跑到老婆的肉摊子前。老婆别看人长得丑，身体肥胖得像个麻袋，但猪下水煮得却特别香，外号叫"猪香香"。这道街的人都光顾她的生意，每天煮出的猪头肉猪肘子都不够卖。朱老大走过来，看见那熏得红彤彤油光光的猪肘子，馋得直流口水，不由分说，抓起一个就啃，老婆心疼得上去就抢："他爹，这一个肘子卖十几块，你饿了吃这碎肉。"

"老子是有名有样儿的朱经理，你当是一条吃剩食的狗？吃个肘子你也心疼，小心老子宰了你。"他顺手拿起那把明晃晃的刀子向老婆刺去。正在这时，一个穿戴整齐的外路人来买肉，一看朱老大拿刀子乱比画，上前劝阻道："有话好好说，干吗动武呢。"朱老大猛一返身，霎时四目相对："唐虞舜，你小子原来还在明珠市？认得我吗？"

仇人相见，分外眼红，唐虞舜不由倒吸了几口凉气，浑身冒出一层冷汗，暗暗叫苦：完了，今天是碰上泼皮啦。但他毕竟是个久闯江湖的人，马上镇定下来，笑嘻嘻地说："您是大名鼎鼎的朱经理，能不认识吗？"

"认得就好，今天，我让你竖着进了明珠市，横着走出去。"朱老大两眼射出可怕的凶光，举着刀子向唐虞舜逼近。

"朱经理，有话慢慢说，何必大动干戈呢？"唐虞舜的话还没说完，朱老大的刀子就刺进他心窝。

"杀人哪！"恐惧的叫喊声在空气中漫延。"猪香香"扔下肉摊子撒腿就跑，其他卖肉的也跟着跑，整个市场乱了套，大呼小叫，人仰马翻，苹果、柿子滚了满地……

　　警车开过来了，人们闪开一条道。朱老大一点也不惊慌，蹲在地上，带血的手里拿着一个猪肘子，大口大口吃着。唐虞舜脸朝下躺着，双手捂在肚子上，四肢蜷曲着，像一只大虾，浸泡在红殷殷的血泊中。警察猛扑过去，给朱老大戴上铐子，再摸摸唐虞舜的嘴，已断了气。于是，几个人把他抬上车，朱老大也被押进车内。突然，"猪香香"呼天抢地的扑过来，抱住朱老大的腿一把鼻涕一把泪哭着："孩子他爹，为了个猪肘子也犯得着动刀子？早知道，你把这些肉都吃了我也不心疼……"

　　几位姊妹过来拉她："快别哭了，八成是鬼附了身。"

　　朱老大一脚把"猪香香"踢开，哈哈哈狂笑着，指着身边的警察大骂着："我是天上的天蓬大元帅，还不给我磕头下跪。"一个警察脱下一只臭袜子，塞进他嘴里。他像一只被宰杀的猪，哼哼吱吱叫唤着。

［七］

　　唐虞舜被朱老大杀死的消息，不亚于一枚重型炮弹，狠狠击在田野的心上。他呆呆地坐在椅子上，怎么也不相信这是事实。

　　"田经理，货已送来两天了，你的款筹办的怎么样？"康经理推门进来，满脸不悦。

　　"合同签订的不是十天吗？"田野表面上尽量装出轻松自如的样子，但内心却急得直冒冷汗。

　　"康经理，心急吃不了热豆腐。实在抱歉，那个要货的客户昨天被一个疯子杀死了。这个节外生枝的事件给我们的生意带来了一些麻烦和不愉快。"米岚极力解释着未付款的原因。

康经理无可奈何地摇摇头:"看来,我只好耐心等了。"他甩门走后,米岚问田野:"你不是已经和卢绍谋订了合同?为什么迟迟不把货给他?"

"卢绍谋只付一百万元,剩余的款三个月以后才兑现。假如三个月后他又付不了款呢?"

"卢绍谋还不至于那么不守信用。现在已是兵临城下,背水一战了,你还犹豫什么?在明珠市只有卢绍谋能吃掉这二十吨货。"米岚果断地说:"先付康经理一百万,剩余的款咱们再想办法。"

"想啥办法?咱们的家底你又不是不知道,碱厂的原料也快用完了,总不能停产吧?"田野急得直挠头。

"看来唯一的办法是讨债,我算了一下,外面各公司和纸厂欠咱们的货款总共是九十多万,这笔钱要是能讨回一半,也能解决一下燃眉之急。"

"谁去讨债呢?你要辞职,我又脱不开身,彦君忙得跑供销,剩余人谁又有这讨债的本事呢?"田野紧锁着眉头,不停在地上踱步。

"别说了,这苦差事还得我承包,明天先动身去河南造纸厂,那笔款有二十多万,返回来再去保定。"

"米岚,实在是难为你啦。"

"谁叫我给你当老婆呢。唉——下了这商海,就身不由己了。"米岚脸上浮现出一丝无奈的苦笑。

连日来,几经周折,卢绍谋终于将这二十吨羊绒全部接收,按合同付了田野一百万款。但田野只给了康经理八十万,扣下二十万作为碱厂的流动资金，剩余的款一月之后付清。康经理一听，大发雷霆："我要见米经理，合同是她和我签的，违约你们要承担责任的。"

"康经理，就是为了早一天还你们这笔款，米岚已去河南要账，请你相信她。"说着，把一个纸包扔在他面前："这是三万元回扣金，你清点一下。"田野的语气中有一种不容对方反驳和辩解的威力。

康经理的脸色渐渐由阴转晴。

第十七章
地狱的门是宽敞的

[一]

　　李剑在离开祖国的前一天，拿了五千元保释金把黄二从广州北苑收审站保出来。在一家小酒馆，他请黄二用餐。两个月的收审站生活，打垮了黄二的意志，改变了他的模样，两眼呆滞无神，面孔消瘦苍白，头发乱蓬蓬的，饿急了，也饿怕了。低着头，顾不得和李剑说话，大口大口地吞吃饭菜。一会儿，一桌饭都吃光了。他抹抹嘴，拍拍鼓起的肚子说："这两个月差一点没熬过来，每天一个二两面的馒头还不够塞牙缝，饿得前心贴在后背上，我还以为你们不管了。"

　　"哪能不管？到处托人找关系，难办哪。"

　　"货都卖了没有？"

　　"没。价格一直下跌，没法出手。"李剑不想和他多谈生意上的事，漫不经心地说。

　　"我在里面天天熬，日日盼，想给你们写封信也寄不出去。广州这地方，抓住你首先来个全身检查，整整隔离了二十天，比在监狱里坐小号还难熬。"

李剑没心思听黄二诉苦，不耐烦地皱皱眉，从皮夹里取出二千元人民币递给他。还有一张当日的飞机票和写给萧黎黎和卢绍谋的两封信。"我在深圳还有点事没办完，暂时回不去。"他的语气很冷漠，没带任何感情色彩。黄二抬起头，疑惑地望着他，觉得李剑的神态不大对劲，似乎有什么难言之处隐藏在心里。

"你走吧，去理理发，洗个澡，我送你上飞机。"

"李剑，你好像有心思，是不是业务上出了差错？"黄二直截了当地问。

"没什么，货卖不出去，心里总是不轻松。告诉黎黎，我这里一切都很好，该说的话都写在信里。"李剑心里十分难受，眼睛像冷却的火山口。

黄二站起来，再一次感激地望着他，诚恳地说："业务办完了，就快点回来，我请你和绍谋去家里喝酒。"

李剑勉强地点点头，脸色显得更加苍白，几天几夜激烈的思想斗争差一点把他压垮。他下决心的时候，就像踩着一根钢丝绳过一座万丈深谷，深谷下面是汹涌澎湃的急流、暗礁、险滩。他的身子怎么也保持不了平衡，一边是萧黎黎和儿子，一边是金钱和事业。这两种都没有勇气舍弃的和他的生命紧紧相依的东西像钟摆，一直在脑子里摆来摆去。他清楚，无论舍弃哪一头，心理就会失去平衡，自己必然会一头栽进万丈深谷。他的身子在摇摇欲坠，脸色灰白难看，像一位要去见死神的殉难者。他并不是害怕，而是为自己不能果断下决心去选择要走的路感到难受，一种难言之隐的悲哀在折磨着他。自己本该和萧黎黎一块生活，一块抚育儿子，享受天伦之乐……突然，一个可怕的念头从心底深处升腾起来，事业不成功，没有钱没有地位，儿子和黎黎会幸福吗？难道我们只限于天天能吃上白面馒头就满足的日子？儿子能吃块巧克力，上学能骑辆自行车就沾沾自喜了吗？为什么我们就不去追求更高层次的生活水准呢？我为什么就不能直起腰来战胜贫困，战胜屈辱和自卑呢？走出去，走向漩流，走向海洋……

李剑喝多了酒，送走黄二，摇晃着身子回到国贸大厦。残酷的商界生活把他塑造成今天的形象，目光深邃而迷蒙，含着一丝隐忍未见的痛苦和游移，面对两种选择，两条道路，他的思想进行了一场翻江倒海的激烈搏斗，当最后决定把自己的生命作为赌注抛进生意场时，那种无以言喻的失落感，无可名状的孤寂感和无以复加的自责感犹如涨潮般訇然袭来，以致使他的心沦陷深渊。走进浴室，用凉水冲了一个澡，刚在床上躺下，电话铃响起来了，他拿起话筒，一听是奥明珠的声音："李剑，明天上午八点的飞机票，七点钟我开车去接你。"

"护照呢？"

"我已全部办好，这你就别操心了，晚安！"

奥明珠挂断电话，李剑心里又是一阵烦乱，一阵不安，他想给妻子挂个电话，电话拨通了，他手拿着话筒怔怔地不知说啥好，话筒里传来萧黎黎焦急的声音："喂，喂……你是那位？"

李剑的嗓子里像堵了一团棉花，怎么也发不出声音。

"说话呀！"黎黎在急切地呼唤。

他的声音哽咽了："黎黎……黎黎……"一点凉凉的液体从眼眶里滚出来。

"李剑，说话呀，你怎么啦？是不是感冒了？那边热了吧，天气预报说广州已经热到35度。"

"黎黎……黎黎……我想你了……"这句话好像费了很大的劲

儿才说出口，"想儿子，孩子还好吗？我给他买了电脑，已经托运回去了，你要好好照顾自己，照顾好我们的儿子……黎黎……"他说不下去了，心里一阵阵揪心地难过，声音也有点颤抖，话筒湿淋淋的，"你给儿子请个英语家教，让他好好学英语……"

"你办完业务就赶快回来，这个月底，在大青山下乡的知青准备来一次大聚会，你不回来是不行的，我们一起回村里看看，不知那头老牛还活着没有？咱们种的那些胡杨树也不知长高没有？我好想再喝一口甜甜的山泉，走一回崎岖的山路，你一定要回来啊。"

他何尝不想回去，但能回去吗？双脚已经跨进了地狱之门，已经没有退路了，他后悔了，恨不得马上飞到黎黎身边，和她说一句，我永远不再离开你，不再和你分开，今生今世。但可能吗？现在已是背水一战，再无挽回的余地，况且，回去又能怎么样？和黎黎一起过那种平淡如水的生活，整天为柴米油盐酱醋茶操劳，年复一年，日复一日。有一天突然在镜子里发现，自己已经是满脸皱纹两鬓斑白，但日子还是那样，一成不变，与其那样的结局，还不如选择如今这条路，胜者王侯败者贼，他宁愿当流寇也不愿苟且偷生，想到这里，李剑狠狠心放下话筒。顺手拿起桌上那酒，咕嘟咕嘟大口大口地喝起来。

清晨，李剑和奥明珠坐着保时捷，向广州白云机场驰去。昨天，商检后的十吨无毛绒已都顺利地装上了去日本的货轮。奥明珠把货款准时汇入李剑所指定的银行，并在很短的时间内，已全部兑换成美金。一切善后工作做得有条不紊。此刻，奥明珠把头偎在李剑肩膀上，含情脉脉地说："再有二十分钟，我们就登机了，你不给萧黎黎发一份电报？"

"没那个必要。"李剑脸上毫无表情,谁也猜不透他内心在想什么。保时捷停在机场旁边的停车场,两人从车上走下来,并肩走进人来人往的机场候车室。扩音器传来机场播音小姐甜润润的声音:"先生们女士们,请注意,飞往日本的波音747正点起飞,请旅客们登机。"

这时,奥明珠才从皮夹里取出那份护照递给李剑:"该登机了。"她挽住李剑的手臂,双双走进了铺着红地毯的登机通道。

[二]

李剑走了,带着六百万巨款去了日本。

这消息,如晴天霹雳,震撼着卢绍谋的心。他不相信李剑会背叛自己,更不相信他会背叛祖国。但这确确实实是事实。这几年,他给李剑的待遇是优厚的,对他的信任程度也是极高的,他错误地估计了自己的力量,也错误地估计了李剑这个人。沉重的打击使他的神经快要炸裂了。一夜之间,头上出现了白发,熬得通红的眼睛闪烁着可怕的凶光。一切希望的火花已经在心中熄灭,创建的业绩也化为乌有,并严重面临着倒闭和破产的威胁,双脚已经伸进了地狱。不!是李剑这个一直和他风雨同舟的朋友把他推进了地狱。炼狱的火已经在熊熊燃烧,魔鬼闪烁着绿色的眼睛,张牙舞爪地向他扑来,冰凉的锁链套在他脖子上,他想呼喊,求救,但什么也喊不出来。他反反复复看着那封被黄二捎回来的信:

"我走了,并借走了你六百万款。没求得你同意,更没有和你商量,就专横独断地拿走了这笔款,因为我暂时需要它。我不会悄悄消失,几年或十几年后,会回来的,那时,也许会带回六千万，六个亿，我会加倍偿还你这笔款。无论走到哪里，我都不会忘记自己是个黄皮肤的中国人。把拳头缩回来是为了更有力地伸出去打人，这是一位政治大师说的。引证这句话并不是为自己的出走找什么依据和理由，我只是为了将来的宏图大业才迈出这艰难的一步。生活是建立在痛苦与残忍上面，我不能忍受国内那种压抑，更不能忍受中国人对中国人的白眼和歧视……出去呼吸一下自由的空气，看看外面的世界，是对我们每个人的世界观，从宏观到微观，从感性到理性的认识上的飞跃和发展。我并不在乎你的诅咒和憎恨，关键的问题是我终于战胜了你。最优秀的人往往为了追求其中的一个而摧残另一个。人与人之间的和平相处只是一块遮羞布，其本相却是残酷和狰狞的，互相之间的利用、战胜、征服，决定了你生存的价值和意义，没有这种征服他人勇气与信念的人多数是懦夫。

记得吗？小时候，咱俩在一个班里念书，我一直是班长，你是副班长。到了农村插队，我是知青队长，你是受歧视的黑五类子弟。但在这改革开放的年代，你我颠倒了。你是受人尊敬和佩服的富翁、大企业家，而我只是为你服务的有名无实的副经理。你有个百万富翁的爸爸，有着令人羡慕的海外关系，这一切外因条件促使你事业的成功。几年来，我一直是在怨恨与嫉妒中为你服务，给你当副手。但我的才能并不比你逊色，这一点，你心里最清楚。我恨！恨这个使我失去生命光辉的年代。我一直在寻找机会，想再现自己的才华。我承认自己是一只伏在你身边，一直想吃掉你的狼。还记得吗？有一次咱俩一块上动物园，我呆呆地看着那只被囚在铁笼里的狼，它一动不动地蹲着，模样酷似一只狗，怪可怜的。它大概早已失去了狼性，环境可以改变一切。有人往里扔石头，石块打在它身上，它无动于衷，不叫不咬，人们都很失望，因为都想听听狼的嗥叫。但它始终闭着嘴巴，没叫一声，也许早已忘记自己是一只狼。如果我不走，也会和这只狼一样，慢慢变成一只可怜的狗，这才是最悲惨的下场。形势的突变促成了我的出走。几百万元的货卖不出去，我们的公司就完蛋了。事业的失败对于我们来说，就等于生命的死亡。我不想就这样完蛋，要知道，我在心理上再也经不起这样的死亡了。在我最困难的时候，你聘请我到卫达实业公司当副经理，从良心和道义上我对不起你，但我宁愿接受你的诅咒和痛骂也不能再失去这次机遇了。机遇在我最倒霉的时候突然到来，我如果把握不住就会后悔莫及。退一步说，即使不走，我俩也再无退路。绍谋，我不是为自己的离去找客观原因，这是不可掩盖的实事。我会回来的，就是一只狼，也不会吃生养它的母亲，祖国再穷，但这块贫瘠的黄土地养育了我。无论走到天涯海角，也不会忘记这养育之恩的。我要发狠干一番事业，当再返回来时，向母亲谢罪的礼物是从外面赚回来的大笔财富。我要实现自己多年的夙愿，建造一座最现代化的梳绒厂……"

在一种无比可怕的寂静中，卢绍谋把信放在桌上。然后，呆呆地坐在那儿，带着满脸的愤怒和仇恨，凝视着墙角那个高大的落地钟，目光完全集中在那个沉重的晃来晃去的钟摆上，整个生物都淹没在这个缓慢的节奏中。李剑借助自己的力量取得了成功，绍谋是不会和他罢休的，要和他较量到底。哪怕再过十年二十年，只要他还活着，这笔债总是要清算的。身边的人有谁可以信赖呢？他马上想到乔莎莎，多么想见到她。于是，不由得在心里默默念叨：莎莎，我多么想念你，快回来吧。这种思念的情绪一下子笼罩了他的心头，不由自主地拿起话筒。

"莎莎，你马上回来吧，我需要你。"

"发生了什么事？"

"没什么，我只是想念你啦。"在这兵临城下的时候，他感到无依无靠。

"好，我马上回去。告诉你个消息，阿成从泰国回来了。"

"哪个阿成？"

"那年你帮他搞了几吨羊绒，这小子一下发了财，买了一个泰国护照，携带七十万款到了泰国。他十分感谢你的帮助，想和你见见面，叙叙旧情。"

"不见，不见！"绍谋的心像被黄蜂蜇了一下，火辣辣的疼痛，他变得火冒三丈，大声吼着。

"你怎么啦？不见就不见呗，发什么火？"乔莎莎有点莫名其妙，"我乘43次列车回去。"她放下话筒。

[三]

卢绍谋颓然坐着，强迫自己喝了几颗镇定药。情绪重新平静下来，理智地思考着所发生的一系列问题。有些中国人是疯了，无论哪一个国家，大国小国强国弱国，都像伊甸园似的吸引着这些发疯的人，他们不惜一切代价去买护照办绿卡，那张护照和绿卡，就像戴在贾宝玉脖子上的灵光宝石。

李剑走了，他也想得到一块护身的灵光宝玉，乔莎莎也要闹着走……一阵刺耳的电话铃打断绍谋的沉思，他拿起话筒，是工商银行杜行长打来的，语气十分生硬："卢经理，你们公司那四百万贷款，已经到期。"

"杜行长，能不能再宽限几天，我库里还压着几吨羊绒，卖出去……"

杜行长冷笑一声打断他的话："能卖出去吗？我不是和你谈生意，如果按期还不了贷款，就执行协议，收回你所抵押的全部财产。"

完了……一切全完了……这是他走向破产的第一步。明珠大酒家是父亲给投的资，如果把老人家的心血赔进去，他还有脸再见父亲吗？想到这些，绍谋感到一阵强烈的晕眩和窒息，拿着话筒的手僵直不动了。

会计李研走进来，把一份账目明细表递给他："卢经理，现在账面上的流动资金只有十一万。大酒家的账目是平衡的，上月还盈利二万元。库存货还有三百万元，应付款共两项：银行四百万的贷款和欠米氏公司的一百万元。把库存按成本价顶出去，总共还亏损二百万元。"

"好了，"绍谋摆摆手，示意会计出去。他清楚，库里的那五吨货如果每吨按七十万元卖出去，账面才能保持二百万元的亏损，要是暂时卖不出去，无毛绒还要继续跌价，亏损恐怕就不是二百万了。工商银行明天就要执行贷款协议，他就是有孙悟空七十二变的本领，一夜之间也不能把三百万元的库存货变成现款，绍谋从来没有像今天这样束手无策，这样狼狈不堪。他盼乔莎莎回来，或许妻子能帮自己想想办法。

副经理刘连枢推门进来，望着烟灰缸里满满的烟蒂，又看看卢绍谋那张苍老了许多的脸，不知说什么好。

"贷款日期已到，明天，银行就要收回明珠大酒家。"卢绍谋的眼神镇定得出奇："你要是想留下，我可以和杜行长说说，继续让你当经理。如果不想干，还想为卫达实业公司服务，就调你到我身边，接任李剑的工作。"

"绍谋，我不会离开你的。记得吗？你过去总爱说一句话：'路遥知马力，日久见人心。'我刘连枢能力虽然不大，但我永远不会像李剑那小子，干出那种背信弃义的事。"

"别说了，他要走，谁也拦不住。只恨自己没有识破他的阴谋。你应该有心理准备，如果我明天进了监狱，你一定要把公司的重担挑起来。卫达实业公司不能垮台。"

"绍谋，即使把全部财产都赔进去了，我们再从头干起。一开始建立公司的时候，我们不是一无所有吗？你、我、李剑三个人拧成一股绳，立志要创建一番事业。那时候，我们雄心勃勃，发誓要向所有的人证明：我们老三届这一代学生不是废物，不是像某些人所说的是时代的牺牲品，是头上长角、身上长刺的闯将，更不是只能交白卷的没有知识与修养的畸形人。"连枢的情绪十分激动。他是个不爱多说话的人，但每一句话都重重地敲打在卢绍谋的心上。

"连枢，有你这句话就行了。"卢绍谋用感激的眼光望着他说："有一位作家曾经说过：'往那边走，死神在守候着，但是，只有在走向死亡的途中，我们才能找到生路……'"

"让我们一块在走向死亡的路上，找到生路吧。"这铿锵有力的声音发自刘连枢的内心，深深地打动了卢绍谋，两双大手紧紧地握在了一起。

[四]

走出检票口，乔莎莎望着卢绍谋这张憔悴的脸和突然变白的头发，呆住了，一种不祥的感觉马上向她的心涌来。匆匆穿过人群，不顾一切地向他扑过去，俩人的视线相遇了，他张开手臂把妻子紧紧拥在怀里，静静地拥抱了几分钟，还是卢绍谋先松开了手，微笑着说："你总算回来了。"

"发生了什么事？"乔莎莎急迫地问。

"没什么。"卢绍谋尽量保持镇静。

"你在欺骗我。究竟发生了什么事？"看着他那双灰暗的眼睛，乔莎莎不相信地摇摇头。

卢绍谋默默地拉着她的手，走到那辆他俩一块去兜风才乘坐的小轿车旁，他扶着乔莎莎钻进车里。

她坐在他身边，急于要知道事情的原委。卢绍谋沉默不语，一只脚用力踩着发动器。车子开动了，那双暗晦的眸子紧紧凝视着前方，全神贯注地握着方向盘。车子驶过明珠大酒家，没有停下来，加足马力向前开去。当驶过他们的住宅小楼前时，也没有减速，而是打亮车前的大灯，向黑暗中冲去。

"绍谋，你要上哪里去？"这反常的举动使乔莎莎再也沉不住气了，一把拉住卢绍谋的手，大声说："停车！"绍谋并不理睬她，发疯似的加大马力。车子在颠簸，摇晃。

"莎莎，如果明珠酒店和咱们的住宅楼都不属于我了，我已经孑然一身，沦为乞丐，你还会跟我吗？"

"你在胡说什么？"乔莎莎被他的话搞得莫名其妙。

"不，我告诉你的都是实话，明天，这一切就不属于我了。贷款日期已到，我已经无力偿还，银行协议收回抵押的财产。"

"你的流动资金呢？销售了无毛绒的货款呢？"

"李剑全部带走了，他已逃到了日本。"

这句话使乔莎莎马上明白所发生的事，她被这话惊得呆若木鸡，漂亮的鼻子似乎在惊愕中也变了形。两片桃红色的双唇紧紧抿着，那双迷人的眼睛一动不动地盯着卢绍谋的脸。车子停在郊外，那是他们恋爱时常常幽会的地方。

"他带走了多少？"乔莎莎突然大声质问。

"六百万。"

这三个字无异耳旁响起晴天霹雳，她瘫软地将身子靠在绍谋身上。眼前，是一片暗淡的灰蓝色的天空，疏朗的星星在闪烁着微弱的光，在浩渺宇宙中慢慢移动着，最后隐没在灰色的云层后面。天地间变得暗沉沉的，令人感到遥远，渺茫，幽深莫测。乔莎莎从兜里掏出烟，点燃了一支，也递给卢绍谋一支。她狠狠地吸着，一根接一根。两人都笼罩在烟气中，一言不发，双双陷入深思。不知过了多久，乔莎莎突然问："为何不通过国际刑警把他引渡回来？"

卢绍谋摇摇头，茫然地说："莎莎，你太幼稚了，现在发生的经济案件太多了。深圳有一家公司，从经理到办事人，总共逃跑了五个，共带走五千万人民币，三百万美金，多么巨大的损失啊！只要走出去，就很难引渡回来。"

"照你这么说，对他就没有办法了？"

"他要知道有办法对付，就不会跑了。"卢绍谋平静地回答。

"库里还有多少钱的货？"

"按成本计价是三百万。"

"把这批货赶快卖出去。"

"哈哈哈……"卢绍谋突然发出一声大笑："莎莎，你把事情看得太简单了，能卖出去，我还用着犯愁吗？港商、台商跑了不少，货还卖给谁？"

"会卖出去的。银行的贷款让昆市长给杜行长打个电话，宽限十天半月再抵押银河酒家也不迟。"乔莎莎那洁白整齐的牙齿紧紧咬着下唇。

"现在就是来个大甩价大拍卖，也没有人要你的货，你难道还不清楚吗？"卢绍谋失望地摇摇头。

"清楚，我什么都清楚。哼！别人能从你手里拿走六百万，难道你就不能再从别人手里拿回三百万吗？难道我们就这样垮掉吗？就这样破产吗？就这样甘心情愿地输给李剑吗？"

"在生意场上，谁也不是常胜将军。"卢绍谋完全心灰意懒，失去了勇气和自信力。

"难道你就这样坐以待毙吗？"乔莎莎摇晃着他那麻木的身躯，声嘶力竭地喊着："我们不会倒下去，不会的。"她伏在丈夫身上，像个受了极大委屈的孩子，呜呜咽咽地哭起来。

"莎莎，我不会连累你。你永远是自由的。"

"不，我不会离开你。"乔莎莎紧紧抱着他，双唇贴在那冰冷的脸上。他俩相依在一起，就像一对投在神秘的黑暗中的剪影，好长时间都一动不动。夜色在慢慢逝去，不知什么时候，有几大块黑云遮住了天空，疏朗的星星消失了，云密雾浓，天色是多么郁闷，恰似一场沉重不安的梦，向他俩包围过来……

第十八章
计中计

[一]

　　赵之筠站在明亮的穿衣镜前，正得意地欣赏着自己这身质地时髦价值千元的高档西服。这身衣服穿在他那瘦削、修长的身上，显得更加得体、庄重，很有气度和派头。他在地毯上踱了几步，然后又伫立在镜子前，认真地系着领带。这条领带的颜色怎么看也和这身西服不搭调，他皱了皱眉头，大声喊着妻子："妮萍，你出来一下。"

　　正在卧室里精心打扮的巩妮萍穿着一件猩红色的睡裙走出来。今晚她要去参加舞会。本来，丈夫在前一天就答应陪她去跳舞，哪知，临时改变了主意，这不是专门扫她的兴吗？妮萍满肚子的不高兴，她恼怒地白了丈夫一眼，嗲声嗲气地问："啥事？"随后，又麻利梳理着头发。她的头发又黑又长，像瀑布披在那白细柔嫩的肩膀上。

　　"快给我找一下那条从深圳带回来的领带。"

　　"谁知道放在哪儿？"巩妮萍没好气地说。

　　"好好给找找，你看这条领带的颜色和这身西服不协调啊。"

　　"又不是出国访问，谁还注意你的领带。"妻子不理睬他，不住地用手抖动着头发，每抖一下，就在镜子里照照，动作十分美丽动人。她又在身上洒了一点法国梦巴黎香水，清淡的香味飘散在屋里，刺激着赵之筠的感官，使赵之筠产生了一种立刻想拥抱娇妻的柔情。他不由地向她靠过去，抬手轻轻抚慰着那张漂亮的脸颊，吻吻那散发着香水味的头发，抱歉地说："别生气，下一个星期日我一定陪你去跳舞，并请你到最高级的冷饮厅吃冰点。今天我真的有重要约会。"

妻子望着他那刚刚吹理过的洒着乌亮定型胶的头发，双手搭在他脖子上撒起娇："又去和哪位情人幽会？"

"不要瞎胡扯，你一个人就够我爱的了，哪还有情人。"他忘情地在妻子的嫩脸蛋上亲起来："我是会见一位外国大老板，已约好了时间，不去哪能行呢。"

"外国大老板？又谈什么生意？"妮萍一听这话，马上挣脱丈夫的手，着急地在立柜里翻起来，并不住地埋怨："你怎么不早说，上轿呀才扎耳朵眼儿，干啥事也是慢慢腾腾的，那鞋子也得换一双。"

"算了，擦点油就行了。"

"你和外国人见面，举止衣着应该落落大方，潇洒脱俗，要有企业家的气派和风度。连双好鞋都不穿，还不叫人家耻笑。"

"耻笑什么？毛主席和外国人谈判还穿打补丁的衣服呢。"

"那是什么年代？那时候，穿打补丁衣服是光荣，穿好衣服是耻辱。有的人还故意在肩膀上补两块大补丁，来证明自己具有朴素的生活作风。"

"你多会儿也变得关心起国家大事了？"赵之筠抬起头，吃惊地望着妻子。

"我是搞金融工作的，对国家的经济状况多少还是了解一些。现在银根一直在紧缩，货币回笼，说明了一个什么问题，这还不是明摆着吗？"她终于从皮箱里翻出那条崭新的领带："来，我给你系吧。"

赵之筠顺从地站在妻子身边，任她摆布。妮萍很认真地打着领带结："你们谈的是啥生意？"

"白山羊无毛绒。"

"无毛绒不是都跌价了吗？"

"是跌价了，所以我才做这笔生意。"

"你们畜产公司有现货吗？"

"有钱不就行了。区公司前几天给我们拨了四百万款，专门经销羊绒生意。手里有了钱还愁搞不到货？从今年开始，商界就发生了根本性的转化，前几年是有钱搞不到货，现在是有货卖不出去。谁手里有钱谁就是爷爷。"

"既然货这么多，外国大老板为什么偏偏要找你呢？你可不要上当受骗。听说了吧，卫达实业公司垮台了，还不了贷款，银河酒家作为抵押财产准备给银行，副经理也携带巨款去了日本。华夏贸易开发总公司也倒闭了，让人家用供销双簧法合伙骗走了十几万。经理自杀未遂……"

"他们这伙草头王的业务素质就是差劲儿，迟早也会被淘汰的。"赵之筠打断妻子的话，自信地说。

"就你能耐？哼！米氏公司那个土包子还没把你捉弄够吗？"妻子又在戳他的短。

一提起那笔生意，赵之筠就气不打一处来："我不会饶过那条眼镜蛇的。"

"算了吧，得饶人处且饶人，因为公家的事而得罪人何苦呢？以后和这些人打交道多长一个心眼儿就行啦。"妮萍给丈夫打好领带，偏着头认真端详着，"这身打扮还差不多，和外国佬比起来毫不逊色。这回你可要当心哪，千万不要让市里那些掮客挖走这个外商。"

"挖不走。我赵之筠脑袋里装的不是豆腐脑儿，没那么傻。他是外商，来了咱们的地盘，还不是由咱们来摆布。我早就把他封锁起来了，住的地方不是那些饿奄皮出进的场所。"

"这次生意做成了给我买条金项链吧。我们银行最近又新进一批 24K 赤金项链，工艺也很精致。"

"何止一条金项链？这次生意要是谈成了，什么都会有的。"

"能吃多少回扣？"

"妇人之见，只记得吃回扣。和这位大老板挂上钩，还愁没钱花。再说，也不能把眼睛盯在钱上，关键是权利。"

"说得多美，整天权、权，成了十足的官迷。"

"没有权，你能住进这三室一厅的楼房吗？你能过上现在这种奢华的高消费生活吗？能有这么多人整天捧星拥月似地围在我身边转吗？凌中杰当经理的时候，门庭若市，逢年过节送礼的人还得排队。大鱼大肉吃不了，半夜偷偷往垃圾桶里倒。现在呢？吃山药连皮也舍不得削了，过去那些老同事走到他门口也得绕过去。"赵之筠说这一席话时，咬牙切齿，幸灾乐祸。

"老头子的下场也够惨的，听说得了食道癌，被保外就医放了出来。他们全家人都恨透了你，说你把他搞下台的。前几天，他女人从楼上往下泼脏水，把咱们晾出去的衣服都打湿了，我弄不明白是怎回事。"妮萍委屈地叹了口气。

"妮萍，你也相信这些谣传。老头子是罪有应得，现在得了食道癌，是吃黑食吃得太多了。"

妮萍直视着丈夫那双发怒的双目，不安地说："你心里最清楚是怎么回事。"

赵之筠不耐烦地摇摇头："当然我最清楚了，凌中杰是完全出于嫉妒才中伤我。我接了他手里的权，认为是我告发了他。其实，我根本不清楚他吃回扣这事，更不知道他把那些掺了假的羊绒转手倒卖给绒毛厂。人常说：'吃人的嘴短，拿人的手软。'他吃了对方五六万回扣，人家卖给他的就是一堆狗屎，也没法挑剔。这是自己打自己嘴巴，事情败露了，能怨别人吗？"

他的话令妻子信服，她不再怀疑丈夫。她把一块洒着法国香水的白手帕叠成三角形，塞在西服上衣的小兜内。手帕露出三点白，像一朵盛开的白梅花点缀在赵之筠的胸前，显得更加风度翩翩，有点绅士气派。

"去吧，面部表情放轻松一点，太拘束了，人家还以为你是个没见过世面的傻老冒呢。"

赵之筠很自然地在地上踱了几步，身子显得很轻松自在，表情傲慢而刚愎自用，迈着自信的步子向楼下走去。

[二]

七点钟，赵之筠走进银河大宾馆，半洋化的女招待彬彬有礼地把他领进会客厅。在奢华的大皮沙发上坐着一位微胖的四十多岁的男人。他衣着随便，白色的真丝衬衫，浅黄色的麻丝裤子，从宽宽的裤角下面能够看见两条腿上那黑茸茸的汗毛。他手里拿着一把精致的扇子，正悠然自得地扇着。身边坐着一位漂亮的泰国女郎，见赵之筠进来，起身施礼迎接，用生硬的中国话说："先生，请坐！"

赵之筠客气地点点头，坐在沙发上。泰国老板欠了欠身子，打开皮夹，抽出一张印着外文的名片："金成一，泰国曼谷人。"他用流利的中国话做着自我介绍，并站起来握住了赵之筠的手。他俩见面的态度热忱而友好。

"金先生的普通话说得真标准。"赵之筠开始找话题恭维他。

"实不相瞒，我的外祖父和外祖母都是中国人。母亲十几岁时，他们才迁居泰国。本人自幼接受家母的教育，对中国的风土人情还是略知一二。我父亲是做橡胶生意的，有庞大的种植园和橡胶厂。但我不大喜欢经营橡胶生意，决定投资经营羊绒。谁都知道，中国的无毛绒出口比例在世界上仅次于澳大利亚。"金成一开门见山地说，他在曼谷有一家现代化设备的羊绒加工厂，专门梳纺羊绒纱。然后，再把纱锭卖给意大利一家羊绒衫加工厂，每年获利几百万。本来，这次来大陆想购买一批无毛绒，哪知，国内时局混乱，他不想再待下去了，护照上已签发了回国日期。但华侨贸易公司一位老同事介绍他来明珠市畜产公司，有幸得到赵先生的照顾很高兴。这番既客气又谦逊的话，使赵之筠对这个泰国老板产生了浓厚的兴趣和好感，也在客气地寒暄："金先生，我不知道您需要什么标准的货？含粗是01还是02？长绒还是短绒？水洗的还是干梳的？"他的话既干脆又果断，能使人感到内在的力度和含蓄的思想锋芒，也感到他是个地道的经营无毛绒生意的行家。

"我只需要含粗01号，长度三十六厘米以上，无异性纤维的水洗绒。不够这个标准不能接受。"

"怎么个成交方法？一次能接收多少货？"赵之筠单刀直入，很坦率地提出这些实际问题。

"先看小样，然后再验大货，一次购五吨。如果大货符合标准，双方签订合同，经过商检后，我方先付你公司十万元保险金。然后，货发到天津港口换证签字需方认可后，总货款全部付清。"金成一是个爽快人，回答问题一针见血。

"好，就按金先生所说的办，我明天上午给你带小样品和商检证。如果您认为这批货符合标准，咱们双方就签订合同。"赵之筠迟疑了片刻又说："金先生，能把您的认购书和贵公司的营业执照副本给我看看吗？"他办事向来是小心谨慎的，决不会草率行事，更不会轻易相信对方的话。

金先生点点头，从皮夹里取出护照、认购书、出口批文等一大堆文件，递给赵之筠过目。营业执照上的注册资金是五千万。赵之筠的眼睛被这巨大的数据耀花了，大放异彩。他心底踏实了，马上把话题转入最关键的环节："就按您所说的标准,每吨无毛绒的价格,金先生能给到多少万？"

"八十万。这已经是最高价格了。"

"八十万恐怕买不到这种标号的无毛绒吧？"赵之筠狡黠地眨着眼。

"要是在前一个月，是买不到。每吨无毛绒价出到一百二十万也买不到货。但现在，无毛绒价大跌，我就是花七十万元也能购到货。"

"既然您出七十万元能购到货，我们互相之间还有什么可谈的必要呢？"赵之筠针锋相对地说。

这句话把金成一将住了。他脸色不悦，好一会才说："不，我宁愿比市场价高出十万，也要搞到真正的符合标准的货。能符合我这标准的货必须是用最先进的进口机器梳出来的无毛绒，手感和长度才能达到要求，你们这里的设备未必能上去。再说，我们现在是纸上谈兵，没见大货，谈价格有点为时过早吧？你们中国人有句俗话：隔山买牛。我怎么能给你个好价格呢。"

"金先生言之有理，鄙人佩服佩服。关于价格见货后咱们再商定，我相信，只要双方都有诚意，这笔生意是会成交的。"赵之筹的脸上露出满意的微笑。

"赵先生要是有时间，能陪我吃顿便饭？"金成一客气而热情地先向他发出邀请。

"金先生千里迢迢来到我国，从礼仪上讲，我们应该先为您接风洗尘。"

"不必客气，今天我请你吃饭。其实，我很喜欢你们中国菜，色香味美，花样丰富。无论走到哪儿，首先是品尝这个地方的风味小吃。听说你们这地方的十锦杂烩砂锅很有名。"

"这只是一种流传于民间的大众饭菜，哪能上得了大雅之堂。"

"你没听说这个菜还有一段来由呢。"他俩边说边向餐厅走去。那位泰国女郎挽着金成一的手臂，眼睛毫不掩饰地直视着赵之筹，和他媚笑、调情。他浑身火辣辣的不自在，不敢正视这个像人妖似的女人。

"金先生真是中国通，什锦杂烩火锅在我们这个地方也算一种风味小吃。南宋著名的抗金名将岳飞被奸贼秦桧陷害死了，曾在民间引起强烈的不满。当时，有个名厨十分痛恨奸贼秦桧害死忠良，特意烹烧出一道菜取名为杂烩，表示对秦桧的憎恨对岳飞的怀念。"

"哈哈哈……赵先生对中国历史还是颇有研究的。咱们今天就吃杂烩，用这道普通的饭来纪念名将岳飞。"

餐厅豪华气派，具有欧陆古典风韵和特色。女招待甜甜地笑着，托盘里端来各种高级小菜、饮料，还有几道专为这泰国女郎品的西餐。他们边吃边聊，幽幽的氛围使人感到自然、亲切和人际的融洽。什锦杂烩火锅端上了桌，赵之筹一边给金先生用公筷夹菜，一边谦逊地说："岳飞悲剧性的失败就在于忠诚。"

"忠诚其实就是愚蠢，岳飞留给后人最大的遗憾就是盲目的忠诚。"金成一慢慢品尝着杂烩的味道，附和着赵之筹的话。

他俩围绕中国的历史、文化、经济很随和地谈论着，酒精上了头，互相之间存在的戒心、界限、国籍、地位渐渐变得模糊了。话也多起来了，什么货要脱手，黑市外汇是什么价，哪儿能炒进国库券等等生意上一些内部情报都暴露出来。

赵之筹的头脑非常清醒，他认真地盘算着，在这位拥有几千万资金的大老板身上打起了主意。

[三]

赵之筹走进卫达实业公司的办公室。他的出现，使卢绍谋感到十分惊讶："赵经理，你大驾光临，有何贵干？"

"来看看你，近来生意怎么样？"

"不怎么样。"卢绍谋冷淡地回答，显然对他并无好感。

"绍谋，我早就想和你解释一下，上次榆林拉来那几吨羊绒，我根本不知道是交给你的，货主也没和我说实话。结果，因为这点货咱俩产生了误会。你想想，我赵之筹再不讲生意道德，也不可能抢你的生意。何况，咱们又是老朋友，我能干那蠢事吗？"

"算了，过去的事还提它干啥。"卢绍谋摆摆手，给他递过一杯水："你就是为这事来找我的吗？"

"不，过去，你在业务上帮过我。现在，你遇到了困难，我也不能袖手旁观。听说李剑把你坑了？"

"人各有志，不得强留。赵经理，感谢你的关心。"卢绍谋最忌讳人们在他面前谈论李剑出逃这件事。

"需要我帮忙尽管说话，你库里是不是还积压着几吨无毛绒？我想试着给你推销一下。深圳有一位同事给我来了一封电报，他们急需要一批无毛绒。"赵之筠态度诚恳，浑身透着一股甘为朋友两肋插刀的勇气。

对赵之筠的话，卢绍谋半信半疑："之筠，你要是有销路，我每吨给你让五千元的回扣，怎么样？"

"五千元？你也太小瞧人了，我赵之筠可不是掮客，更不是饿奄皮，几千块钱就看在眼里。"他心里暗暗思量着，但表面态度看起来更加文雅客气了："不，不，我怎么能挣你的钱呢？如果对方同意要货，我只能以畜产公司的名义来和你成交这笔生意。我为公司赚了钱，同时也帮你摆脱困境，这是两全其美的事。"这一席话，消除了他俩之间的隔阂。

卢绍谋给他取了样品，赵之筠从透明塑料袋取出一把无毛绒，手感很好，是柔和细软的水洗绒，长度都在三十六厘米以上。这两天，他跑遍全市的梳绒厂，连最不起眼的乡镇企业单位都没放过，但看到的都是干梳绒，而且长度仅仅是三十二厘米，根本不符合金老板的质量要求。

"大货和样品一致吧？"他还是不放心地问了一句。

"这是出口产品啊。"卢绍谋的言外之意是告诉他对产品质量的担心是多余的。

赵之筠拿着无毛绒样品刚刚走出去，乔莎莎就从北京打来了长途电话："绍谋，这几天公司里的情况怎么样？"

"我在坐以待毙，等待命运的宣判。"

"难道没有一位客户去和你洽谈无毛绒生意吗？"

"有。刚才赵之筠来了一趟，他才打电话和深圳联系，没多大希望。"

"话也不能那么说，希望不大的事，往往能够成功。不过，无论谁要货，价格一定要卡在七十万，绝对不能再降价。"乔莎莎的口气有点古怪，好像隐藏着什么不可告人的秘密。

"有人要货就不错了，我都没信心去讨价还价。"

"价还是要讨的，而且寸步不让。你要注意，赵之筠想乘人之危赚一笔钱，地区畜产是有款的，付讫这几百万不成问题，你要把这小子紧紧咬住。我最晚明天回去，吻你！"在电话里，绍谋似乎吻到了乔莎莎那甜丝丝的双唇，但觉一股汹涌如涛的快乐通过那根电话线传遍全身。

金老板仔细看着赵之筠拿来的样品，脸上呈现出满意的笑容："这无毛绒凭手感就知道绝对不是用你们贵国生产的那种梳绒机梳出来的。"

赵之筠十分佩服金成一的眼力，点点头说："您判断得很对，这批无毛绒全部是用意大利进口梳绒机梳洗的。"

"可以看看大货吗？"金老板问。

"可以。但金先生必须和我公司先拟订一份协议。我不是对先生不信任，而是为了我们生意更顺利地成交。"

金成一非常爽快，一份协议很快起草完毕。

赵之筠清楚，金老板既然决定买这五吨绒，肯定是要看大货的，但赵之筠是不会领着他去卢绍谋的仓库里看货的。看来，自己必须亲自出马和卢绍谋商谈这笔生意。他深知，卢绍谋是条狐狸，要想在狐狸身上打主意，就不能让狐狸嗅出一点气味，更不能让他知道金成一的来龙去脉。

赵之筠再次走进卢绍谋办公室。

他的出现让卢绍谋惊讶，他果断地和他签订了购货合同，更让卢绍谋出乎预料。显然，他是找到了出口销路。关键性的突变，使卢绍谋在绝望中看到一线生机。他也看出赵之筠是想利用大跌价从无毛绒生意上捞一把。货究竟卖给了谁？一丝疑团缠绕在卢绍谋的脑际。他也不好向赵之筠打听，这是生意上最忌讳的事。

赵之筠正式和金老板签订了合同，并接受了金老板付给的十万元预付金额。这区区小数他并没有看在眼里，但它说明了金老板对这笔生意是持有诚意的。同时，金老板又另外拿出一万元，作为送给他本人的好处费。当金老板在商检证上签发了"认可"二字，他才翻手去对付卢绍谋，这小子吃得真狠，金老板给他的价格每吨是八十万元，而他给卢绍谋的价只是五十万。卢绍谋摇摇头，不动神色，一口咬定七十万元，少一分也不卖。双方僵持不下，终于各自让步，以每吨六十五万元的价格成交。

三百二十五万元的巨款终于转进卫达实业公司的账户。这变魔术似的生意，把卢绍谋从困境中解脱出来。他把这笔钱全部还了贷款。明珠大酒家终于保住了，生意上也开始转败为胜。

[四]

乔莎莎从北京风尘仆仆地赶回来。卢绍谋把她拉到自己的身边，轻轻地在她双唇上吻了一下，她也回吻了他，俩人都沉浸在幸福的喜悦中。

"绍谋，我们总算挺过来了。"

"赵之筠这小子真能耐，不知钓住个港商还是台商？一下就吃掉五吨货。"

乔莎莎咯咯一笑，开心地说："我让他吃不了兜着走。"

"你这话是什么意思？"

"没什么。"她一本正经地说："绍谋，你必须从这笔款中提取三十万给我。"

"你要款干什么？"

"答谢一个帮了你大忙的人。"

"你把话说明白一点。"

"傻帽，这次生意多亏了金成一先生插手帮忙。要不，你的无毛绒就是生了蛀虫也卖不出去。"

"金成一？"卢绍谋皱起眉，脑子里仔细过滤着所有认识的人。

"阿成呗。我上次回来不是和你说，他要见见你吗？"

卢绍谋一听这话，吃惊不小，抬起头，一瞬间，脸上露出一些紧张的反应："阿成要了赵之筠的货？这家伙可是个老练的国际骗子，我对他是十分了解的。你怎么和这个骗子挂上钩的？"

"不骗你不就行了。生活中任何事情都有着它自己的标准。俗话说：骗死人不偿命。当骗子要比当小偷当强盗的人高明十倍。"

"莎莎，你究竟搞什么名堂？从一开始，我就觉得这场生意很蹊跷。"

"进了账的三百二十五万款是真的吧？其他事你就不要多问了，我和阿成签订了协议，三十万款必须照付他。"

"你要不说出事情的原委，我不会付给你款的。"卢绍谋口气十分坚决。

"好吧，想知道，我就如实告诉你。我利用阿成当诱饵，让赵之筹买走你积压的无毛绒。"

"啪！"一记响亮的耳光打在乔莎莎脸上，卢绍谋两眼在冒火："没想到，你也干起这骗人的勾当？告诉我，为什么要这样做？"

这记耳光把乔莎莎打懵了，身子失去平衡，一头栽倒在地板上，血从嘴角一滴一滴流出来，染红了雪白的纱裙。好一会儿，才咬着牙从地上爬起来，手指着卢绍谋的眼睛，狠狠地说："为什么要这样做，你还不清楚？我不愿意看着你被别人吃掉，更不愿意看见你破产。"

"可你却整垮了另一个人，你的良心呢？道义呢？"

"良心、道义在生意场上难道还有市场吗？还有人推销吗？讲良心，李剑就不会把你置于死地。赵之筹就不会抄你的后路抢你的生意。这几年，你干的骗人勾当还少吗？你别以为自己的手是干净的，灵魂是纯洁的，也不要把自己打扮成光明磊落的正人君子。我这样做，完全是为了挽救你那将要破产的公司……"

"够了，我不需要你用这种方法来挽救我。无耻！"

一股受了伤害的狂怒涌上乔莎莎的心，她向卢绍谋发出一连串的辱骂："你光荣、伟大、正义、慷慨，把六百万款拱手捧送给别人，自己宁愿当乞丐。"她连讽带刺，连哭带喊地向外走去。卢绍谋一把拉住她，裙子的衣领被撕开一道口子："你好好给我待在家里，从今后，我再不允许你参与商界的事。"

乔莎莎并没有退缩，她揉了揉嘴角的血迹，冷笑一声说："卢绍谋，你不觉得自己太霸道了吗？"

"住嘴！不许你再说一个字。"

他们像决斗似的，互相仇恨地对视着。

"亏你能想出这样巧妙的绝招。"卢绍谋仔细打量着妻子，佩服她这超人的智慧和才能，绰约的身躯好像一株带毒的玫瑰。

"你为什么不和我商量，就去求那个阿成？"绍谋眼里充满了疑惑和不信任，用一种挑衅的恶毒语言逼问："你用什么方法去求他的？你们在一起都做了些什么？"嫉妒和怨恨使他发狂，尖利的目光在妻子的脸上扫来扫去，这是多么可怕的撕碎人心的眼光啊。

"你……你简直是魔鬼不是人。"乔莎莎气得要命，终于明白了卢绍谋为什么这样无情无义地对待自己。顿时，绍谋在自己眼里那个高大光辉的形象倒了，她用一种古怪的眼神望着丈夫，好像看一只变了形的怪物似的，"你并不是因为赵之筹的垮台而和我过不去？而是因为你的老婆去求了一个泰国老板，是在嫉妒吧？哼！你原来也是个不能脱俗的伪君子，我把你高看了。"

"我不能忍受自己的老婆跪倒在一个跨国分子的脚下为丈夫求情。你知道这个阿成是个什么东西？"

卢绍谋对阿成的底细是清楚的。那年这小子骗了某公司六十万款去了泰国，仅仅几个月就把这笔款挥霍得一干二净，沦为乞丐流浪在曼谷街头。后来，一家开妓院的老板看他可怜，就收留他在妓院干杂活，每天给他吃两顿饭。哪知，妓院老板的女儿看中了他，要招他为婿。老板的女儿是个瘸子，阿成为了生存，只好委曲求全和这瘸子结了婚。后来，他结识了一个跨国诈骗分子，这家伙给他提供费用，打着做生意的幌子又回国到处招摇撞骗。乔莎莎和这种人勾结在一起，还会有好结果吗？

一阵急促的电话铃打断卢绍谋的深思，乔莎莎拿起话筒：

"乔小姐，我是阿成。事情已办成功了，咱们可不能言而无信哪。"

"我办事向来是守信用的。"

"那好吧，照我提供的账号和开户行把钱如数汇过来。"

"不要着急嘛，我正在和绍谋交涉这件事。"

"不行，我不会让你这个跨国诈骗犯得逞。"卢绍谋一把抢过话筒，怒气冲冲地说："你休想从我手里拿走一分钱。"

"哈哈哈……"阿成放声大笑着："卢先生，是你的妻子来求我帮忙的。我阿成也是看在咱们过去有过生意往来，才去帮你。不过，无代价的帮忙我是不干的，何况事已成功，我给你公司诱进了三百二十五万款，挣这点小费是理所当然的。没想到，你这位堂堂的大经理，怎么也变得这么小气？"

"不要胡扯了，你不可能从我手里拿走钱。"卢绍谋似乎在努力抑制着愤怒的爆发，冷冷地说。

"话也不能说那么绝。你难道就不为自己的妻子着想？我如果得不到钱，就去法院告她。利用外国人的身份和名义进行诈骗，事实已形成，证据也足够。"

卢绍谋僵在那里不动，他已意识到事情的严重性，阿成真要那么干，后果是不堪设想的。

"我手里有你老婆和我签订的协议书。这事如果打起官司，我充其量是违犯了合同法。违约并不犯法，况且我已经预付了赵之筹十万元，按百分之三的违约金计算还有余头呢。"他的话里流露出一股可怕的力量，令人不寒而栗。

"你这人真可恶！"卢绍谋狠狠地骂道。

"怎么？既不想出钱，又不想让妻子坐牢，那让乔小姐陪我睡一晚上,这笔账也算抵消了。"阿成用最卑鄙的手段开始要挟卢绍谋。

"混蛋,无赖!"他叭的一下扔下话筒。阿成的话如一把双刃利剑,狠狠刺进卢绍谋心里,他怒视着乔莎莎大声质问:"你和这个狗东西到底是什么关系?"

"你希望的是什么关系?"

"不许你玷污我的名声。"

"那就开一张三十万的银行汇票给他。"

卢绍谋无力地倒在椅子上,终于签发了一张三十万元的信汇单。

第十九章
又一个跳海的女人

[一]

金成一对这五吨无毛绒十分满意，当他看了大货，又在商检证上签发了"认可"二字后，就准备回香港汇丰银行办款。

赵之筠设宴为这位大财东饯行，并给他买了回深圳的飞机票。

"金先生，打个电传过去不就行了，何必来回跑呢？"赵之筠心里总是有点不大踏实。

"不行哪，本人不亲自去，汇款手续是办不了的。你是不是对我不大放心？"金成一看出赵之筠的心思，直截了当地说。

"等我的LC进了中国银行，再往港口运货也不迟。这样，双方都踏实。"

"金先生言之有理，就照你说的办。估计几天能返回来？"

"最晚五天。"金成一诚恳地说。

五天的时间是多么漫长，赵之筠忧心如焚地等着盼着，但等来的却是一份从深圳拍来的加急电报："绒款暂时汇不过去，请耐心等待，今晚七点钟等我电话。"这突然发生的事使赵之筠深感不安，他拿着电报，浑身直冒冷汗，显然，自己已处于非常不利的地位。

275

金老板到底打得什么主意？为什么突然变了卦？是真的汇不过货款还是圈套？他反反复复把这次生意的全盘环节在脑子里仔细过滤了一遍，但始终没找出一点破绽和疑点。他疲倦地揉了揉双眼，苦着脸沉思，好不容易熬到七点钟，又焦急不安地守在电话旁，七点钟电话铃响了："赵经理，你的货暂时不要运往天津港了。"

金老板这句话使赵之筠吃了一惊，看来他到底不要货了。

"为什么？"赵之筠深感不快，一只手紧紧握着话筒，慌乱地问。

"我的款暂时办不下来。因为凡是和贵国往来的生意，汇丰银行都不给办理款项。"他的话变得冷酷生硬。

"你这纯粹是捉弄我们，怕受到损害，就不该和我们签订合同。"一团无名火在赵之筠胸中燃烧，愤怒和失望从他那白净的脸上泛出来，额头也冒出一层细密的冷汗。

隔着电话，金成一似乎能感到他那瘦削的身躯内发出的激愤和受了捉弄的狂怒。但他像玩一只被自己捕获的猎物似的，不慌不忙地说："赵先生，请不要动怒嘛，我也是想成交这笔生意，到手的货谁不想拿走？但款汇不过去，我又有什么办法呢？"

"你有款吗？金先生，你难道也和我们玩空手道？"

"哪里？哪里？关于我公司的资金，你可以向汇丰银行去咨询。"

"我没那闲工夫，直说吧，这事该怎么办？我们公司的损失非同小可，三百多万元可不是个小数目。"

"哈哈哈……"金先生突然放声大笑起来，震得赵之筠耳根都嗡嗡响："赵先生，你损失了什么？货不是还完完整整地存放在你的库里吗？我又没带走一斤一两，何谈损失二字？"他长长叹口气，无可奈何地说："倒霉的是我，白白搭进十几万。"

"没有你这位客户，没有你签订的合同书。我会盲目购进这五吨货吗？货物的积压就是巨大的损失，你仔细算算，三百多万的货款利息是多少？我要起诉你。"赵之筹的语调十分严厉。

金老板听了，不以为然地说："充其量是个违约吧，中华人民共和国的合同法上，违约是百分之三的赔偿费，我已经预付了你整整十万，足够支付违约金啦。你还起诉什么？赵先生，请好自为之，你的兜里还装着一万元的好处费呢。生意不成情意在，我金成一办事向来不会让朋友吃亏。"

赵之筹坐在办公室里，眼睛呆呆地盯着手里已经挂断的电话，感到内心一阵激愤，还有一种受了捉弄和欺骗的恼怒。他失去了镇定自如的风度，心神不定地吸着烟……生意的失败，使赵之筹难以置信，又感到不其而然。金成一为什么要欺骗自己呢？白白丢了十几万，究竟是为了什么？他翻来覆去地思索着……明知道对方说的是一片谎话，但自己又找不到他说谎的依据。和外商打交道，也不是头一回了，接汇方法他还是略知一二。暮色从窗口涌进来，屋里变得混沌、朦胧、模糊，赵之筹的情绪也一下子变得十分低落，沮丧地摇摇头，感到自己正陷入一场阴谋圈套中。谁是这圈套的设计者呢？他就是绞尽了脑汁，也不会把金成一和卢绍谋联系在一起考虑。

副经理耿亮走进来，兴致勃勃地说："货已经全部装上了车，明天一早就启程到天津，你看，派谁来押车比较合适？这五吨货在路上要是有个一差二错，咱们谁也担当不起责任。"

赵之筹的脸色十分难看，无力地朝耿亮摆摆手，尽量使自己的声音保持平静："老耿，把货全部卸车入库。"

"为什么？"耿亮有点疑惑不解："司机把路单都开好了。"

"金老板来了电话，LC没打进中国银行，咱们怎么能贸然发货呢。再说，绒价又下跌了，他每吨只给咱们六十万。难道能赔上钱去卖？"赵之筠顺口胡编了这套谎话。这件事的内幕如果让公司的人知道，会成为笑柄的。他必须想一个万全之策，来挽回自己的面子，在他来看，这面子的损失似乎比公司所受的损失更为重要。

"已经定了合同，怎么又变卦呢？外商做生意，也是这么不守信用。"

"合同只是一张纸，不能当钱用，我们的宗旨只有一个，不做赔本的生意。"

"这五吨货怎么办？"

"有货还愁卖不出去？有牛还怕赶不上山？"

"无毛绒的行情直线下跌，我担心，货一下出不了手，咱们会赔塌老本的。这三百多万的货压在库里，公司一点流动资金也没有了，其他生意也不能开展，损失是难以估测的。"耿亮的担心是有道理的，赵之筠心里十分清楚，无毛绒的生意是越来越萧条，不能及时找上客户，谁知道这行情还要下跌多少？他的脑子里还是一团乱麻，理不出个头绪。好一会儿才转过脸去看着耿亮，故作镇静地说："当务之急是联系客户。"

耿亮苦笑着，摇摇头慢吞吞地问："赵经理，即使有客户，价格低于购货价你卖吗？"

"这……"赵之筠被这句话问住了，沉思了片刻，干脆地说："不卖，我不是说了，赔钱的生意不做。"

"既然赔钱的生意不做，就没必要再去找客户了。你刚才不是说价格已跌到六十万？"

"我……我只是指金老板而言。"

"看来，金老板不要货的真正原因恐怕不是价格的问题吧？"耿亮随便抛出这句话，但对赵之筠的震动却很大，忍不住打了个寒噤，用一双锐利的眼睛死死盯着对方，心里暗暗思量：看来，他已知道了事情的原委，只不过不好挑明罢了。怎么？想看我的好戏？盼我下台？我赵之筠可不是凌中杰。想到这儿，他脸上呈现出一丝深思熟虑的神色，果断地说："关于这批货的处理，我自有安排。有什么想法和看法，经理会上再讨论。"这句权威性的话堵住了耿亮的嘴。他俩默默地站起来，对视了几秒钟，各自怀着心思，慢慢走出办公室。

[二]

落地组合音箱正播放费翔的一把火。巩妮萍踩着鼓点，扭动腰肢跳起迪斯科。婀娜的身姿、优美的舞步使她进入自我陶醉的境界中。桌上摆满了丰盛的饭菜，只等丈夫回来一块享用。大钟不紧不慢地打了八下，赵之筠还没回来。她有点坐不住了，焦急不安地转来转去，又往单位拨了三次电话，都没人接。他去了哪儿？这馋猫是不是又去寻野食？男人没个好东西，兜里有了钱，就想入非非。一定又去了莉莉那里。这个外号叫茉莉花的女人和巩妮萍是同学，有一次，在舞厅上碰面了，她介绍莉莉认识了赵之筠。哪知，这个自由女性大胆地邀请赵之筠跳舞，俩人跳了一曲又一曲。莉莉紧紧贴着丈夫的身躯，中间只隔着一层薄薄的连衣裙。巩妮萍注视着他们，突然，一股无名火涌上心头，她骂自己办了一件蠢事。聪明女人是不能把漂亮的女朋友领回家里的，更不能介绍她认识自己的丈夫。这种举动其实是对自己的一种贬损。后来，茉莉花总是给赵之筹往来打电话、送舞票。她敏感地察觉到，丈夫是迷上这个女人。有一次，从丈夫的纽扣上撕下一根长长的头发，还闻到一股女人的香水味儿。但妮萍是个精明过人的女人，表面上装出一副若无其事的样子。赵之筹下班不回家，她就去莉莉那儿串门，找她聊天……

妮萍轻轻叩着门。天已经黑了，外面下着雨，莉莉吃惊地望着打着小花伞的妮萍，"是你呀，快进来。"她穿着一件玫瑰色的十锦缎旗袍，脸上不施粉黛，长长的头发披在双肩，好漂亮的天然风姿，怪不得许多男人都为她倾倒，就连她这个女人，也被这天然丽姿所打动。屋里乱糟糟的，地上放着皮箱，床上堆着衣服。妮萍朝她笑笑，很随便地问："你要出远门？"

"我要去新加坡。"莉莉拿出一盒糖，给她剥了一块递过去："吃吧，这是我的结婚喜糖。"

"你结婚了？"巩妮萍吃惊不小，她怔怔地望着莉莉。

"怎么？我不能结婚？"莉莉的声音很古怪。

"你不是主张独身吗？"

"是主张独身。迄今为止，我还是独身主义的信徒，这张结婚纸并没有改变我的信仰。我只不过是利用它来换取这张护照。"她边说边从盘子里取了一块糖放在嘴里，津津有味地嚼着。

"莉莉，难道仅仅为一张护照，才去结婚吗？这是在拍卖自己。"

"拍卖？谁不在拍卖自己？女人历来就是为拍卖给男人而生存的，我算看透了。"她的眼神变得有点暗晦，声音哽咽了。

"你丈夫是华侨还是地道的新加坡人？"

"新加坡人，他去买飞机票，一会儿就回来，你会看见他的。"

妮萍向她伸出手，由衷地说："祝贺你！"

"你的祝贺还有点为时过早。"莉莉的脸上露出一丝不易使人察觉的苦笑，突如其来地问："妮萍，你是来找赵之筠的吧？你生怕我勾引了他。其实，这种担心是多余的，男人们都是馋猫，是看不住的。何况，不吃肉的猫一定是只傻猫，你也不会喜欢。要紧的是他在外面吃饱了，知道往家里跑就行了。我和他接触，只是出于对另一个人的怀念。还记得毛永杰吗？"

　　"记得，他是女同学心中的偶像。那时，我也暗暗下决心，将来找对象，一定选择像毛永杰这样的小伙子。可惜，他太高傲了。一般女孩子根本看不起。"

　　"他爱过我，我的初恋奉献给了他，为他打开爱情之门。但当我和他提出结婚时，他的态度却变了，他说：'结婚是埋葬自己青春和爱情的坟墓。为什么要给自己过早地挖掘这个坟穴呢？我不喜欢结婚，也不想过那种被法律和道义紧紧束缚着的生活，更不想出卖自己的自由。珍惜它就像珍惜我的生命一样。'他还说：'一个人为什么总是要结婚？不结婚，可以任意爱十个二十个一百个姑娘。'我一听这话，愤怒至极。原来他做的一切，都是为了占有我。他毁了我，觉得自己再没脸见人。但又一想，为什么就不能去折磨他们呢？于是，男人在我眼里就变成一群贪婪的狗。当它温顺地伏在你脚下时，你就使出浑身解数来戏弄它，拿一块骨头来引诱它，它就快活地朝你汪汪叫，你在它眼里是至高无上的主人。千万不能让它吃着骨头，真要让它吃饱了，它就会不理你，甚至憎恨地咬你几口。"她打住了话头，眼睛盯着墙上那张圣母画像，喃喃地说："我是个孤独者。大概是这种力量在我体内发酵，总想独自去跳海。"突然，她颓然地倒在床上痛哭起来。妮萍走过去，伸手理着她那凌乱的头发，说："莉莉，你难道非得离开吗？"

"我不想离开，但这里的环境又使我无法生活。周围的人谁也不会接纳我。我寂寞、悲伤，没有一个知心人可以在我最痛苦的时刻一诉衷肠。"

门开了，一位头发斑白的老头子走进来，莉莉揉了揉红肿的眼，拿出化妆盒在脸上轻轻扑了点粉，强装着笑脸迎过去："介绍一下，这位是我的丈夫，伊文思先生。"说罢，又指着妮萍说："她是我中学时代的同学，巩妮萍。"

伊文思扶了扶鼻梁上那副骨质边眼镜，伸出干瘦如柴的手，和妮萍握了握。这副形象使妮萍大吃一惊，情绪顿时一落千丈，心像被蝎子扎了一下，疑惑的神情像一层薄薄的流动着的雾，罩在脸上。她故意向后欠了欠身子，拉开距离仔细观察着伊文思。

"妮萍小姐，请坐。"伊文思客气地递过一杯冰泉水。从外表上看，还是个颇有教养的绅士一类的人。

"谢谢！"妮萍点点头，浑身不自在。她不敢想象。茉莉花怎么和这老头子在一块睡觉。他脱掉衣服，一定如同一具骷髅，睡在一块，只能使心理上产生恐惧和厌恶，他像个放完子弹的空弹袋，连肚皮都是瘪瘪的。她怀疑茉莉花的神经出了毛病，不然，怎么能干出这种荒唐事呢？妮萍再不想待下去了，起身客气地和伊文思点点头，准备告辞。她返头对莉莉说："到了那边，有啥事来信联系。"

"我是去跳海，生死难卜。"莉莉叹口气说，把妮萍送出门外。俩人沿着人行道慢慢向前走着……

"我很羡慕你有个幸福的家。看见你和赵之筠在一起，都有点嫉妒。现在，类似你们这种婚姻状况稳定的家庭屈指可数。"

莉莉的话对妮萍有很大的触动，其实，她心中也有一肚子的委屈和苦衷，不由地摇摇头说："你现在不也有了一个家吗？"

莉莉发出一声悲哀的冷笑："家这个概念还没有在我脑子里形成。你大概耻笑我找了个干巴老头子？在于我来说，干巴老头子和年轻小伙子是一回事。欢乐、痛苦全都那么平淡。和这些人睡在一起，我把自己当作一部冰冷的机器，通过这部机器来赚钱，来生产痛苦，来榨干他们的精液。爱情在我心中早就死亡了，它已经变成一个苍白而无力的交易代号。"莉莉戴着一副宽边墨镜，镜片挡住了她那双明澈的眼睛。一副大大的银耳环在耳边摆来摆去，看上去真有点像吉卜赛女郎。妮萍不由地想起那些流浪在草原上的茨冈人，想起那些被贩卖到中东的女奴，内心感到一阵恐慌和不安，担心地问："莉莉，你觉得老头子能靠得住吗？"

"靠不住又怎么样？我只希望他把我带出去。我能把自己拍卖一次，就能拍卖第二次。价格最低最贱的女人就是给男人做妻子，我已经把自身的价码放在最低档次了。"莉莉悲哀地说。妮萍无法分清她脸上挂的是泪水还是雨水，头发也是湿漉漉的，裙子紧贴在身上，长长的裙摆显得很沉重。那样子，像一个刚刚打捞上来的溺水者，湿淋淋的身子在寒冷的雨中瑟瑟发抖。

"莉莉，生活总还是充满阳光的。"

"不，生活对于我来说如同一条蛇，随时都会螫死我的。"

十字路口，她俩分手了，那盏高悬在电杆上的高压水银灯，射出苍白的光，莉莉的脸上罩着几分忧郁的色彩。迎着夸夸的夜风，妮萍向家走去，灯光把她的身影拉得长长的，双腿好像被这无形的影子绊住了，脚步变得越来越沉重。

[三]

　　妮萍回到家已经十点多了。赵之筹一个人呆呆地坐着，屋里一片黑漆。妮萍打开壁灯，刺眼的灯光把他的脸色映衬得更加苍白难看，他用十分尖刻的语调问："又去跳舞了？"

　　"跳什么舞，去看看茉莉花，她要走了。"

　　"去哪儿？"赵之筹显然感到十分吃惊。

　　"新加坡。"

　　"又一个敢于跳海的自由女性，她用什么办法搞到护照的？"

　　"把自己卖给一个干巴老头子。"妻子这句话显然对赵之筹是个刺激，他猛地一下从沙发上弹起来，大声问："她难道就甘心委身于一个老头子？"声音酸溜溜的，心里也怪不是滋味儿。

　　"别这么酸溜溜的，叫人听了心里难受。"妮萍见丈夫脸色不对劲，故意挖苦他。

　　"我没有犯酸。"赵之筹在辩解，"火烧眉毛了，你还拿我开心？"

　　"又发生了啥事？"

　　"我们公司被金老板欺骗了。"

　　"你们的业务不是已经成交了？"

　　"成交个屁，他没款，不来提货了。"

　　"哎呀，他不提货，不是还有货在吗，你发的哪门子愁？"

　　"货能变成钱？卖不出去，我怎么向区公司交代？"

　　"交代什么？这么大的畜产公司不库存几百万元的货还能搞贸易吗？款和货是等同的，库存增大资金必然减少，在账面上是平衡的。衡量一个单位的亏损与否，是看账目，账目上反映不出来，谁又能说你公司亏损呢？"

妮萍的话使他顿开茅塞，自己怎么就没想到这一点呢？

"况且，你还为公司拿回十万元预付金，数目不大，但这是额外收入。你用这笔款给职工增加一点福利，大伙还能不拥护你这个经理。这次业务虽然没成交，我看还是成功的，咱们不是也得到一万元吗？那个金老板到底是见过世面的大亨，出手多大方。挣钱就得挣有钱人的钱。"

"这钱好吃难消化，我担心总有一天败露，落个凌中杰的下场。"

"胆小鬼，谁能拿出你受贿的证据？怕什么。"

俩人沉默片刻，赵之筠又说："这五吨货暂时卖不出去，单位资金周转不开，其他生意也无法再做。"

"大姑娘讨吃，死心眼儿。说你傻帽，你还不服气。这货就是能卖出去也不能卖，行情一天天下跌，你如果赔钱卖了，账面上就反映出亏损二字，这亏损的数额拿什么来弥补？我们银行最近传达了一个内部文件，据统计，全国类似你们这些官办国有企业厂矿，积压物资不下几十个亿。物资大涨价时，盲目购货，市场一疲软，货就销不出去了。这些单位的领导为了保住自己的乌纱帽，不暴露出企业中实质性的亏损，宁愿把这些货压在仓库发了霉，变了质，也不削价处理。每年审计处下去查账，总是盈利单位，领导面子也光彩，上级对他们也重视，该提拔的提拔，该奖励的奖励，实际呢？把国家的物资都打入冷库，这笔损失是巨大的。内参消息上说，一家外贸公司，积压着几千吨羊毛，全部被蛀。到现在还在那儿存放着。这些问题说明了什么呢？你这几百万元的货还算个啥？单位的钱你又没往兜里装一分，谈不上廉洁奉公，也算得上光明磊落。"妻子的一席话，使赵之筠豁然开朗，马上给她一个热情、慷慨、外国式的拥抱："对呀，我怎么就没调开这个心眼呢。"

"你是傻帽呗。"妻子用指头戳了一下他的鼻子:"我们搞财务工作的,懂得在账目上做文章。"

"知我心者,天下只有我妻也。"赵之筠捧着妻子的脸蛋,忘情地吻着……

在全市皮毛市场开业的剪彩大会上,卢绍谋与赵之筠见面了。面对赵之筠,卢绍谋内心总感愧疚。因为妻子策划的阴谋使赵之筠陷入困境,他极为内疚,深感不安,想做一番解释,或是对他进行一番安慰,他的语气是诚恳的:"之筠,谢谢你对我的帮助。听说你购进的那五吨货,压在了手上。"

"对方不给个好价格怎么能出手呢?"赵之筠淡然一笑。

"金诚一是个大骗子。"卢绍谋一针见血地指出。

赵之筠不是傻瓜,脑瓜子反映极其敏锐,脸上的表情有点狡黠。疑惑地反问:"你怎么知道?"

卢绍谋郑重其事地表达了自己对他的同情和安慰:"姓金的这小子什么事都干得出来,我不清楚这场生意的内幕和来龙去脉,使你蒙受了巨大的损失。"

"哈哈哈……卢经理,你说的是哪里的话?我根本没受什么骗,人家也没骗我,更没受什么损失,货不是还好好地存放在库里吗?我们畜产公司是资金雄厚的国营单位,购进几百万、几千万的货是正常的业务,我不明白老兄这番话的意思是什么?"赵之筠的情绪有点激动,一席话叫人难以置信,连卢绍谋都有点怀疑乔莎莎的话是否真实?卢绍谋再看赵之筠的神色,有一种被人揭了老底的恼怒在脸上呈现出来。显然他把自己受骗的隐痛埋藏得很深,要不就是他已经从这场骗局中得到了一定的好处,害怕卢绍谋知道这场生意的内幕。卢绍谋终于悟出其中奥秘，怪不得许多人都在打这些企业的主意，想方设法、挖空心思来割他们的草……原来是这些经理使他们产生了浓厚的兴趣，就像苍蝇专叮有缝鸡蛋一样。

第二十章
恨不再相逢

[一]

秦茗躺在床上，就像躺在一部冰冷的车床上。在高速旋转鸣响中，迸射着火花，那是生命的烈焰在升腾。人的生产都要使母体经受难以忍受的疼痛，在这巨大的折磨和摧残中，母亲勇敢地走向死亡而又顽强地复生。死亡贯穿着这部机器的整个生产过程中，周围的东西似乎都随之失去了生命，连那白色的窗帘，白色的被单，都像一张张死人皮，向她身上裹来。秦茗脸色灰白，毫无血色的嘴唇紧紧闭着，每一次阵痛来临，就咬紧牙两手紧抓床头上的铁杆，身子像一只变了形的大甲虫，在疼痛中痉挛。她多么希望有个男人陪伴在身边……

他来了，这是一张使她憎厌的脸，那个区委书记的儿子，他是一头凶猛粗暴的公牛，秦茗用一张结婚证换来了一份回城准迁证，这是她全部的身价，多么可悲而廉价的交易。她变成了这头公牛的老婆，他怎么会来呢？是不是又来抢夺这个孩子？他用一双冰冷的手摸着她那挺起来的大肚子，那手突然变成了一把雪亮的手术刀，她惊恐地大喊着，神智恢复了，眼前还是一片空白……

炼狱的烈火煎烤着她，她用牙齿咬着一块手帕，疼痛被一点点咬碎，一点点咽进肚子里。阵痛过后，口干舌焦，浑身软弱，大汗淋淋，多么想喝点水……她觉得自己正沉浸在碧蓝色的海洋中，不会游泳，但大海的浪潮并没有把她溺毙，尽情地逐浪沉浮，四周都闪耀着绿色的光彩……那是生命之树在闪光，不！是绍谋，他抱着一束鲜花，晶莹的露珠在嫩绿的叶子上滚动，那紧紧合拢的花苞，像一个刚刚睡醒的美少女，慢慢睁开了迷蒙的眼睛。一颗水珠滚进花蕊里，花儿迎着明媚的阳光，绽开了美丽的笑脸，那是露露的脸……"露露！"她把女儿紧紧抱在怀里："妈妈是多么想念你啊！"

"你是我妈妈吗？"

"是的。你不记得了？妈妈还送你一个大洋娃娃，那个娃娃还在吗？还陪你玩耍吗？"

"不，听爸爸说，女娲娘娘捏泥人时，数错了数。当这些泥人变成人时，发现多了一个男人，妈妈就是被这个多出来的男人抢走了。"露露不理她，不信任地摇摇头跑了。

"不，我就是你妈妈！"她绝望地呼喊，一阵天旋地转……巨大的疼痛又向她袭来，间隔的时间也越缩越短，半小时，十分钟……她那痛苦的呻吟中没有软弱，更没有绝望，只有顽强的抗争。她要把孩子生下来，这是支撑她生命的唯一信念。

大夫过来作了检查："你是难产，为了预防万一，我们需要做手术前的准备，一旦生不下来，就立即行施手术，让你爱人来签个字。"

"他出差没有回来。"秦茗艰难地皱了皱眉，感到呼吸越来越急迫，全身大汗淋漓。

"家里人也可以，难道没人来陪你吗？"她被护士搀扶着走进产房，艰难地爬上产床。那块淡黄色的塑料布冰凉冰凉，凉意穿透她的脊背，向全身扩散。谁也没来陪她。不！是死神在陪着她。她抬起无力的手，在住院书上为自己签了字。

泪水顺着两颊流下去，她哭得好伤心，用一种复杂的、忧郁含怨的目光默默地望着大夫。疼痛对于她是无关紧要的，要紧的是心灵上的疼痛。那缺乏温情和互相爱慕的婚姻生活，给她心灵上留下深深的缺憾。那一次，她和一个自己一直不爱的男人怀了孕，记不清是怎样怀上那个孩子的。俩人睡在一起，他生硬地说："我们该有个孩子啦。"她也感到生活的乏味和无聊，有个孩子也许会好一点。

"你是想用孩子当纽带把咱俩连在一起？"她用自我解嘲的口气挖苦他。

"我们是夫妻嘛，为何就不要孩子呢？"

"我讨厌你的孩子。"

"我是你的男人，咱们是受法律保护的合法夫妻。"

"孩子生下来，我也不会喜欢的。"

"为什么？"

"因为是你的孩子。"

"神经病。"丈夫喘着粗气，笨重的身子向她压过来。到底是怀孕了。

当护士托着孩子的光屁股告诉她生了个女孩时，那干渴的心田霎时注满了甘露。她心花怒放，欣喜若狂，给女儿起名叫露露。露露使她那荒漠的心田育出了一片新绿，于是，她的眼前又化出一片闪亮的绿云，这绿云将托着她这颗充满母爱的心，轻轻飘浮在浩瀚的天际。天上出现了乌云，爱心被罩上了阴影。和卢绍谋一见面，爱犹如一座休眠火山，猛烈地爆发了。他们像偷吃了禁果后从伊甸园逃出来的一对男女，沉浸在聚合着整个生命的热恋之中，那是一种能让你凌空展翅、自由飞翔的感情，它占据着秦茗的整个心灵，于是不顾一切地逃离了那座囚禁她、使她窒息的房子，也离开了那个从心理上一直感到厌倦的男人。丈夫为了报复，活生生把女儿从她身边夺走。这头公牛曾为她的不贞而咆哮，用发疯的手掌猛烈地抽打她，揪她的头发，用牙齿啃她的肌肤。她被打得浑身血迹斑斑，但浑然不觉疼痛，没有退缩，也没有求饶。

"你可以走，把女儿留下。"

"不，求求你，露露是我的，我不能离开她，不能……"秦茗挣扎着从地上爬起来，有气无力地向他求饶。他冷冷地仇视着她，粗声喝道："滚！到你的旧情人那里去，老子成全你。"沉重的大脚踏在身上，血从她嘴里吐出来，那白色的床单顿时显出鲜红的图案。图案承载着她那段坎坷的青春和初恋的美好记忆，承载着她和意中人在一起的生活片断，还承载着她对爱情虚无缥缈的幻想之梦。她承认自己依然爱着卢绍谋，为他可以无所顾忌，甚至可以去死。正因为爱，她才下决心生这个孩子，让绍谋的影子永远伴随在自己的身边。但她却失去了女儿。五年了，再没有见到女儿的面。在她的记忆中女儿刚刚会叫一声"妈妈"，刚会往前迈一小步……她用缕缕思情织成一件件漂亮的小花衣，寄托着对女儿那种肠断肝裂的思念。也许是对女儿这种刻骨铭心的思念，对绍谋难舍难弃的爱，让她必须把这个孩子生下来。

母亲尖刻地指责她："你愿意让孩子一出世就被人指着脊背骂野种吗？"

"不，孩子有爸爸。"这是她和卢绍谋多年来爱情孕育出来的精灵，她盼望孩子的出世，就像盼着东方那颗启明星升起一样。九个月的日子艰辛难熬，她背负着舆论的压力，挺着肚子勇敢地熬过来了……

[二]

延续了长达十几个小时的阵痛，她牙齿咬得咯咯响，剧烈的抖动过去后，又是一股揪心揪肺的疼。她发出尖利的呼喊，那是一个生命从另一个生命中分离出来的呼喊；是对浩渺虚无，纯净的宇宙表达求生愿望的呼喊；是生与死的搏斗中，拼命逃生和求救的秦茗可怜的呼喊。突然，疼痛停止了，随即，是一声响亮的婴儿啼哭声。秦茗精疲力竭地躺在产床上，疲惫地睁开眼，看清了，一个胖乎乎的小子出现在眼前。

"是个儿子，七斤六两，恭喜你呀。"护士边说边麻利地给孩子断了脐带，把他包在一块蓝色的褴褓里。

一看见这个可怜而动人的小身体，秦茗的整个心都溶化了。刹那间，她眼里闪着泪珠，喃喃自语着："这是我的儿子？我用血肉创造出来的新生命！"床上的婴儿睁着可爱的眼睛瞅着她，秦茗仿佛喝了醇酒，暖意涌上心头。这是一张鲜艳的又红又白的圆脸，小鼻子微微上翘，红润的小嘴巴含着奶头，饱满的下巴颏一起一伏，那均匀的吞咽奶水的声音仿佛轻奏着一曲充满柔情蜜意的歌，带着生命涌向她的心灵。她忘情地端详着孩子的脸庞，眼睛像卢绍谋，小嘴巴小鼻子像谁呢？那双可爱的小手和小脚丫，完全像秦茗，每逢吃奶时，她就亲昵地吻着儿子，儿子也总是把脚抬得高高的，嘴里呀呀地叫着。儿子是她生活中仅存的一丝温情，一点安慰，一条小溪，一角晴空，红扑扑的脸蛋犹如一轮早晨的太阳，照亮了秦茗那灰暗的心。

　　傍晚，当孩子在摇篮里甜睡时，她总是守在旁边。淡蓝的灯光下，小屋显得更加柔和幽静。她一边为儿子编织小毛衣，一边哼唱着催眠曲，柔婉动情的歌声，从她心灵里汩汩地涌流出来。心儿是一片碧澄无云的晴空，儿子是悬挂在这晴空中的一轮明月，母子俩都沉浸在美妙的童话世界中。她把这世界中的每一幅画面都写在了日记里，并把那首催眠曲寄给了《妇女报》，那是一首充满母爱的诗，诗中凝聚着她对儿子的无限的柔情和爱意：

睡吧，睡吧
我的小宝贝
妈妈轻轻把你拍
拍拍背，拍拍腿
月儿笑弯了眉
等着你甜睡

睡吧，睡吧
我的小宝贝
风儿唱着催眠曲
轻轻掀动小花被

乖乖呀
小手手不要掀动小花被
莫傻笑啊，莫咧嘴
宝贝呀，我的小宝贝，

织完这顶小花帽

妈妈就来搂你睡

呵，莫蹬腿

睡吧，睡吧

我的小宝贝

亲亲脸蛋

亲亲小手背

再亲亲你那沾着奶香的小嘴嘴

妈妈就去广寒宫

摘朵月桂往你帽上缀……

在儿童食品商场门前。

一辆摩托车拦住了秦茗的去路，她吃惊地望着出现在眼前的这个男人，连一句话也说不出来。

"奇怪吗？"卢绍谋将身子斜靠在摩托车上，朝她微笑着。

"你要干什么？"秦茗瞧着他，冷冷地问："我们是说定了再不见面的。"

卢绍谋似乎不在乎她的态度："茗儿，你做了母亲，怎么也不告诉我一声？"

"有必要告诉你吗？"

"我是他的父亲，我要见儿子。"卢绍谋十分固执，两道目光紧紧盯着秦茗。她还是那样美丽，冷傲的目光，冰清玉洁。他不由地暗暗责问自己：把这样一个漂亮的女人遗弃了，实在有点不公平。

"我不可能让你见他。"

"为什么？难道不是我的儿子？"

"是你的儿子，但现在还不是你去见他的时候。"痛苦渐渐向她靠近，秦茗头有点昏眩，思想陷入一种混乱的感觉之中。卢绍谋的突然出现，使她感到震惊，这震惊直捣她内心深处，敲出一连串的埋怨和忧伤。

"茗儿，我只是想看看儿子，不过份吧？"卢绍谋眼里透出诚挚的目光，"过去，我对孩子并不重视，也许是没有孩子的缘故。一听你生了个儿子，高兴得一晚上都没合上眼，这才知道自己盼儿子已经盼了许多年了。"卢绍谋兴奋激动，脸上流露出一种自我满足的情绪。这种情绪激起了秦茗的恼怒和气愤，她直直地站着，郑重其事地说："听着，我的肚皮不是租赁给你生儿子的。你在乎儿子，重视儿子，但你却彻彻底底毁了我。我愚蠢透顶，以为跟了一个真心相爱的男人，可实际上我却跟一个不爱我的男人生了一个孩子。你是孩子的父亲，但你并不是我的丈夫。希望你自重，不要再来打扰我的生活。"秦茗实在不愿意重新背负起那个痛苦而沉重的昨天。

"茗儿，是我对不起你，选择了乔莎莎。但我对你始终还存留着一份爱意。"他的脸上浮现着一丝沉重而内省的神情。

"爱与不爱我已经完全不在乎了。"秦茗决不能在卢绍谋面前暴露一点点自己还对他抱有希望或幻想的表现，她深知卢绍谋最看不起那些对他纠缠不清的女人。

"我只看孩子一眼，行吗？"卢绍谋在乞求。

"不行，该看的时候，我会打电话告诉你的。"这些话听起来很刺耳，有一股复仇味儿，丢下这句话，她头也不回骑车走了。

卢绍谋愤怒地按着喇叭，大声喊道："茗儿！"酷厉的声音犹如一阵狂风暴雨，发泄着他内心的狂怒和激愤。他为自己对待秦茗的不公平感到非常难过，也为不能再爱她感到悲苦。每个人的心底都有一座埋葬爱人的坟墓，他已经把茗儿埋在一个不易被人发现和惊动的地方了，但她的形象到今也是完美的。此刻，卢绍谋的心理极为矛盾。他爱儿子，尽管还没有看见儿子是个什么模样，但内心涌起的这股激情却是真实的。在这复杂的人际关系中，要把儿子置于一个什么位呢？难道真让他当私生子吗？不！要把儿子夺回来，自己名正言顺地当爸爸。但那样做，未免太卑鄙了，也太惨无人道和人性了。怎么会产生这样的念头呢？绍谋开始鄙视自己。

晚上，和乔莎莎睡在一起，绍谋粗暴地说："你以后不要再吃避孕药了，我想要个儿子。"

"俗气。整天儿子儿子的，烦死啦。"

"你总得尽一个女人的义务吧？"

"我现在还不想尽这个义务。"她平躺在席梦思床上，从墙上那块大镜子里端详着自己。自我欣赏也是一种精神享受，她永远不愿意为尽女人的义务而牺牲这个绝美的自我。

"我不想生孩子，还不是为了你。"她用手轻轻抚摸着卢绍谋，娇滴滴地说："哪个男人都喜欢自己有个漂漂亮亮的妻子。怀了孩子的女人都像蜘蛛，挺着个大肚子，使人一看心理上就产生了厌恶和恐惧感。孩子生下来，又得当袋鼠，你喜欢那个形象吗？多数男人有外遇，都是在老婆生了孩子以后。老婆把精力都放在孩子身上，对男人的热情一天天减退，他们觉得待在家里乏味儿，就去外面寻野食。"

"你太自私了，没有孩子的婚姻只能是一半的婚姻。"卢绍谋对这个难以捉摸、变化无常的妻子实在毫无办法。

"记住，不是每个女人都受男人的支配。尽管女人的名字是弱者，但也绝不是把一切都交给强者去支配的。我不喜欢的事，你也不要强加，如果因为孩子问题，对我有意见，认为是一半的婚姻，咱们可以分手。"

"你拿婚姻当儿戏，开玩笑吗？"卢绍谋火了，甩开她搭在身上的手，从床上坐起来："我们是一辈子生活在一起的夫妻，不是小孩子玩过家家。"

"什么一辈子？可笑！"乔莎莎不以为然地笑笑："没想到，你还是个老夫子。九十年代了，为什么还要用那些陈旧的道德来约束自己呢？世上万物都有个吐故纳新、新陈代谢的规律，人在感情上也应该新陈代谢。否则，你我都会被生活奴役。"

"放心吧，我不会让你当奴役的。"卢绍谋拉灭了壁灯。

这一夜，他俩没有睡在一起。

第二十一章
爱不会重来

[一]

北京长安街，行人熙熙攘攘，米岚匆匆行走在人群中。她去河南走了七天，和汲县造纸厂几经交涉，总算追回二十万元的款。随后又去保定造纸厂要了十万。她要去北京邮电大楼给田野发一份电报，告诉他催款的情况。

"米岚！"一个声音从背后传来，顺着声音回过头，出现在眼前的情景让她惊呆了，施寒笑呵呵地站在她面前。意外的相会，使她兴奋、震惊、喜出望外。三年没见面，施寒比过去消瘦了，穿着一件 T 恤衫，乳白色的港裤，有点不修边幅。他紧紧握住米岚的手，惊讶万分地说："真没想到，在这儿见到了你。"

"因为地球是圆的，我们总是在转着圈走，怎么能不碰面呢？"米岚也很激动，仔细端详着施寒："来北京出差？"

"北大诗歌爱好者创办了一期新时期诗歌座谈会，我应约来参加。"

"你现在是有名的诗人了，祝贺你！"

"我应该向你祝贺，现代的企业家、女强人。"

"得了吧，在精神上我仍然是一个贫穷的乞丐。"米岚的情绪一下变得十分沮丧，甚至有点嫉妒施寒。如果当初自己不扔下笔，今天，也会和施寒结伴来北京。她极力克制着情绪，平静地问："听说你出了一本诗集，在社会上引起很大的反响。"米岚口气中流露出一种温柔的热情。

"但它并没有引起你的反响。"施寒一动不动，只用一双灼热的眸子目不转睛地凝视着她。一丝痛苦从米岚眼里划过，她马上扭过头，目光瞟向远处悬挂着的色彩缤纷的广告牌。

"你生意做得怎样？赚大钱了吧？"施寒的嘴角挂着一丝嘲讽的微笑。

"在你心中，我是个浑身充满铜臭味儿的奸商吧？"米岚也不冷不热地回敬了他一句，内心却被一种难以描述的东西包围着，"你的生活怎么样？"

"没什么变化，和楚一凡离了婚，后来又复婚了。"施寒的回答很平静，那张清瘦、白净的长方脸上充满了倦意。

"为什么？"米岚似乎有点明知故问。

"正如你所说的，地球是圆的，我们总是在转着走，当然会转回原路的。"

他俩默默地走在人行道上，谁也不再说话，突然，施寒把身子倚在那道翠绿的松墙上，脸上的表情变得盛气凌人："我不明白，三年前你为什么突然离开我？和一个与你气质、品性、追求、爱好格格不入的男人结了婚。你幸福吗？告诉我。"他完全失去一个诗人的风度，语气中注入那种发自内心的自负和冷酷。

"我是为了逃避。"米岚长长叹口气，眼睛被伤感和忧郁笼罩。

"逃避什么？"施寒急迫地追问。

"逃避你，我没有勇气去扮演第三者的角色。"米岚的声音近似呜咽："说心里话，我很害怕再结婚，也不想再作这样的尝试，但当时的处境迫使我去做这样抉选。"

"可你知道吗？这种逃避恰恰毁了你也毁了我。"

"当时，你并没有把我看得有这么重要。"米岚显得非常失望，"你不是说过任何男人都会被我那种生活方式吓跑的。是你这句话，决定了我走另一条路。我对男人的选择不是他的善良、诚实，也不是那无可非议的勤劳和认真，而是他那注定要干大事业的天赋。也许我错了……"

"没想到你会那么快就结婚？"

"你大概只希望我永远不结婚，永远当你的情妇？可我不是那种女人。我对爱的理解透明度很高，既然爱就一块堂堂正正地生活，否则就分手。我不愿意偷偷摸摸地和你过那种被别人指责的偷情生活。"

"我已决定和楚一凡离婚，我们的婚姻已是一具没有内容的空壳。"

"不，楚一凡找过我，让我看在你女儿的情分上，不要再和你往来，更不要对你抱什么幻想，她不可能和你离婚。这人有着极正统的伦理道德观，为了孩子的利益，强迫自己忍受不顺心的婚姻。宁愿过那种没有爱的生活，也不愿意让女儿失去爸爸。我很同情她，因为我理解一个当母亲的心情。"

"楚一凡到底去找你了，可耻！我知道是她在背后捣了鬼。"

"这样也好，我俩都解脱了，起码在道义上不会受到任何谴责。"米岚装出一副轻松的样子。

"但我们的心却永远在承受着感情的煎熬。"

"时间是高明的医生，它会医治这煎熬的伤痛。"三年来，米岚把精力全部集中于工作。商界磨炼了她独特的个性。那个感情丰富、多愁善感、富于幻想的米岚早已消失了。那颗心儿像一口加了盖的井，镇静的脑袋像一部冰冷的机器。几年来，艰辛的波折和日趋实际的生活，使她永远也不会再为那些儿女情长的琐事苦恼和忧伤了。爱情对于她来说只不过是一个虚幻的梦、一首浪漫抒情的长诗，任何强烈的感情都不会使她的心受到冲击和震动。连施寒这个她一直崇拜的偶像，在眼里也变得平庸，失去了昔日的风采和吸引力。

　　夏日的傍晚，暖融融的天色，黄澄澄的彩霞令人神思悠悠。天安门城楼披着金黄色的色调，更显得庄严肃穆。他俩漫步在金水桥上，身子轻轻倚在汉白玉石栏杆上，被晚霞染红的河水闪着粼粼碧波，水面上倒映出他们的影子。这的确是天生的一对，都有一种天生文质彬彬的傲气，一副令人倾慕的容貌。不知谁把一块石子投进水里，水面上泛起层层涟漪。影子变得模糊了，两人的心儿也有点朦胧，一种说不出的惆怅和悲凉向他们包围过来……

　　施寒给米岚一张名片，一本刚刚出版的诗集。米岚拿着这本还散发着油印味儿的书，匆匆赶回旅馆。她单独待在房间里，慢慢翻看着。《那一片七彩云》这几个大字，像施寒那双焦渴的眼睛在久久凝视着她。那一句句诗是施寒对爱的呼唤……

　　　　发了芽的爱

　　　　在五月的暖阳里

　　　　肆意滋长

　　　　我把满盏的相思

装进心的容器

再打包寄向远方

我不在乎

天边的你是否收到

也不在乎你是否还记得

那日

十字街头的瞬间邂逅

我相信

那个鲜红的邮戳是真实的

曾经的期许也不会过时

就算一辈子看不到回执单

我仍在耐心等候

因为爱没有死

　　尽管米岚的秉性如冰似雪，但内心深处却宛如炽热的岩浆在奔突，施寒这本诗集是把锋利的巨钻，把这厚厚的地壳钻透了，火与光喷发出来。她捧着书，泪水簌簌滚过面颊。生活是苛刻的，她心中那条爱的小河早已干涸了——然而，施寒却一直在思念他……

冬天的暗夜

把孤独和寂寞

包裹

我想寄给你

不小心

碰翻那满盏的思念

施寒，施寒，米岚在痛苦地呼唤，眼前的字迹模糊了，她不知道施寒原来对自己爱得那么深。那份浓浓的相思好苦好苦，米岚伤心至极。会育出一片绿荫吗？施寒，你太痴情了，人生是何其短暂，没有重爱的机会，爱更不会重来。你的诗给这残酷的生活涂上了一层闪光的色彩。这色彩在人类爱的长河里融化流溢，使生活变得更加绚丽斑斓。你的诗又犹如沉沉黑夜中的一轮明月，使多少人看见一个充满神话的美丽世界。你的诗使痛苦也增添了光辉，给多少人插上了理想的翅膀。你的诗中注进了一滴什么——是眼泪还是精血？是你本质的东西还是心灵中所有精华的上升？你的诗又是一段回忆往事的电影，一幅幅令人心酸的图像展现在米岚眼前……

[二]

院墙外，几棵白杨树在夜风中喁喁私语。灯熄灭了，屋里黑乎乎的，她静静地仰躺着。远处，传来几声尖厉刺耳的消防车的鸣叫，一团熊熊的火，一道白色的冲力强大的水柱……人的一生会燃起几次这样的火？她的心底似乎还残留着青春火焰燃烧后的余热。唉——结了婚的女人就像夹在书里的花，再美也失去了香气，那离了婚的呢？也许是一朵被揉碎了的花？

花，一朵美丽馨香令人心醉的花，他递给她。小河边，他双肘支撑在膝盖上，用火一样的眼睛凝望着她："米岚，你是不是打算独身一辈子？"

"不，如果有一个人突然闯进我心里，就和独身告别。"

"看来，迄今为止，还没有一个人闯进你心里。"施寒的眼睛有点灰暗，但高度的自制力使他内心变得更加镇定和冷静，不愿意让米岚看出自己在热烈追求她的任何表现。

那是一个阴雨天，秋天的雨，冷飕飕的，像一根根刺骨的寒针刺进苍凉的大地，刺进米岚的骨头里。她披着一件夹克在字台前抄写稿子。外面，雨淅淅沥沥下着，雨点敲打着玻璃。小院一片寂静，米岚心中突然涌起一股孤独、凄苦的感觉。近来，这种感觉常常在折磨她。使她坐立不安，心慌意乱，甚至有点失魂落魄。世界是荒漠的，自己在这荒漠的原野上孤零零地行走，看不见绿洲，看不见草木，看不见清泉。她焦渴、疲倦……天阴了，下起了雨，雨点淋湿了头发，她伸出舌头舔了几点苦涩的雨水，干裂的嘴唇湿润了。她冷得发抖，此刻，是多么需要温暖，需要一个男人的拥抱。

一阵清脆的敲门声传来，施寒穿着高筒雨鞋，披着雨衣推门进来，米岚愣了一下问："下这么大的雨你怎么来了？"

"来看看你，房子漏雨了吗？"他抬起头看着顶棚上那一块块湿淋淋的版图，着急地说："把盆子拿来。"他用指头在顶棚中间捅一个小孔，水就会顺着小孔往下流。

"我是不想听那滴滴答答的声音，太烦人。"米岚的嘴唇都在哆嗦，不由地裹紧皮夹克。

"哎呀，你的日子怎么过得这么糟，该生炉子啦。"

"木柴着了雨，点不着。"

"你还有心思写小说，我真不明白你的激情从哪儿来？别人都在过现代化生活，你却把自己紧紧地封锁在小屋里。男人们一看见你这个家，这种生活方式，都会吓跑的。"他环视着这间墙壁没有粉刷、门窗没有上油漆的小土屋，不解地摇摇头。

"那好哇，吓不跑的也许正是我要寻找的。"

"没有，都会被吓跑的，你屋里几乎没有一点暖色，连一株使人产生幻觉的塑料花都没有。"

"我对花从来不感兴趣。"

"好啦，你去找木柴，我给你生炉子。"

米岚从院子里拿回几根被雨淋透了的木柴，扔在他脚下："你看，这能燃着吗？"

"哐哐哐……"他把木柴劈好了，又把一团废纸塞进炉膛里，在纸上放了一些碎木屑，然后小心地把一根根浸水的木柴放在上面。淡黄色的火苗慢慢蹿上来。"呼呼呼"，炉子真的点着了，屋里一下子变得暖暖和和。外面的雨还在下着，她和施寒围坐在炉子旁，尽情地谈着，俩人的头挨得很近。她感觉到了他那双热烈的眼睛，那热烘烘的有着男子阳刚气息的呼吸，他们静静地坐着，对视着……

月亮升上天空，皎洁的月光射进屋里，一股清新的空气从窗隙间流了进来，像一股甘甜的清泉注入她心田，使她感到一阵冲动和舒服，闭着眼，渐渐进入梦乡……

明天，一个全新的蕴含着无数希望的明天在等待着她……

[三]

早晨，米岚睁开眼，感到一阵阵头疼，她揉了揉发肿的双眼，目光又落在施寒这本诗集上。阳光从纱帘的缝隙间悄悄溜进来，灿烂的光照射着屋里的一切。她伸了一个懒腰，突然想给施寒打个电话，于是，情不自禁地拿起话筒，但拨了两个号码又把话筒放下。

说什么呢？她只是想听听他的声音，听听他那一声对自己亲切的称呼。但转念一想，又何苦呢？不由地摇摇头，嘴角露出一丝苦笑，一丝无奈，一丝深深的苦恋。洗罢脸，草草吃了早点，就向车站走去。今天她必须赶回明珠市。

哪知，当日的车票早已卖完。该怎么办？她实在不想再在北京待下去了，几个卖黑票的人向她围过来，她又不敢买，谁知道是真是假，这年头，除了自己的母亲和儿女是真的，对于其他，都得加注一个问号。正在犹豫之间，突然有人拍了一下她肩膀，回头一看，不由吃了一惊："是你呀，老魏！"

"米经理，真没想到，咱们又见面了。"老魏伸出一只汗津津的手和米岚握握。

"您这是去哪儿？"米岚望着消瘦了许多的老魏问。

"去明珠市。怎么样？田野的光景好过吗？"

"还可以。"米岚不愿意和他多谈生意上的事。

"听说你们办起个烧碱厂。有人急需要三十吨烧碱，能不能给我老魏开个绿灯？"

"当然能啦，只要您手里有货款。"

"款当然有。但田野这小子可不能割我的草。"

"哈哈哈……"米岚不由地笑起来："看来，您是一朝被蛇咬，十年怕井绳。上次那笔生意，田野也是被迫无奈，才将您的货款挪动了二个月，不过，您还是不吃亏，田野也没亏待您。"

"所以，我这次来专门是投奔他。"

"您不是在南方一家公司跑业务吗？"

"这家公司倒闭了，被人整整骗走一百万元……经理自杀了，树倒猢狲散。"老魏和米岚讲得津津有味，随后又问："你今天回吗？"

"当天的票卖完了，走不成。"

"米经理，你真是大姑娘讨饭死心眼，买个站台票进去上车再补票。"老魏边说边向问询处走去，给米岚买了张站台票。

老魏今年五十多岁，他说是河北人，但究竟是河北什么地方的，谁也不清楚，只知道他是个生意人，跑的地方很多，接触的人也不少，一年四季在外面转，手里的业务也非常多，啥生意都做，只要能赚钱。明珠市能叫得起的公司都知道有个老魏，老魏自己有多少钱，谁也不清楚，但他能调来款，有人相信他，敢把几十万的汇票交给他。他也有没钱的时候，只要看见老魏走进长江旅馆去住，那就是囊空如洗了。在明珠市，他最服气的是田野，也只有田野从他手里挣过钱，至于其他人，还没这个本事。

米岚和老魏一块上了车，一路上，俩人谈的无非是当前的形势，生意场上的混乱。他还说要和田野好好做几把生意，挣个十几万就回家享清福……米岚和他应付几句，然后，又打开施寒那本诗集，思绪乱糟糟的，怎么也看不下去。她又好后悔，为什么就不给施寒打个电话呢？这几年，她奔波于生意场，对施寒，对文学的眷恋仍然很深。她也试图想再拿起笔，但怎么也静不下来，她怀疑自己是不是和文学彻底绝缘？

整整坐了一天车，晚上九点多，才到站。走出检票口，老魏要去长江旅社。那里是他的老根据地，米岚一个人朝家走去。

第二十二章
爱已成空

[一]

青柳儿是不会甘心给田野当一辈子情妇的，她决定和米岚摊牌，看这个女人如何来对待自己。

她俩坐在人工湖旁，影子倒映在清澈明净的水面上，这是两个气质截然不同的女性。青柳儿年轻、活泼、漂亮，但给人一种小家碧玉之感。米岚虽然算不上漂亮，也不年轻了，但成熟，有着端庄娴静的仪态，高雅超脱的风度，有着对生活更深的理解，也有一般女人没有的聪明，一看就属于知识阶层的女性。米岚十分热情地朝青柳儿嫣然一笑说："你约我有事吗？"

"想和你谈谈。"青柳儿脸上泛起羞涩的红晕，似乎有点难以启齿，拘泥地坐着，内心慌乱不安。见面之前反复温习的那些话连一句也想不起来。她想极力摆脱这种心理压力，从地上拔起一根青草，含在嘴里慢慢嚼着，苦味留在舌尖，她皱了皱眉，"我想和你说……"她吞吞吐吐，在这位雍容大方的女人面前，舌尖打着圈儿怎么也发不出声音，好一会儿才说："我和田野过去在村里就是很要好的一对。"

"是青梅竹马的朋友吧。"米岚送给她一个宽容的微笑。

"我俩分手后，都很痛苦，尤其是田野，一直都不愿放弃我。"

米岚顿感周身不舒服，但马上用意志控制住烦乱的情绪，平静地说："他对女孩子有一股好奇心理，很正常。男人都喜欢冲动，这一点我完全理解。"

"不，他不是冲动，是真正的爱我。"青柳儿不顾一切地说出这句话。

"你就是来告诉我这些的？"米岚慢吞吞地问："他爱你，我不嫉妒。你年轻、漂亮，况且，你们本来就是很好的一对。但你的出现，并没有妨碍和破坏我们夫妻的感情。你爱他这是你的权利，谁也无法剥夺，关键问题是田野是否真心爱你。"米岚面带微笑地说。青柳儿听了这段带有挑衅性的话，如芒在背，顿时，对眼前这个女人产生了一股怨恨的情绪。

"他是真心爱我，我已经怀了他的孩子。"青柳儿坦荡痛快地说出了一切。

"哈哈哈……"米岚突然发出一声大笑："你真傻，怀了孩子并不见得就能证明他真心爱你。"

"田野口口声声说要和你离婚。"

"离婚？我们生活得好好的，为什么要离婚呢？"米岚猛地抬起头，"我与田野之间的感情基础是建立在患难之中，即使有类似你这样的第三者插足，那只是生活中一个小小的插曲。"

"田野是爱我的。"青柳儿很懊恼，知道对方在嘲笑自己，脸上羞涩的红晕消失了，她转过身子，故意不看米岚。

一对彩色的蝴蝶在她头顶上翩翩起舞，她折下一根柳枝，生气地朝蝴蝶挥去。一只蝴蝶被打落在草地上，可怜地忽扇着翅膀，青柳儿把它抓在手里，残忍地撕下两只漂亮的翅膀，把它揉成一块块碎片。

米岚笑眯眯地望着她，目光一直追逐着那只孤独地飞向远方的蝴蝶。

青柳儿沉默不语，好一会儿才用一种乞求的口气说："要紧的是我已经有了孩子，孩子怎么办？"

"生啊，没什么了不起。"米岚的笑呵呵地说，"难道连这点勇气都没有就敢当第三者？"

"你……你真的不打算和田野离婚？"青柳儿的声音有点哽咽，充满了悲哀和绝望。

"不是告诉你了，我们生活得很好。"

"田野说，你们之间年龄差距太大，不可能相爱一辈子。"

"你真是个可怜虫，怎么会相信他的话呢？大部分男人都是这样，为了讨好妍头，总是大诉特诉自己家庭婚姻的不幸，把老婆说得一塌糊涂，用这些手段来取得对方的信任、好感和同情。一旦把她们弄到手，玩够了，就急急忙忙回到家里，又亲亲热热地爬在老婆的肚皮上。男人们都懂得这个道理。"

青柳儿一下变得十分沮丧，不时用手拔着地上的青草，此刻，她十分憎恨田野，这个口口声声爱着她和她怀了孩子的男人，却夜夜都和眼前这个女人一块上床睡觉。她感到愤怒，像一只被玩弄了的猫，气呼呼地说："田野玩弄我的感情，我要告他。"

"你不是自愿的吗？你不是爱他吗？怎么能用玩弄这两个字来玷污你们这段美好的偷情生活呢？"米岚轻蔑地斜视了她一眼，故意在挑逗她发火、生气。

青柳儿感到自己的心在猛烈地哆嗦，显然，她根本不是米岚的对手。在这个表面平静如水，内心深不可测的女人面前，显得自己更加呆板、笨拙，像一个小玩偶，任意被她要弄。但她还是不甘心失败，目光在米岚脸上溜来溜去，这眼光是复杂的，憎恨、羞愧、醋意，什么都有。她再也忍耐不住了，终于，道出一句最刻薄的话："对于我的介入，你难道真的不嫉妒吗？"

米岚轻蔑地笑笑说："我理解田野。他对爱的要求是很高的，你如果能达到他的心理要求和标准，他就会主动和我提出离婚。那时，我也许会对你产生嫉妒心理。不过，就你现在这种思想素质和文化修养，我去嫉妒那不是有损自己的人格和身份吗？"

"你真可恶！"青柳儿无比憎恨地盯着米岚，从地上一下站起来，顿觉头昏目眩，两眼发黑，跌跌跄跄地朝前走去。

米岚微笑着目送她离去。身影远去了，淡绿色的纱裙下摆在微风中忽忽飘飘。米岚将身子倚在一棵大树上。这时正是一天中静谧时刻，晚霞如橘红色的彩缎挂在垂暮的天空。她呆呆地望着那平静的湖面，侧耳倾听着归巢的鸟儿发出的柔婉的叫声，顿时感到一阵悲伤。她捏紧了手指，发出一声长长的叹息，晶莹的泪珠从她眼睛里泛滥出来。在青柳儿面前，她故意装出一副平静的不屑一顾的态度，但内心却正在受着残酷的折磨和打击，不能忍受田野对她的捉弄和欺骗，带着满肚子的辛酸苦辣，满肚子的委屈气愤，走进一家冷饮店。

女招待走过来热情地问："大姐，吃点什么？"

"有冰点吗？来几瓶啤酒。"她的痛苦是深的，如果不是青柳儿来找，根本不相信田野会干出这种事。她自信地认为自己始终能把握住田野的感情，其实，这种认为大错特错。

女招待端着托盘走过来，把啤酒小菜放在桌上。然后又小心翼翼地打开啤酒盖，瓶里的酒冒着白泡沫，米岚的心潮也像这冒着泡儿的啤酒，烦乱的往事涌进大脑……

〔二〕

"你幸福吗？请告诉我……"这是施寒的声音。她摇摇头，泪水在眼里打转。幸福在哪里？就像这啤酒泡沫，消化在人的肠道里，她拿起瓶子，带着辛酸的嘲弄，咕咕地大口大口喝着，然后，疲惫地将身子靠在椅背上，闭眼静思，一幅幅悲惨的生活景象如连续不断的电影镜头，从眼前浮过……

她子然一身孤独地跋涉在人生的旅途，她想当女作家，这是她少年时就开始做起的梦，这个梦好长好长，伴着她度过了漫长的十几年，蓝色的、紫色的、黑色的、血色的，好可怕的梦啊伴着她那颗渗血的心，驰向遥远的天涯尽头。后来，生意场接纳了她，她和田野认识了……

"你不是想当女作家吗？想成名吗？"

"不想了，什么也不想干了，只想结婚，过安安稳稳的家庭生活。"

"当初离婚时也是你，想尽快摆脱家庭的束缚，可现在又要结婚，过安安稳稳的家庭生活，你这个人简直是令人难以理解。"

"当初离婚时我迫不及待，现在结婚也是自愿的。"

"就是结婚，也应该找一个正派的男人。"

在父母亲眼里，正派的男人就是国家正式职工。每天规规矩矩地上班，每月稳稳当当地拿固定工资。而她爱上了一个没有职业的来自于农村的盲流，没稳定的工作，没固定的经济收入，而且还没有城市户口。他是属于哪一类人呢？当时的田野确实是个名副其实的流浪汉，围在他周围一帮人，也都是从农村跑出来的不务正业的二流子，他们凭一张嘴、二条腿在生意场上到处乱窜，充当掮客角色。米岚把这帮人称为乞丐，而田野是"乞丐帮主"。他们结婚了。田野提着那只随身带的黑皮包，骑着一辆红色的小轻骑来到她的家，这是一间昏暗的小屋，她在玻璃窗上贴了一对大大的喜字。晚上，俩人睡在一起时，田野幽默地半开玩笑地说："米岚，你愿意做一个乞丐帮主的老婆吗？""也许，我天生就是一个乞丐帮主的老婆。"田野终于从乞丐帮主变成了商界的一霸，但米岚总是十分怀念那段当乞丐帮老婆的生活……

她紧紧握着杯子，一口一口地喝着酒，这啤酒尽管度数不高，但她的头却有点昏昏沉沉，眼皮沉沉的，很想趴在桌上睡一觉。此刻，最令她气恼的不是田野去爱别人，而是他对自己的捉弄和欺骗。如果他痛痛快快地说："米岚，咱们分手吧，我已爱上了别人。"也许她也会客客气气地和他说声："再见！"至少心里不恨他。但田野恰恰不说这句话，一边搂着青柳儿睡觉，一边又和她说："我爱你！"滚吧，这是什么爱？他爱的是那个年轻漂亮的青柳儿，如果自己再年轻十年……时间会倒流吗？米岚脸上呈现出惨淡的苦笑。三十五岁的女人，还有什么资本去骄傲呢？青春已向她告别，对于一个女人来说，失去青春就像失去和别人较量的武器一样。心儿也像这几个空了的啤酒瓶，空空洞洞，脸上带着伤感的自嘲神情，还有几丝惆怅几丝悲伤……晶莹的泪珠在长长的睫毛上滚动……

十九岁的米岚，正是风华正茂的时候，也正是青春期最光彩照人的时刻。她聪颖、美貌，吸引着许多男性的目光，她傲慢、清高，鄙视那些围在自己身边的男人。

一位英俊的大学生向她走来了，他带着那样诚恳的表情向米岚表达爱情，脸红了，激动得说不出话。她也被他的英俊和潇洒打动了。但米岚并没有在爱情面前失去理智，很镇定地询问对方的一切，当问到他的家庭成分和社会关系时，他深深地低下了头，十分困难地挤出几个字："我爷爷的成分是地主，我叔叔至今还在台湾，我本人成分学生。"米岚吃惊地睁大眼睛盯着他，失望、惋惜的神情从眼里流露出来。他也难堪、尴尬，脸上浮着的笑容消失了，神态也渐渐地冷淡下来。他走了，带着深深痛苦和无限的迷惘……

可笑吗？不，在那样的年代，谁又敢和一个地主的后代，一个台湾有亲属关系的人结婚呢？何况她正在申请入党。

米岚错过了许多良好的姻缘，失去了真正相爱的人，直到二十五岁，被人们列入老姑娘的行列时，她只好屈从各种舆论与意识的压力匆匆走进婚姻的城堡，她还不大明白结婚的真正意义时，这个男人便成了她的丈夫。她把那不堪忍受的婚姻和爱情分离着的镣铐套到自己脖子上。为挣脱这副镣铐，她付出了血的代价。

"离婚吧，咱们之间没感情。"

"你是我老婆。"他揪住米岚的头发往床上拉。她挣扎、反抗、呼喊……

他得不到她，发疯似的咆哮，举着一把菜刀威胁着："你再敢说一个离婚的字，老子就宰了你。"

米岚开始对他充满了仇恨和敌意。一到夜里，这间房子就变成战场。两人开始殊死搏斗，就像两只野兽各自绕着对方转，四周的墙壁和家具都在仇恨中振动、颤抖。米岚那倔强的个性注定要吃亏。

她用尽心机想摆脱这种虐待，心理上再也忍受不了这种残暴。

他到底被激怒了，举起了菜刀。血染红了米岚的衣服，染红了床单，斑驳、耀眼的红，开始向四周扩散。她的瞳仁里闪出一片猩红色的雾，眼睛渐渐变模糊了……房子在摇晃，身体似乎变成无数碎片，心儿被击成齑粉，周围的一切都在进裂……

四周一片黑暗，她像被魔鬼抓起来，在空中转了几圈，又扔进了深深的无底洞，身子在忽忽悠悠地飘着……

她仰着身子平躺在手术台上，黑红色的血不住地流着，染红了雪白的手术单。从反光镜中，她看见手术大夫手里那闪闪发亮的刀子、剪子。那根弧形的手术针，随着一股浓烈的酒精味儿，她感觉到头部一阵阵剧烈地疼痛，牙齿咬得咯咯响，双手紧紧抓着床单。

"上点麻药吧。"手术大夫将麻药针刺向刀口。

"两口子打架还成了这样？你男人是干啥的？"女护士一边给她剪头发一边问："身上的伤这么多，像用什么扎的？"

她的嘴角流露出一丝惨淡的苦笑……

主治大夫是个风趣的小伙子，他一边做缝合手术，一边还有声有色地说："天上下雨地上流，小两口打架不记仇，白天喝的一锅粥，黑夜睡的一个枕头……"

不知怎么回事，泪水像一条小虫悄悄从她的眼角窜出来，她呆呆望着镜子里那张血迹斑斑的脸，那一缕缕被剪下来的头发，仿佛刀光阴影又在眼前晃动……

"疼吗？"大夫轻声问。

她摇摇头，又点点头。疼？真正疼的大夫是无法医治的，失去的血可以弥补，破裂的肉皮还能缝合，可失去的青春呢？她曾梦幻般地想象，希望有一个理想的爱人，但玫瑰花是不能在水泥马路上开放的，她那期待的目光常常盯在那朵飘浮的白云上……

[三]

店里的人都走完了，米岚还独自坐在那儿。女招待走过来，关切地说："大姐，我送您回去吧。"

她勉强笑笑说："谢谢！"随后，掏出几张票子甩在桌上："结账吧。"

"我们老板说，不收你的钱。"

"为什么？"她掏出手帕擦擦眼睛，疑惑地问。

"他本来想和您聊聊，但见您情绪不佳，没敢打扰。"

"你们老板是谁？"

"米老师。"随着声音，从半圆形的棕色柜台前，站起一位年轻的小伙子。他持着拐杖慢慢向米岚走过来，并热情主动地和她握手。

米岚伸出去的手僵住了，吃惊地望着对方，情不自禁地摇摇头说："你认错人了吧？我从来没有当过老师。"她有些困窘，实在想不起来到底在哪里见过他。

"不，您在我心中，永远是老师，八年前，您去学校给我们讲过课，在您的鼓励下，我还试着写了几篇文章，向报社电台投了稿。后来高中毕业了，因为自己是个瘸子，没有考大学的资格，于是伤心、绝望，曾一度想死。是您的那篇小说《春的种子》唤起了我再度生活的勇气，小说中的主人翁和我的命运非常相似，好像您写的就是我，一个没资格考大学的残疾人。"他那双眼里闪着激动的神光，脸上的表情真诚、和善。米岚也被这目光感动，眼睛潮湿了，相互交换了一个理解而无言的微笑。

"我还给您写过一封信，您大概记不清了，署名韩渺，渺茫的渺。我五岁时得小儿麻痹，这条左腿就残废了。上学时，爸爸以渺字给我起了名。说我这辈子前途是渺茫的，自身价值也是渺小的。"

米岚终于想起来了，那是一封充满真情实感的信，说小说的主人翁深深感动了他。

"米老师，您在小说里写道：'一个人最可怕的是心灵上的畸形。'您还说：'生命的意义就在于不断地追求和奋斗。'最生动的是您用蜘蛛喻义了人生真谛，我深深记着您这些话，并把这些话都摘录在笔记本上。从您的小说中，我汲取了人生的力量，同时也发觉自己原来对人生存在的自我价值的理解是多么肤浅。我开始嘲笑自己的软弱和渺小，那颗僵死的心终于从沉重的十字架下解脱出来。"韩渺的话深深触动了米岚那忧郁痛苦的心灵。她的眼里闪出清澈动人的光辉，神情完全沉浸在那难以忘却的回忆中。她感动地上前握住韩渺的手，好久好久才说："真没想到，我的小说还能在生活的海浪里溅起一朵小水花。你现在生活得好吗？"

"很充实，米老师，你看，这是我创建的事业。"他指着这座冷饮厅自信地说："这店里所吃的冷饮大部分都是自己加工制作。我有一个小小的冷饮加工厂，有机会您可以去看看。最近，我正在筹办一座大型豪华冷饮店，内设卡拉 OK，音乐茶桌，过几天就要开业了，我一定邀请您来参加开业典礼。"他把一张名片递给米岚。

噢！望着这张名片，米岚眼里闪出惊喜的光辉，久久地端详着这位看上去瘦小羸弱面色苍白略带孩子气的韩渺。

"米老师，您现在还在写小说吗？"

"不！"米岚痛苦地摇摇头，"我也进入了商界。"

"商界是个大染缸，可以从这里面汲取许多生活素材。"

米岚伤心得差一点哭起来，她不知是怎样离开这家冷饮店的，韩渺用拐杖支撑着那瘦小的身躯，送她出来。昔日，她能够把一个残疾人从苦海里打捞出来，如今自己却掉进了感情的苦海。爱情死亡了，将不再留下任何痕迹。但事业呢？她想做一滴充满生命的水，做一片生机勃勃的绿叶，也想把自己的智慧化作一朵小花，点缀在生活的版图上……但世事岂能尽如意？

不知几时，一朵朵淡青色的浮云像一群飘逸潇洒的仙子，汇聚在当空，天要下雨了，米岚抬起头，望着空中飘来的霏微细雨，似乎有一股什么感情在她的心底突然复苏了，眼睛突然明净得使人惊愕，是什么东西触动了她那颗悲伤至极的心呢？在一棵老树杈上，一只黑色的蜘蛛在雨中挣扎着，它精心编织的那面蛛网，在风雨中破碎了，蜘蛛攀附在一根细细的丝上，忽忽悠悠地吊在空中，吃力地挣扎、喘息……

凉凉的雨点打在米岚那苍白的脸上，望着那只可怜的在雨中挣扎的蜘蛛，仿佛从那根细丝上窥见了自己的未来……

第二十三章
多行不义

[一]

业务员黄二理直气壮地坐在卢绍谋对面，隔着一张桌子，两人默默对视着。

"听说你被抓起来了，我多次给李剑打电话，让他无论如何要把你弄出来，身体没受什么损失吧？"卢绍谋客客气气地询问，显出十分友好、关心的态度。

"还好，没啥大毛病。"黄二的智力并不怎么发达，业务水平也很一般，但他的价值就在于能吃苦耐劳，忠实地执行命令。他翻着那双比目鱼似的眼睛，好一会儿才说："卢经理，我想和你商量点事。我女人想租赁几节柜台，经营服装生意。"

"搞个体户很有前途，工作起来也蛮自在，经济效益也不低。近年来，我国工商业的发展趋势就是搞活个体。"卢绍谋故意说一些不着边的话题。

"我急需一笔钱。"黄二一针见血地提出这个问题："生意早已成交，我应该得到的那笔钱也该给算一下了。"

"你这不是明知故问吗？货款已经全部让李剑带走了，公司都

321

面临着倒闭。"卢绍谋双眉紧锁，显出一副愁眉苦脸的样子。

"他带走的是白山羊无毛绒的款，我说的是另一笔生意。"

"什么生意？"卢绍谋恼怒地从椅子上站起来，在地上踱步。

"卢经理，你以为我是傻瓜？咱们之间不用再打哑谜了。我冒死去送货，为的是什么？你们吃肉，我喝点汤。二万元，对于你来说，还不是九牛一毛？"黄二从兜里掏出一把小刀，拿在手里若无其事地玩弄着，刀刃闪着寒光。

"哈哈哈……"卢绍谋满不在乎地扫了他一眼，放声大笑起来，"现在账面上连一分钱也没有。"

"那一笔铑粉生意的利润呢？"黄二眼里闪出狡黠的光。

"我根本没经营过什么铑粉生意，你说话要注意证据。"

"卢经理，咱们是先小人，后君子，你不要怪我不讲义气。"他一下站起来，用力把刀子甩在桌上。

"你想干什么？"

"不干什么，我只要应该拿到的那份钱。"

卢绍谋背着手慢慢走到桌前，把刀子拿在手里，用大拇指试试刀刃，然后，不屑一顾地扔在黄二脚下："拿这劳什子杀鸡去吧，这几年，你吃的回扣还少吗？我挣了利润是亏不了你的。公司刚刚还掉三百万元的贷款……"

"我不管你那么多的事。"黄二打断他的话。

"账上没款，何况，这次无毛绒生意的失败，完全是由于你的失误，才造成这么大的损失。"

"我的失误？卢哥，这几年，兄弟为你出生入死，没功劳也有苦劳了。"

"我也没亏待你，怎么？嫖娼公司还得出钱保你出来，五千元也不是个小数目，你一年的工资早就预支完了。"

"那是李剑的钱。"

"李剑拿的难道不是公司的钱？你有本事有能耐，也像李剑那样，我服你。能从我手里拿走钱，说明他的手腕比我高明。生意场就是不见血的战场，你能杀倒我，说明你黄二有本事，我也许把整个公司输给你。但让我奉送、开恩、使好心，不可能。生意场不是仗义疏财的慈善机构，乞求和软弱都是无用的，只有那些敢用钢锉去锉别人心上硬茧的人才是优胜者。"

"你……你简直是魔鬼。"黄二双目圆睁，虎视眈眈，愤怒地把一份辞职书扔在桌上，起身向外走去。

卢绍谋平静地望着他的背影，嘴角挂着一丝残酷的冷笑。

[二]

孟轲客气地接待了黄二，这个老头子仍然是把帽子戴的端端正正，正中间的国徽让他那张没有生气脸显得容光焕发。他望着走进来的黄二，连身子都没挪动一下，操着极为冷淡的声音问："找我有事？"

"我想和你谈谈卫达实业公司的事。"

"你不是卫达公司的业务员吗？"

"辞职了。"黄二眉头拧成一个疙瘩，显然孟轲的话捅到了他的痛处。

"他是不是没给你足够的好处？"老头子的话是毫不留情的。

"也可以这么说，我得不到好处，谁也别想得到。"

"你是指那笔铑粉生意吧？"孟轲眯着眼反问。

"你已经知道了？"黄二有点疑惑不解。

"证据还不确凿。"

"我可以给你提供确凿证据，我要看着他走进监狱的大门。"黄二的眼里射出一丝仇恨的光，面孔如生锈的铁板，一字一句地讲述着那次送货的经过。

"不能光凭嘴说，必须有文字性的证据，比如一张商检证或是倒卖这货物的发票，就足以使他构成犯罪了。"孟轲启发性地引诱对方的思路。

"商检证是有一份，但被李剑拿走了。"

"这不能说明问题。卢绍谋很狡猾，不是一般人能对付的，我再不能盲目地轻易去惊动他。不过……"孟轲突然意识到了什么，猛地睁开眼，"你怎么会拿到那份商检证呢？"

"在深圳李剑交给我的，让我转交给广州的陈老板，后来，我进了收审站，这份商检证就一直没用。那批货据李剑说，全部出口到马来西亚，出口的商检证和批文是怎么搞到手的我也不清楚。"

"谢谢你提供的情况。"孟轲面部表情十分平静，像没发生过什么事似的，半闭着眼，好一会儿才慢腾腾地说："你可以走了。"多年的经验告诉他，要想彻底破获这件走私案，必须亲自出马。他的脸上浮起一丝得意的微笑。卢绍谋，这个几次都从自己手里滑跑的泥鳅，这次决不能轻易放过。也许这是他在退休之前，完成的最后一件大事。

[三]

乔智拿着这份来自北京公证处的电传，僵直地站在办公桌前。

他感到头重脚轻，眼冒金星，电传上的字也变得像一群黑色的幽灵，一个个面目狰狞，张牙舞爪，举着血淋淋的匕首向他包围过来。他害怕，额头上冒出豆大的汗珠，他心惊，面孔的肌肉都在颤动、痉挛。

"明珠市商检局：由你局商检的十公斤铑粉，在广州报海关全部出口到马来西亚。但根据马来西亚海关公证处的电传：货到马来西亚港口经再次商检，发现这十公斤铑粉根本没有达到商检标准。此货已被马来西亚国家公证处查封，并由我中华人民共和国公证处、国家经贸厅发电函，要求中华人民共和国按国家出口所规定的条款索赔全部损失。请你商检局速将签发商检证的前后经过如实上报我公证处，并申报国家经贸厅。"

"这不可能，不可能！"乔智突然歇斯底里地大喊着，并把电传内容反反复复看了数遍，然后，又迅速给国家公证处拨去了电话。他想申辩解释，明珠市商检局从来也没有商检过铑粉，是不是哪一个环节弄错？而把这起特大的案子强加在自己头上。几分钟后，电话就挂通了，"喂，我是明珠市商检局局长，这份电传是不是发错了，我们局从来没商检过这种货。"

对方的声音生硬果断："你不是叫乔智吗？商检证上有你的签字，有你商检局的公章，难道这不是事实吗？"

乔智握着话筒的手在哆嗦，声音断断续续："请告诉我一下商检的日期。"

"六月二十五日。你们简直是拿国家的财产开玩笑，不够出口标准为什么就草率商检？"

一听日期，乔智想起来了，这是女儿和女婿拿走的那份空白商检证。他马上像掉进万丈深渊，顿觉天旋地转，赶忙将身子倚在桌旁，用一只手支撑着，好一会儿才又问："总价值是多少？"

"四百万元。但你该明白，我们索赔对方的损失是这个基数的三倍，甚至是四倍，这是一起巨大的经济案件。"

乔智倒吸了一口冷气，汗水顺着额头流下来，胸腔开始发闷、发胀。他着急地从上衣口袋里掏出小药瓶，颤抖着双手艰难地拧开瓶盖，将一粒救心丸放进嘴里。该怎么办？他思绪纷乱，目光落在办公桌上那一堆文件上，也许明天后天，他就该和这张桌子告别了。然而，这次打发他去的地方不是回家，他明白自己所担的责任，更明白应该受到什么样的惩罚。他慢慢整理着桌上的文件，墙上的大钟打了八下，才站起身，伸了伸酸困的腰。

乔智走出办公室，深深舒了口气，慢慢向家走去。他把钥匙插进锁孔里打开门，走进房间无力地躺在床上。厨房里飘来一阵诱人的香味儿，柳若娴腰系围裙，正在精心炒菜，并不住地叮嘱喜妹子："记住，用完煤气，必须把阀门关紧，不然，会漏气的，气又涨价了，一罐二十五元，贵得实在用不起。"近来，她也变得婆婆妈妈，常常因为一些小事发牢骚，原因是文化处召开领导班子会议，她的名次被排在最后。随着年龄的增长，她对自己手里这点权利，越来越变得敏感和计较了，这点权利无疑是她人格的独立和完善的一种标志，也无疑是她走过的路程所留下的唯一缩影，她时时都在计较。

"吃饭了。"柳若娴从厨房出来，轻轻走到丈夫身边，温柔地喊了他一声。

乔智不理睬妻子，两眼如痴如呆地盯着天花板。

"你怎么啦，脸色好难看，我打电话叫医生来。"柳若娴轻轻抚摸着丈夫的额头，并叫保姆拿来了凉毛巾和温度计。

"不用，"他摆摆手，有气无力地说："我没病。"

"发生了啥事？"

"你去打个电话，叫卢绍谋过来一趟。"

柳若娴不情愿地慢慢站起身来，她讨厌女婿，但又不好违背丈夫的嘱咐。

乔智闭着眼躺在沙发上似睡非睡，神志恍恍惚惚，仿佛自己被一根冰凉的锁链捆住了，脚上是沉重的脚镣，两腿又疼又酸，怎么也迈不开步。走啊……走啊……前面是灰色的墙壁，灰色的电网，灰色的天空，他走进灰色的牢房。不！是可怕的刑场，是被拉上了囚车，脖子上系着一根细细的白尼龙绳。他想喊冤枉，但那根绳子越勒越紧，什么也喊不出来，他的脸在一瞬间变了颜色，面部肌肉在收缩、僵硬，像冷冻过似的。

"你怕死吗？"

乔智抬起头望着审判自己的死神，脸上流露出带有摧毁性的轻蔑神情："不怕，但死能弥补这巨大的损失吗？"

"但你只有死路一条。"

死神微笑着向他招手，他不断地一遍又一遍地对自己说："我不怕死，不怕！"然而，恐惧还是紧紧包围着他。浑身寒冷，遍体战栗，每个汗毛孔都在往外冒汗。他慢慢回想着事情发生的前前后后：女儿女婿害了他，但责任却是他，罪恶也是他，在法庭上能讲得清吗？他能说自己把空白商检证给了女儿？这是严重的失职，有这一条就够着犯罪了。生活在这个商品化的世界里，钞票的铜臭味儿，把人们搞得黑白难分，自己错误地估计了这残酷的人生和现实。所以，成了一个彻头彻尾的失败主义的典范，他对这个世界对生活还有什么可弥留的？

[四]

刺耳的门铃响了，卢绍谋彬彬有礼地走进来："爸爸，您找我有事吗？"他微笑着坐在岳父对面。

乔智没有对他说话，也没有看他一眼，只从对面立柜的镜子里盯着他，这镜子似乎变成了一块反差很大的底片，卢绍谋的面孔变得苍白而模糊不清。

"您是不是病了？我打电话叫医生来。"卢绍谋望着岳父那张一下子苍老了许多的脸庞，担心地问。

乔智摇摇头，喃喃低语："你给莎莎打个电话，叫她赶快回来。"他低着头，那双眼睛像两颗灰白的石子，寂然不动，沉默良久又接下来说："你带她走吧，告诉她在北京想办法办两张出国护照，越快越好。"

"爸爸，您不是历来不主张我们出去生活吗？究竟发生了什么事？"卢绍谋敏感地意识到一定是发生了意外事，不然，老岳父不会说这种话，也不会这样愁眉不展。

屋里一片寂静，墙上的大钟发出清晰的滴答声，他们呆坐在那里一动不动。

"不要再问了，说什么话也是多余的，你必须带她走，走得远远的，答应我带莎莎走。任何一个国家都可以，最好在那里取得长期居住权，你们好好生活，生儿育女，安安稳稳过一辈子。"这些话里，包含着他对女儿的一片慈爱。

"不，我不走。"卢绍谋态度十分固执。

乔智支撑着身子从床上坐起来，脸上挂着一丝惨然冷笑，掏出那份电传，狠狠地摔在卢绍谋面前，粗暴地说："拿去好好看看。"

这张电传比雷击还厉害，卢绍谋的脸唰地一下变白了，惶惶不安地问："这是怎么回事？"

"你还不明白是怎么回事？这份铑粉商检证断送了我，也断送了你们自己，难道你要坐以待毙？"

"不，那十公斤铑粉的质量是合格的。我手里有供方的商检证。当时，这份商检证被黄二带进收审站，没办法，我就根据那份商检证上的数据填写了您给的这份商检证，一字不差，要有差错，也是北京商检局的错误。"

"北京局的商检证呢？"

"李剑拿走了。"

"拿走了还说什么？法律讲的是证据。再说，你私自填写伪造商检证已经构成犯罪。"

卢绍谋什么都清楚，这笔生意从一开始做就是冒险，但那可观的利润诱惑着他，让他决定铤而走险。

"你们走吧，走得远远的，一切后果由我来承担。"乔智的声音好像从遥远天边滚来的闷雷，震颤着卢绍谋的心。老岳父没有说一句责备的话，默默地承受着这沉重的打击，这倒使自己不安起来，良心与道德受到自省。他大声说："不，我不走，一切都是由我自己造成的，那么，无论发生什么事，都由我一人来承担。"

乔智摆摆手，打断卢绍谋的话："后悔就别做伤天害理的事，既做了就别后悔。"乔智的脸色毫无表情，他不想再询问女儿女婿什么，也不想解释什么，躯体好像变成一副坚硬的外壳，五脏六腑都在受着急骤的变化，精神在崩溃，信念在消亡。卢绍谋静静地坐在他身边，身子像被牢牢地固定在那个地方似的，好久好久乔智才摆摆手："你走吧。"

"爸爸！"卢绍谋突然跪倒在老人面前。

"起来吧。"乔智看了女婿一眼，"你应该挺直腰板带莎莎走，能答应我吗？"

"爸爸，我答应。"

"你愿发誓吗？"

"我愿发誓，看来注定我要当逃亡者了。"

"愿苍天保佑你们。"

第二十四章
英雄难过美人关

[一]

这是一座八十年代在首都北京拔地而起的非同凡响的豪华型国际饭店，它倨傲地耸峙在普通建筑群之上，是一所奢侈而珠光宝气的栖息之地。世界各地的大亨、商界巨头、腰缠万贯的暴发户都惯于在此地落脚。乔莎莎在会客登记簿上写下要见的客人——泰国驻华贸易集团公司罗巴曼老板。

他矮小圆胖的身材，唇上的一撮小胡髭修剪得很整齐。一身从泰国来时就穿的热带装束，与这里的气候很适合。他郑重地接待了这位中国小姐，开门见山地问："乔小姐，出口批文搞到了吗？"

"我能空着手来见罗老板？"乔莎莎那黑色的眸子像玛瑙一样闪闪发亮，头发松松鬆鬆披在肩上，配上一套白色的蒙特娇王牌白纱裙，别具风姿。

"我知道，乔小姐的能量非同小可。"

"护照呢？"乔莎莎反问道。

"当然，我办事向来说一不二，美国护照保你满意。"

"罗老板，十公斤铑粉的出口批文在市面上价值是多少？"

"乔小姐，你这是什么意思？"罗巴曼脸一沉，略带不满地问。

"没什么意思，不过我清楚，两张护照也最多值十二万吧。"

"不管是多少钱，我们讲定了，是互相交换，不存在差价问题。再说，我们之间的生意只是单机。"

"你想要双机也行，双机是双机的价，我可以给你搞。"

"不！我们已经搞到了货。"罗巴曼摆摆手说。

"那咱们就不存在双机问题，对于我来说，不合算的生意向来不做。再说，这张批文能搞出来，人家难道不抽取一定的佣金？"

罗巴曼狡黠地转动着眼珠子，手指间夹着一支万宝路香烟，直到那支烟燃烧尽了，他把烟蒂在烟缸里狠狠拧了一下，果断地说："你开个价。"

"再加五千，你还是不吃亏。"

"要人民币还是美金？"

"当然是美金啦。"

罗巴曼一挥手，使劲敲了敲桌子，他的随从走出来。

"给乔小姐拿五千美金。"随后他从抽屉里取出两份护照："上面还没有签发出国日期，"罗巴曼把护照递过去："如果签发我就给大使馆有关人打个电话，你自己前去办理。"

"这些罗老板就不用操心了。"乔莎莎把五千美金扔进密码箱，然后，又拿起电话，飞快地拨了一个号码："我是莎莎，事已办妥，十分钟后，你在国际饭店门口等我，如不见我，就请到801房间找罗巴曼老板。"乔莎莎精明过人，为了防备万一，她先把电话打出去。罗巴曼这个老奸巨猾的巨商，还不敢用暴力手段来对付这个女人。此后，她才把那份铑粉出口批文递给罗巴曼。

十分钟后，她已坐在一辆奶油色的皇冠车内。皇冠小车停在京仑饭店门前，昆腾飞和乔莎莎从车里走出来。昆腾飞这个在事业上和政治上精明强悍的男人，在女人面前却马上会变成另一副面孔。他在地毯上慢慢踱步，听着乔莎莎在卫生间的洗浴声，就有点按捺不住了。门外，已挂出"请勿打扰"的牌子，心底很踏实。

　　浴室的门打开了，乔莎莎浑身挂着晶莹的水珠肩上着一块洁白的浴巾慢慢走出来，笑盈盈地望着昆腾飞，浴巾慢慢从身上滑落，这是一个全裸体的女人，一个任何男人见了都得浑身发热的女人。昆腾飞和这个女人上床已不是头一回了，但每一次都会使他激动兴奋，迫不及待。他从床上坐起来，急切地把她拥在怀里……

[二]

　　昆腾飞从浴室里出来，一本正经地坐在沙发上吸着烟，好像没有发生过什么事似的。乔莎莎最不喜欢的就是他一离开自己的肚皮就变了模样，面孔绷得没有一丝笑容，让人有点望而生畏。此刻，她的情绪还处于兴奋状态，还需要对方的抚慰，于是，不满地说："我不喜欢你这副政客模样。"

　　"上床是丈夫，下床是君子。"昆腾飞慢慢吸着烟，"你的护照办好了？"

　　"办了，又和罗老板扣出五千美金。"她从密码箱里取出钱："你拿去吧。"

　　"用不着。"昆腾飞若有所思地说："你执意要出国？卢绍谋会同意吗？"

　　"他这个人也真有点阴阳怪气。以前，我一提出国，就反对。可这次是他先提出来的，来电话催我赶快办护照。今天晚上我必须赶回去。"

"他催你办护照，不会是因为其他原因吧？"昆腾飞的思维十分敏感，语气中含有几分担忧："电话里还说什么？"

"没说什么，只让我赶快回去，好像有什么紧急事。"

"他不会捅出什么漏洞吧？这几天，我总是有点心神不定。其实，我很不想让你离开。"

"无所谓，我走后，你的那位女秘书很快就会代替我的角色。有我这个 A 角在，她只好扮演 B 角。"

"你胡说什么，你是我爱的最后一个女人，也是我最满意最钟爱的女人。"

"你的妻子不是也很有风韵吗？"

"她老了，就像一朵夹在书里的花，只能看不能动。"

"只要活着总有见面的机会。"乔莎莎也有点依恋。

"我总担心咱们的关系一旦被卢绍谋发现，后果不堪设想。"

"他很开明，大不了两人分手，不会发生其他事。"

"你不要低估了他，他是条精明的汉子，就像一条训练有素的警犬，鼻子能嗅出各种气味儿。"

"鼻子再灵敏，也不可能嗅到千里之外的北京吧。"

"不，精明人是不轻易露一点声色的。在本性面前，谁也不是伟人。这一点作为男人，我深有体会。"

他俩有点疲惫，半躺在沙发上，边聊天边喝着一瓶白马王子鸡尾酒，两个小时过去了，昆腾飞站起来，整了整衣服，用梳子慢慢梳理头发，乔莎莎又走过去，搂住他的脖子娇嗲嗲地说："我们再来一次行吗？"

昆腾飞禁不住她那美色的吸引，也控制不住体内翻腾的情欲，俩人又上了床。

突然，门打开了，床上两个赤身裸体缠绕在一起……

［三］

田野在梳绒厂的办公室里找见了卢绍谋。

"卢经理，明珠大酒家的办公室里挤满了工商局的人，孟老头子也在，究竟发生了什么事？"

"没什么事。"卢绍谋平淡地回答："你是来结账的吧？"

田野点点头，从皮夹里取出那份签约书，郑重地递给他。

"不能再延续几天了？"

"这句话不应该从你口中说出来。"

"实不相瞒，我的处境糟糕透啦。"

"我的日子也不好过，榆林畜产公司雇了讨债公司的人来催款。这个公司是由社会上一伙流氓、地痞、无赖组成的。如果不还清这笔款，我的碱厂恐怕不会正常生产了。"

"但我账面上一分钱也没有。"

"按协议办吧，没必要打官司，我讨厌那些大檐帽来干预你我之间的事。"

卢绍谋任何内心的变化都丝毫没有反映在面部表情上。这几天，他已经知道了正在发生的灾难。厄运来得如此迅速他感到难以置信，但又不得不在现实面前屈服。他颓然地坐着，反复看着那份签约书，然后十分爽快地说："就按协议办吧，机器厂房全部折价百分之五十给你。"

"卢经理，你一定看错了吧，协议上写的是折价 70％。"

"不，我成全你，按50％折价。你有才能有魄力，我相信你能把厂子经营管理好。不过，再过几年、十几年，也许，它还会完完整整归到我的手里。"

"你……你这是什么意思？"

"没什么意思，我很信任你，也佩服你，能吃掉我说明你有本事，我毫无怨言。从一开始，我就预料到，明珠市除了你没有第二个人是我的对手。"卢绍谋十分果断地在协议上签了字："具体交结手续和账目你和刘连枢商量，他是梳绒厂的厂长。噢，如果你认为刘连枢这个人是个人才，可聘用他。这是我的一点意见。"

"卢经理，你怎么能说这话呢，胜败是兵家常事，在生意场上，盈亏也是很正常的现象，你不应该灰心丧气。"

"灰心？哈哈哈……"卢绍谋仰头大笑，显出一副轻松愉快的样子："灰什么心？我还有心吗？你走吧，我不想让任何人来打扰。"

桃色新闻犹如一枚定时炸弹，彻底摧毁了卢绍谋的全部计划。

卢绍谋在等乔莎莎回来。看看表，距离列车进站的时刻还有两个小时，他焦急不安地在地上转来转去。如果不发生这起桃色事件，他不戴这顶沉重的绿帽子，明天，就带着美丽的娇妻乘飞机横渡太平洋，去另一个国度定居生存，生儿育女，和和美美过一辈子，但这美好的设想犹如一个打碎的玻璃瓶。现在他毫不犹豫地做出另一种抉择，不得不违背乔智的重托，更不打算去履行自己的誓言。此刻，他宁愿走进地狱。

乔莎莎在感情上对他的欺骗，使卢绍谋陷入极度的痛苦与愤怒中。生意场上的失败打击，艰难险阻，都可以忍受。失掉几百万巨款，一夜之间把财产全部赔光，也没有把他的脊梁压弯。可如今呢？做人的尊严受到严重的伤害和损失，这是一种不可忍受的痛苦和耻辱。乔莎莎与昆腾飞的桃色新闻成为全市人的笑料，卢绍谋无论走到哪里，人们都用异样的眼光瞅着他。他好像变成怪物，一个头戴绿帽子的缩头乌龟。他无法再在明珠市抬起头，也无法接受这残酷的事实。

卢绍谋可以算得上一个新派人物，不受一切旧观念、旧道德的束缚。他用这些大道理可以去说教别人，一旦轮到自己头上，也摆脱不了这些陈腐的旧意识。老婆从古到今就是专利品，只属于一个男人。他想给乔智打个电话，告诉他自己已经改变了计划，但他始终鼓不起勇气，他不愿意再去伤害岳父的心。他想去见见茗儿，看一眼儿子。虽然和茗儿也有过一段火辣辣的爱情，那都已是过去，但儿子是实实在在的。那是他的未来，他的影子，他全部精灵的再现。对于进监狱，他一点也不害怕，不后悔。人生就像一个五光十色的万花筒，又像一匹用善恶丝线交错织成的帛布，光怪陆离，经纬难分，瞬息万变。现实社会更是错综复杂，深不可测。此刻，除了等乔莎莎回来，他要把其他一切事情都抛在脑后。

第二十五章
红尘依依

[一]

田野神色木然，很晚才上了床。

"你和别的女人去约会了吧？"妻子的问话，让他紧张了一下。

"没有。米岚，我想和你商量一件事。"

"我也有事要和你谈谈。"

"公司的业务总算有了很大的进展，我想雇一名会计去梳绒厂管理财务。"

"早该这么办了，我一个人也实在忙不过来。"

"你看让青柳儿当会计怎么样？她有文化，人也聪明。"

"只要你满意，我没意见。"

"那我明天就正式通知她来上班。"

"她早就应该到你的身边工作。"

"米岚，你这是什么意思？"

"没什么意思，我想和你谈谈。"

"谈什么？"

"关于你和青柳儿的事，你俩其实是很相配的一对。"

这简直是当头一棒，田野迟疑片刻，考虑自己该怎么回答妻子的问题。他皱了皱眉，口气有点吞吐："我和她过去是有过一段来往，但那只是纯洁的友谊，后来，她背离了我……"

"不！"米岚打断他的话，"我和你的结合，迄今才明白是错误的。咱们在年龄上的差距是不能改变的。"她不无妒忌地说，声音里含着一种深深的悲哀。

"我从来没嫌弃过你的年龄。"

"田野，三十五岁的女人和十八岁的姑娘必定是有差距的。年轻姑娘谁看见也会产生爱慕之心，这是人的共性，请你不要掩饰。"

"我从来没有和她发生过关系。"田野有点害怕，声音唯唯诺诺，视线一直怔怔地盯着米岚，久久没有移开。这句装模作样的话，更使米岚觉得他不诚实，她极力克制着内心突然激起的愤怒和不满。一阵沉默笼罩了他俩。

"没发生过关系，那么，青柳儿肚里的孩子是哪里来的？"米岚打破沉默，单刀直入地刺穿田野内心的隐秘。

他的脸瞬间变了色："青柳儿去找你啦？"说这句话时，咬牙切齿。

"我并不想过问你们之间的事。听到这个消息后，心里很不好受。我已经做出决定，不再来妨碍你。"她的眼睛里闪过一丝敌意的目光，性感的嘴唇微微张着，带着一种挑衅的近似嘲讽的微笑。

"米岚，你误解了，我从来没有想到过和你分开。"

"田野，我不是那种看着自己的男人和另一个女人睡觉而无动于衷的女人，你既然爱青柳儿，就正大光明地去爱她，我只有退出，咱们不分手是不可能的。"米岚掏出一份离婚协议书，"你签个字吧。"

"米岚，你执意要这样做，会使我绝望的。你太不理解我了，也不理解我爱你的程度。"田野在她矜持的态度之下，实在不敢面对发生的事实。他是不会轻易毁掉这个家的，就像一个吝啬鬼不会轻易放弃手里的黄金一样。

"你们男人多半是这个样子，既要老婆又要情妇。可你就不设身处地想想，女人也有挑选的权利。女人也是人，不可能把一切都交给男人来支配。"米岚心里升起一股苦涩悲凉的情感，泪水在眼眶里打转，但始终没有流出来。

"米岚，我错了，以后再不和青柳儿来往还不行。"田野有点低声下气。

米岚看了他一眼，拿起桌上一个水杯扔在地上。叭！玻璃碴儿飞了满地："你能使这个杯子恢复原形吗？有的人一生往往只犯一次类似这样的错误，就把自己彻底毁掉了。爱情它并不像一个苹果，可以切开两块，一分为二来供两人分享。你不爱我了，我选择走，这应该是符合你意愿的。"

"关键是我还爱你，还需要你。"

"爱我是假，需要是真，你不觉得这样不公平吗？"

"米岚，你不要误会，真的，我是爱你的。"

"爱我为什么又和青柳儿在一起，这又作何解释？"

"那只是一时的冲动，你难道不能谅解吗？"

"我离开你，就是对你最好的谅解。"

田野的谈话始终躲躲闪闪，这更让米岚无法忍受。她感到自己受到了莫大的屈辱，绝对不在这种可怕的欺骗中生活一天。田野看着实在隐瞒不过去，终于鼓起勇气说了实话。

"我很后悔，那几天你正好不在家，就约了她，没想到会发生这样的事。当时，我只是出于报复，只想占有她，谁知道她会有孩子。"

"没必要再解释了。"米岚不耐烦地挥挥手，嘴角挂着一丝轻蔑的冷笑。她想尽快摆脱这种痛苦。那天夜里，她做了一个奇异的梦……

她又回到了那个家，大门是敞开的，但她没有走进去，只是站在门口，望着这间破旧的土屋，望着被雨水冲洗的掉了泥皮的院墙，望着房顶上的小草，小草枯萎了，在寒风中簌簌颤抖，她仿佛又听到妈妈的呼唤："回来吧，米岚……"门顶上又筑起一座座蜘蛛的宫殿，黑色的蜘蛛悠闲自得地躺在网中央，似乎在嘲笑她，她向四周张望，没有一个人，一切都是虚无缥缈，空空荡荡……

［二］

米岚打电话约施寒出来。

炫目耀眼的霓虹灯闪闪烁烁，梦思远西餐厅几个字射出橘红色的光辉，奶油色的灯光柔和悦目，给人一种幽雅宁静的感觉，空气中弥漫着香槟酒的芬芳，女招待笑盈盈地把一本浅蓝色的塑料皮菜谱递给他们。

"来一份二人情侣套餐，两瓶马爹利酒。"吃这西餐的一般是爱侣或情人，米岚很坦荡地表明了自己的心迹。

"米岚，真没想到你会约我出来。"施寒久久端详着她。米岚的脸色很难看，似乎苍老了许多，眼角出现了几道深深的鱼尾纹。他看出她在精神上一定受到了什么打击，于是，用一种试探的口吻问："最近你的生意怎么样？"

"你怎么不问问我的生活怎么样？"

"我想你的生活也一定是很不错的，带有罗曼蒂克的色彩。"

"恰恰相反，我的生活十分糟糕。"

"怎么？和你那小丈夫闹意见啦？"

"不单单是闹意见，是闹离婚。"她的话坦率得惊人。

"我知道你终究要被这条眼镜蛇抛弃。"施寒好像早就料到米岚会有这么可悲的一天，并不为她的话感到多么惊奇和突然。

"是我先提出来的，他至今还没答应。"

"那你怎么办？"

"如果他不同意协议离婚，就起诉到法院。"

"财产怎么分配？你可千万不要为了显示超脱而忽视这个问题。人脱离了精神会庸俗，但生活企图脱离物质，超然一切也是愚昧的。"

"那些问题，我还没有来得及考虑。"

"市法院民事庭有我一位朋友，必要时找他帮帮忙，千万不要在经济上吃了亏。"施寒说出这句话，使米岚感到十分不舒服，望了他一眼，马上把话题转向别处："你那本诗集我看过了。"米岚轻轻吟咏着："我真想，拉起你的手，驾着吉祥的彩云，双双飞向太阳初升的地方，不畏缩啊不回头……"她神色激动，眸子大放异彩，突然，忘情地抓住施寒的手，泪水顺着两腮滚落下来："施寒，你说的是真话吗？"

"真心话。"

"你真的爱我吗？"

"我的眼睛会告诉你。"

"你愿意和我在一起？"

"我一直等待着这一天。"他把她紧紧拥在怀里。

"咱们走吧，走得远远的。"米岚喃喃地说。

"去哪儿？"他松开手，吃惊地望着米岚，以为她在开玩笑。

"到深圳、海南。"她的眼里又透出一股经过大苦难之后的恬静和安详。

"去那里每月能保证我的工资和待遇吗？"突然，他提出一个令人啼笑皆非的问题。

"施寒，我们走出去，是自己给自己创造生存的条件，谁保证你工资呢？只要我们把握住机遇，就会发现前面的天地很广阔，有足够的空间施展拳脚。"

"我是一个理想主义者，在现实面前畏缩不前，这大概是一个致命弱点。你打算带多少钱？"施寒赤裸裸地提出这个问题。

"不打算带多少，你我友好的合作就是巨大的财富。"米岚没有向他吐露真情，只是默默地望着他。此刻，只要施寒说一句"我和你一块走，天涯海角不回头"，米岚就会把余生的岁月全部留给他。

"这不是开国际玩笑吗？不带十万二十万就别在深圳站住脚。你没听说，在那里吃一顿饭几十元，请一次客几千元，住一晚上旅馆几百元。没钱寸步难行。"施寒失去了往日那诗人的风度和气魄，那模样，倒有点像小商贩，在一点点零星出售着情谊。

"这些就不用你管了，我只问你一句话，愿不愿和我走？"

这个问题提得太突然了，施寒压根儿也没想过和她一块走。他爱米岚是事实，但真正和她一块去闯江湖实在没有勇气。再说马上就要评职称了，工资也要晋升，他又是全市知名度很高的诗人，突然和一个女人私奔到深圳，舆论马上就会把他压垮、摧毁。于是，他婉转地说："米岚，和你一块走是我多少年来梦寐以求的事，但现实不允许我这样做。"

"你不是一直想着离开那个家吗？"米岚眼里闪着梦一般神秘

的色彩，但心底涌出来的却是一种说不出的寂寞和哀怜。

"我的家是建立在一条周而复始的圆弧上，而我本人则是圆内一条半径。尽管有时增长，有时缩短，有时反抗，有时逃避，但始终无法逃离这个圆。"

"为什么？"

"名声、舆论、道德，这种无形的压力会把我挤垮的。"

"那么，你诗集里抒发的那些激情和愿望都是虚假的？"

"那是高于生活的艺术。你是搞文学创作的，难道还不懂这些吗？"

"对不起，我误解了你，不该约你出来。"米岚低着头，夹起一块鸡翅膀，慢慢嚼着。她久久望着施寒，好像看一个陌生人。这就是她心目中一直爱着的那个施寒吗？那个用火热激情和爱的韵律凝聚成一首首感人肺腑的诗篇的施寒在哪儿？他过去一直深藏在自己的心里，在遥远的梦里。他走来了，在绵绵的秋雨中，在萧萧的寒风里，在暖暖的炉火旁……她眼前总是闪烁着他那双深藏在镜片后面冰冷的眼睛。过去，她总爱从这双眼睛里看自己的影子，现在，这两片玻璃把这一切都隔开了，只看见两团白色的光，随着这道光的升华，心中猛地卷起一股潮水，呼啸而来，带走了那些搁在沙滩上的零零碎碎的枯萎了的感情、思绪，一切回忆都是辛酸的……

她迈着沉重的步子走在这条刚刚修补过的柏油马路上。一块块黑乎乎的沥青，像膏药似的，贴在石碴上。她慢慢地走着走着，不知不觉来到一条狭窄的小巷里，在巷的尽头，又看见了那间小土屋，看见了那些攀附在篱笆上、窗户上的紫色牵牛花。每天，当太阳还没有出来时，牵牛花就悄悄开了，每逢这时，她就静静地坐在小凳上，看那些带着露水慢慢张开的小花瓣。有人说花儿开时是无声的，但她仿佛听到这小喇叭似的花儿在歌唱，"嘀嗒嗒，嘀嗒嗒……"声音是那么轻微、美妙，唤醒了太阳、鸟儿、藏在花叶下睡懒觉的蝴蝶。

"在清晨在那些徘徊彷徨的日子里我爱你，泪水流了一夜，在心灵深处我永远爱你……"一首香港流行歌深深地打动了她。音乐由激烈跳荡变得柔曼舒缓，好似从她的心灵里汩汩地涌流出来。天色很快就收缩成一个疲倦的灰暗的夜晚，墙上几盏壁灯也亮了，紫澄澄的光恍恍惚惚，他俩投在墙上的影子被灯光拉长了、变形了。一对男女手里拿麦克风大声唱着，男的唱了一首《我想有个家》，女的唱着《爱上一个不回家的人》，俩人显然是一对路遇的恋人，也许一出这西餐厅互相就不会再理睬，但此刻都情意缠绵，大胆发泄着内心的激情。年轻人就是生活得洒脱、自在、无所顾忌，爱则上床，恨则分手。这就是九十年代的青年，米岚对这帮人稍稍有点妒意，随着欢乐的嬉闹声，她的思绪飘飘，像断了线的风筝，在空中任意飘悠。突然，线绳缠在一棵枯树上，风筝掉下来了，落在一块旷无人烟的沼泽地。

"米岚，你无论走到哪里，我都不会忘记你。"施寒轻轻握着她的手。让一切虚伪的东西都从这指缝间漏尽吧。她的手冰凉冰凉，眉间透着冷傲，脸上的表情明皙凝重。希望已经泯灭，爱情如空中楼阁，在她所爱过的一切事物中，只剩下一片蓝天和辰星。她决定离开明珠市，对她来说，这个世界上再不存在什么田野和施寒了。爱已经死亡，这种爱消亡的是那么迅速，像闪电、晨雾、露水，稍纵即逝地从她脑子里掠过。她必须远走高飞，独自到新的地方开辟新的生活，在人生的路上开始寻找新的轨道，确定新的位置。不能因为路上有红灯，就停止了前进。

分手了，她望着施寒渐渐远去的背影，一个人仍然呆呆地站在这盏闪着紫色光线的荧光灯下。她在静静地等待，是等待那飘飘洒洒的冷雨？等待那一地泛黄的落叶？还是等待那个收获的日子？岁月如流，来去匆匆，繁华落尽，烟雨纷纷，许多年前的一个秋天，她的生命就像一片落叶，开始在世间飘飘飘落。情难觅，梦难留，在那流泻的岁月里，青春一走不再回头，留给我的只是冰冷彻骨的疼痛，用忧伤编织一件披风。一手牵着寂寞一手拉着孤独，穿过岁月的烟雨，走过人间的繁华，一个人行走在秋风萧瑟的季节。花谢月隐，春去秋来，一年又一年，她多次问自己，在走过的岁月里，究竟留下了什么？大浪淘沙，风卷残云，但无论前面的路怎样难走，在路上，就不要回头！

第二十六章
往事如烟

[一]

　　田野承认自己是个极其自私的人，从来没有过多地去考虑别人。米岚和他风风雨雨奔波了两年，他也没有实实在在把心交给她。内心的感觉只是需要，他觉得离不开米岚，但从来没有考虑米岚是怎样想的？他不去分析，觉得没有这个必要去浪费时间和精力。多少年来，他还在深深地爱着青柳儿。贴到身上的东西随时都可以甩掉，唯一潜进心灵深处的某种感情，是无法排遣的。这也许是他自私本性的最大表现，他只想占有她。但是，当青柳儿努力和他恢复昔日的关系时，他却不愿意再去重温旧梦。把自己的真实心理紧紧地包起来，每逢看到青柳儿痛苦、失望，为自己流眼泪，他才感到快活、高兴。田野决定要让她好好尝尝一个人失去自己所爱人的滋味。那年，他失去青柳儿，差一点死去。他至今也不会忘记柳若娴对自己的侮辱，忘不了乔智对他的轻视，更忘不了青柳儿的无情无义。那是一个阴雨天，沉重的云无声无息地在头顶上移动，天空飘洒着雨点，地面渐渐变湿了，他被柳若娴赶下楼梯……

　　门"砰"的一声关上了，田野一口气冲下楼梯。外面，大雨如注，他的身子被遮蔽在雨帘里，抬头仰望苍天，痛苦悲哽地自语着："青柳儿，你真狠毒，掏走了我的心，勾走了我的魂……"他的抽泣、怒火、鲜血都溶解在冰冷的雨幔中，连那颗颤抖的灵魂也消隐浸泡在漫漫的苦汁里。

高耸的钟楼，巨大的指针不紧不慢向前移动。城市在沸腾，车铃的鸣响，美妙的音乐，欢乐的笑声，在这透明的波光中浮动，而沉沦在这浮光掠影下的是一颗孤独浑噩的灵魂、一双茫然的眼睛。田野两条钝缓的腿在盲目地移动。到哪儿去？他内心正积压着无限的悲哀和愤怒，难以找到一个发泄的突破口……

田野在车站广场徘徊，天色越来越暗。一整天没吃东西了，肚子饿得咕咕叫。一个又一个食品店、杂碎摊、喷香的烧鸡、油光光的猪头肉、切成细丝的猪耳朵、散发着热气的羊头肉，扑入眼帘，他馋得不住咽口水，双脚不由得在这些摊贩前流连忘返。"大哥，这是刚出锅的烧鸡，鲜嫩可口。买一只吧，不好不要钱。"这一番热情的话说得你不好意思离去，田野真想尝尝这烧鸡的滋味，眼睛里射出饥饿贪婪的光。街上挤满了行人，大车、小车冲来撞去，他拖着越来越沉重的双腿，走来走去。一只手不住地掏着那个瘪瘪的衣袋，衣袋缝里有几粒瓜子，他把瓜籽放在嘴里不住地嚼着，越嚼肚里越咕咕地叫。此刻，他心中残留的那一点点自尊也快要崩溃了，羡慕那一个个衣服褴褛、蓬头垢面向人们伸手要钱的乞丐，他也真想把手伸出去……不知谁家的狗从他脚下蹿过去，在垃圾堆里寻找骨头吃。他明白自己的处境，和这条狗又有什么区别呢？他对自己说："你难道就不能试着去战胜这种生活？你是不是已经尽了一切努力来挣脱这缚在身上的桎梏呢？"他脸上的表情由阴暗渐渐变得明朗了，飞起一脚踢散路旁堆着的烂果皮，狠狠地说："去他奶奶的，先想办法填饱肚子再说。"他大摇大摆地走过一家豪华大酒店，刚想进去，又胆怯了。正在犹豫，一位姑娘笑盈盈地说："大哥，吃饭吗？"

"吃。"他的声音好像从牙缝里挤出来似的。

"请进来吧。"他被姑娘安排到一个僻静的角落里。

"吃点什么？"姑娘又朝他甜甜地笑笑，并把菜谱递过来。

田野从来也没到饭馆吃过饭，不晓得吃什么最实惠便宜，于是照着菜谱胡乱点了几个菜，还要了一瓶啤酒。一会儿，酒菜摆上了桌。酱红色的烧猪肉，油乎乎的炒肉片，黄澄澄的鲜啤酒在眼前晃动，他低下头大口大口吞吃，鲜香甜辣一起下了肚，吃得腰圆肚饱，头顶冒汗。可钱呢？他一边擦着油腻腻的嘴巴，一边皱眉思索着对付的办法。

"请结一下饭钱，十五块八角三分。"姑娘走过来和他收钱。

他迟疑了一下，把手伸进衣兜里："哎呀，我的钱包……"他故作惊讶地叫了一声，身子像皮球似的从椅子上弹起来，想冲出去，但一只脚刚迈到门口，一双有力的手就把他拽了回来。他抬头定睛一看，顿时吓白了脸。这是一张凶神恶煞的脸，矮胖的身子，粗壮的膀臂，滚圆的肚子。这人像一尊门神堵住了田野的去路："干啥去？"阴森森的声音，令人恐惧而紧张。

"有钱吗？哼！你也不打听打听，就敢进来吃饭！""啪啪……"像拳击运动员打一只吊在空中的沙袋，雨点似的拳头落在田野的头上身上。他被打得头昏目眩，两眼直冒金星，鼻孔、嘴巴顿时冒出了殷红的鲜血。

"老子让你把吃进去的东西都吐出来。"

"算了，老七，这小子也怪可怜的，一共是多少钱，我先给他垫上吧。"一位男人走过来，拉住老七的胳膊，并递给他二张大团结票子。

老七夺过钱，恶狠狠地瞪了田野一眼，"滚！"他边说边飞起一脚把田野像踢足球一样从酒家踢出去。

田野跌跌撞撞爬起来，那个替他垫钱的男人走过来，压低声音说："小伙子，今天没把你打个半死就是便宜你了。他是明珠市赫赫有名的七阎王，你敢闯他的酒店去白吃饭，真是吃了豹子胆。"

听了这些话，田野的头上直冒冷汗，他不吭声，擦擦脸上的血，好久好久才说："你为啥要给我垫钱？"

"出门在外，谁也有困难的时候，再说，你也不像个骗子。"他伸手给田野拍拍身上的土，扶他起来："走吧，我在前面那家旅馆住着，到我房间坐坐，好好洗洗脸。"

田野的面孔依然毫无表情，但他还是跟这人走了。他的腿被踢伤了，但疼痛并不使他感到难受，只觉得浑身火辣辣的，那是怒火在胸膛内燃烧，并逐渐向全身漫延。他回头望了望这家酒店，狠狠地吐了一口带血的唾沫，眼里射出闪亮而疯狂的光。

〔二〕

一瓶烈性白酒，两袋熟花生米，再加几块臭豆腐，就使这两个互不相识的人变得亲热、随和、无话不谈了。这人叫赵福宝，原来在农机厂当锻工，八三年，改革的风刚刚吹到明珠市，他就第一个跳槽出来做生意，贩猪卖羊，批发瓜果蔬菜，小买卖大生意都做过，结果是五马换四羊，四羊换成两只鸡，到今，两手空空，只好凭一张嘴、两条腿为别人跑信息。

田野一连喝了好几杯酒，酒精渗透了他的五脏六腑，顿觉身体发轻发热，内心的情绪正在积聚着某种激烈的冲突，眼睛里也闪动着愤慨的目光。他醉了，话也多了，不由地和赵福宝诉说着自己心灵的悲愁和胸中的冤苦。老赵听后连一句同情安慰的话都没说，反而哈哈大笑着拍拍他的肩膀说："我简直不敢相信，现在这年头了，还有你这样痴情的傻男人。为一个女人要去自杀，值得吗？"老赵一仰脖子喝下一盅酒，长长叹了口气："小伙子，女人在男人眼里不过是一杯凉开水，渴了就喝一杯。这算个啥呀，有钱还愁个女人？现在你连饭都吃不开，哪个女人会跟你呢？"他缩着脖子，弯着腰，用筷子夹一点臭豆腐放在嘴里，上下嘴唇翕动着，发出啧啧的声音，边吃边自顾唠叨个不停："不瞒你，我的老婆也和我离婚了，因为我没钱。从监狱里出来，身上只有十几块钱，谁会跟你过日子呢？她走了，我倒也无牵无挂。拿上这十几块钱又重操旧业走进了赌场，五天五夜没下赌台，最后，皮包里装着赢来的五千块钱逃出赌场。"老赵一个短了半截的食指伸在田野面前，点着一支烟，一股劲吸着，烟雾从那两片厚厚的嘴唇里喷出来，在他的头顶上划了一个雾腾腾的问号，那张藏在问号后面的脸上蕴藏着疲倦的厌于人世而又略带讥讽伤感的成分。

　　"你的手？"田野的目光盯在那短了半截的食指上。

　　"我自己砍掉了。"他脸上挤出一丝干笑，像猫头鹰叫，使人听了浑身发冷，"我横下心再不去赌场，赌钱使我的老婆离婚，孩子姓了别人，自己还让判了三年刑，倾家荡产，到如今是无家可归呀。唉！说这些陈谷子烂芝麻的事干啥？喝酒吧。"他端起杯子大大喝了一口，脸涨得通红，说话语无伦次："老婆算个逑，现在孑然一身利索。不谈这些了，和你小弟说点正经事。你要是想在这儿待下去，咱们一块干吧，我现在给华夏贸易开发公司跑业务，你看，这是介绍信，工作证。那里的经理朱老大和我是铁哥们，这几年，他专做羊毛，还愁没钱花？"

"搞羊毛也能赚钱？"田野疑惑地问。

"现在市场上，除了黄金就数羊毛羊绒的利润大。"

"我们那地方羊毛多得很。"

"你这话是真的？"

"我哄你干啥？农村还缺个羊？有羊能没羊毛？不信，你跟我去看看。供销社的收购员还是我的同学呢。"

"你吃住问题我全包，如果有羊毛，每斤给你回扣一角钱好处费，怎么样？"

田野好像一个溺水者抓到一根救命的绳子，又惊又喜。但他故意装出一副不以为然的样子，双眉紧蹙，不紧不慢地问："怎么个搞法？"

"这你就别管了，只要领我看见羊毛，好处费就付给你。"赵福宝的脸上浮现出一个冷酷的微笑，他抬手不住地摸着那黑茬茬的络腮胡子，从那张大嘴巴里吐出这几句干脆的话。

"这么容易就挣了钱？真是天上掉下了馅饼。"田野的目光在赵福宝脸上缓缓爬动。老赵腮帮上的肌肉不由自主地颤动了一下。

"这是搞生意，不是让你去扛麻袋，挖二垅地，不需要出力出汗。自古以来就是挣钱的不卖力，卖力的不挣钱。只要你找对路子，有胆量，有心计，钱就挣了，一晚上变成个万元户的人多得很。我看你很精明，是块经商的料子，而且也很会演戏。"

"演戏？我可没那本事。"

"刚才在七阎王那里表演得不是很精彩吗？不过，你瞒不过我老赵的眼睛。其实，我很佩服你这种赤手空拳打天下的硬汉子。好好当个信息员，一年赚个万二八千算个啥呀！"

"信息员是干啥的？"田野对生意上的事一窍不通。

"信息员嘛，顾名思义就是传递四面八方的经济消息。必须腿勤、嘴快、耳朵长、鼻子灵，眼观六路、耳听八方，靠接缝挣钱。东北人叫对缝，咱们这儿叫中间人，北京那地方叫掮客。在生意进行的过程中，信息员起个媒介作用。你有钱，他有货，但有钱的找不见有货的，你在中间把他俩拉在一起，生意做成了，你就从中取利，这叫空中取水，也叫空倒空卖。说难也容易，说容易也难得很，就凭投机取巧四个字就可以赚钱。"老赵在大谈生意经，田野被他说得晕头转向，简直是听天书。

"等拉回货，我介绍你认识一下朱老大，让他也给你办个工作证，开张介绍信，再复印一份营业执照，你就能到处联系业务了。在生意场上，一个有手腕的掮客能够吃两头钱，如果自己没本事，就白白给人家当了义务信息员，一分钱也捞不到。睡吧，生意上的事你不交学费一天两天是学不会的。"

"做买卖还得交学费？"

"交学费就是指赔钱，这和赌钱一样，总得先输才能后赢。做生意也是先赔后赚，在赔钱中总结如何赚钱的经验。刚一开始做买卖，免不了被别人坑骗，你上个三五次当，就慢慢学会骗别人了……"赵福宝嘿嘿地笑着。

田野在第一把生意中就付出了高昂的代价，惨重的打击差一点使他一蹶不振。那年，他领着赵福宝到柳湾沟供销社购买了一车羊毛。当时，赵福宝只给付了一半款，剩余五千元五天后全部付清。

田野给打了保票，收购员又是他的同学，于是，羊毛十分顺利地装上了车，赵福宝还让他和供销社的一名收购员一块押货去河北取款。哪知，在路上打尖住宿时，半夜里，赵福宝甩下他和那个采购员，开着汽车跑了。五千元款，当时，对田野来说，如同天塌了一样，他被骗懵了，到公安局去报案，但得到的答复是：这是经济案子，公安局无权过问。再说，人家是买你的羊毛，有合同、有手续，不给钱，就去法院经济庭打官司。田野又去了法院，接待室让他交二百元诉讼费，才受理案子。他到哪儿找二百元钱呢？真是叫天天不应，问地地不答。供销社的人四处追他，说不给钱就砸断他的腿。家里的房子被拆了，牛马被拉走了。田野永远忘不了父亲那张含恨而绝望的脸，更忘不了那双永远怒视着自己死不瞑目的眼睛。埋葬了老爹，他连夜逃出村里，孑然一身返回明珠市，找到了华夏经济开发公司，朱老大说："小伙子，这五千元算个啥呀，小菜一盘，赵福宝把羊毛卖了，会把钱还给你的，你就住在这儿耐心等几天。"

但老赵再没回来，酒精中毒死了。这件事，决定了田野要成为一条狠毒的眼镜蛇。在不幸和失败堆起的高台上，他重新寻找一条生命的支撑点。正如赵福宝所说，不被别人欺骗，永远也学不会骗人。为了混一口饭，他的双肩背起了沉重的包袱，当起了推销员，凭一张嘴、两条腿走遍大街小巷，不断地吆喝，不断地讨价还价，不断地求人说好话……那段倍受凌辱的生活至今历历在目。

心酸的往事，加深了他对人生的理解，也更加深了他敢于铤而走险的决心和信念。他渐渐懂得如何利用各种正当的法律程序来赚钱。

第二十七章
浮云若梦

[一]

卢绍谋的目光透过衣裙把妻子的身体整个窥视了一遍，这是他征服和占有过的女人。他的整个身心都在剧烈地翻腾变化，受辱的愤怒紧紧包围着他，浑身的肌肉都掠过一阵憎厌之感。

乔莎莎还像以往一样，一见面，总是把双手吊在他脖子上，仰起头，用那双充满柔情的眼睛凝视着他，双唇在饥渴地等待着："真想你，快吻吻我。"

他推开她，笑咪咪地仔细打量着，真是佩服她的高超演技，刚刚从昆腾飞的肚皮下钻出来，竟然还装出什么事也没有的样子。

乔莎莎一看卢绍谋的态度不对劲儿，马上问："家里又发生了什么事？"

"铑粉生意出了差错。"

"这与我们有什么关系？内贸生意咱们要担责任，外贸生意货一出口，出了什么事责任由商检局和海关来承担。再说，就是出现天大的事，三十六计，走为上计，我把护照也办好了，你犯得哪门子愁？"

"你办事可真神速，昆市长还在北京吗？"

"近来我和他一直没见面，不太清楚。"乔莎莎的表情十分坦然，半开玩笑半认真地说："我去洗个澡，这次你怎么一点也不着急，这张床是不是别的女人来睡过？"

"它永远是属于你的，别人没这个资格。"一股莫名的惆怅突然涌上卢绍谋的心头，那斩断的情丝又缠绕心头，他狠狠地暗骂自己："没骨气。"

浴室里，卢绍谋在一旁看她洗澡，以往，他站在喷头下，和她一块洗。但今天他却用另一种奇怪的眼神在打量她："莎莎，你真美，是我见过的女人中最美最性感的。"

"不喜欢你用这种口吻和我说话。"莎莎也意识到了什么，不高兴地说，"我又不是那种女人？你怎么用这样的眼神看我？"

"所有女人中，价格最低廉的莫过于给男人当妻子的女人了。"

"别胡说了，快抱我出去。"她娇嗲地向他传递着爱的信号。

他的眼里隐藏着冷漠、哀伤、屈辱、愤怒，还有一丝恨恨的恶意。

她更加不安起来："绍谋，我不明白……"

"住嘴，不许你再说一个字。"

他俩互相对视着……沉默笼罩着整个屋子。这间奢华、堂皇，有着极强烈现代化色彩的房子是他们爱的摇篮。现在，变成了残酷的战场，他像一头可怕的狮子，正围着一只捉弄过自己的猎物转来转去，连空气似乎也充满了仇恨和血腥味儿。

电话铃突然响起来，打破了屋里死一般的寂静，卢绍谋抓起听筒："喂，什么事？"

"让莎莎来接电话。"卢绍谋听出是那位一直对自己不感兴趣的丈母娘，于是，皱皱眉没好气地把话筒扔给妻子。

"妈妈，啥事？"

"你爸爸煤气中毒……他……他死了……"

"爸爸！"乔莎莎突然放声疾呼："因为什么？因为什么呀……妈妈，你告诉我。"

"去问卢绍谋吧，他什么都清楚，骗人骗到你爸爸头上了。那份铑粉商检证，害死了你爸爸，你赶快离开这个骗子，千万不能跟他出国。听着，你赶快来，我要到法院去告他。"

乔莎莎啪的一下搁下话筒，痴呆地坐在那儿。

"发生了什么事？"卢绍谋问。

乔莎莎长久地望着他，突然发出一声悲痛欲绝的哭声："爸爸……我爸爸死了……你这个没良心的东西！"她边哭边用拳头在他身上乱打："你和我要那份商检证时怎么说的？你不是说只限于无毛绒的商检吗？打电话让我办护照，原来是想来个金蝉脱壳，把所有的责任都推在我爸爸身上。我不和你一块走。"

"把我的那份护照拿出来。"他向她逼过去。

"你要干什么？"乔莎莎双手抱着皮夹子，不给他掏。

"你拿不拿？"他一把推开她，打开夹子，从里面取出自己那份护照："实话告诉你，出国是你爸爸的嘱咐，为了不伤老人的心，我才答应和你一块走，我也在老人面前发过誓。如今，老人已下九泉，我没必要再为谁来遵守诺言了。"说罢，他仰天大笑，把那张护照撕了个粉碎。

"你这个疯子，撕吧，砸吧，把所有的东西都烧毁吧。爸爸！女儿害了你……"她伤心地哭着。

"别伤心，天塌不下来。我是用那张商检证检验了铑粉，但铑粉不够标准，这不是我的错，我也是受骗者。"

"你为什么一直不告诉我商检了铑粉？"

"我为什么要告诉你呢？你不是和我也不说实话吗？谁的心里也有一个不可告人的秘密。不过，铑粉所获的利润我全部交给了你。账号上那几百万款你不是一直控制着吗？也算我对你们父女的一点经济补偿。"

"住口，我没时间和你闲磨牙。"乔莎莎下床，迅速穿着衣服。

"干吗去？"

"你管不着。"

"坐下。"卢绍谋的声音冷若冰霜，使她毛骨悚然，"你哪儿也不能去。"

"你没有权利来阻拦我。"

"别急嘛，我是你丈夫。"卢绍谋走过去，一把抓住她的胳膊。

"放开！我要去看我的爸爸。"

"我要把你和昆腾飞这条老狗一块送到地狱里去，你可以和他永不分离。"

"我和昆腾飞根本没有那种事，你血口喷人。"

"明珠市的人都知道了，你还掩耳盗铃。"卢绍谋猛地扑上去，双手像钳子似的掐住乔莎莎的脖子，然后把她的脸按在地上，她不能说话、不能感觉、不能动弹了，只瞪着一双惊恐愤怒的眼睛望着他。他慢慢地压在她身上，这次是致命的压，疯狂的压，把所有的仇恨、屈辱都集中在嘴巴上，他张开嘴，慢慢移向她的鼻子，这鼻子是他受污辱的标志，他不会再容忍这个鼻子的存在。乔莎莎被卢绍谋这张充满杀气的面孔吓得魂飞魄散，含糊不清地叫着，两手在空中乱抓，拼命地挣扎。

当一团血糊糊的肉从卢绍谋嘴里吐出来时，乔莎莎凄厉地惨叫起来，她晕倒在地毯上……

[二]

两位护士用手推车把乔莎莎从手术室推出来，进了二号病室，她处于半昏迷状态，神智恍恍惚惚，生命正从她身上逐渐消逝。她想睁开眼，但眼皮很沉，白色的绷带边缘遮住了半个眼球。此刻，她希望能抓住一只结实的手……那是父亲的手、不！爸爸已经死了，他不会再来拉自己了；那是绍谋的手，这双手紧紧握着一副双桨，在公园的小湖里，碧绿的湖水在微风的吹拂下，泛起层层涟漪……逝去了，连同她的爱情与希望，灵魂与意志，都被一张硕大的嘴巴吞噬……

一个戴着金丝眼镜的女人走到床边，神色凝霜，面戴雪白的口罩，身穿白大褂，久久地伫立在乔莎莎身边。她用冰冷的目光盯着乔莎莎，想起她和昆腾飞之间的奸情，怒火烧身，又无可奈何。她像被一阵旋风刮进深渊一样，黑压压的忧郁的思绪将她紧紧地包围起来。

"宫院长，她一直拒绝打针、吃药，连输液管都拔掉了。"护士低声说。

"不要紧，给她加大镇静剂的注射量，一定让她好好活着。"

"宫院长，听说她以前很漂亮。"

"漂亮更迷人，女人见了也想多看她几眼。可惜，这么一位美人，一下子变成了一朵残花。"

"宫院长，她还能不能做修复整容手术？"

"希望不会太大，即使手术后，也会留下明显的疤痕。"宫院长挥挥手，示意护士离去。她缓缓地、一步一步地逼近床前，身子俯下去："疼吗？"

乔莎莎艰难地闭上了眼睛，毫无血色的嘴唇也闭得紧紧的。

"睁开眼，看着我。"宫香凝尽量克制着内心的怒气："你不觉得自己付出的代价太沉重了吗？"

"给我一点安眠药。"一声悲伤微弱的声音从绷带下面传出来。

"想死吗？不可能！我是大夫，有责任和义务让你好好活着。"她停顿片刻，突然又换了一种口气问："莎莎，你难道不为失去的青春美貌，失去的家庭和爱人痛苦吗？说实话，我一个电话，就会请来美国整容专家，但我不会成全你，我要让这耻辱的标志永远留在你的脸上。"

"请你宽恕我！"她的眼睛睁得大大的，两只漂亮的手伸在被罩外，姿势很优美，像伏在上帝脚下做忏悔的圣徒。

"会宽恕你的，你赐给我的这杯苦涩的酒，我已饮下，杯中还剩几滴，我要让你来把它喝干。"宫香凝的脸上又增添了几分凝重的神色，那颗隐藏在黑色的西服里的心，在痛苦中微微战栗。

乔莎莎已深深意识到宫香凝的用心，命运在惩罚她，给她戴上沉重的桎梏，让她在煎熬与忏悔中生存，她只有屈从天意。她的嘴角浮起一丝悲凉的冷笑，一行冰冷的泪水溢出眼眶。

第二十八章
往事难追忆

[一]

豪华的酒店。

田野以企业家的身份出现。为了提高烧碱厂和梳绒厂的知名度，把产品推向全国，他不惜代价在电视台大做广告，他的产品和名字逐渐被全市人民所熟悉。

闪光灯在他的头上晃来晃去，他激动地说着什么，不住地打着手势。采访的记者向他提出许多问题：

"田经理，我们想听听你怎样从一个流浪汉发展成企业家的？"

流浪汉这三个字听起来有点刺耳，显然，田野对过去那段生存的环境和悲哀的历史，变得敏感和计较了。他不由地皱了皱眉："是改革的潮流把我这只搁浅在沙滩的小船带到汹涌澎湃的大海。我相信命运，命运是最有力量的，无论什么都不能摆脱它的裁决。人的意志不能改变天意，就像星相家无法让星宿改道运行。"

"那么，你的机遇是怎么到来的？"

"是在我最倒霉的时候。"

"社会上对你谣传很多，有人说你是个不择手段的大骗子，是一条致人死命的眼镜蛇，你能否谈谈，对这些谣传的看法？"

"道德规范以善和恶、正义和非正义、公正和偏私、诚实和虚伪等概念，来评估人们的各种行为和调整人们之间的关系，我自己的行为是否公正，不去做解释。但我觉得，所干的一切还有着善意和诚实。为了达到某一种目的，去采取必要的手段，我认为无可非议。事业成功与否，是我个人的得失问题，谈不上道德败坏，更谈不上诈骗。因为每做一项生意时，首先考虑的是否触犯了法律？如果有一天法律上承认我是骗子，那我就是个名副其实的骗子。大千世界，生存、竞争是每个人的本能所在。我所干的一切，是道德的堕落？还是人格的升华？这在今后的生活中会证明的。"

客厅里出现了短暂的沉默，随后不知谁带头鼓起了掌。田野站起来，洒脱地向大家摆摆手，动作有那么点企业家的派头。

记者又问："据我们不完全的了解和调查，就我市来说，有十几家梳绒厂都已破产倒闭，你为什么还要经营无毛绒生意呢？"

"白山羊无毛绒的生意现在确实是处于萧条状态，但我认为，这只是暂时的现象。白山羊绒是我区每年创汇最高的特产，仅次于黄金，大有潜力可挖。但是，我的梳绒厂，在产品暂时没有销路的情况下，不打算梳绒。准备搞羊绒絮片加工，只要在质量技术上能达标，产品就能打入国际市场。"

"你原来想到过自己的事业会成功吗？"

"在事业上我并没有多大的成就，因为我的账面上至今还写着一个亏字，仍然背负着一百万的债务，追款的人天天都围着我，我无法摆脱这种三角债的纠缠。"田野的话坦率得令人吃惊。

"你为什么不借助法律的力量呢？"

"对不起，这个问题，我暂时不做答复。"他脸上浮起一丝歉意的微笑。

年轻的女招待员抱着一束鲜花走进来，将花献给田野，花中夹着一张折成燕子形的纸条，他迅速展开：

"田野，当你看见这封信时，我已乘车南下，让我们一切都从头开始吧，人生的路很长，当我走累的时候，也许会返回来……"

"米岚！"田野似乎忘记了这是开记者招待会，大声喊着。

"田经理，发生了什么事？"记者从他的脸色中看出了问题，走过来说。

"没什么。"他尽量使自己镇定下来。记者招待会已经接近尾声，人们在尽情地喝酒，高谈阔论。田野从椅子上站起来，手持鲜花，走到麦克风前，十分沉重地说："借这次记者招待会，我再讲几句题外话，刚才有一位记者问我生活得是不是很开心？我没有做答复。现在，可以坦率地说，我生活得好不开心。这束花是我妻子刚刚献给我的……"

"听说你的妻子是个十分能干的女人，能不能让我们见见她？"一位记者打断田野的话说。"她走了。三年前，当我还是个流浪汉时，她来到了我身边，和我共同创建了米氏公司，创建了烧碱厂。坦率地告诉大家，没有我妻子，就没有今天的我。"

人去楼空……

田野一个人坐在大厅里，这里是如此安静。猛然间，他感到一阵难以言说的愁闷和孤独，他再次展开米岚留下的这封短信，痛苦地低下头，心里发出一声沉重叹息……

十几天了，田野都没回家。这间房子使他感到抑郁、凄寂，一片填不满的空虚，他无法再踏进房门一步。下班了，刚刚走下楼梯，就与青柳儿碰面了，显然，她已等了他很久。

他俩默默无言地走着。

"我知道你不想见我。"青柳儿面色苍白、憔悴，痛苦的阴影在眼里游荡。

"那你为什么还要来打扰？"田野的口气有点不近人情。

"我只问你一句，咱们的事怎么办？"她的眼睛深处埋藏着无穷的忧愁。

"你不是已经把她赶走了吗？"

"我并没有赶她走的意思。"

"你告诉她已经有了孩子？孩子呢？"田野逼视着她，目光灼灼烧人。

"我……我不该欺骗她……"她垂下头，双臂松弛，身子微微前倾，看上去像一株秋天里被霜打过的菊花。这几天，她被一种沉重的自责压着，有生以来第一次感到自己是这样庸俗、无耻，她有点恨自己，看不起自己了。

"青柳儿，过去我把你看得很高，觉得你是个纯情姑娘，没想到，你的思想意识是很低贱的，永远摆脱不了愚昧的小农意识。米岚是一个精神境界很高的女人，你的知识和对人生的理解是无法和她相比的。"

"既然你要保全维护你的家庭，一开始就别和我往来，为什么要占有我？"

"为了报复，知道吗？纯粹是报复，让你也尝尝那种被人抛弃的滋味儿。"每逢想到和青柳儿在一起的那段日子，田野就后悔、难过。他对爱情的贪婪使自己陷入不能自拔的感情漩涡，他恨自己干了一件大蠢事。

"我哪一点不及米岚？"青柳儿眼里闪着泪花，换了一种口气，急切地问田野。

"住嘴！她在我身边时，我是有一种贪婪心理，想和别的女人来往，包括你在内。但她走了，这就是对我那种贪婪心理的惩罚。我要在这种残酷的惩罚中等她回来。"

"我恨她，你本来是属于我的。"青柳儿咬紧牙说出这句话。

田野思忖着不管青柳儿怎样恨米岚，但米岚在他心中的形象永远还是那么鲜明、逼真，暂时还没有第二个女性可以取代她的位置。"青柳儿，我们之间不会再有什么了，更不可能结婚。"

接下来的是一阵沉默，青柳儿站着不动，一言不发，田野不禁产生了怜惜之心，但最终还是控制住了情绪。

"青柳儿，咱们分手吧。"悔恨与痛苦愈发增长了他对米岚的思念，这种思念笼罩了他，压倒了他，使他的心收缩到没有容纳任何别的情绪的余地。

"你简直是条冷酷无情的眼镜蛇。"青柳儿猛地转过身去，用手捂着脸，眼泪沿着指缝慢慢地流下来。

"生活曾经像毒蛇一样螫过我，所以，我必须也变成蛇。"

"看来，你再也不需要我了。"青柳儿不敢想象以后的生活会是个什么样子，此刻，感到一阵迷茫、一阵痛楚。

夏日的傍晚，明珠市披着一层橘黄色的色彩，夹着菊花幽香的晚风变得温柔起来。田野的身影溶在暗红的晚霞中，青柳儿一动不动站在那儿，看着太阳一点点向西沉去。面对这神秘朦胧的大自然，面对着慈善的太阳，她的内心正在经历着一种被抛弃、心灵被洗劫的翻江倒海的痛苦的折磨。她拖着一双疲惫的腿，漫无目标地走着走着，走过一条条大街，一道道小巷，她想去姑姑家，想看看表姐，但走到门口又返了回来，她不忍再看见表姐那副被毁容的惨相。她又想回村里看看刚刚被保释的父亲。父亲不再卖熏鸡了，为了那场官司，花了好几万，家里的老底全都赔了进去，他也气得一病不起，家里几乎连看病的钱也拿不出来了。以前，姑姑姑夫是她们家的靠山，哪知，姑夫一死，姑姑是泥菩萨过河自身难保，哪还能照顾她们呢。想到这些，青柳儿心里感到万念俱灰，真想一死了之。此刻，她看到在灰蒙蒙的天幕下，在这座自己曾经渴望和热爱的充满喧嚣的城市里，却没有自身的立足之地。她越想越伤心，泪水像断了线的珠子从眼眶里滚落下来。

[二]

走过火车站已是黄昏。突然，她的肩膀被一只手重重拍了一下，猛回头一看，不由惊恐地叫出了声。暗暗的路灯下，只见一个蓬头垢面、双目呆滞的人站在面前，向她伸出一双肮脏的手："借给我一笔款，生意做成了，加倍还你。"声音好耳熟，青柳儿不由地仔细打量着他，宽宽的大脑门，一排发黄的牙齿，她终于辨认出对方是谁，惊得吁嘘了一口气说："朱经理，你怎么变成这副模样？"

"嘿嘿……我不是朱经理我是玉皇大帝派下来的大元帅。"

"朱经理，你不认识我了？"青柳儿不敢看他那双闪着凶光的眼睛，她的两条腿哆嗦着，一步步向后躲闪着。

"认识，你是王母娘娘的女儿，玉皇大帝的媳妇儿……绝世美人儿……"朱老大向她逼过去，伸手来摸她的头发。

"啊！"青柳儿尖叫一声，转身就跑，正在这时，只见一个衣着邋遢的胖女人和两个彪形大汉匆匆走过来。两个汉子上前猛地扭住了朱老大的胳膊。朱老大疯狂地吼叫着："放开我，我没病……"他挣扎着，想逃跑，但胖女人却递给汉子一根绳子，示意将他捆起来，青柳儿见这惨状，上前拉了一把那汉子说："他是病人，又不是犯人，怎么能这样对待他呢。"

"没办法，昨天晚上从精神病医院逃出去，回家差点儿把他的老婆和儿子杀了。"

"你胡说，我没病……"朱老大话没落音，就被扭进了一辆出租车。只见那个胖女人趴在车窗上哭喊着："孩子他爹，你好好治病，我们娘俩可不能没有你呀。"车子开走了，胖女人跟着汽车跌跌撞撞跑了几步，不住地摆着手，不住地喊着。青柳儿走过去，想安慰几句，但又不知该说啥，沉默了片刻，才说她过去和朱经理认识，只知道他做生意赔了钱，到底因为什么疯的，她却一概不知。胖女人说，朱老大被别人设上圈套坑骗了，他疯啦，在街上杀了人，被警察送进精神病院治疗了几个月，也不见好转。从医院逃跑了好几次，回家就闹腾得打人杀人，家里的东西被砸光了。为了给他看病，连房子也卖了，眼下只靠自己卖煮熟的猪下水过日子，她得供养独生儿子念书，他爹吃亏就吃在没文化，脑子不开窍……她边哭边说，脸上的泪水和汗水混合在一起，她用那双粗糙的手不住擦着，她似乎把一生的命运都系在丈夫身上，如今丈夫病了，她还是那么死心塌地地等着盼着，多么可怜的女人哪！和眼前这个女人相比，自己这点痛苦又算得了什么？青柳儿似乎走过一条原以为自己不可跨越的痛苦的界线，精神和心灵获得了一种从未有过的坦然和自由，心灵的晴空仿佛又扬起一面七彩风帆……

第二十九章
天地尘埃

[一]

　　一个头戴黑纱身穿黑色连衣裙的女人，从一辆红色的小车内钻出来。尽管黑纱罩住了面孔，脸上的神态朦朦胧胧，但举止仪表仍然妩媚动人。带着淡淡的忧郁的哀愁，迈着沉重的从容不迫的步履，穿过一片丛林，一片乱石，穿过人间纷乱喧嚣的烟尘，脚步终于停留在一座坟前。她不顾一切扑过去，跪倒在碑前，不禁潸然泪下："爸爸……女儿害了你……爸爸，你能听见女儿的声音吗？"她哭得好伤心、好悲惨，泪珠悄然飘坠在石碑上。高空传来几声委婉的雁鸣，林间、树叶也在低声幽咽，她的心境也是那么灰暗苍凉。过去那个高傲、自信、美貌、漂亮的乔莎莎已经死了。如今的她，已是一个丑陋无比、脸上永远留下耻辱疤痕的女人。在生意场上，她下的赌注太重了，输得也惨痛。失去了美貌，失去了爸爸，失去了爱情。辉煌灿烂的过去，就像一个个彩色的泡沫，从眼前稍纵即逝，一切都如过眼烟云、去而不复返。昨天，多少朋友围在身边，她的傲慢她的气度她的雍容华贵，让多少人仰慕；她的胆识、她的魄力让多少人赞赏。但她的失败、她的沉沦又让多少人弃她而去。红尘万丈，浮云若梦，一个又一个漫长的夜晚来临……她无法摆脱命运的裁决和审判，膨胀的金钱与欲望把她推向了这个无底的深渊。她孤独无依，疲惫而绝望，痛彻地感受着人生全部的苦难和不幸。她已完完全全彻彻底底被命运打翻在地。面临这场猝不及防的灾难，她猛然顿悟到，人生不过如此而已，她再不想和谁争斗了，只想找一个安静的地方，来度过自己的残生，她希望那里无风无月，无声无息……她多么想和爸爸在一起，静静地躺在这个墓穴，到那时，她相信，自己的灵魂就能和这个不洁净的肉体分开了，像清风如空气，存在而无形，随云雾飘散，但最终飘到哪里呢？灵魂的归宿又在哪里？她茫然了……

乔莎莎回到家中，已是傍晚。窗外，明月和星星正温柔地升上夜空。柳若娴半躺在床上。她一下子苍老了许多，头发变成了灰白色，脸上的皱纹好像一本无字的书，记下她内心所经受的訇然而来的种种灾难。乔智死了，女儿又被毁了容。她把一切的仇恨都集中在卢绍谋身上。女儿刚一住医院，她就自作主张向法院起诉了卢绍谋，陈述了他故意伤害乔莎莎的罪行。卢绍谋已被拘留，但柳若娴心头的仇恨却丝毫未减，天天打电话询问经办人案情的处理结果。乔莎莎见母亲脸色憔悴、精神不振，心里非常难过。自从父亲死后，家里冷冷清清，门可罗雀，一副凄凉景象。乔莎莎实在不想再在家里待下去了，她想走，走得远远的。柳若娴一听女儿要出门，就说："等卢绍谋的案子下判后再走吧。"

乔莎莎却说："我准备撤诉。"

这话如同晴空响雷，柳若娴从床上坐起来，疑惑地问："你说啥？"

"我准备撤诉。"

"为什么？"

"即使判他个三年五载，我的鼻子难道能长出来吗？"

"他可是杀死你爸爸的仇人。"

"我想，爸爸要是在天有灵，也会同意我撤诉的。"乔莎莎的声音有点呜咽。到今她才明白，卢绍谋仍然像个幽灵，深深地附在她身上，坚如磐石地坐落在她心灵的隐秘处，对他恨不起来，更不忍再伤害他。一种把自己交托于永恒、完全融入虚无之中的超脱稳定的心态逐步在内心产生扩大，任何事情对她来说也无所谓了。她寻找的是一条通向地平线之外的存在于四维宇宙间的永恒的归宿，那是一种茫然而本质的期盼。

[二]

这是一座沉重的铁门。

秦茗抱着孩子，推开接待室的门。看守员递给她一张卡片，她认真地填写着，手有点颤抖，心儿也慌乱地狂跳，"卢绍谋"三个字写得歪歪扭扭。

"你是他什么人？"看守员死死盯着她的脸。

"妻子。"秦茗未加思索地回答，对方猛地抬起头，用那双犀利的眼睛重新审视着她，不住地摇晃着那颗圆乎乎的大脑袋，最后目光盯在她怀里抱着的孩子身上。

"我是他的前妻。"也许是这句话起了作用，看守员才向一个同志招招手："带她去见 389 号。"她被带着向一条阴暗的长长的走廊深处走去。这走廊似乎没有尽头，两边那脱了皮的灰白墙上，隔两米就是一扇低狭的铁栅门。门上有一个小方孔，一双双贼溜溜的眼睛从里面露出来。

"咔嚓！"铁栅小门打开了，她犹豫了一下，终于鼓着勇气跨进去。在这间小小的探监室，他俩见面了。他坐在那张木椅上头靠着墙壁，半闭着眼，正在一口接一口地吸着烟，一副若有所思的样子，仿佛根本没察觉有人进来。他的目光透过那几块灰白的玻璃向外眺望着晴朗的碧空和飘逸的白云，这一切更加勾起他对生活的缅怀和往事的追忆。他恨不得把苦涩的汗水汇成一片海，用悔恨的泪珠织一张网，来打捞那掉进海里的自由。

"389 号，你的妻子看你来了。"

他的身子像被警棒戳了一下，猛地从椅子上跳起来，睁开眼睛，瞳孔里放射出熠熠的亮光："你……茗儿……"他向她扑过去，那道钢化玻璃将他和她隔开了。他僵直地站在原地不动了，默默地注视着她，秦茗转过头来，脸上的光辉照亮了他内心的黑暗。

静极了，静得能听见双方的心跳声，能听得见怀里孩子的呼吸声。秦茗带着长久的期盼、哀怨、忧伤，默默地把他凝望。绍谋也在默默地凝望，望眼欲穿的心绪，都凝聚在眼眶，他多么想再看看那永远属于他的灿烂的目光。然而，近在咫尺这个词显得是多么可怜苍白，他只能用一个切割着心的微笑，来抚慰她那流着血的创伤。终于，他把心的栅栏打开了："茗儿，你怎么来了？"

"我不能来吗？"

"我不配你来看。"他把头侧向一旁，双眼盯着窗子，没有太阳，但天气极好，望着被风儿带走的自由，似乎想呼唤，想招手。

"你不是想看看儿子？你看他笑了。"秦茗把孩子托在卢绍谋面前。

是孩子的微笑，把两颗互相敌视的心灵又连接在一起，如同黎明把黑夜的尽头和白天的开端结合在了一起。卢绍谋的手分明在颤抖，多想把儿子接过来，多想摸摸那可爱的笑脸。

这是多么甜蜜、圣洁的时刻，孩子的眼睛是阳光，温暖着他那冰冻的心。

他多想亲吻孩子那带着奶香的小嘴，将那颗饱含着一腔热爱的心，全部灌注在儿子身上。但此刻的他，什么也不能够做。好久好久他才抬起头，沉痛地说："茗儿，我是个忘恩负义的男人，我抛弃了你，根本不配你来看，也不配做孩子的父亲，可是你却始终在等待着我。我没有资格再去爱你。"

顿时，她那颗曾经被刺伤的凄苦的心升起一道朦胧的光明，她像新婚一样，红着脸，将嘴唇贴在孩子的胸口上，孩子咯咯的笑声又唤起了她对绍谋的信任、等待、期盼……

"茗儿，我现在什么也没有了。"突然，绍谋说出这么一句话，几天之内，他失去了全部财产、地位、名誉和朋友。

"你不是还有儿子吗？"秦茗用一双温柔而明净的眼睛望着他，这目光好似清泉在冲洗着绍谋那颗被苦闷的浊流障蔽了的心。

"检察院已把案子审报法院，经济案子也正在清查之中。"绍谋沉重地说。

"我准备给你请律师。"

"不用，我不想让律师来辩护，我是有罪的，应该受到法律的惩罚。这样，倒觉得心里踏实一些。"

"你还没给孩子起名字呢？"

"茗儿，还记得那只小花鹿吗？"

"记得，可惜它已经打碎了。"

"不，在我的心中永远是完美的，孩子就叫小鹿鹿吧。"

"小鹿鹿！"秦茗亲切地叫着儿子。

儿子笑了，卢绍谋再一次站起来，眼睛注视着儿子，对着话筒大声呼唤："我有一个儿子，当我在最孤独的时候，你来到我身边。如今，我离开你，但你和你的母亲却又是那么近、那么永久地在我心头。"他从儿子身上找到了再现的灵魂，找到了永恒的慰藉，也找到了温柔而幸福的托身之地。即使有一天在人生的终点写下一个句号时，他不遗憾也不后悔。

话筒里传来嘟嘟的声音，时间到了，秦茗从椅子上站起来，小鹿鹿突然哇哇地哭起来，清脆的啼哭声划破这死一般沉寂的空气。卢绍谋犹如一只窒息的苍鹰拼命拍着翅膀，他痛苦而艰难地将双手举过头。秦茗强忍着悲伤说："绍谋，我和孩子等着你回来。"她迈着沉重的双腿，向走廊尽头走去，为他们送行的是小鹿鹿的哭声，当绍谋的身影将要从她的视线中消逝时，秦茗不由地大声喊着："你要记住鹿鹿……"

卢绍谋蓦然回头，凝眸眺望前方，在那炫目迷人的光泽中，他仿佛看见一只可爱轻捷的小鹿，在嫩绿的草地上快乐地跳跃、欢叫、奔跑，和它融化在一起的是清香的细雨、温柔的微风！

卢绍谋送走秦茗，回到铁栅栏里刚抽了一支烟，突然，干警又大声喊着："389号，有人见。"

今天怎么啦？又是谁？他伸了伸慵倦的腰杆站起身，磨蹭着脚步走去。

一位披戴黑纱的少妇安静地坐在一把木椅上，修长的手臂交叉着放在胸前。卢绍谋一眼就认出是乔莎莎。

"你……"他吃惊地望着她，举步而止。随即，灵魂深处掀起一股翻江倒海的动荡与不安，一切都深深地潜入静寂之下。

"你来干啥？"沉默了好久，卢绍谋才迟迟拿起话筒。

"来看看你。"透明的玻璃，把两人隔开。乔莎莎的声音十分平静。黑纱下面那张脸是朦胧的，但整个形态淡雅而纤丽。

"看我怎样走进监狱？"卢绍谋的话中含着几分残忍和冷酷。

乔莎莎并不在乎他的蛮横和不近人意，而是把一份撤诉状递到他面前："因为你我之间的事，你至少不会进监狱了，我已经撤诉。"

"为什么要这样做？"卢绍谋望着她："我应该受到法律的惩罚。"他的态度是固执的，有一种对自己所犯过错的不可饶恕的谴责和忏悔。

乔莎莎没有回答他的话，将脸转向窗外。阳光射进来，她的身子在光线中酷似一个黑色的剪影，朦胧而又实在，神秘而又明朗。远处，蓝天和白云令人目眩，高天阔地流光溢彩。乔莎莎对他说："我把北京那笔款已全部转到了你的名下，印签章和汇款手续都在保险公司存放着，密码0001，这笔钱对你也许会有用处的。"

"我不是早告诉你了，那笔钱是我给你的经济补偿。"

"钱对我已经没有什么实用价值和意义啦。明天，我就打算离开这里。"

"你要到哪里去？"卢绍谋疑惑不解地望着她。

乔莎莎没有回答他的问话。她走了，迈着从容的步履，带着淡淡的微笑，穿过烟云尘世。明天，太阳从她那泣血的心头升起！